Faye Hell
M. H. Steinmetz

Ghost Stories of
Flesh and Blood

FAYE HELL   M. H. STEINMETZ

GHOST STORIES
OF
flesh and blood

papierverzierer

Copyright © 2018 by Papierverzierer Verlag
Copyright der einzelnen Geschichten liegt bei den jeweiligen Autorinnen und Autoren
1. Auflage, Papierverzierer Verlag, Essen
Herstellung, Satz, Korrektorat, Lektorat: Papierverzierer Verlag
Cover, Umschlaggestaltung: Legendary Fangirl Design

Alle Rechte vorbehalten.
Sämtliche Inhalte, Fotos, Texte und Graphiken sind urheberrechtlich geschützt. Sie dürfen ohne vorherige Genehmigung weder ganz noch auszugsweise kopiert, verändert, vervielfältigt oder veröffentlicht werden.

Alle Personen und Handlungen in diesem Buch sind frei erfunden. Parallelen zu real lebenden Personen und Situationen sind rein zufällig.

GHOST STORIES OF FLESH AND BLOOD ist auch als E-Book auf vielen Plattformen erhältlich.

ISBN 978-3-95962-632-3

www.papierverzierer.de

Bibliografische Information der Deutschen Nationalbibliothek
Die Deutsche Nationalbibliothek verzeichnet diese Publikation in der Deutschen Nationalbibliografie; detaillierte bibliografische Daten sind im Internet über http://dnb.dnb.de abrufbar.

Inhaltsverzeichnis

Vorwort Faye Hell   7

Vorwort M. H. Steinmetz   10

Das Haus am Friedhof   13
von Jana Olterdorff

Ausflug ins Moor   38
von Karin Elisabeth

Novemberblut   58
von Thomas Lohwasser, Vanessa Kaiser, Thomas Karg

Das Flüstern im Feuer   82
von Michaela Harich

End of the Road   100
von Torsten Scheib

Nachbarschaft   128
von M. M. Vogltanz

Klopf Klopf   152
von Vincent Voss

Imaginarium   178
von Faye Hell

0900666   202
von Marc Hartkamp

Spiel um dein Leben   210
von Jacqueline Mayerhofer

Wicked Game	235
von M. H. Steinmetz	
Newport	259
von Simona Turini	
Haus aus Lust und Schmerz	286
von Anja Hansen	
Silberreiher	309
von Claudia Rapp	
Am Anfang vom Ende	328
von Thomas Williams	
Heteronomie	354
von Benjamin Verwold	

Vorwort

von Faye Hell

Willkommen im Geisterhaus, liebe Leserinnen und Leser!
… lasst, die ihr eintretet, alle Hoffnung fahren.

Da sitz ich, starre wie hypnotisiert das weiße Blatt auf meinem Computerbildschirm an und denke mir: *Verdammt.*
Ich hab wirklich schon viel geschrieben in meinem wort- und schriftreichen Leben, aber noch nie zuvor ein Vorwort. Aber eigentlich trifft sich das ganz gut, denn es ist auch mein erstes Mal als Herausgeberin. Und gerade jetzt macht mich dieser Umstand nervös, weil es mir unfassbar wichtig ist, exakt die Worte zu treffen, die den grausam gruseligen Geschichten in dieser ganz besonderen Anthologie gerecht werden.

Nein, zu dieser Anthologie hat es keine Ausschreibung gegeben. Ich habe die Bewohner unseres Geisterhauses sehr gewissenhaft ausgesucht und mich höllisch darüber gefreut, dass sie meiner Einladung gefolgt sind. Diese Autoren sind mir alle persönlich bekannt und sie sind mir über viele Jahre hinweg ans verräterische Herz gewachsen. Weil sie unter anderem wundervolle Menschen sind, die erschreckende Abscheulichkeiten zu Papier bringen.
Wenn ihr mich fragt, ist das die perfekte Kombination.

Was erwartet euch, sobald ihr die Schwelle zu unserem Geisterhaus überschritten habt?

Was erwartet *dich*? Ja, ganz genau dich!

Setz dich anständig hin!

New American Gothic, flüstert es aus allen Ecken des finsteren Raumes, streift der eiskalte Hauch einer vertrauten, aber längst vergessenen Stimme deine geröteten Wangen. Spürst du, wie deine Nackenhaare zu Berge stehen?

Was?! Nein?!

Na, noch hast du auch die Geschichten nicht gelesen ...

New American Gothic, das ist, als hätte Bryan Smith seine herrlich widerwärtigen Obszönitäten in den narrativen Rahmen eines Edgar Allan Poes eingebettet. *New American Gothic*, das ist das Alte ebenso, wie es das Neue ist. Etwas lang Vertrautes. Etwas vollkommen Unbekanntes.

Die Essenz eurer geheimen Ängste und eurer abartigen Fantasien.

Ihr werdet auf feige Mörder treffen, auf kriminelle Liebespaare und frischgebackene Hausbesitzer. Einsame Kinder und seltsame neue Freunde. Schatten der Vergangenheit und Visionen einer möglichen Wirklichkeit. Nachwächter und Hinterwäldler.

Auch wenn alle Geistergeschichten auf dem vorgegebenen Motiv des *Haunted House* beruhen, so gleicht doch keine der anderen. Pechschwarze Schneeflocken. Mal derb, mal literarisch. Mal traurig, mal unverschämt sarkastisch.

Aber gewiss immer eines: wohlig unheimlich.

Der Zusatz ... *of Flesh and Blood* ist als Referenz auf den zweiten Teil der berühmt-berüchtigten Guinea-Pig-Reihe zu verstehen. Der Titel der Anthologie verbindet somit die Geistergeschichten vergangener Tage mit der urbanen Legende des Snuff-Films. Immerhin wurde der Klassiker des japanischen Horrorkinos wiederholt der Polizei gemeldet, weil die schockierten Rezipienten dachten, sie hätten es mit einem echten Snuff-Film zu tun.

Aber seid unbesorgt, selbstverständlich ist die Gewalt in unseren Geschichten nichts anderes als bloße Erfindung.

Nur unsere Geister ... die gibt es wahrhaftig.

Genießt unsere Albträume ...
... und danach die eigenen.

from Hell
eure Faye

Vorwort

von M. H. Steinmetz

Welcome in hell, folks, es ist mir eine Ehre!

Vorwörter sind der Fluch des Autorendaseins. Wie drückt man am besten aus, was man für diese Anthologie, für die wunderbar Schreibenden, empfindet. Es ist nahezu unmöglich, aber ich versuche es trotzdem.

Ghost Stories from Flesh and Blood ist mein Debüt als Herausgeber. Ich erinnere mich noch genau, wie ich auf der Leipziger Buchmesse 2018 zusammen mit Faye Hell über Geisterhäuser sinnierte und sie die Idee zu dieser Anthologie hatte. Ich wusste sofort, da wollte ich unbedingt eine Geschichte beisteuern, um meine einschlägigen Erfahrungen zu verarbeiten. Dann folgt ein Schlag, und plötzlich bin ich als Herausgeber mit im Boot.

Entstanden ist etwas ganz Besonderes. Eine Ausschreibung hat es nie gegeben, vielmehr ist es eine Zusammenkunft von schreibenden Freunden, die ich nicht mehr missen möchte. Das Probelesen der grausamen, düsteren, wunderschönen, blutigen, lauten und ruhigen Geschichten zauberte mir jedes Mal ein Lächeln ins Gesicht, manchmal aber auch Gänsehaut und Schauder vor der nächsten Nacht.

Jede der Geschichten ist von Grund auf verschieden und doch atmen sie alle den Geist des *New American Gothic*. Was da geschrieben wurde, entsprang aus Herz und Seele. Ich lernte, wie rabenschwarz eine Seele sein kann oder wie kalt ein Herz. Aber auch Qual, Pein und

Albträume wurden in Worten geboren. Oft abscheulich, aber immer wunderschön wie die Blumen der Nacht.

Wer die mannigfaltigen Geisterhäuser betritt, muss bereit sein, einen Teil seiner Selbst zu opfern. Zu leiden, zu lieben und zu lachen. Zu weinen, wenn's denn sein muss. Du wirst um deinen Schlaf bangen, mehr aber um das, was aus den Schatten kriecht, wenn du schläfst. Hotels und Absteigen wirst du mit anderen Augen sehen. Nach *Ghost Stories of Flesh and Blood* wird alles anders sein.

Für mich steht *New American Gothic* für H.P. Lovecrafts Wahnsinn gepaart mit Schriftstellern wie Edward Lee, Bryan Smith oder Richard Laymond, garniert mit amerikanischem Whiskey. Alkoholgeschwängerte, obszöne Brutalität in literarischer Kunst. Ein Pool voll von glitzerndem Wasser, angenehm erfrischend und absolut tödlich in seiner lockenden Tiefe. Die Gier nach dem Verbotenen, die Angst davor, es zu bekommen.

Ghost Stories of Flesh and Blood erfüllt düstere Begierden, stößt wenige Seiten weiter in schmierig-glitschiger Weise ab, um sich danach albtraumhaften Sequenzen hinzugeben. Manches kriecht in deinen Geist, bleibt haften, frisst. Anderes verwirrt oder macht dich lachend.

Letztendlich ist alles pure Fantasie, geboren aus kreativen, überschäumenden Geistern. Und Geister sind es in der Tat, also sei auf der Hut, wenn du das nächste Mal die Schwelle eines alten, maroden Südstaatenhauses übertrittst ...

Herzlichst,
euer Mario H. Steinmetz

Das Haus am Friedhof

von Jana Oltersdorff

Alles ging den Bach runter, als sie den Mann ohne Namen beerdigten. Jacky spürte es. Es wisperte in ihrem Inneren, als hätte sie eine Fliege verschluckt, die nun nervös in ihrem Bauch herumflog. Das diffuse Gefühl hatte sich im selben Moment gemeldet, in dem Jacky Zeugin dieser ungewöhnlichen Beisetzung wurde.

Es war nicht die erste anonyme Bestattung, immerhin gab es für solche Fälle einen eigenen Bereich auf dem Friedhof, den Jacky von ihrem Atelier aus gut einsehen konnte. Eine Bewegung, im Augenwinkel wahrgenommen, lenkte sie von dem Bild ab, an dem sie gerade arbeitete. Sie schaute aus dem Fenster und entdeckte zwei Männer, die etwas über den Rasen zu einer frisch ausgehobenen Grube am Rand des Feldes schleppten. Ein dritter Mann in einem langen schwarzen Mantel und mit Hut auf dem Kopf lief hinter ihnen her.

Jacky runzelte die Stirn, legte ihren Pinsel beiseite und trat näher ans Fenster. Die zwei Männer hatten ihre Last abgelegt: Ein Sarg war das nicht. Es sah eher so aus, als hätten sie etwas in eine dunkle Zeltplane eingewickelt. Etwas oder jemanden! Jacky schnaubte irritiert. Die Proportionen des Bündels passten auf jeden Fall zu einem Menschen, und das da war ein Friedhof. Was sonst sollten sie in die Grube legen wollen als die Leiche eines Menschen? Aber warum lag er nicht in einem Sarg?

»Matilda?«, rief sie. Die alte Schachtel sollte das auch sehen und ihr sagen, was sie davon hielt. Währenddessen schoben die Totengräber das Bündel an den Rand der Grube und ließen es hineinplumpsen. Sie schauten zu dem dritten Mann. Dieser trat an das Grab heran und sah mit gesenktem Haupt auf das, was darin lag. Dann griff er in seine Manteltasche und holte etwas hervor, das er mit einer schnippenden Handbewegung hineinwarf. Etwas Kleines, Glänzendes, vielleicht eine Münze? Als der Mann im Mantel seinen Gehilfen zunickte, griffen sie nach Schaufeln und begannen ihre Pflicht zu tun.

»Matilda?«, rief Jacky noch einmal. Wahrscheinlich war sie wieder in ihrer Lektüre vertieft und hatte sie gar nicht gehört. »Komm mal her und schau dir das an!«

Gebannt starrte sie nach draußen. Hinter ihr ertönten die typischen Klopfgeräusche von Matildas Gehstock. Seine Spitze pochte bei jedem Schritt der alten Dame mit forderndem Klang auf den Holzdielen des Hauses.

»Was gibt's, du kleine Nervensäge?«, fragte Matilda, als sie mit einem Ächzen neben Jacky zum Stehen gekommen war. »Hast du wieder ein durchgeknalltes Pärchen beim Friedhofsex erwischt?« Sie kicherte dreckig. Es kam hin und wieder vor, dass sich die jungen Leute auf der Suche nach dem gewissen Kick in diesen hintersten Winkel des Friedhofs verirrten, wo dichte Rhododendronbüsche sie vor neugierigen Blicken abschirmten – allerdings nur zur Friedhofsseite. Das alte Haus hinter dem Zaun sah mit der abblätternden Farbe und dem verwilderten Garten nicht gerade bewohnt aus, und keines der Pärchen hatte bisher ihre Zuschauerinnen bemerkt.

»Ach Quatsch«, erwiderte Jacky und zeigte auf die Männer mit ihren Schaufeln.

»Eine Beerdigung?« Matilda klang enttäuscht.

»Anonym. Aber ohne Sarg. Die Leiche steckt nur in einer Plane. Der Typ hat dem Toten eine Münze ins Grab geworfen. Da gibt's doch irgendeinen Brauch, irgendwas mit Fährmann ins Totenreich. War mir gar nicht bewusst, dass das hierzulande üblich ist. Findest du das nicht seltsam?«

»Seltsam?« Matilda schnalzte spöttisch mit der Zunge. »Wer immer das war, er hat es hinter sich. Dabei fällt mir ein: Wann verlässt du mein Haus endlich, du neunmalkluger Quälgeist?«

Jacky seufzte. Seit sie bei der alten Dame lebte, behauptete diese, sie loswerden zu wollen. Dabei wusste sie ganz genau, dass Matilda unter der Einsamkeit litt und Jackys Gesellschaft sehr genoss; sie wollte es nur nicht zugeben und pflegte ihr Image als grantige alte Schachtel. Gerade wollte Jacky zu einer Erwiderung ansetzen, als Matilda näher an die Fensterscheibe rückte und den dürren Hals reckte.

»Ist Mr. King mal wieder ausgebüxt?«

Verdammter Kater, dachte Jacky. Jetzt sah sie ihn auch. Mr. King hockte unter einem Rhododendron mit fetten rosafarbenen Blüten. Dank seines schwarzen Fells verschmolz er fast vollständig mit den Schatten. Nur seine grüne leuchtenden und ganz auf die Beerdigung fixierten Augen hatten ihn verraten.

Inzwischen waren die Männer fast fertig. Der dritte im Mantel sagte etwas zu ihnen und schaute auf seine Uhr. Sie schaufelten die Erde nun noch schneller in das Grab. Mr. King setzte sich derweil in Bewegung und schlich auf das Trio zu. Als die Männer ihre Arbeit beendet hatten, schulterten sie die Schaufeln und stapften los. Der Manteltyp schaute noch einen Moment auf das Grab. Dann tippte er wie zum Gruß an die Krempe seines Hutes und machte sich ebenfalls auf den Weg. Als er sich umdrehte, um den anderen zu folgen, hatte

Mr. King ihn erreicht und strich um seine Beine. Er stolperte über den Kater und konnte sich im letzten Moment fangen. Dabei verlor er seinen Hut und rief Mr. King etwas zu, wahrscheinlich Beschimpfungen. Statt Reißaus zu nehmen, starrte Mr. King den Mann mit erhobenem Schwanz an. Schließlich wendete der Mann sich grummelnd ab, schnappte seinen Hut und verließ die Grabstätte. Der Kater hingegen wandte sich der frisch aufgeschütteten Erde zu und schnüffelte hingebungsvoll daran. Nach einer Weile entfernte er sich langsam von dem Grab. Immer wieder blieb er stehen und blickte zurück, bevor er schließlich durch eine Lücke im Zaun schlüpfte und auf Matildas Grundstück in den Büschen verschwand.

Die Show war vorbei.

Matilda grummelte noch etwas Unverständliches und machte sich daran, Jackys Atelier wieder zu verlassen. Jacky entging nicht, wie sie es vermied, einen Blick auf das halbfertige Bild auf der Staffelei zu werfen. Jacky malte schon ewig daran und wusste manchmal selbst nicht, was sie davon halten sollte.

»Es gefällt dir nicht, oder?« Jacky steckte sich den Pinsel hinters Ohr und sah Matilda nach.

»Dein sogenanntes Kunstwerk?«, entgegnete die Alte, ohne sich umzudrehen. »Keine Ahnung, was *du* darin siehst, Mädchen, aber ich sehe nur Verfall und Moder. Ich hoffe sehr, dass du es mitnimmst, wenn du endlich gehst.«

Jacky blieb allein zurück und stand noch eine Weile am Fenster. Auf dem Friedhof war Ruhe eingekehrt. Von Mr. King war nichts zu sehen. Dennoch konnte sie sich kaum von dem Anblick des frischen Grabes losreißen. Sobald sie den Blick darauf richtete, meldete sich wieder dieses unbestimmte Gefühl in der Magengegend, die Fliege, die in ihrem Inneren rumorte, als wollte sie Jacky auf etwas aufmerksam machen. Wie ein Bote, der etwas Größeres ankündigte, und zwar nichts Gutes. Wer war der Mann mit dem Hut? Sicher war er kein Priester und wie ein trauernder Angehöriger hatte er auch nicht gewirkt, eher wie jemand, der dabei sein wollte, wenn sich mit dieser merkwürdigen Beisetzung ein Kapitel schloss. Und dennoch: Er hatte in Jacky eine vage Erinnerung ausgelöst, als ob sie ihn schon einmal gesehen hatte, und dieses Gefühl versetzte ihr einen Stich ins Herz.

Gedankenverloren griff sie nach einem Farbtopf und tauchte den Pinsel lustlos ein. Vielleicht hatte Matilda recht, vielleicht hatte sie kein Talent zum Malen. Vielleicht hatte sie aber auch nur das merkwürdige Schauspiel drüben auf dem Friedhof in diese Stimmung versetzt, in der die Zweifel an ihr nagten und alles in Frage stellten. Grübelnd rührte sie in der blaugrauen Farbe herum, als sie aufschreckte. Was war das da draußen eben gewesen? Es hatte ausgesehen, als steige ein Schatten aus dem Grab auf. Noch eine Bewegung im Augenwinkel. Jacky folgte ihr und entdeckte Mr. King. Der Kater saß mitten auf der Wiese, die Pfoten adrett nebeneinander, den Schwanz um den Körper gelegt, und schaute zu ihr hoch. Schaute ihr direkt in die Augen und lenkte ihren Blick auf etwas, das vor ihm im Gras lag. Es glänzte und reflektierte die Strahlen der Nachmittagssonne, die es zwischen den alten Bäumen hindurchgeschafft hatten.

Was hatte das Mistvieh da wieder angeschleppt? Meist waren es Mäuse oder kleine Vögel, die er stolz auf der Veranda ablegte, wo Matilda sie fluchend mit der Schaufel beseitigte. Metallisch geglänzt hatte seine Beute noch nie. Nun hob Mr. King es wieder mit dem Maul auf, stolzierte auf die Veranda und legte es genau dort ab, wo sonst die Kleintiere landeten. Kein Zweifel, das war eine Münze. Eine golden glänzende, ziemlich große noch dazu. Wo hatte er die gefunden?

Eine Ahnung beschlich Jacky. Sie beschloss nachzusehen und stellte den Farbtopf auf einen Beistelltisch neben der Staffelei. Dabei fiel ihr Blick auf das Bild, und sie japste erschrocken nach Luft. Da war nur noch ein Mischmasch aus Braun- und Grautönen zu sehen, alles war ineinandergelaufen, keine klaren Formen mehr zu erkennen. Und ... war das etwa Schimmel? Jacky ging näher an die Leinwand und nahm einen muffigen Geruch wahr. Ja, an mehreren Stellen hatte sich ein feiner, pelziger Schimmelbelag gebildet. Wie konnte das sein? Sie hatte doch erst vorhin an dem Bild gearbeitet. Sie hatte die kräftige blaue Farbe aus dem Topf aufgetragen ... Jacky schaute auf den Beistelltisch und stieß einen spitzen Schrei aus. In ihre blaue Farbe war Leben gekommen – sprichwörtlich. Das Töpfchen war randvoll mit blau gefärbten Maden, die sich in der zähen Flüssigkeit wanden. Die ersten quollen über den Rand und fielen auf die Tischplatte, wo sie weiterzappelten und herumkrochen und dabei blaue Schlieren hinterließen. Auf der Holzpalette, die Jacky zum Mischen benutzte, sah es noch schlimmer aus. Eine dicke Schicht aus Maden bedeckte die Fläche, die Farben schienen ineinanderzufließen, als die Maden sich durch Gelb, Rot und Blau arbeiteten, aneinanderklebten und wie schleimige Klumpen hin und her krochen. Jacky musste würgen.

Sie stolperte rückwärts und fiel rücklings in den Ohrensessel, in dem sie immer so gerne saß. Doch auch mit dem Sessel schien etwas nicht zu stimmen. Die einst satte rote Farbe war verblasst, der Stoff an mehreren Stellen aufgerissen, so dass die Polsterung herausquoll. Und auch hier – Maden, überall Maden!

Jacky verlor nun vollends die Fassung und stöhnte vor Ekel und Anstrengung, als sie versuchte, aus dem Sessel aufzustehen, ohne die verseuchten Armlehnen zu berühren. Sie hüpfte panisch auf und ab und wischte sich mit den Händen über die Arme, das Gesicht, den Oberkörper, schüttelte ihre Haare, um nur ja jede Made zu erwischen, die vielleicht an ihr hängengeblieben war.

Jetzt erst stellte sie entsetzt fest, dass auch der Rest des Zimmers sich auf abscheuliche Weise verändert hatte. Die Tapeten waren teilweise von den Wänden abgefallen, die Vorhänge hingen in Fetzen vor den schmutzigen Fenstern. Der schöne orientalische Teppich war nur noch ein von Schimmel überwucherter Schandfleck, auf dem sich ebenfalls unzählige Maden wanden. Sie waren überall, die ersten krochen bereits auf Jackys nackte Füße ...

Wie konnte das sein? Eben noch ...

»Was ist denn nur los, du kleiner Quälgeist?«, schimpfte Matilda, die zurückgekommen war, um nachzusehen, warum hier so ein Lärm veranstaltet wurde. »Was schreist du denn wie am Spieß? Hast du eine Maus gesehen, oder was?«

Jacky wirbelte herum und starrte Matilda an, den Mund noch immer zu einem lautlosen Schrei weit geöffnet. Matilda schaute sie an und wartete auf eine Antwort, ungerührt und nicht einmal im Ansatz erschrocken oder wenigstens irritiert. Sah sie nicht, was geschehen war? Jacky zeigte mit zitterndem Arm auf die Staffelei, Matilda zeigte jedoch keine Regung.

»Also?«, hakte sie nach, jetzt deutlich ungeduldiger.

Jacky schaute erst zur Staffelei, dann an sich herunter. Alles sah wieder so aus wie zuvor. Kein Zerfall, kein Schimmel, keine Maden. Auf ihrer Leinwand waren wieder klare Formen und Linien erkennbar, die Farben so frisch und leuchtend, wie sie sie aufgetragen hatte. Schwindel erfasste sie.

»Aber ... wie«, stammelte sie, »... da war überall ... ich weiß auch nicht.« Sie brach ab.

Matilda schnaubte verächtlich. »Mädchen, langsam reicht es mir. Du willst es einfach nicht begreifen, oder? Mach endlich die Augen auf. Das ist mein Haus, und ich habe dich bisher geduldet, weil du ein wirklich hartnäckiger Gast bist. Aber hier gelten meine Regeln. Und die oberste Regel lautet: Kein unnötiger Lärm. Merk dir das endlich oder geh!«

Die alte Dame hatte zu beinahe jedem Wort ihrer Ansprache mit der Spitze ihres Gehstocks auf den Boden gehämmert.

Jacky atmete tief durch und nickte dann. »Tut mir leid, Matilda. Ich weiß auch nicht, was heute mit mir los ist. Ich könnte schwören, dass sich dieser Raum eben wie aus heiterem Himmel in eine stinkende Müllhalde verwandelt hat. Vielleicht sollte ich mal wieder ausschlafen ...«

Und vielleicht hatte es mit der anonymen Bestattung angefangen, vielleicht hatte der Kater es mit seinem merkwürdigen Verhalten ausgelöst, aber diese Gedanken behielt Jacky für sich. Sie hatte Matilda genug aufgeregt. Und in ihrem Atelier wollte sie im Moment auch nicht sein. Sie erinnerte sich wieder, womit sie sich beschäftigt hatte, bevor die Maden erschienen waren: Mr. King und seine glänzende Beute.

Sie entschuldigte sich noch einmal bei Matilda und begleitete sie nach unten. Die Haustür hatte eine schmale Scheibe aus Milchglas in der Mitte, durch die das Licht der tiefstehenden Sonne hereinfiel. Doch als Jacky nun darauf zuging, nahm sie einen vorbeiziehenden Schatten wahr, der zu groß war, um von Mr. King zu stammen. War jemand auf der Veranda? Jacky vergewisserte sich, dass Matilda es sich in ihrem Schaukelstuhl im Wohnzimmer mit einem Buch auf dem Schoß bequem gemacht hatte. Als sie sich wieder der Haustür zuwandte, schien draußen alles ruhig zu sein. Trotzdem drückte sie den Griff so leise wie möglich herunter, öffnete die Tür langsam und lugte vorsichtig in beide Richtungen, bevor sie auf die Veranda trat. Sie lag verlassen vor ihr. Wenn dort wirklich eben jemand gewesen war, musste er verdammt schnell weggerannt sein, oder aber Jacky hatte sich den Schatten nur eingebildet. Möglich war es, es wäre ja schließlich nicht ihre erste Halluzination an diesem Tag.

Dann entdeckte sie Mr. King. Der große, schwarze Kater saß an seinem Beute-Präsentier-Platz, vor sich die Münze. Als hätte er auf sie gewartet, blickte er sie an, und auch sein Miauen schien zu sagen: »Da bist du ja endlich.« Dann stolzierte er davon und verschwand um die Ecke. Jacky bückte sich und hob die Münze auf. Schwer lag sie in ihrer Hand. Sie schien tatsächlich aus Gold zu sein und war mit fremdartigen Symbolen verziert. Mit dieser Münze würde sie vermutlich in keinem Laden etwas bezahlen können. Die schien eher in ein Museum zu gehören. Als Jacky sich umdrehte, um ins Haus zurückzugehen, huschte erneut ein Schatten durch ihr Blickfeld. Erschrocken hielt sie die Luft an und presste die Hand mit der Münze fest vor die Brust. Der Schatten verschwand nicht – im Gegenteil. Er verharrte im hinteren Bereich des Gartens, gleich neben dem Zaun am Friedhof bei der alten Eiche, und verdichtete sich zu einem festen Körper, zu der Gestalt eines Mannes, der ebenfalls etwas in der Hand hielt. Es sah aus wie ein langes Messer. Sein Anblick weckte die Fliege in Jackys Bauch. Das Summen dröhnte in ihren Ohren. Der schwarze Mann – anders ließ er sich nicht beschreiben, selbst sein Gesicht war schwarz wie die Nacht, wie ein Loch, das jemand mit wenig bastlerischem Geschick und einer stumpfen Schere in die Realität geschnitten hatte – hob das Messer und zeigte damit auf Jacky. Dann hörte sie ihn ihren Namen flüstern ...

Das war zu viel. Sie floh ins Haus, warf die Tür zu und lehnte sich schwer atmend dagegen. Noch bevor sie die Augen öffnete, wusste sie, was sie hier gleich zu sehen bekommen würde, denn sie roch ihn bereits – den Schimmel, den Moder, den Geruch nach Tod und Fäulnis. Die Eingangshalle und das Wohnzimmer bestanden nur noch aus mottenzerfressenen Stoffen, vergammelten Teppichen, morschem, von Würmern durchlöchertem Holz und Schimmel in den Ecken. Und überall waren die Maden. Weißes Gewimmel auf dem Tisch, dem Boden und an den Wänden. Dann entdeckte Jacky Matilda. Sie saß noch immer in ihrem Schaukelstuhl und blätterte gerade eine Seite in ihrem Buch um. In ihren Haaren wimmelte es. Auf ihren Händen wimmelte es. Die Maden krochen an ihren Beinen hoch, der Schimmel hatte den Stoff ihres Kleides erobert und verbreitete sich auf der gräulich wirkenden Haut in ihrem Gesicht. Nun sah sie auf, drehte den Kopf und richtete ihren Blick aus blind gewordenen Augen auf Jacky. Eine einzelne Made kroch aus dem Unterlid hervor und fiel plump auf Matildas Wange. Sie öffnete den Mund, präsentierte eine Reihe schwarzer Stummel, die einst ihre Zähne gewesen waren, und fragte: »Erkennst du es jetzt, kleiner Quälgeist?«

Etwas in Jacky zerbrach. Sie schrie so schrill und laut wie noch nie in ihrem Leben, ihre Beine hielten sie nicht mehr, sie sank in sich zusammen, kauerte auf dem Boden und konnte nicht aufhören zu schreien. Erst als sie Matildas Hand auf ihrer Schulter spürte, sah sie auf und blickte in Matildas Gesicht, das wieder genauso aussah, wie sie es kannte: alt, von Falten zerfurcht, aber quicklebendig und gesund. Sie wirkte besorgt.

Jacky ließ sich von Matilda aufhelfen und zum Sofa führen. Auf dem Weg dorthin schaute sie sich gehetzt um und konnte nirgends eine Spur des Verfalls entdecken, der eben noch alles im Griff gehabt hatte. Was geschah hier? Lag es an ihr? Irgendetwas stimmte ganz und gar nicht. Kraftlos ließ sie sich auf das Sofa fallen, und Matilda nahm ihr gegenüber in einem Sessel Platz.

Eine Weile sagte niemand etwas.

»So, Mädchen«, begann Matilda und faltete ihre Hände im Schoß. »Willst du mir nicht sagen, was dich bedrückt?«

Jacky antwortete nicht. Stattdessen stand sie auf und ging auf immer noch wackligen Beinen hinüber zum großen Fenster, um in den Garten zu spähen. Der Schattenmann war nicht mehr da. Matilda war neben sie getreten und lächelte amüsiert, als sie bemerkte: »Ist schon das zweite Mal heute, dass wir zusammen zum Friedhof rübergucken. Was gibt es diesmal zu sehen?«

Jacky schüttelte den Kopf. »Nichts. Nicht mehr.«

Dann hob sie ihre Faust, drehte sie um und öffnete sie. Die goldene Münze lag noch immer darin. Sie beobachtete Matilda ganz genau, als diese das Fundstück anschaute. Ihr Blick schien für einen Augenblick zu flattern, doch mehr ließ sie sich nicht anmerken. In ihrer Stimme schwang jedoch etwas mit, ein Unterton, der die Fliege in Jackys Bauch zum Summen brachte, als sie fragte: »Woher hast du die?«

»Mr. King hat sie mir gebracht. Ich glaube, sie stammt aus dem frischen Grab drüben auf dem anonymen Friedhof.«

»Was? Nein, ganz sicher nicht!«, widersprach Matilda.

»Wieso nicht? Ich hab doch gesehen, wie der Typ im Mantel die Münze hineingeworfen hat.«

Matilda nickte. »Eben. Da haben sie doch noch locker einen Meter Erde draufgeschaufelt. Mr. King ist ein Kater, kein Hund, der nach Knochen buddelt, und nicht mehr der Jüngste. Nein, das ist nicht die Münze aus dem Grab.«

Sie wandte sich ab, griff nach ihrem Gehstock und machte sich daran, das Wohnzimmer zu verlassen. An der Tür blieb sie stehen und sah Jacky ernst an. »Mädchen, du scheinst es immer noch nicht begreifen zu wollen. Dabei hatte ich kurz die Hoffnung, du hättest deine Augen endlich geöffnet.«

»Was meinst du, Matilda?«

Die alte Dame lächelte und deutete mit einem Kopfnicken nach draußen. »Geh doch mal an die frische Luft, drüben bei der alten Eiche. Ich habe da so eine Idee, wo Mr. King deine Münze gefunden haben könnte. Vielleicht kapierst du es dann.«

Es musste eine Ewigkeit her sein, dass Jacky im Garten gewesen war. Wenn sie genau darüber nachdachte, konnte sie sich tatsächlich nicht daran erinnern, überhaupt jemals durch die verwilderten Blumenbeete und unter den großen, schattenspendenden Bäumen spazieren gegangen zu sein. Unschlüssig stand sie auf der untersten Stufe der Veranda und sah sich um. Was, wenn der schwarze Mann erneut auftauchte? Oder hatte sie sich den genauso eingebildet wie das verschimmelnde Wohnzimmer und die verweste Matilda, die mit toten Augen ein Buch las? Sie hatte ihn Matilda gegenüber gar nicht erwähnt. Die Alte wusste irgendetwas, aber statt es Jacky einfach zu erklären, hatte sie sie hinaus in den Garten geschickt.

Zögerlich setzte sie einen Fuß auf den Boden. Die Grashalme kitzelten an ihrer Fußsohle, aber es fühlte sich gut an. Schritt für Schritt bewegte sie sich auf die Eiche zu und konnte schon sehen, was Matilda gemeint hatte. Dort, im Schatten des uralten Baumes sah die Erde dunkel und feucht aus, so als sei sie vor kurzem umgegraben worden. An derselben Stelle war der schwarze Mann erschienen. Jacky schrak zusammen, als sie dort einen huschenden Schatten ausmachte. Doch es war nur Mr. King, der auf Jacky zukam und um ihre Beine strich. Dann setzte er sich neben sie und begann, eine seiner Pfoten abzulecken. Jacky ging weiter und hatte den Eindruck, dass Mr. King nur so tat, als sei er beschäftigt, während er in Wirklichkeit jeden ihrer Schritte genau beobachtete. Er schien nicht der einzige zu sein. Drüben im Haus wackelte die Gardine am Wohnzimmerfenster, als Matilda sich wieder dahinter versteckte.

»Jacky ...«

Sie zuckte zusammen. Ein langgezogenes raues Flüstern, als ob der Wind selbst zu ihr sprach. War der schwarze Mann zurückgekommen? Nein, sie war – abgesehen vom Kater – allein im Garten. Und nun stand sie im Schatten der Eiche und fühlte sich ebenso aufgewühlt wie der Boden zu ihren Füßen.

Nicht einmal fünf Meter weiter stand der Friedhofszaun. Zwischen den blühenden Rhododendren konnte Jacky den gepflegten Rasen des anonymen Bestattungsfeldes sehen und erhaschte sogar einen Blick auf das frische Grab, dessen Erde genauso dunkel aussah wie die Stelle hier unter der Eiche. Es war keine zwei Stunden her, dass dort jemand begraben worden war – ohne Sarg, aber mit einer goldenen Münze. Jacky sah auf die Münze in ihrer Hand und stöhnte entnervt auf.

Was machte sie hier?

Dann sah sie es. Da steckte ein Stück Stoff in der Erde. Sie ging in die Hocke und griff danach. Weiße Seide mit blauen Blumen bedruckt und voller bräunlicher Flecken, als wäre mit dem Stoff etwas abgewischt worden. Bald hielt sie den Schal in der Hand und klopfte die Erde ab. Dieses Gefühl auf der Haut, das Muster, ja, sogar der noch anhaftende Geruch nach einem Parfum weckten tief verborgene Erinnerungen in ihr. Ihr Herzschlag nahm Fahrt auf, als ihr bewusst wurde, dass dieser Schal ... ihr gehörte.

Sie presste den Stoff an sich und fühlte sich leer, bis sich ihr Kopf allmählich mit Bildern füllte.

Erinnerungen, von denen sie nicht wusste, dass sie sie vergessen hatte, kamen zu ihr zurück, aber sie ergaben keinen Sinn. Sie waren wie Traumfetzen, die sich nach dem Aufwachen nicht mehr in ein sinnvolles Ganzes bringen ließen.

»Na, mein kleiner Quälgeist? Hast du was entdeckt?«

Jacky sah nicht auf. Irgendwie hatte Matilda es geschafft, völlig unbemerkt bis hierher zu gelangen. Dabei hatte Jacky sie noch nie außerhalb des Hauses gesehen.

Jacky hielt den Schal hoch, um ihn Matilda zu zeigen, die keineswegs überrascht zu sein schien.

»Wieso war der hier im Garten vergraben?«

Matildas Antwort irritierte sie: »Liebes, war das alles, was du gefunden hast? Ich glaube, du hast nicht sorgfältig genug gesucht.«

Sie hob ihren dürren Arm und zeigte auf die Stelle, an der Jacky den Schal aus der Erde gezogen hatte. Jacky schaute hin und sah jetzt, dass da noch etwas war. Etwas Helles, Feingliedriges. Ein Finger.

»Matilda?«

Jacky verstand gar nichts mehr. Sie sah hilfesuchend zu der alten Dame, doch die lächelte sie nur traurig an.

Sie kroch näher und nahm den Finger

(»*Oh Gott, es ist wirklich ein Finger, ein menschlicher Finger!*«)

in Augenschein. Auf dem abgebrochenen Nagel war noch silbergrauer Nagellack zu erkennen. Jacky schob behutsam die lockere Erde beiseite und legte eine ganze Hand frei. Die Haut war gräulich, aber intakt, durchzogen von dunkelgrünen Adern. Jacky vermied es, die toten Glieder zu berühren. Sie wusste, welcher Nagellack das war. Er hieß Sweetheart, eine Billigmarke, die es in jedem Discounter gab. Aber etwas in Jackys Gedächtnis war noch nicht komplett eingerastet.

Woher hatte sie diese Informationen? Wieso konnte sie sich an den Nagellack auf den Fingern eines toten Mädchens erinnern?

Sie arbeitete sich am Arm entlang bis zum Hals. Mit bloßen Händen hatte sie ein Loch gebuddelt, hatte die Erde zwischen ihren Beinen nach hinten geschleudert wie ein Hund. Gleich würde sie das Gesicht freilegen. Ihr wurde schwindlig, und sie musste innehalten. Dass hier offenbar eine Leiche vergraben war, verstörte sie nicht so sehr wie die Tatsache, dass Matilda davon gewusst hatte. Das führte sie direkt zur nächsten bohrenden Frage:

»Wer ist das?«

»Erkennst du sie noch immer nicht? Dann musst du wohl weitergraben.«

Und Jacky grub weiter, schneller und mit einer fieberhaften Verbissenheit. Zuerst kamen die Haare zum Vorschein, lange Haare mit einem Rotstich. Einstmals mussten sie schön gewesen sein, jetzt aber lagen sie stumpf in verklebten Strähnen in der Erde und auf dem Gesicht der Toten, verbargen es vor Jacky. Winzige Insekten krabbelten darin herum. Mit dem Schal wischte sie die Haare beiseite und konnte endlich einen Blick auf das Antlitz des toten Mädchens werfen.

Sie schaute. Und starrte. Blinzelte, schloss die Augen, öffnete sie wieder, schaute noch genauer hin. Die eine Gesichtshälfte war schrecklich entstellt, sie war eingedrückt, als sei ihr mit einem großen, stumpfen Gegenstand der Schädel eingeschlagen worden. Doch der Rest des Gesichts war erstaunlich gut erhalten. Trotz der grau gewordenen, von grün schimmernden, aufgedunsenen Adern durchzogenen Haut konnte sie die Tote gut erkennen. Und das war das Problem. Es sprengte ihren Verstand. Mühsam kämpfte sie sich auf die Beine, taumelte ein Stück weg und übergab sich laut würgend auf den lilafarbenen Rhododendron, der seine blütenbewehrten Zweige durch den Friedhofszaun gequetscht hatte. Zitternd hielt sie sich vornübergebeugt am Gitter fest.

»Was. Geht. Hier. Vor?« Sie musste jedes Wort einzeln hervorpressen. »Warum ist eine Leiche in deinem Garten vergraben? Und warum sieht sie aus wie ich?« Jacky merkte, wie schrill ihre eigene Stimme klang, doch sie konnte sich kaum noch beherrschen.

»Wenn du glaubst, dass ich damit etwas zu tun habe«, sagte Matilda kühl, »dann irrst du dich. Ja, da liegt eine Leiche in der Erde, aber ich habe sie nicht getötet.«

»Wer denn dann?«, fragte Jacky entnervt. »Vielleicht ist es ja dieser schwarze Schattenmann, der hier nach der anonymen Beerdigung aufgetaucht ist ...«

Matildas Gesichtszüge entgleisten. Ihr Mund öffnete und schloss sich, als führe er ein Eigenleben, ihre Augen wurden groß, und ihre Haut wirkte plötzlich noch faltiger und eingefallener.

»Der schwarze Mann?«, hauchte sie. »Du hast ihn gesehen? Wo?«

Jacky sah sich um. »Genau hier. Ich glaube, er kennt meinen Namen. Er hat mich gerufen ...«

Jetzt wurde Matilda hektisch. »Er war hier? Oh Gott, Mädchen ... Warum hast du denn nichts gesagt? Dann ist es nicht vorbei, dann hat er nicht aufgegeben. Du musst dich erinnern. Das ist wichtig!«

Sie kam auf Jacky zu, die gern zurückgewichen wäre, doch hinter ihr befand sich der Friedhofszaun. Die Alte griff nach Jackys Hand und zog sie zu sich. Ihr Griff war erstaunlich kräftig. Sie zwang Jacky, die Faust zu öffnen, die sie noch immer um die Münze geschlossen hatte. »Das da habe ich in das Grab des toten Mädchens gelegt«, sagte sie. »Es war das einzige, was ich tun konnte. Meine Generation macht das noch so, ist ein uralter Brauch. Soll helfen, in das Jenseits zu gelangen.« Ihr Blick war in die Ferne gerichtet, doch jetzt fokussierte er sich wieder auf Jacky. Sie pikte ihr mit ihrem von Gicht gezeichneten Zeigefinger schmerzhaft in die Schulter. »Du musst endlich verstehen, was dir zugestoßen ist, sonst war es das mit dir. Für immer.«

Spucke sprühte Jacky ins Gesicht, als sich Matilda immer mehr ereiferte und ihre Worte förmlich ausspie. Sie machte Jacky Angst, die kein Wort von dem verstand, was sie ihr zu sagen versuchte.

»Dann hilf mir bitte, Matilda, ich weiß nicht, was hier geschieht. Ich weiß gar nichts mehr.«

Matildas Blick wurde weicher. »Gut«, sagte sie nun, um Fassung bemüht. Sie trat einen Schritt zurück und strich sich über das dünne, silbergraue Haar. »Wir sollten reingehen, hier draußen ist es nicht sicher.«

Sie hakte sich bei Jacky ein und führte sie durch den Garten. Keine von ihnen wagte noch einen Blick auf das tote Mädchen. Auf dem Weg zurück ins Haus sah Matilda sich immer wieder um, als befürchtete sie, dass der Schattenmann jeden Moment auftauchte. Sie rannte fast und japste nach Luft, als sie die Veranda erreichten.

Die alte Frau ließ sich auf eine gebrechlich wirkende Bank sinken und zog Jacky auf den Platz neben sich. Dabei ließ sie den Garten nicht aus den Augen. Jacky stellte fest, dass sie auch aus dieser Entfernung deutlich die gräulich-bleichen Finger des toten Mädchens sehen konnte. Sie schluckte und schaute weg. Mr. King war inzwischen wiederaufgetaucht. Er strich um die Beine der beiden Frauen und ließ sich vor den Verandastufen nieder, den Kopf aufgerichtet. Aus seinen grünen Augen beobachtete er aufmerksam den Garten, als sei er ein Wachhund und kein Kater.

»Die begraben nicht nur unbekannte Tote drüben auf dem Friedhof«, begann Matilda. »Ich habe über die

Beerdigung von heute Nachmittag nachgedacht. Wer immer es war, die Männer, die ihn beigesetzt haben, müssen auch etwas mit seinem Tod zu tun gehabt haben. Ich habe früher schon Gerüchte darüber gehört, dass das Friedhofspersonal käuflich ist. Für genug Geld vergraben sie alles: Haustiere, ungewollte Neugeborene und eben auch Menschen, die unbemerkt verschwinden sollen.«

»Das ist ja schrecklich!«, entfuhr es Jacky.

»Schrecklich?« Matilda schnaubte verächtlich. »Die Tote in meinem Garten, das ist schrecklich. Drüben auf dem anonymen Friedhof, da landen nur Penner ohne Namen oder solche, die es verdient haben, glaube mir. Ich bin lange genug hier und habe schon so einiges beobachtet.«

»Du denkst also, der Tote von heute Nachmittag war ein Verbrecher?«, fragte Jacky.

»Ein Mörder, das glaube ich. Der Mann mit dem Hut war für seinen Tod verantwortlich, keine Ahnung, ob er ihn auch umgebracht hat. Aber es schien ihm wichtig zu sein, die Leiche dieses Mannes persönlich zu beseitigen. Nur die Sache mit der Münze scheint nicht funktioniert zu haben, genauso wenig wie bei dem Mädchen in meinem Garten …«

Matilda verstummte, stand auf, trat an das hölzerne Geländer und drehte sich zu Jacky mit einem nachdenklichen Ausdruck, als wartete sie darauf, dass die Erkenntnis über ihr hereinbrach. Nur welche Erkenntnis? Jacky fühlte sich von Minute zu Minute noch verwirrter. Ein Mörder wurde heimlich begraben. Am selben Tag tauchte die Leiche eines Mädchens auf. Und beiden war eine Münze ins Grab gelegt worden. Ihr Eintrittsgeld ins Jenseits, in dem sie aber nie angekommen waren.

»Du hast also beobachtet, wie jemand die Leiche in deinem Garten verscharrte, und alles, was du getan hast, war, eine Münze hinterherzuschmeißen?«, fragte Jacky. »Hast du nicht daran gedacht, die Polizei zu rufen?«

Matilda lächelte traurig. »Das hätte ich wirklich gern getan, aber ...«

Weiter kam sie nicht. Sie ächzte auf und sah ungläubig an sich herunter. Die blutbeschmierte Klinge eines langen Messers ragte plötzlich aus ihrem Brustkorb. Jacky wollte schreien und brachte keinen Ton heraus. Jetzt sah sie ihn. Der Schattenmann erhob sich hinter Matilda, und obwohl er keine Augen besaß, spürte Jacky, dass er sie anstarrte, voller Gier und Mordlust.

»Jacky, lauf«, krächzte Matilda mit brechender Stimme. »Er darf dich nicht kriegen, nicht noch einmal ...«

Das Messer wurde mit einem Ruck nach oben gezogen und schlitzte Matildas Oberkörper bis zum Hals auf. Blut klatschte schwallartig auf den Boden und spritzte in alle Richtungen. Dann zog der Schattenmann seine Waffe zurück, und Matilda fiel vornüber auf den Boden, mitten in ihre eigene Blutlache. Der schwarze Mann kam gemächlich die Stufen der Veranda herauf. Nun stand er vor ihr, keine zwei Meter entfernt.

Jacky rutschte von der Bank und versuchte, auf allen vieren von ihm wegzukrabbeln. Sie würde es nicht schaffen. Ein kleiner schwarzer Schatten huschte an ihr vorbei – Mr. King! Der Kater baute sich vor dem schwarzen Mann auf, das Fell wie unter Strom gesträubt, und fauchte ihn an. Tatsächlich schien es ihn zu irritieren, zumindest hielt er inne und war von Jacky abgelenkt. Sie schaffte es ins Haus und warf die Tür hinter sich zu. Draußen fauchte Mr. King in einer Tonlage, wie Jacky sie noch nie bei ihm gehört hatte – oder bei irgendeiner Katze.

Rückwärts bewegte sie sich von der Haustür weg, bis sie gegen die unterste Stufe der Treppe stieß. Jetzt erst bemerkte sie, dass sich das Haus erneut verändert hatte. Moder, Schimmel, Zerfall überall. Maden an den Wänden, Fliegenschwärme und dieser abartige Geruch. Der Schaukelstuhl im Wohnzimmer wippte sanft vor und zurück. Matilda saß darin und –

Matilda? Jacky schrie entsetzt auf. Wie war die alte Dame hereingekommen? Sie war doch gerade erst auf der Veranda von dem Schattenmann ermordet worden. Matilda drehte den Kopf zu Jacky, sie sah noch schlimmer aus als beim ersten Mal. Die Haut war grau und spannte wie Pergamentpapier über den bleichen Knochen. Fliegen summten um ihren Kopf, Maden krochen durch ihr Haar, fielen aus ihren Nasenlöchern und sammelten sich in den leeren Augenhöhlen. Jetzt öffnete sie ihren Mund, und Jacky wich, dem Wahnsinn nahe, vor ihr zurück. Zwischen den schwarzen Zahnstümpfen und Maden purzelten die Worte aus Matildas Mund.

»Ein Feuer wäre jetzt schön, mein kleiner Poltergeist«, sagte sie. »Ein schönes reinigendes Feuer würde uns allen guttun.«

Das war der Moment, in dem Jacky ihren Verstand verlor. Sie schrie wie von Sinnen, wirbelte herum, rannte nach oben in ihr Atelier und verriegelte die Tür. Sie nahm nur am Rande wahr, dass auch hier Tod und Verfall herrschten, dass die Maden alles bedeckten wie ein weißes, lebendig gewordenes Leichentuch. Nur auf ihrem unfertigen Bild waren sie nicht. Jacky stutzte, als sie es genauer anschaute. Die Linien und Farben ergaben plötzlich einen Sinn. All die Zeit hatte sie geglaubt, einen Traum zu malen, aber jetzt erkannte sie es ganz klar, und es ließ ihr das Blut in den Adern gefrieren. Sie hatte Matildas Haus gemalt. Die Tür stand offen, und auf den Stufen zur Veranda lag der Körper eines

Mädchens, blutüberströmt. Auf einen Schlag mischten sich die Erinnerungsfetzen und Traumsequenzen in ihrem Kopf und ergaben ein vollständiges Bild.

Der Fremde war ihr gefolgt, sie hatte ihn nicht abschütteln können. Ganz in der Nähe des Friedhofs hatte er sie in die Finger gekriegt und schreckliche Dinge mit ihr gemacht, schreckliche unaussprechliche Dinge. Bedroht hatte er sie, hatte ihr sein riesiges Messer gezeigt und ihr gesagt, er würde sie abschlachten, wenn sie schrie, würde sie in tausend Stücke schneiden, wenn sie sich wehrte. Aber sie hatte sich gewehrt, hatte einen Ast zu fassen gekriegt und ihn damit an der Schläfe getroffen. Sie war fortgerannt, so schnell sie konnte, in ihren zerrissenen Kleidern, während das Blut zwischen ihren Beinen herauslief, war in diesen verwilderten Garten gestolpert mit dem uralten Haus, das schon seit Ewigkeiten leer stand.

Draußen schrie Mr. King empört auf und verstummte.

Er hatte sie gejagt und auf den morschen Stufen der Veranda erwischt, wo er sie mit so vielen Messerstichen verletzte, dass ihr Rücken wie blutiges Hackfleisch aussah. Hatte sie an den Haaren zu der alten Eiche geschleift und ihr, als er merkte, dass ihr junges verzweifeltes Herz immer noch schlug, mit einem Stein den Kopf eingeschlagen.

Irgendwo unten im Haus splitterte Holz.

Verscharrt hatte er ihren Körper, gleich an Ort und Stelle am Fuß des Eichenbaums. Hatte sich unbeobachtet gefühlt, doch zwei grüne Augen hatten alles aufmerksam verfolgt. Hatte sich die blutbesudelten Hände an dem Schal gesäubert und ihn in der lockeren Erde versteckt, bevor er sich davonmachte.

Schwere Schritte durchquerten die Eingangshalle.

Dann war jemand aus dem Haus gekommen, dem Haus, das doch unbewohnt sein sollte. Eine alte Frau mit einem Gehstock hatte eine Münze in die Erde gesteckt. Jacky war ihr gefolgt, sie wollte nicht allein hier draußen bleiben. Sie war mit ihr gegangen und hatte beschlossen, bei Matilda zu bleiben. Matilda, die grummelige alte Dame, die stets geschimpft hatte über Jacky, ihren Poltergeist.

Jemand kam die Treppe herauf.

Jacky hatte vergessen, wer sie war und wie sie hierhergekommen war. Alles was sie hatte, waren die Staffelei und die Leinwand, die Pinsel und Farben, mit denen sie all die Zeit das gemalt hatte, was sie zuletzt in ihrem Leben wahrgenommen hatte, ohne sich wirklich zu erinnern. Bis jetzt!

Etwas donnerte von außen gegen die Tür zu ihrem Atelier.

Jacky konnte sich nicht darum kümmern. Sie gab sich ihren Erinnerungen hin und fügte die letzten Puzzleteile zusammen. Der Mann mit dem Hut. Er hatte in ihr nicht nur das Gefühl von Vertrautheit geweckt. Es war auch Trauer dabei, unendliches Leid, Verlust und Rache. Der Mann mit dem Hut hatte sich an dem Schattenmann gerächt – für den Mord an dem Mädchen in Matildas Garten. Der Mann mit dem Hut war Jackys Vater. Jacky war das tote Mädchen im Garten.

Und da draußen vor der Tür stand Jackys Mörder, der immer noch hinter ihr her war. Er würde sie noch einmal zerstören, diesmal endgültig.

Jacky merkte, dass sie mit einer Hand noch immer den Schal und mit der anderen die Münze festhielt. Sie zitterte am ganzen Körper und machte einen Satz bei jedem weiteren Schlag gegen die Tür, die nicht mehr lange standhalten würde.

Ein Feuer wäre jetzt schön.

Jackys Blick fiel auf den Tisch mit den Farben und der Flasche mit dem Terpentinersatz. Auf einmal wusste sie, was zu tun war.

Der Schattenmann wütete besinnungslos. Sein ganzes Wesen kannte nur ein Ziel. Endlich gab die Tür nach, sie flog aus den Angeln und gab den Blick auf ein Zimmer voller Tod und Zerfall frei. Mitten in dem verwesenden Chaos stand *sie*, strahlend schön wie ein Engel. Sie durfte nicht mehr strahlen, auslöschen musste er sie, ein für alle Mal.

»Du kriegst mich nicht!«, schrie sie ihm entgegen, bevor sie sich etwas metallisch Glänzendes in den Mund schob.

Er hob sein Messer und stürmte auf sie zu, während sie nur noch heller strahlte, als sie ihm etwas von ihrem himmlischen Licht entgegenschleuderte. Die Erkenntnis kam zu spät. Der Schattenmann stand im nächsten Moment in Flammen und kreischte, als sich das Feuer auf ihm ausbreitete und in Windeseile auch den Rest des Zimmers eroberte. Wie eine mannsgroße Fackel torkelte er zurück in den Korridor, stolperte auf die Treppe zu, die er schließlich kopfüber hinunterstürzte. Auf seinem Weg verteilte er das Feuer überall, die Flammen fraßen sich durch das uralte Gebälk, verschlangen das Haus und alles darin, bis nur noch verkohlte Reste übrig waren.

»Da drin soll es gespukt haben«, sagte Joseph zu Harald. Die beiden Totengräber standen rauchend am Rand des anonymen Bestattungsfeldes und gafften rüber zur Villa oder was noch davon übrig war. Es hatten noch Tage später Rauchschwaden über den Ruinen gehangen und der Gestank nach verbranntem Holz und Kunststoff lag immer noch in der Luft.

»Würde mich nicht wundern«, sagte Harald. »Aber gefunden haben sie niemanden in den Überresten.«

»Nee, aber dafür unter dem Baum da«, erwiderte Joseph und zeigte auf das Absperrband an der alten Eiche. Zeitung und Radio hatten über den Fall berichtet. Die Tote hinterm Friedhof war die arme Jacqueline Hartmann, die Tochter des Bestatters, die seit dem Frühjahr vermisst worden war.

Harald schüttelte sich und trat seine Zigarette aus. »Ist schon seltsam, dass alles an einem Tag passiert ist, hm?«

Joseph glotzte ihn fragend an.

»Na der Tote, den wir für den alten Hartmann beerdigt haben ...«

»Psst!«, machte Joseph sofort. »Wir sprechen doch nicht darüber.«

»Weiß ich doch, lassen wir uns ja auch ordentlich bezahlen, und ich sag's ja auch nur zu dir, Kumpel. Also da ist unsere geheime Beerdigung, und am Abend desselben Tages fackelt das alte Spukhaus am Friedhof ab, und sie finden die Kleine vom Hartmann wieder, mausetot, verscharrt unterm Baum. Natürlich hat der Kerl uns nicht gesagt, wer das war, den wir hier eingebuddelt haben, aber wenn du mich fragst ...«

»Ich frag dich aber nicht«, fuhr Joseph dazwischen. »Und ich möchte auch nie mehr darüber sprechen.«

Harald wollte ihm antworten, doch etwas lenkte ihn ab, eine sanfte Berührung an seinen Beinen. Ein pechschwarzer Kater rieb sich an seiner Arbeitshose und schaute zu ihm hoch. Seine grünen Augen funkelten ihn an.

»Was bist du denn für einer?«, fragte Harald und wollte sich bücken, um das hübsche Tier zu streicheln. Doch der Kater ließ von ihm ab und lief schnurstracks auf den Zaun zu, schlüpfte durch eine Lücke und verschwand drüben auf dem Grundstück des abgebrannten Spukhauses.

Über die Autorin:
Jana Oltersdorff, Jahrgang 1977, wuchs in der Hansestadt Wismar auf und lebt heute mit ihrem Mann und den Zwillingssöhnen im Rhein-Main-Gebiet. Gegruselt hat sie sich schon immer gern und fing irgendwann

an, aus dieser Leidenschaft Geschichten zu spinnen und zu veröffentlichen. Ihre dunklen Kurzgeschichten finden sich mittlerweile in etlichen deutschen Horror-Anthologien, gewannen Wettbewerbe und standen auf Shortlists für Literaturpreise.

Ausflug ins Moor

von Karin Elisabeth

für Diana

GEORG

Unterwegs ist es kälter geworden, die Luft feuchter. Mit jedem Atemzug wächst die Beklemmung in meiner Brust. Vielleicht liegt es an dem sauren Boden, der Nährstoffarmut, dem allgegenwärtigen Mangel, den man förmlich riechen kann und der von allem Lebendigen hier zu zehren scheint. Vielleicht liegt es aber auch an dir, Patti.

Wenn mich nicht alles täuscht, muss der große Moorsee ganz in der Nähe sein. Den ganzen Weg hierher hast du kein Wort mit mir geredet. Eine kleine, dunkel gemusterte Schlange ist vom Weg ab ins Gestrüpp gekrochen, direkt vor uns. Eine Kreuzotter wahrscheinlich, die gibt es nämlich hier. Aber nicht die geringste Reaktion von dir. Im Auto hast du schon kein Wort mit mir geredet. Du hast nicht mal über den Wachtelkönig gelacht, der hier im Moor laut Broschüre wohnen soll. Wenn alles in Ordnung wäre, hättest du ihn dir in allen Farben ausgemalt, den komischen Vogel. Du und deine blühende Fantasie. Aber nein. Gar nichts ist in Ordnung.

»Romantische Idylle«, stand in der Broschüre. »Verwunschen, ja geradezu magisch, zieht das Wittmoor vor allem im Sommer zahlreiche Wanderer und Naturliebhaber an.« Das müsste dir doch gefallen, habe ich gedacht, Patti. Aber es sieht nicht so aus, wenn ich dein Gesicht so sehe.

Du siehst seltsam aus in deinem neuen Kleid, schwarz mit weißen, roten und blauen Blümchen. »Zigeunerinnenkleid«, hat deine Mutter gesagt. Lustlos schweift dein Blick über Heidekraut und leuchtende Wiesen. Gänsehaut hat sich auf deinen nackten Armen breitgemacht.

»Willst du meine Jacke?« Du schüttelst den Kopf und ziehst deine eigene an, Wildleder mit Fransen, wie es alle deine neuen Freunde tragen. Schön, Patti. Mach halt auf bockig. Du wirst schon noch sehen.

Der See liegt da wie Quecksilber. Tote Baumstämme ragen krumm und quer aus dem reglosen Spiegel. Die Stille ist erdrückend, unnatürlich. Jedes Geräusch verliert sich im Atem des Sees. Von zahlreichen Wanderern und Naturliebhabern keine Spur. Nur ein Typ mit Tarnklamotten nutzt das letzte klare Licht, um mit seiner Kamera einem Reiher hinterherzujagen.

»Komm schon. Ist doch schön hier«, sage ich. Die Abscheu in deinen Augen knickt mich mitten durch. Einen Moment lang komme ich mir wie ein Spießer vor mit dem Picknickkorb und der Decke, aber dann denke ich an den Wein. Ich habe nämlich eine Überraschung, die dir gefallen wird, die dich *überzeugen* wird. Der Korken gleitet aus der Flasche und ich gieße zwei Gläser ein. Du trinkst zu schnell, wie immer. Du kennst einfach kein Maß, Patti, und das ist einer der Gründe, warum ich dich so liebe.

Der Typ mit der Kamera macht sich vom Acker und wir sind endlich allein. Ich will dir eine wilde Strähne aus dem Gesicht streichen. Seit einiger Zeit kämmst du deine langen, blonden Haare nicht mehr, obwohl du weißt, dass ich es so sehr mag, wenn sie glatt und seidig sind. Du entziehst dich meiner Hand, wie so oft in letzter Zeit. Schweigend starrst du in den See.

»Woran denkst du?«, frage ich.

»An eine Frau, die sich ertränkt hat.«

»Hier?« Du nickst abwesend. »Woher willst du das wissen?«

»Weiß ich nicht mehr.«

Ach, Patti. Du schaffst es einfach immer, alles kaputtzumachen, was so schön sein könnte. Denkst dir wahrscheinlich nicht mal was dabei, ist einfach deine Art. Wenn du schlechte Laune hast, dann auch alle anderen. Aber heute nicht, Patti.

»Können wir zurückfahren? Es ist gruselig hier.« Zu viel Anspannung in deiner Stimme, zu viel Anspannung den ganzen Tag schon.

»Komm schon, entspann dich mal. Lass uns doch wenigstens den Sonnenuntergang ansehen.«

Ach, Patti. Ich will doch nur den Arm um dich legen, deine Wärme fühlen wie früher, hier im kalten Schatten des Sees habe ich deine Liebe so dringend nötig! Du aber gibst mir nichts, seit Wochen schon, sodass ich mich wirklich langsam frage, wem du es sonst gibst. Ja, dreh dich halt weg, ja, trink schnell dein Glas aus, das zweite. Du wirst es gleich sehen …

»Ich scheiß auf den Sonnenuntergang!« Ha! Na also. Endlich, endlich kommt es raus. »Ich will zurück in die Stadt, klar? Scheiße, was machen wir denn überhaupt hier?«

»Was willst du denn in der Stadt, da ist doch gar nichts.«

»Und hier? Was ist *hier*?«

»*Ich* bin hier.«

Dein eisiger Blick haut mich in tausend Stücke. Was ist nur los mit dir, Patti? Wie kannst du so grausam sein? Seit einer Woche schon hast du nichts mehr gesagt, mich nicht mehr angefasst oder auch nur angesehen. Du driftest weg von mir, du driftest weg von allem. Ja, ich weiß genau, was du in der Stadt willst. Da ist dieses Konzert, Grateful Dead oder wie die Typen heißen. Vor einer Woche schon hab ich das Ticket gefunden, und glaub nicht, ich wüsste nicht, wer da auch hingeht und was du mit ihm vorhast und wahrscheinlich schon lange tust!

»Willst du mir vielleicht irgendwas sagen, Patti?«

Ja, das willst du. Wolltest du gestern schon, ich habe es den ganzen Abend gefühlt und es war unerträglich.

»Ich will einfach nur zurück.« Wie Gift spritzen die Worte aus deinem viel zu schönen Mund in mein Gesicht. Du willst mit mir Schluss machen, Patti, ist doch so, oder? Mein Magen zieht sich zusammen, mir wird kotzübel, als ich das Funkeln deiner grünen Augen sehe, kalt und gleichgültig wie der verfluchte See. Du stehst auf und streichst dein Zigeunerinnenkleid glatt, das leere Weinglas mit einer achtlosen Handbewegung ins Gras geworfen.

»Wo willst du hin?«, frage ich und in der Frage schwingt ein bisschen Panik mit, die mir sofort peinlich ist.

»Krieg dich ein, ich geh nur pinkeln.«

Dann bist du schon zwischen den Birken verschwunden. Hat keinen Zweck, jetzt hinterherzurennen. Du kommst schon wieder, kommst du immer irgendwann, wenn dir kalt wird oder du Angst kriegst. Aber lass dir nicht allzu lange Zeit. Denn sie geht gleich los, die große Show des Universums ...

PATTI
Kaboom. So nennen es die Typen, diese Merry Pranksters, die mit ihrem angemalten Bus durch die Staaten gebrettert sind und das Acid unter die Leute gebracht haben. Kaboom. Es gibt kein Gefühl, das damit vergleichbar ist. Wenn es einmal losgeht, kann es ganz schnell ganz schön seltsam werden. Mein Hirn versucht, sich dran zu gewöhnen. Ich kenne es schon,

ich weiß, was zu tun ist. Trotzdem ist es jedes Mal ein Kampf, den man leicht verlieren kann ...

Der verfluchte Wein. Das war also die Überraschung, die ist allerdings gelungen. Hätte mir ja denken können, dass er was besorgt hat, er ist ja bei Roland gewesen. Hätte gestern schon Schluss machen sollen, als ich dran dachte. Jetzt ist es zu spät und er hat mich vergiftet. Manchmal habe ich böse Gedanken, wenn ich ihn ansehe.

Kaboom. Da ist es jetzt. Aber ich will das nicht. Nicht jetzt, nicht hier. Etwas stimmt hier nicht, man kann es fühlen. Dieser Ort hat eine schlechte Aura, so würde Roland es nennen. Etwas, das an einem nagt, tief im Inneren. Vielleicht die Tatsache, dass hier nichts wirklich vergeht. Im Moor kann alles Lebende verloren gehen, aber es verschwindet nicht. Es ist immer da, in der Erde, unter dem Gras ...

Das ist so ein Ort, an dem man nicht hinter die Fassade gucken will. Aber alles fängt schon an zu knistern, sich zu verändern, und gleich öffnet sich der Vorhang, die goldenen Lichter gehen an und der Blick wird frei ins Innere der Dinge. Schon verlieren Zeit und Raum ihre Form, zerfallen in Dunst und Moleküle, die das Hirn zu neuen Mustern zusammensetzt. Konturen verschwimmen und werden zugleich klarer. Hoch über meinem Kopf rauschen die Baumkronen, ich sehe und höre jedes einzelne Blatt, jeden Pilz, das Moos, wie es über die umgestürzten Baumstämme kriecht. Und noch etwas anderes. Ein alter Ton, ein dunkles Rauschen, das in Codes zerfällt. Endlose Ketten von Codes, die sich in meinem Kopf zu etwas verdichten, das wie ein böses Flüstern klingt.

Achtung, Patti!

»Wer hat das gesagt?«

Still! Kein Wort mehr jetzt. Sonst kommst du hier nicht mehr heile raus. Jetzt geht es richtig los und du kannst es nicht aufhalten. Das, was war, und das, was wird, sind eins geworden. Deine Zellen fangen an zu vibrieren, die Handflächen kribbeln, du fühlst, dass die Welt sich dreht unter dir. Du löst dich auf, und um dich herum zerfällt alles und setzt sich neu zusammen, so dass du sie sehen kannst, die Wahrheit hinter dem Vorhang. Hast du Angst, Patti?

»Verdammte Scheiße, wer ist da?«

Niemand, Patti. Das ist alles nur in deinem Kopf, das weißt du. Und du solltest jetzt lieber still sein. Du weißt nicht, was du aufweckst, wenn du hier so rumschreist. Überleg dir lieber, was du tun willst. Zurück zur Straße und den Daumen raus? Ihn einfach hier lassen, deinen dummen Georg, der dich vergiftet hat? Dich und das andere Ding, das deinem Körper und deinem Verstand schon seit Tagen zu schaffen macht?

Einfach abhauen, das wäre das Beste, nicht wahr? Aber überleg doch mal Patti. Bis du an der Straße bist, bist du doch schon voll drauf, voll drin in der großen Show des Universums, sagt Roland immer. In dem Zustand kannst du nicht trampen, hier schon gar nicht. Einsame Gegend hier, eine Gegend, die nichts als Angst macht. Nein, Patti. Es ist zu spät. Es gibt nur einen Weg hinaus – den Weg hinein. Und den musst du jetzt gehen.

Der See liegt da wie Quecksilber, ein Abgrund, der ein unverdautes Grauen birgt. Vorsicht, Patti. Wenn du ihm zu nah kommst, dann fängt die Kälte an, mit dir zu sprechen. Wo ist dein dummer Georg jetzt? Dahinten im Gras noch die Decke, der Korb, die Gläser ... verschwommenes, unwirkliches Bild, leblose Kulisse. Als wäret ihr nie da gewesen.

Wie lange war ich denn weg?

Zu lange, Patti. Schau, schon fällt die Dämmerung über das Moor, und sterbend fällt das letzte Licht in den Spiegel, verglühen falsche Sterne über dem Abgrund. Unter der Oberfläche glüht es weiter in dunklen Farben, die du noch nie gesehen hast. Sie bedeuten etwas. Du verstehst nicht, was, nur dass es nichts Gutes sein kann.
Still! Da weint jemand.

Was? Hier ist doch niemand!

Doch, hier ist jemand. Siehst du sie nicht, da unten am Ufer, die dürre, krumme Gestalt im Gras? Nackt bis auf ein nasses, formloses Unterhemd ... Still! Jetzt hat sie dich gesehen. Das Schluchzen verstummt und bleibt im kalten Atem des Sees hängen als langer, sirrender Ton. Langsam dreht sie dir den Kopf zu, und du erstarrst. Sie mag kaum älter sein als du, aber ihr Gesicht ist tot. Aufgedunsen, die Haut mit schwarzen Flecken übersät.
»Ist nicht so schlimm«, hörst du sie murmeln, aber alles in dir schreit Lüge. »Ist nicht so schlimm ...« Immer wieder diese Worte, wie ein Kind, das sich im dunklen Keller selbst beruhigt, mit den Armen die nackten, fleckigen Beine umklammernd, vor und zurück schaukelnd, eine Hand in den Spiegel getaucht ...

Wo bist du, Georg, du verdammtes Arschloch?

Geh näher ran. Frag sie, was passiert ist!

Nein! Ich will das nicht wissen.

Sie sieht dich an. »Siehst du, mein Kleid. Ich habe es dreckig gemacht«, hörst du sie flüstern, dann fällt ihr Blick zurück in den Abgrund. »Ist nicht so schlimm ... Ist nicht so schlimm ...« Im monotonen Fluss der Worte bewegt die kleine, verbrannte Hand den dunklen Stoff durch das Wasser, zieht es heraus, das dreckig gemachte Kleid, legt es ins Gras und streicht mit den Händen den nassen Stoff glatt, über die Löcher, die schwarzen Flecken ... Wie ihr schiefer Mund dabei lächelt, lässt deinen Atem stocken. Das Kleid ist schwarz, mit weißem Kragen, so wie deins, aber es hat nichts Schönes an sich. Es ist ein Trauerkleid, Patti.

Das ist nur ein böser Trip, alles nur in meinem Kopf. Roland hat ja gesagt, dass das passieren kann, dass es jedem mal passiert. Verdammt, warum bist du nicht hier, Roland? Was, wenn es nicht mehr aufhört? Nein. Nur durchhalten, nur nicht die Fassung verlieren, es geht vorbei, so wie es gekommen ist. Nur weg hier, schnell.

Wenn du es sagst! Dann dreh dich doch um, dann geh doch! Aber wohin?
　Ein Wispern, das sich von dem krummen Körper löst und sich im fahlen Dunst verfängt. »Willst du sehen, was ich gemacht habe?« Du willst es nicht, aber es ist zu spät. Ja, mach nur die Augen zu, Patti. Es spielt keine Rolle. Denn sehen musst du es trotzdem ...

GEORG
»Patti? Patti, jetzt komm schon.«
　Wie eine schwarze Zunge ragt der Weg in den Wald hinein, in den tiefen, gähnenden Schlund. Wo bist du, Patti? Zurück zur Straße? Kann ich mir nicht vorstellen. Du hast ja deine Tasche gar nicht. Und inzwischen müsste es auch bei dir angefangen haben. Kann mir nicht vorstellen, dass du es alleine durchziehen willst, allein auf Acid durchs Moor rennen? Das bringst selbst du nicht, und es wäre auch ziemlich dumm, bei deinem Talent, dich zu verirren. Und wenn die Sonne

untergeht ... Die Wege sind schmal, du kannst leicht abkommen, ein falscher Schritt nur, und du kommst hier nicht mehr raus. Willst du das, Patti? Ist es das, verdammt noch mal, wert?

Also komm schon, komm raus. Versteckst du dich? Hast du dich verirrt? Wie soll ich dich finden, jetzt, wo es richtig losgeht? Jetzt, wo Zeit und Raum zerfallen, wo die Konturen sich auflösen, die Einzelheiten verschwimmen und ein einziges, wogendes, wankendes, knackendes, summendes, flüsterndes, flirrendes Ganzes die Realität um uns verschlingt? Jeder Schritt kann eine Falle sein, kann direkt in den Schlund führen, in den Morast, der alles langsam aussaugt und erstickt. Angst verdichtet sich, materialisiert sich, formiert sich zu Spiralen, fängt an, sich zu drehen, nimmt Form an in allem, was sich hier bewegt, im Gras und in den Schatten ...

Das Wichtigste ist, nicht vom Weg abzukommen. Keine Ahnung, wohin dieser verfluchte Weg führt. Er gefällt mir nicht. Etwas stimmt hier nicht. Ich glaube nicht an Geister oder Irrlichter, aber die Birken mit ihren leichenfarbenen Stämmen bewegen sich eigenartig. Wie ihre Wurzeln durch den Waldboden brechen, riesige Leichenhände, die sich aus der Erde graben und nur auf den richtigen Moment warten, um mich zu packen und unter die Erde zu ziehen, in den tiefen, gierigen Schlund ...

Schluss jetzt. Es ist nur ein Trip, wenn auch ein ganz böser. Roland hat ja davon erzählt, der allwissende Roland. Aber der ist nun mal nicht hier, Patti, dein großer Psychonaut und Seelenverwandter. Nur ich, *ich* bin hier. Und ich werde dich finden, bevor es dunkel wird.

»Patti, endlich!«

Ich kann dein Gesicht nicht sehen, aber ich erkenne dein Zigeunerinnenkleid. Von Schatten umtanzt stehst du auf dem Weg, in der Mitte zwischen zwei dürren Birken.

»Patti!«

Hast du mich nicht gehört? Siehst du mich nicht? Was ist mit dir, Patti? Etwas an deiner Haltung macht mir Angst. Du stehst einfach nur da, dein Körper wie eingefroren in einem seltsamen Schaukeln.

»Jetzt mach keine Show, Patti, und komm her!«

Als hättest du mich jetzt erst erkannt, setzt du dich plötzlich in Bewegung, mit schnellen Schritten kommst du den Weg entlang. Etwas stimmt nicht mit deinem Gang, mit deinen Hüften oder deinem Becken. Es gefällt mir nicht, wie du deinen Kopf hältst, es sieht dir gar nicht ähnlich ... Die Schatten zerwühlen dein Gesicht, verformen deine sonst so klaren Züge, Linien graben sich ein, zeigen etwas Fremdes und zerfasern wieder, und ich kann mich nicht erinnern, diese Haut jemals berührt zu haben.

Jetzt stehst du vor mir, ganz still, dein Gesicht ein Gewirr aus Codes, die ich nicht entziffern kann. Ich wage nicht, dich anzusprechen, die Stille zu durchbrechen, so als könnte dann etwas erwachen und auf mich aufmerksam werden. Ein Röcheln zerreißt das Schweigen. Es kommt aus deiner Kehle, und mit ihm ein Hauch wie von Torf und saurer Erde, aus dem sich Worte formen.

»Merkst du es denn nicht?« Mit kalter Klinge zerschneidet mich die Stimme, die deine ist und doch ganz fremd klingt.

»Was meinst du, Patti?«

Dein langes Schweigen zersplittert in tausend scharfkantige Ewigkeiten. Jeder Atemzug bedeutet unseren Tod.

»Merkst du nicht, wie sehr ich dich HASSE?«

»Patti, was ist los, was redest du denn?«

»Du wirst mich nie mehr einsperren, hörst du? Nie mehr! NIE MEHR!«

»WAS?«

Ich will nur deinen Arm berühren, dich beruhigen, aber du schlägst meine Hand weg, dein Gesicht eine wirre, rot leuchtende Fratze in der nahenden Nacht. Hart schlägt mir etwas ins Gesicht. Einmal, zweimal, dreimal, viermal, fünfmal, Nägel fahren wie Krallen in meine Haut, reißen mich auf, es brennt. Ich falle rücklings in den Matsch, Blut läuft aus den Rissen über mein Gesicht, tropft auf meinen Hemdkragen und auf meine Hose. Dein Werk, Patti.

Da stehst du, stehst einfach nur da, dein Gesicht zu einem einzigen, furchtbaren Lächeln verformt. Ich schäme mich unter diesem Lächeln, dunkelrot leuchtet und pulsiert die Scham in mir, die Scham wird unerträglich, der Puls schneller und heftiger. Adrenalin. Das Rot verändert sich. Wird greller, drängender. Ein Alarm, der in Myriaden von Sirenen zerfällt.

Mit meiner dreckigen Hand wische ich das Blut und die Tränen ab und sehe mir dann beide Hände an, die jetzt an meinen Armen hängen wie zwei große, taube Klumpen. Die Finger lang und grob, die riesigen Handteller hellrot leuchtend, übersät mit Schnitten und Schwielen von der Arbeit am Schlachtblock.

Steh auf, Georg.

»Wer hat das gesagt?«

Still, Georg. Es ist zu spät. Etwas muss passieren. Guck sie dir an, wie sie da steht und sich nicht rührt, die dumme Kuh. Sie wartet nur darauf. Geh und zeig ihr die Grenzen.

Es wird Zeit, dass du die Grenzen kennenlernst.

Du stehst auf, sie weicht zurück, dreht sich um und geht schnell über den Weg, weiter in den Wald. Du weißt, wo sie hin will. Du folgst ihr. Der Boden unter dir schwankt, aber deine Beine tragen dich sicher, sie sind das schnelle Gehen über unwegsamen Grund gewohnt. Sie beschleunigt ihren Schritt. Du hörst ihr leises Keuchen, mit wildem Herzschlag vermischt. Du riechst ihre Angst und es macht dich rasend. Aber du behältst dein Tempo bei. Lass dir Zeit, koste es aus. Jetzt bist du es mal, der es genießen wird, sich in ihrer Scham zu baden.

Kurz vor der schiefen, kleinen Pforte holst du sie ein, dahinter der dunkle Hof. Siehst du das Haus, das du mit deinen eigenen Händen gebaut hast? Sie hat es verflucht, die widerliche Hexe, es entweiht und besudelt, und jetzt will sie sich darin vor dir verstecken, sich und ihren Bastard. Vor der Wand mit den Haken, an denen tags die Kälber hängen, schnappst du sie dir. Nur zwei schnelle Schritte, ein kleiner Sprung und du bist bei ihr. Deine riesige, pulsierende Hand greift ihren Nacken. Schnapp sie dir, Georg!

Ich bin nicht Georg.

Mit einem kleinen Stoß liegt sie im Dreck.

Da, wo du hingehörst.

Sie versucht, sich aufzurappeln, aber dein Stiefel drückt ihr Gesicht tief in den Schlamm. Dein Blick fliegt über den Hof, sucht und bleibt am Trog hängen. Du packst sie bei den Haaren und schleifst sie bäuchlings über den Boden, zerrst sie zum Trog, in dem du sonst das Blut der Schweine auffängst. Sie zappelt und windet sich, aber sie schreit nicht. Wer soll sie denn auch hören ... Zerr sie so hin, dass du ihr dreckiges Hurengesicht nicht sehen musst. Dass du ihr dreckiges Hurenloch nicht triffst, auf dass sie dir nochmal was anhängen kann.

Du verlogene Schlampe. Du wirst schon sehen ...

Ja, Georg. Es ist jetzt Zeit, ein Zeichen zu setzen. Ein Zeichen, das nicht mehr weggeht, das an ihr haftet, egal, wohin sie geht, das sie für immer an dich denken lässt. Schnapp sie dir, Georg! Zeig ihr die Grenzen!

Jetzt ist Schluss!

Ein letztes Mal, Georg. Zeig's ihr ein allerletztes Mal.

PATTI
Still, Patti. Hörst du das? Der Wachtelkönig singt sein Lied. Der Gesang führt dich tiefer in den Wald, und in der Stille zwischen seinen Rufen finden stumme Zeugen ihre Sprache. Hab keine Angst, dass du vom Weg abkommst. Folge dem Gesang, und fürchte dich nicht vor den Kreuzottern, die sich in den Schatten winden. Sie zeigen dir den Weg, den du jetzt zu Ende gehen musst.

Ist sie mir gefolgt?

Sie hat dich schon gefunden, Patti. Sie ist ganz in der Nähe, du siehst sie nur nicht. Aber du fühlst es, und du kannst sie hören, wie sie durchs Unterholz streift mit leichten, fahrigen Schritten. Sie muss dich nicht suchen, sie wartet auf dich, da wo du hingehst ...

Geh weiter, Patti. Hörst du das Knistern am Ende des Wegs? Riechst du die Asche, die der Wind durch den Wald trägt? Geh weiter, Patti, weiter den Weg entlang. Still! Hörst du das Feuer kreischen in der Dunkelheit? Hörst du die Schreie? Die Schweine und Kälber verbrennen in den Ställen. Doch das Feuer kommt nicht von den Ställen.

Kannst du es sehen, Patti, das schwarze Haus? Siehst du die bleichen Flammen auf dem Dachstuhl tanzen?

GEORG
Mein Gesicht liegt zur Hälfte im Schlamm, die Schlieren der Dämmerung kriechen über das Hochmoor. Nebel steigt über dem Spiegel auf, und tote Sterne fallen lautlos in den Abgrund. Ihr bleiches Licht klingt lange nach. Ich weiß nicht, wie ich zurück zum See gekommen bin. Ein fiebriger Schauer schüttelt mich, aber ich kann nicht wegsehen, nicht weghören von dem, was die Kälte da unten erzählt. Es ist die Wahrheit.

Meine Hand befühlt mein Gesicht, die Risse sind noch da und ziehen sich unter der Berührung scharf zusammen. Die Augen versuchen, zu fokussieren, der Verstand weigert sich, zu begreifen.

Was ist passiert, Patti? Was haben wir getan? Ist das ein Trip, der niemals endet?

Ruhiger Widerschein bleicher Flammen über dem dunklen Spiegel. Etwas treibt im Wasser, in der Nähe des Ufers, zwischen den modernden Stämmen. Etwas, das da nicht hingehört. Sieht aus wie Stoff, dunkler Stoff, der sich im Wasser aufbläht. Aber da ist nicht nur der Stoff. Da ist auch etwas darunter, das den Stoff ganz schwer macht und immer wieder kurz und ruckartig unter den Spiegel zerrt. Nur noch einen Augenblick lang tanzen die Feuer sterbend über dem Abgrund. Dann sehe ich es. Es ist dein Kleid, Patti, das da im Wasser treibt. Dein Kleid, und –

Was habe ich getan …?

PATTI
Dunkelheit, die Stille lauert.

Wo bin ich?

Still! Du sollst es gleich sehen. Es ist ein Raum mit schwarzen Wänden. Unter deinen Händen kalter, feiner Staub und Splitter von Glas. Alles hier ist tot, Patti. Tot wie dein verfluchtes Hurenherz. Aber du bist nicht allein.

Wenn ich es sehen muss, dann lass mich auch sehen, lass mich nicht hier in der Dunkelheit sitzen!

Still, Patti. Steh auf, orientiere dich. Geh langsam an der schiefen, schwarzen Wand entlang. Ein leerer Türrahmen gähnt dir etwas trübes Licht entgegen, das von draußen kommt. Aber du kannst nicht gehen, bevor du es gesehen hast. Geh weiter in die Diele. Dämmerlicht fließt durch die geborstenen Fenster über verkohlte Balken, Scherben und verbranntes Holz. Eine Treppe führt nach oben. Asche regnet von der Decke, als ob da oben jemand ginge ...

Es ist oben.

Ja. Rechts der Treppe gähnen zwei kleine Zimmer in den Flur, die Tür im Rahmen verbrannt. Geh in das linke Zimmer. Sieh dich um. Da ist nichts, nur die verkohlte Matratze in der Ecke. Da liegt es, was du sehen sollst. Es ist kein Schwein, sondern ein Mensch. Ein Mensch, der aber ein Schwein war.

Du verfluchtes Schwein.

Schrilles, halb ersticktes Lachen aus deiner Kehle, als du den verkrümmten Körper erkennst. Schwarzer Kopf, schwarzer Rumpf, schwarze Beine, schwarzer Hampelmann. So jämmerlich sieht es aus, das verkohlte Stück Schwein.
   Und sie ist auch hier. Du siehst sie nicht, aber du spürst, dass sie da ist, ganz nah. Und dann hörst du ihr heiseres

Flüstern, aus den Wänden sickert es in den schwarzen Raum, in deinen Kopf, der nicht mehr dir gehört. »Er hat es verdient! Es war recht, was ich getan habe. Nicht vor dem Gesetz, aber vor Gott.«

»Ja.«

Aber etwas macht keinen Sinn.

»Wenn es recht war, warum bist du in den See gegangen?«

Stille drückt dir deine Lunge ein, in der die Ascheflocken tanzen. »Geh in das andere Zimmer,« *flüstert sie.*

Nein. Ich weiß jetzt, was da ist. Ich fühle es. Mein Unterleib krampft sich zusammen, leer und tot, wie ihrer.

Du kannst nicht gehen, bevor du es gesehen hast ...

Ein kalter Hauch trägt kalte Asche über den Hof. Ein schwarzer Fleck auf der kahlen Erde, da, wo das Haus gestanden hat. Zwischen zwei verkohlten Birkenstümpfen hockt sie und wartet auf dich. Du siehst nur ihren krummen Rücken, die versengten Haare, die schwarzen Wunden auf der Haut, die nie mehr heilt, das monotone Schaukeln ihres Beckens. Geh näher, sieh hin. Sie hält etwas im Schoß. Kannst du es sehen? Schaukelt es sanft, vor und zurück, das kleine Stück Kohle, so klein, das schon zerfällt unter den fahrig streichelnden Händen. Und dann sieht sie dich an und lächelt, kalt wie der See.
  »Er schläft«, *flüstert sie.* »Wir, alle drei.«

Wir, alle drei.

Farblose Schlieren ersticken die Dämmerung. Der Hof versinkt in grauen Schemen. Es fängt an zu regnen. Du zitterst ja, Patti, und noch etwas anderes stimmt nicht mit dir. Sieh jetzt lieber nicht an dir herunter. Es ist nicht so schlimm. Du bist bald zu Hause. Es ist vorbei, und außer den großen schwarzen Flecken im Gras zeugt nichts mehr von dem, was hier vor langer Zeit geschehen ist.

Dreh dich jetzt um und geh nach Hause. Langsam über den Hof, bis zu der kleinen, schiefen Pforte. Öffne die Pforte, höre sie hinter dir ins Schloss fallen, und geh weiter den Weg entlang. Dreh dich nicht um. Du bist jetzt frei.

Sturm rauscht durch den Wald und peitscht dir den Regen ins Gesicht. Die spitzen Kronen der Fichten biegen sich und ächzen, Äste krachen auf den Weg. Du solltest rennen, Patti, aber etwas lähmt deine Beine, ein tauber Schmerz, der sich bei jedem Schritt rhythmisch in deinen Körper ausbreitet. Etwas, das noch kaum zu dir gehörte, hängt in Fetzen an deinem nackten Schenkel und tropft rot in die Pfützen.

Der Regen schwemmt den Waldweg auf, der strömende Schlamm gibt deinen Füßen keinen Halt. Du kannst nicht sehen, wohin, aber du musst jetzt rennen, Patti, wenn du es noch schaffen willst. Denk dran, was Roland gesagt hat: Durch die Hölle gehen und am Ende das Paradies finden. Du hast es fast geschafft, hab keine Angst. Du musst es nur bis zur Straße schaffen. Zurück zum Auto, irgendein Auto, irgendein Haus, eine Bushaltestelle ... zurück in die Stadt, da wo dein Leben ist. Siehst du, dahinten, die Lichter der Landstraße? Dahinten, am Ende des Wegs ...

GEORG

Das Gras unter mir ist feucht und kühl, die Sonne kitzelt mein Gesicht. Meine Hose, mein Hemd und mein Pullover sind nass. Es muss geregnet haben. Meine Glieder sind steif, aber ich bin unverletzt. Eine viel zu lange Nacht ist zu Ende, und alles ist jetzt ganz klar. Ich strecke mich, stehe auf und gehe langsam am Ufer entlang. Wie ein müdes Lächeln liegt der See da, Sonnentau funkelt am Ufer. Das Grauen ist verschwunden, war niemals da, und die Schatten der Erinnerung zersetzen sich schnell im Morgenlicht.

Ein böser Trip, genau wie Roland es gesagt hat. Durch die Hölle gehen und am Ende das Paradies finden. Jetzt habe ich alles verstanden und ich weiß, dass alles gut werden wird. Ich muss dich nur finden, Patti. Du bist ganz in der Nähe, ich fühle es. Es war eine lange, dunkle, vergiftete Nacht, aber wir sind unversehrt. Nichts von alldem ist passiert. Wir sind nicht hängengeblieben.

In Ruhe räume ich die Gläser zusammen, wickle sie in die Decke und lege sie in den Korb. Über den summenden und zwitschernden Weg gehe ich zurück und genieße die harzige, gesunde Luft in meiner Lunge. Ein junges Reh springt über die leuchtende Wiese in den Wald, in dem jetzt alles ganz hell ist. Kein Flüstern mehr in den Birken, kein Gedanke mehr an die Dämonen der Nacht, die uns beiden wohl ganz schön in die Knochen gefahren sind.

Nach einer Viertelstunde erreiche ich die Landstraße. Das vertraute Geräusch der vorbeirasenden Autos bringt mich zurück in die Realität. Und da stehst du, erschöpfter Engel, und wartest auf mich. Lächelnd, mit dem Rücken an die Beifahrertür gelehnt, als wäre gar nichts los gewesen. Aber auch du hast dich in dieser Nacht verändert, auch du bist durch die Hölle gegangen, und hast das Paradies gefunden.

Die Stille zwischen uns hat jetzt nichts Bedrückendes mehr. Etwas hat sich gelöst. Nichts ist so, wie es gestern war, und alles ist gut, endlich wieder gut. Die Heizung läuft, mit gleichmäßiger Geschwindigkeit lenke ich den alten Audi über die Landstraße Richtung Hamburg. Jetzt nur schnell zurück nach Hause, in unser kleines Nest, und die Kälte der Nacht aus unseren Körpern vertreiben. Wir werden uns ins Bett kuscheln und Grateful Dead hören oder was immer du willst. Ich koche dir Spaghetti Napoli und massiere dich. Wir bleiben den ganzen Tag im Bett, drei Tage, wenn du willst, und ich mach alles, was du willst. Gib mir nur deine Wärme, Patti, deine Wärme, die mir so lange gefehlt hat.

In Vorfreude und das sanfte Rauschen des Motors versunken, dauert es eine Weile, bis mein Verstand den Misston wahrnimmt. Kaum merklich, eine winzige Irritation, wie eine Taste auf einem verstimmten Klavier, die sanft und leise heruntergedrückt wird, einmal, zweimal, dreimal … Es ist aber kein Geräusch, es ist –

»Riecht irgendwie verbrannt hier, oder?

Du antwortest nicht.

»Kommt das vom Motor?« Ich kurble das Fenster runter, mein Blick weiter auf die Straße gerichtet. Ich sehe es nur aus dem Augenwinkel. Im Seitenspiegel, nur eine Sekunde lang. Ich bremse, die Reifen quietschen, der Wagen kommt abrupt zum Stehen. Dann Stille, Sekunden lang. Ich schließe die Augen, atme und versuche mich zu erinnern, was ich im Spiegel gesehen habe.

Ist etwas auf der Straße gewesen? – Nein.

Es ist das Kleid, das du trägst, Patti. Das fremde Kleid. Ein Trauerkleid.

Und dein Lächeln, kalt wie der See.

Über die Autorin:
Aus den dunkelkatholischen Sümpfen Westfalens mitten ins Herz von St. Pauli führte die Pilgerreise von

Karin Elisabeth. Im Alter von neun Jahren bekannte sie sich im Kommunionsunterricht offiziell zu Luzifer und betätigt sich seither in den Schwarzen Künsten. Ergebnisse wurden u. a. in Magazinen und Anthologien wie »Visionarium«, »Zwielicht Classic«, »Abweg« und »Macabre« veröffentlicht.

Im April 2018 ist ihr eigenständiges Debüt bei Amrûn erschienen: »Dark Sights« – eine Sammlung unheimlicher Erzählungen zwischen Horror, Schwarzer Romantik und zeitgenössischer Dark Fiction mit expliziten Lyrics.

Karin Elisabeth zeichnet mitverantwortlich für die Lesereihen Unheimliche Literatur auf Absinth und Acid Horror in Hamburg und ist Gründungsmitglied des Künstlerkollektivs Abweg.

Mehr Infos und Bilder hier:
www.facebook.com/karinelisabethx
www.instagram.com/ellis_decay
der-abweg.blogspot.de

Novemberblut

von Thomas Lohwasser, Vanessa Kaiser und Thomas Karg

Kenneth Coleman befand sich auf dem Rückweg von »Jimmys Eisenwarenladen« eine Meile die Straße hinunter. Die Hände hatte er in den Taschen seines Parkas vergraben, darum klemmte die braune Papiertüte mit den Besorgungen als festes Knäuel unter seinem Arm.

Es war klirrend kalt an diesem Novemberabend. Der Wind fuhr heulend durch die Old Town Road, am Himmel verschlangen schwarzgraue Wolkenungetüme den Rest des Nachmittagslichts. Im Gehen sah Kenneth hinauf. Der Anblick erinnerte ihn an die Zeitrafferaufnahme einer Dokumentation über das Packeis oben im Norden. Die Kamera war unter Wasser befestigt gewesen und hatte in Richtung der blassen Oberfläche gefilmt, während sich Packeisschollen von allen Seiten in den Fokus schoben und das Licht auslöschten.

Ja, so sieht das aus da oben, dachte er und zog den Kopf tiefer zwischen die Schultern.

Mittlerweile war es so düster in den Gärten, dass die Schatten unter den Bäumen wie Teerflecken aussahen. Der Wind drückte Kenneth in den Rücken und riss derart an Büschen und Sträuchern, dass ihn das Gefühl beschlich, etwas bewege sich dort im Zwielicht zwischen den Zweigen.

Was für ein Blödsinn, du guckst zu viele Krimiserien.

Als er am Garten der Tuckers vorbeistapfte, die seit siebzehn Jahren im Haus nebenan wohnten, nahm er aus den Augenwinkeln ein Huschen hinter einer der Pinien wahr. Gleich darauf rumpelte es an Tuckers Hintereingang und die Mülltonne stürzte mit lautem Scheppern um. Die Hintertür flog auf und Tucker Senior stürmte mit seiner Schrotflinte ins Freie. Es krachte ohrenbetäubend, als er in die Luft feuerte. Dann entdeckte er Kenneth auf dem Gehweg und hob das Kinn an, um durch seine heruntergerutschte Hornbrille zu sehen.

»N'abend, Coleman! Verdammte Waschbären, werden immer dreister, was? Drängen dies Jahr schon früh in unsre Häuser, weil's ihnen draußen zu kalt wird«, knurrte er hinter einer weißen Atemwolke.

»Mhm«, gab Kenneth zurück.

»Nächstes Mal schieß ich nicht mehr in die Luft, das sag ich dir. Ich häng's Fell in den Garten, zur Abschreckung für die restlichen Bastarde.«

Kenneth verkniff sich eine Bemerkung darüber, wohin Tuckers Schießwütigkeit noch führen konnte, falls diese »Bastarde« eines Tages spielende Kinder sein sollten. Tucker war halb blind und seine Brille ständig verrutscht. Vor zwei Jahren hatte er seinen eigenen Hund erschossen, weil er ihn mit einem Waschbären verwechselt hatte, aber er war unbelehrbar.

Kenneth nickte ihm zum Abschied zu und eilte weiter. Er hatte nur noch ein paar Schritte bis zu seinem Haus. Als er die hell erleuchteten Fenster hinter den kahlen Ahornästen sah, beschleunigte er den Schritt. Seine Stiefel knarzten im überfrorenen Vorgarten und polterten auf den Holzbohlen der Veranda, dann stieß er die quietschende Haustür auf.

»Bin zurück!«

Shelly steckte den Kopf aus der Küche, von wo sich der Duft von Truthahnkeulen mit Cranberrys ausbreitete. Sie lächelte. »Essen ist gleich fertig, in Ordnung?«

Jason und Olivia sausten die Treppe aus dem ersten Stock herunter und rannten schreiend durchs Wohnzimmer.

»Jason, nicht immer so wild!«, hörte Kenneth seine Frau aus der Küche rufen, während er die Fäustlinge auszog und sich aus dem Parka schälte. In diesem Moment fing Olivia an zu weinen und Jason rief: »Ich hab doch gar nichts gemacht! Mom, ich hab überhaupt nichts gemacht!«

Kenneth schloss kurz die Augen. *Immer der gleiche Zirkus, verdammt noch mal.*

Nach dem Abendessen zog er sich mit seinen Besorgungen und zwei Flaschen »New Hampshire Schilling« in die Garage zurück und erweckte die Dieselheizkanone zu ratterndem Leben. Er suchte passendes Werkzeug aus dem Wandregal und nahm die Zündkerzen fürs Auto und den neuen Vergaser für die Benzin-Schneefräse aus der Papiertüte. Sorgsam legte er alles neben dem Werkzeug ab und öffnete erst eine der Bierflaschen, dann die Motorhaube seines weinroten 1992er Ford Pick-up. Er hatte beim Kauf das Modell ausgesucht, Shelly die Farbe.

Schon bei den ersten Handgriffen spürte er, wie er zur Ruhe kam, trotz des an- und abschwellenden Pfeifens des Windes vor dem Gebäude. Die Garage war Kenneths Domizil. Alle wussten, dass er hier nicht gestört werden wollte. Natürlich liebte er seine Familie – Shelly und die Kinder: ihre beiden Töchter Olivia, sechs Jahre alt, und die kleine April, die erst vier Monate auf der Welt war, und auch den zehnjährigen Jason. Ihn hatten sie vor sieben Jahren adoptiert, als es so ausgesehen hatte, als könnte Shelly keine Kinder bekommen, aber es machte keinen Unterschied für Kenneth, denn es war immer sein großer Traum gewesen, einen Sohn zu haben. Er …

Draußen krachte es. Kenneth fuhr hoch und stieß mit dem Hinterkopf gegen die Motorhaube. Fluchend rieb er sich den Scheitel, schnappte sich die Taschenlampe, schlug den Kragen des dicken Arbeitshemdes hoch und umrundete die Garage. Auf der Rückseite entdeckte er Shellys Metalleimer, die unruhig auf dem Boden hin- und herrollten. Der Wind musste den Stapel umgeblasen haben, den sie für den Winter zusammengestellt hatte. Doch etwas störte Kenneth an diesem Gedanken. Während er die Eimer einsammelte und ineinandersteckte, fiel ihm auf, was es war. Die Stelle, an der der Stapel gestanden hatte, war windgeschützt. Also war es vermutlich der Waschbär gewesen, den Tucker Senior vertrieben hatte ... Aber warum hatte er den Eindruck, dass es nach faulen Eiern roch?

Missmutig deponierte er die Eimer in einer Ecke.

Als er mit den Zündkerzen fertig war und sich der Schneefräse widmen wollte, klopfte es zaghaft an der Tür.

»Ken?«, fragte Shelly und lugte herein. »Es tut mir leid ... ich will dir nicht auf die Nerven gehen, wenn du in deiner Garage bist, nur ... sie ist wieder ausgefallen, die Heizung, du weißt schon. Es wird allmählich kalt da drin und ...«, sie seufzte, »nun, die Kinder gucken noch eine Sendung, ich bringe April ins Bett und es wär schön, wenn du nach dem alten Ding sehen könntest. In Ordnung?«

Kenneth seufzte ebenfalls. Er stellte die Bierflasche auf der Arbeitsbank ab und schaltete die Heizkanone aus. Im Vorbeigehen hauchte er Shelly einen Kuss auf die Wange. Dabei vermied er es, sie anzusehen. Sie war eine sanfte und liebevolle Frau, aber zu oft glaubte er, in ihrer Miene jenen Vorwurf zu sehen, den er sich selbst um keinen Preis machen wollte. Doch mit jedem Mal, bei dem er diesen Ausdruck in ihren Augen las, wurde es schwieriger für ihn, sich dagegen abzuschotten. »*Du verdienst nicht genug für uns fünf. Wir hätten Jason niemals adoptieren dürfen, Ken.*«

Verdammte Heizung. Sobald er genügend Geld zusammenhatte, würde er sich nach einer neuen umsehen. Oder ihre alte von Johnny Moore, dem Installateur aus dem benachbarten Suncook River, runderneuern lassen. Er würde seine Bank um einen weiteren Kredit bitten und Johnny runterhandeln. Vielleicht im Frühjahr, wenn die Preise fielen. Spätestens im Sommer.

Als Kenneth die Küche betrat, vernahm er das quäkende Lachen von Bart Simpson aus dem Wohnzimmer. Die Kinder schauten noch fern. Dann nahm er den kalten Fettgeruch des Truthahnessens wahr, der wie eine Glocke unter der Decke hing. Im November gab es öfters Reste vom Thanksgiving-Truthahn, die Shelly umsichtig einfror und nach und nach wieder auftaute, um Neues daraus zu kochen. Kenneth mochte das, aber er mochte es nicht, wenn der Geruch zu lange im Haus hing.

»Zum Lüften ist es zu kalt«, erklärte Shelly, als sie hinter ihm in die Küche kam.

»Bin doch schon auf dem Weg, ich kann nicht fliegen«, gab Kenneth gereizt zurück und ignorierte den Wortstrom seiner Frau, der ihm bis zur Kellertür hinterherspülte. Als er die Glühbirne anknipste und die ersten Stufen der knarrenden Holztreppe hinunterstieg, verebbte die Tirade zu Satzfetzen wie »wollte doch gar nicht ...« und »anders gemeint«. Na schön, vielleicht *hatte* sie es anders gemeint, dachte Kenneth, während er in das schummrige Licht des Kellers abtauchte. *Vermutlich hat sie sich bloß für den Geruch entschuldigen wollen.*

Er nahm sich vor, es wiedergutzumachen, sobald die Heizung lief und sie oben wohlige Wärme hatten. Wenn alle Kinder im Bett waren, würde er sich zu ihr setzen, einen Arm um sie legen und sie eine ihrer Liebesschnulzen ansehen lassen, ohne sie mit seinen »abfälligen Bemerkungen zur Verzweiflung zu bringen«, wie sie das nannte. Er würde nur *ein* Bier dazu trinken, dann fiel es ihm leichter, den Mund zu halten.

Wenn die Heizung wieder lief. Hier unten war es verdammt viel kälter als oben. Wieso war es nur derartig eisig? So lange war die Heizung mit Sicherheit noch nicht ausgefallen. Kenneth hoffte, dass es bloß am verstopften Ölfilter lag.

Als er den Fuß der Treppe erreichte, entdeckte er im Dämmerlicht der Glühbirne, die unter der Kellerdecke hin- und herpendelte und verrückte Schatten durch den Raum warf, das offene Fenster. *Kein Wunder, dass es hier so kalt ist!*

Er bahnte sich einen Weg durch Kisten und feuchte Kartons, die er längst hatte wegschmeißen wollen, streckte sich nach oben in den eisigen Luftzug und schloss das Fensterchen über Kopf mit einem dumpfen Knall. *Ich muss endlich diesen verdammten Riegel ersetzen!* Kenneth schrieb es auf seine viel zu lange gedankliche Liste und wandte sich der Heizung zu.

Er zog die staubige Werkzeugkiste aus dem Regal, schnappte sich das abgewetzte Kissen und kniete sich darauf. Mit krummem Rücken drehte er den Ölzufluss ab, richtete sich wieder auf und schnupperte irritiert in die Luft. Jetzt, da das Fenster geschlossen war, breitete sich wieder der schwere Geruch des Heizöls aus, aber da war noch ein weitaus unangenehmerer – oder täuschte er sich? Besonders deutlich war der Geruch nicht.

Kenneth schüttelte den Kopf. Er würde später nachsehen, ob eine Maus hinter den Kartons verweste, und setzte den Schraubenschlüssel an der Rohrmutter des Filtergehäuses an. *Verklemmt.* Er nahm den Hammer aus der Werkzeugkiste und schlug auf das Griffende des Schraubenschlüssels ein, um die Rohrmutter mit Gewalt zu lösen. Mit jedem Schlag wurde er zorniger. Er hatte einen ruhigen Feierabend gewollt, aber der Wagen hatte gleichzeitig mit der Schneefräse den Geist aufgegeben. Gut, beides in Ruhe in seiner Garage zu reparieren, war mehr Hobby als Arbeit für ihn, doch nun hockte er hier unten in der feuchten Kälte auf seinen schmerzenden Knien, die seit der Footballverletzung in der Highschool nie wieder ganz in Ordnung gekommen waren, und versuchte, eine verrostete Rohrmutter zu lösen. Und warum? Weil er verdammt noch mal nicht genügend Geld nach Hause brachte, um eine fünfköpfige Familie zu ernähren *und* sich funktionierende Gerätschaften zu leisten!

Zwischen den Schlägen glaubte er, die Stimme seiner Frau zu hören. Er machte eine Pause.

»Ken? Was treibst du denn da unten? April schläft doch schon«, rief sie und Kenneth' Wut sprang so schnell von der Rohrschraube auf seine Frau über, dass er nicht in der Lage war, sich zu stoppen.

»Hier klemmt was, verdammt noch mal! Wenn es dir zu laut ist, dann komm runter und mach's selbst!«, brüllte er.

Augenblicklich tat es ihm leid. Er hörte, wie die Tür oben leise wieder ins Schloss gedrückt wurde, und legte kurz die Hand über die Augen. *Verdammte Wut.*

Als er die Hand wieder herunternahm, drang ihm erneut dieser Gestank in die Nase. Er schien sich irgendwo zwischen den Kartons hervorzuwinden und direkt in Kenneths Nase zu kriechen.

Noch energischer schlug er auf den Griff des Schraubenschlüssels ein. Je eher die Heizung wieder lief, desto eher konnte er nach der Quelle des Gestanks suchen.

Er kam nicht weit. Kaum hatte sich die festgerostete Rohrschraube gelöst, vernahm er ein Rascheln.

Er lauschte. Von seiner Position hinter der Heizung aus konnte er nicht den ganzen Raum einsehen. Das Rascheln hielt an. Es jagte ihm einen Schauer über den Rücken, denn jetzt, da er genau hinhörte, klang es wie ein Schlurfen. Es näherte sich der Ecke, in der er hockte. Sofort fühlte er sich von der Kellertreppe abgeschnitten. Auch der Gestank wurde schlimmer. Kenneth roch nun eindeutig eine Mischung aus vergammelten Kartoffeln und faulen Eiern heraus, vielleicht sogar Schimmel.

Er kam so schnell auf die Beine, dass seine Knie schmerzhaft knackten. Dann spähte er um die Ecke – und sein Herz setzte einen Schlag lang aus.

»Bist du verrückt geworden?«, brüllte er. »Ich hab fast einen Herzanfall gekriegt! Findest du das witzig?«

Er bekam keine Antwort.

Shelly Coleman erwachte mit leichten Kopfschmerzen. Diese bekam sie in letzter Zeit immer häufiger, etwas, wovor Dr. Fisher sie gewarnt hatte.

»*Nehmen Sie das Präparat nur, wenn Sie es wirklich brauchen, in Ordnung, Shelly? Ich möchte Sie hier nicht auch noch wegen Kopfschmerzen wiedersehen, wir sind uns doch einig, dass schlechter Schlaf schon unangenehm genug ist?*« Sein Lächeln war wie immer aufrichtig gewesen, in seinem Blick jedoch hatte mehr Ernst gelegen, als Shelly recht war.

Aber was hatte sie für eine Wahl? Letztlich hielt sie sich an Dr. Fishers Rat, denn sie nahm das Mittel nur, wenn sie es wirklich brauchte. Allerdings brauchte sie es mittlerweile jeden Abend.

Müde rieb sie sich über die Augen und schielte im Liegen durch den Spalt im Vorhang. Der neue Tag war noch grauer als der vergangene, und am liebsten hätte

Shelly sich tiefer in die warme Decke gekuschelt und weitergeschlafen. Doch sie musste raus. April würde bald ihr Fläschchen fordern und sie wollte es bis dahin schon aufgewärmt haben.

Sie schlug die Bettdecke beiseite und fröstelte. Als ihre Füße den Boden berührten, quiekte sie auf und zog sie wieder zurück. *Eiskalt!* Überhaupt war es im Schlafzimmer eisig. Hatte Ken die Heizung nicht wieder zum Laufen gebracht oder war sie in der Nacht erneut ausgefallen?

Sie wandte sich zu ihm um und hob verwundert die Augenbrauen. Die Seite seines Bettes war leer. An Wochenenden stand Ken normalerweise nach ihr auf. Die beiden Tage, an denen er mal nicht vor dem Morgengrauen raus musste, waren ihm heilig.

Sie schlüpfte in ihre Plüschpantoffeln, schnappte Morgenmantel und Babyphone und verließ das Zimmer.

An der Tür des Kinderzimmers machte sie gewohnheitsmäßig halt und lugte hinein. Jason und Olivia waren bis zur Nasenspitze zugedeckt und schliefen noch. Sehr gut. *Diese Kälte im Haus!* Sie schloss die Tür, schlang die Arme um den Körper und huschte zum Babyzimmer. April schlief ebenfalls noch unter ihrem rosa Deckchen.

Mit gedämpft klappernden Pantoffelschritten lief Shelly die Treppe ins Wohnzimmer hinunter und steuerte den Hauswirtschaftraum an, wo sie ihre dicke Strickjacke vom Bügelbrett angelte. Auf dem Weg in die Küche schaute sie im Arbeitszimmer vorbei, das dunkel und leer war.

»Ken?«, rief sie in Richtung der Gästetoilette. Keine Antwort.

Als sie die Küche betrat, stutzte sie. Insgeheim hatte sie damit gerechnet, das rote Lämpchen der eingeschalteten Kaffeemaschine vorzufinden, das darauf hinwies, dass Ken sich eine Kanne aufgebrüht hatte, bevor er womit auch immer den Tag begonnen hatte. Er vergaß meist, sie auszuschalten, ebenso wie er vergaß, das tägliche Schälchen mit den Cornflakes-Milchresten einzuweichen. Heute jedoch gähnte der Küchentisch Shelly mit blanker Leere entgegen, die Kaffeemaschine schien sogar noch zu schlafen.

Seltsam.

Ihr Blick wanderte zum Kühlschrank, wo die Familie mit dicken, bunten Magneten Notizen füreinander anheftete. Eine von Jasons Street Fighter-Magnet-Actionfiguren sicherte den Wettkampfplan seiner Ringer-Schulmannschaft, eine weitere die Erinnerung, dass er am Abend bei seinem Freund Kellis in Alton übernachten wollte und gefahren werden musste. Bei den übrigen handelte es sich um Olivias und ihre eigenen, während Kens »New Hampshire Wildcats«-Footballmagneten unbenutzt neben dem Kühlschrank lagen. Keine Nachricht.

Automatisch begann Shellys Herz zu pochen. Damals, in der »schlimmen Zeit«, als sie sich für unfruchtbar hielt und an Depressionen litt, hatte Ken dieses Kühlschrank-Notizensystem für sie beide eingeführt, damit sie sich nicht ständig Sorgen um ihn machte. Er hatte sich immer daran gehalten.

Bis heute.

Sie runzelte die Stirn, dann lachte sie erleichtert auf, als ihr klar wurde, wie dumm sie war. Natürlich, Ken war in der Garage! Er musste bis in die Nacht an der Heizung gearbeitet haben, nur um festzustellen, dass ihm ein Ersatzteil fehlte, das er erst, wenn Jimmy seinen Laden um 8:00 Uhr aufsperrte, beschaffen konnte. Wie sie ihren Mann kannte, hatte er sich bis dahin in sein Exil zurückgezogen, anstatt ins Bett zu kommen. Immer, wenn es um seinen Schuldkomplex wegen der Familienfinanzen ging, neigte er zur Selbstkasteiung.

Rasch setzte sie Kaffee auf, holte Donuts aus dem Küchenschrank und legte sie auf einen Frühstücksteller. Mit Kaffee und Gebäck ging sie durch den nach Öl riechenden Flur zur Garage. Sie würde noch einmal in Ruhe mit Ken über seine Schuldgefühle sprechen. Ihm erklären, wie glücklich sie als Familie auch ohne viel Geld waren. Er sollte seine Nächte nie mehr allein in der Garage verbringen müssen.

»Ken?«, sagte sie, kaum dass sie die Stahltür aufgezogen hatte. Das Wort verpuffte gemeinsam mit der weißen Atemwolke, noch bevor es richtig aus ihrem Mund herausgefunden hatte.

Der Raum war verlassen. Die Motorhaube des Pickups, die Ken gestern nicht geschlossen hatte, stand noch offen, und der Wagen weckte in Shellys Vorstellung das Bild eines hilflos auf dem Zahnarztstuhl zurückgelassenen Patienten. Auch der Vergaser wartete unberührt im Kreise der passenden Werkzeuge auf seinen Einbau.

Einen Augenblick stand sie ratlos da. Es war offensichtlich, dass Ken seit gestern Abend nicht mehr hiergewesen war. Aber wo war er dann? Genau genommen gab es nur noch eine Möglichkeit.

Sie eilte in die Küche zurück und stellte das Geschirr so hastig auf dem Tisch ab, dass Kaffee über den Tassenrand schwappte. Ken musste noch im Keller sein. Was, um Himmels Willen, tat er da so lange?

Ein Klatschen an der Haustür ließ Shelly aufschreien. Sie zuckte so heftig zusammen, dass es wehtat. Durch das Fenster zum Vorgarten sah sie eine Gestalt auf dem Gehweg, die mit dem Fahrrad davonfuhr.

»Gott, Henry …« Der Zeitungsjunge machte sich auf seiner täglichen Runde einen Sport daraus, die gerollten Zeitungen so nahe wie möglich an die Eingangstüren zu werfen. Heute musste er getroffen haben.

Shelly erreichte den Kellerabgang. Sie drehte den Türknauf, die Tür schwang knarrend nach innen. Die Glühlampe am oberen Ende der Treppe brannte tatsächlich.

»Ken?«, rief sie. Stille schlug ihr entgegen, begleitet von einem faulig-schwefligen Geruch. Konnte eine Heizung *so* stinken?

»Ken?«, rief sie noch einmal lauter.

Es gibt eine einfache Erklärung dafür, ganz sicher.

Mit weichen Knien stieg sie abwärts. Der Gestank nahm zu. Unwillkürlich fragte sie sich, wie Ken es da unten aushielt. In diesem Moment überkam sie die Gewissheit, dass er es nicht *aushielt*, sondern bewusstlos war, sonst hätte er auf ihr Rufen geantwortet.

Ein Gefühl von Unwirklichkeit machte sich in ihr breit. Ihre Fingerspitzen kribbelten, als mühten sich Hunderte von Ameisen damit ab, unter ihre Fingernägel zu gelangen. Sie wollte nicht mehr weitergehen, unter keinen Umständen. Falls der Gestank Ken das Bewusstsein geraubt hatte, war sie auch in Gefahr. Es war der Gedanke, dass Ken da irgendwo sein musste, der sie weitertrieb. Sie musste ihn da rausholen.

Dann war sie unten.

Ihr Verstand versuchte zu begreifen, was ihre Augen ihm zeigten, und scheiterte. Vor dem Heizkessel lag, im trüben Licht der Kellerglühbirne, ein länglicher Wäschehaufen. Etwas stand daraus hervor, das wie ein stoffumwickeltes, umgedrehtes »V« aussah. Shelly starrte die unregelmäßige Lache an, diese irritierend große, klebrig-schwarze Pfütze, in deren Zentrum der Haufen wie eine Insel thronte.

Auch wenn ein kleiner Teil von ihr sofort erfasste, dass es sich bei der Pfütze um Blut und bei dem Haufen um einen menschlichen Körper handelte, weigerte sich ein weitaus größerer Teil in ihr, daran zu glauben, denn das hätte bedeutet, dass ... dies Ken war, dass von ihm nichts übrig war als dieses verrenkte, zerstörte Bündel.

Langsam glitt ihr die Hand aus dem Gesicht, aber sie nahm den bestialischen Gestank, der in ihre Nase drang, kaum wahr. Stattdessen verharrte ihr Blick an dem stoffumwickelten »V«, das aus dem Haufen ragte. Es musste ein Bein sein, doch etwas stimmte nicht damit. Wie durch einen Nebel nahm sie wahr, dass sie den Kopf schieflegte und das Bein studierte wie ein abstraktes Kunstwerk. Sie kam zu dem Schluss, dass das Knie in die falsche Richtung zeigte.

Wie ein Flamingobein ..., dachte Shelly irgendwo in dem Nebel in ihrem Kopf.

Jetzt erkannte sie noch etwas, was so bizarr war, dass es nicht die Wirklichkeit sein konnte. Dieser Mensch, oder das, was von ihm übrig war, lag auf dem Bauch. Sein Rücken hatte sich in eine schwarz-rote Berg- und Tallandschaft verwandelt. Es sah aus, als hätten ihn mehrere brutale Einschläge getroffen und die Rippen an einigen Stellen nach innen gebrochen, an anderen hingegen zu Bergspitzen aus weißlichem Knochenmatsch zusammengeschoben.

»Ken ...?«, hauchte Shelly.

Das brach den Bann.

»KEN!«, schrie sie. Sie stürzte sich neben seinem Leichnam auf die Knie und schüttelte ihn wie besessen an der Schulter. »KEN! KEN!«

Die struppige, blutverkrustete Kugel, die vor seinen Schultern lag, schlenkerte lose hin und her. Dabei blitzte immer wieder ein Teil seines Gesichtes hervor und Shelly ließ los. Es war zu schrecklich.

Plötzlich vernahm sie ein Geräusch, das nicht hierherpasste. Ein Kälteschauer rauschte ihren Rücken hinab. Das Geräusch wiederholte sich. Ein Schlurfen. In ihrem Augenwinkel sah sie eine Bewegung und blickte auf.

Sie wollte schreien, aber in ihrer Lunge schien sich ein Vakuum eingenistet zu haben, das jeden Laut daran hinderte, ihren Körper zu verlassen.

Sie warf sich herum und versuchte, auf die Beine zu kommen, als ein Schlag sie an ihrem rechten Knöchel traf und sie umriss. Der Schmerz explodierte in ihrem Fuß. Er war derartig verschlingend, dass sie kurzzeitig keine Luft bekam. Sie stöhnte, rappelte sich aber gleich wieder auf.

Sie schaffte es bis zur Holztreppe.

»*Ich hasse sie*«, war der erste klare Gedanke, den Jason Coleman nach dem Aufwachen fassen konnte. Dieses Miststück von einer Schwester brachte ihm nur Ärger ein, gab sich aber bei Erwachsenen lieb, weshalb sie bei Mom und Dad und den Lehrern so hoch im Kurs stand. Wieso kapierten die nicht, dass das nur Masche war? Livvy war das falscheste, verwöhnteste Mädchen, das Jason je begegnet war. Nicht mal im Heim hatte es solche Prinzessinnen gegeben.

»*Sie is ne Bitch, Alter*«, pflegte Kellis, sein einziger Freund, zu sagen, und damit hatte er recht. Allein wegen ihr hatte Jason in seiner Schultasche wieder einen Brief vom Schulleiter an seine Eltern – weil Livvy einen Jungen aus seiner Klasse geärgert hatte und er ihn anschließend umhauen musste, um sie zu schützen.

Übellaunig drehte er sich zur Wand und zog die Bettdecke über die Ohren. Er wollte ihr Gesumme nicht hören, mit dem sie ihr Kleidchen mit dem lächerlichen Blütendruck anzog und sich ihre Zöpfe absichtlich schief band, damit Mom sie ihr später noch liebevoll richtete. Jason wusste, dass Livvy es besser konnte, denn einmal hatte er ihr die Zöpfe in der Schulpause grob durcheinandergebracht. Sie hatte geheult, aber in der nächsten Pause waren die Zöpfe wieder ordentlich gewesen.

Als die Zimmertür zuschlug – Livvy schlug sie immer so laut zu, wenn er noch liegenblieb – atmete er auf. *Endlich allein.* Er brauchte ein eigenes Zimmer! Er war schon zehn, und Kellis, der ein Jahr älter war als Jason, hatte ihm gesagt, dass es ganz und gar »unmachbar« sei, jetzt noch mit einem Mädchen zusammenzuwohnen.

»Alter, du wirst bald elf, weißt du, was das heißt? Du brauchst dein Zimmer für dich allein, sonst platzen dir die Eier, bevor du zwölf wirst!«

Er musste dringend mit Dad reden, denn auch wenn er keine klare Vorstellung hatte, was Kellis meinte, so hatte er zumindest eine Scheißangst davor, dass ihm die Eier platzen würden, bevor er zwölf war.

Dads ewiges: *»Ein eigenes Zimmer für dich können wir uns nicht leisten, Buddy«*, zog ja wohl nicht mehr, wenn es um seine Eier ging. Immerhin hatte Dad einmal angedeutet, dass man über einen Ausbau des Garagenspitzdaches reden konnte. Genau daran wollte Jason ihn erinnern.

Gähnend schwang er die Beine aus dem Bett und streckte sich.

Scheiße, ist das kalt hier!

Hatte Dad die Heizung doch nicht repariert? Keine guten Aussichten für ein Gespräch mit ihm über ein eigenes Zimmer.

Seufzend zog er sein Schlafshirt aus, knäulte es zusammen und warf es wie ein Basketballer in das Maul des Wäschebottichs in der Zimmerecke. Es entfaltete sich im Flug, landete auf dem Rand und blieb wie hingerotzt hängen. Jason grinste. Genau so würde er es lassen, weil Livvy sich davor ekelte.

Fröstelnd tappte er in Unterhose aus dem Zimmer und ins Bad, von unten vernahm er Livvys blöde

Kinderlieder aus dem Wohnzimmer. Sie durfte sie an den Wochenenden immer hören, bis Mom alle Mann zum Frühstück rief. *Seine* Lieblingsmusik, satten Hip Hop à la »Lil Pump« oder »21 Savage« konnte er hingegen ausschließlich heimlich oder bei Kellis hören, weil Mom und Dad diese »Verbrechermusik«, wie sie es nannten, einfach nicht kapierten. Dabei war es doch andersrum: Bei Livvys Musikscheiß konnte man zum Killer werden! Es war so was von unfair.

Während das heiße Duschwasser über Jasons Kopf strömte, hatte er den Eindruck, Livvy unten herumschreien zu hören. Er war nicht sicher. Vermutlich plärrte sie wieder nach Dad, weil was mit der Musikanlage nicht stimmte. Oder sie hatte einen ihrer Prinzessinnenschreikrämpfe, weil Mom sie tatsächlich mal angemacht hatte.

Überhaupt, dachte er kurz darauf, klang es unten so langsam richtig nach Ärger. Stritten Mom und Dad? Nein, er hörte nur Livvy. Aber da war dieser Lärm. Es schepperte und krachte mehrmals. Baute Dad etwas im Haus zusammen? Das tat er doch normalerweise in der Garage.

Als Jason das Wasser abdrehte, herrschte wieder Stille. Er stieg aus der Dusche und rubbelte sich mit seinem »Street Fighter-Ryu« Handtuch ab. Jason mochte Ryu am liebsten, weil er genauso borstige, braune Haare wie er selbst hatte und sowieso einfach »übelst Bombe« war. Jason hoffte, dass er später genau so groß werden würde wie er. Muskeln hatte er schon – vom Ringen. Dann würde ihn niemand mehr »Mucki-Gnom« oder »Zwerg-Stier« nennen, wie es die Ringer aus den höheren Klassen oft taten.

Jason huschte bibbernd ins Zimmer zurück und zog sich so schnell an, wie er konnte. Gut, dass er heute bei Kellis übernachtete. In dieser Kälte hielt man es ja nicht aus. Blieb nur noch die Hürde, zu ihm *hin*zukommen.

Es waren nur knappe sechs Meilen nach Alton, das schaffte er mit seinem Fahrrad in einer halben Stunde. Aber Mom bestand noch immer darauf, ihn zu fahren. *Peinlich!*

Jason knallte die Zimmertür hinter sich zu und rumpelte die Treppe ins Wohnzimmer runter. Dabei zog er sich seinen »Atlanta Falcons«-Pulli über den Kopf. Seine Eltern erlaubten ihm nicht, Fanbekleidung von »21 Savage« zu kaufen, aber Atlanta war immerhin dessen Geburtsort. Die Kinderlieder dudelten in voller Lautstärke. Wieso erlaubte Mom das so laut?

Was stinkt hier eigentlich so erbärmlich?, dachte er. Der Gestank erinnerte ihn an die Fürze von Kellis' Bulldogge, nur viel schlimmer.

Als er unten ankam und mit dem Kopf aus dem Pulli auftauchte, stockte ihm der Atem. *Ach du Scheiße!*

Direkt vor seinen Zehenspitzen zog sich ein Pfad blutiger Fußspuren über den hellen Wohnzimmerteppich. Die Abdrücke kamen aus Richtung der Kellertreppe und führten direkt zur Musikanlage, wo sie sich in ein chaotisches Trittmuster verwandelten, als habe derjenige, der die Abdrücke hinterlassen hatte, zur Kindermusik eine Runde getanzt – und anschließend den Wohnzimmertisch zertrümmert. Der polierte Holztisch sah aus, als hätte ihn eine Abrissbirne senkrecht von oben getroffen, in seinem Zentrum prangte ein regelrechter Krater, von dem aus das Holz zu allen Seiten schräg nach oben ragte.

Jasons erster Impuls war »MOM? DAD?« zu rufen, doch etwas hielt ihn zurück. Er dachte an den schrecklichen Krach, den er gehört hatte, als er unter der Dusche stand. Und an Livvys Schreie. Sein Mund war plötzlich staubtrocken.

Auf Zehenspitzen schlich er durchs Wohnzimmer, den Blick auf die Blutspur geheftet. Eine blassere Fortsetzung davon hatte den Pulk aus Abdrücken vor der

Musikanlage verlassen und sich in die Küche weiterbewegt.

Als Jason sich der Küchentür näherte, schoss sein Puls mit der Geschwindigkeit eines Presslufthammers in die Höhe. Der Krach war noch nicht lange her und Jason wusste aus Filmen, dass Einbrecher oder Mörder sich manchmal Zeit ließen, wenn sie glaubten, allein zu sein.

Er konnte jetzt in den Raum hineinsehen. Auch dort hatte es Verwüstung gegeben. Er entdeckte lochartige Einschläge im Küchen- und Topfschrank. Scherben von Tellern, Schüsseln und Gläsern verstreuten sich über den Boden wie hunderte von Patronenhülsen nach dem Abfeuern eines Maschinengewehrs.

In den Gestank mischte sich noch ein anderer Geruch. Jason hatte so etwas schon einmal gerochen, letzten Sommer, als er Kellis und dessen Vater geholfen hatte, einen frisch geschossenen Elch auszunehmen: massenhaft Blut und das Innere eines aufgebrochenen Körpers.

Er spähte um den Türrahmen. Die weißen Schränke und Fliesen waren schreiend rot. Es war Livvys Blut. Seine kleine Schwester lag unnatürlich ausgestreckt auf dem Fußboden. Ihr Rücken wirkte platt und eingedrückt, und Jason drängte sich die Vorstellung eines riesigen Kerls auf, der mit seiner Harley-Davidson mehrmals quer über Livvys Rippen gerollt war.

Doch das da vorne war kein riesiger Kerl und das Mordwerkzeug war auch kein Motorrad, sondern ein gewaltiger Hammer. Jason überlief es abwechselnd heiß und kalt. Keine vier Meter entfernt von ihm, inmitten des ganzen Blutes, das aus Livvys zerschlagenem Körper sickerte, stand eine kleine, in einen schmutzstarrenden Kartoffelsack gehüllte Gestalt. Seltsamerweise befand sich auch der Kopf dieser Gestalt unter dem Sack, nur hier und da quollen dünne, schwarze

Haarflusen aus Rissen und Löchern im Leinenstoff. Unterhalb des Sackes, der der Gestalt bis zur Hälfte der Oberschenkel ging, zeigten sich nackte O-Beine. Entsetzt starrte Jason auf die Haut, die sich in handtellergroßen, grauen Fetzen abschälte.

Wie die trockene Schale von Ofenkartoffeln.

Der Hammer lehnte neben der Gestalt an der Wand. Blut klebte daran, frisches, aber anscheinend auch altes, das in den Holzstiel eingezogen war und diesen schwarzbraun verfärbt hatte.

Die Gestalt murmelte vor sich hin. Sie hatte Jason den Rücken zugekehrt, stand leicht vorgebeugt, mit gespreizten Beinen, und schien auf ihren Bauch konzentriert zu sein. Sie hantierte mit etwas herum.

Erst, als Jason erkannte, dass es der bunte Blümchenstoff von Livvys Kleid war, begriff er, dass seine kleine Schwester nur noch ihr Unterhöschen trug. Sie war so beschmiert mit ihrem eigenen Blut, dass er es zuvor nicht wahrgenommen hatte.

Glühender Zorn betäubte seine Angst. Mit angehaltenem Atem schlich er sich an. Der Hammer war ein Riesending, doch Jason traute sich zu, ihn zu schwingen, schließlich hatte er Kraft.

Er blieb so weit wie möglich hinter der Gestalt stehen, die noch immer intensiv mit dem Blümchenstoff beschäftigt war, und reckte sich nach dem Hammer. Er bekam ihn zu fassen, hob ihn hoch und schlug zu.

Er erwischte die Gestalt genau auf dem Kopf, doch er hatte nicht das Gefühl, auf Knochen zu treffen, sondern auf einen zum Bersten gefüllten, prallen Strohsack. Es pufftedumpf, eine Staubwolke schoss aus der Gestalt hervor und der Gestank wurde kurzfristig nahezu unerträglich. Der Hammer federte leicht zurück und glitt dann zur Seite weg, streifte die ebenfalls staubig puffende Schulter und schepperte zu Boden.

Der Effekt jedoch war verheerend. Das kleine Wesen kreischte schrill und schoss von Jason weg, sauste mit der Geschwindigkeit und Richtungslosigkeit eines losgelassenen Luftballons durch die Küche, rammte Stühle und den Tisch um und wirbelte Scherben auf, die Jason schmerzhaft im Gesicht trafen, bevor es schließlich wie eine Katze an einem der Schränke hinaufschoss und im Schatten zwischen Decke und Schrank verschwand.

Jason spürte die vielen kleinen Scherbenschnitte nicht. Er hatte nur Augen für das, was das Wesen bei seinem Aufschrei auf den Boden hatte fallen lassen. Es war Livvys Kleid. Etwas war darin eingewickelt. Es sah aus wie ein Baby.

»April!«, schrie Jason, stürzte vor und riss das Bündel an sich.

Im selben Augenblick gab das Wesen auf dem Schrank ein Gurgeln von sich. Jason sah, wie graue, sich pellende Finger aus dem Dunkel kamen und sich um die Schrankkante bogen.

Er wollte wegrennen, rutschte aber auf dem glitschigen Boden aus. Da er das Baby mit beiden Händen festhielt, schlug er mit dem Kinn auf. Es war, als zündete jemand eine Silvesterrakete darin, deren zischender Schweif sich im Kiefergelenk verästelte, die Wangen hinaufbrannte und hinter seiner Stirn in einem gleißend bunten Schmerzknall zerplatzte.

Durch den dunkelroten Schleier vor seinen Augen und das dumpfe Dröhnen in den Ohren nahm er noch genau zwei Dinge wahr. Zum einen: Das Baby war *nicht* April. Durch den Sturz war das Blümchenkleid vom Körper des Kindes gerutscht. Darunter war die Fratze des Wahnsinns zum Vorschein gekommen. Zwei pupillenlose, weißrote Augen starrten Jason aus einem Gesichtchen mit abblätternder, runzelig brauner Haut an, das ihn an eine faulige Kartoffel erinnerte.

Aus dem Bauch dieses Monsterbabys hing eine blutverschmierte Kordel, die pulsierte und tropfte. *Ein Neugeborenes ...*

Der faltige Mund war zu einem Schrei geöffnet, der so fremdartig quäkend klang, dass Jason glaubte, den Verstand zu verlieren.

Zum anderen nahm er die Gestalt wahr, die soeben wieder vom Schrank herunterkam und sich ihm näherte.

Jetzt schlägt sie auch mich tot, dachte er, doch es machte ihm keine Angst mehr. Der Schleier vor seinen Augen war bereits so dicht, dass er kaum noch etwas sah.

Das Letzte, was er mitbekam, war, dass sich der Druck des Babys aus seinen Händen entfernte.

Dann verschwand auch die Welt um ihn herum.

»Jason, kannst du mir etwas über das Verhältnis zu deiner Schwester erzählen? Ihr habt zusammen in einem Zimmer gelebt, weil deine Eltern zu wenig Geld für ein größeres Haus hatten, richtig? Du bist schon zehn, hat dich das nicht gestört?«

Der Junge mit den borstigen, braunen Haaren kauert am Tisch in seinem Zimmer im »Children's Hospital Dartmouth«. Neben ihm saß Mrs. Jackson vom Jugendamt, die mit seiner Aufsicht betraut war, ihm gegenüber hatte Dr. Gina Lewis, forensische Psychologin von Belknap County, ihre Unterlagen aufgeschlagen.

»Hast du dich bei den Colemans wohlgefühlt, nachdem sie dich adoptiert hatten, Jason?«, fragte Dr. Lewis weiter.

Wieder bekam sie keine Antwort. Der Junge blickte geistesabwesend aus dem Fenster, seine Unterarme ruhten auf der Tischplatte. Dr. Lewis spürte ein leichtes Vibrieren im Tisch. Er wippte mit dem Bein. Sie nahm ein Papier aus ihren Unterlagen und legte es so vor Jason hin, dass er es lesen konnte. Es war der Brief des Schulleiters.

»Das hier kennst du, nicht wahr?«, fragte sie sanft. »Du hattest öfter Probleme in der Schule wegen deinen Wutausbrüchen. Mr. Prink, der Schulleiter, informierte uns über vier Vorfälle dieser Art allein in den letzten ...«

»Sie haben mich andauernd geärgert!«, platzte der Junge heraus. Sein Blick glühte plötzlich vor Zorn. »Die älteren Ringer ... andere Schüler auch. Haben mir Schimpfnamen gegeben oder sich lustig über mich gemacht und weil Livvy so ein dickes Gesicht hat. Ich hab mich bloß gewehrt!«

Dr. Lewis nickte und notierte sich etwas. »Ich habe gehört, du hast viel Kraft, bist ein wertvolles Mitglied in deinem Ringer-Team. Du hast schon mehrere Wettkämpfe gewonnen?«

Der Junge sah sie misstrauisch an, dann wieder aus dem Fenster. »Ich bin eben gut«, murmelte er, nun wieder abwesend.

»So gut wie die Rapper, die du hörst? Und die Kämpfer bei *Street Fighter*?«

»Mindestens«, sagte er. Jetzt betrachtete er Dr. Lewis sehr aufmerksam. »Woher wissen Sie, welche Musik ich höre?«

Dr. Lewis ging nicht darauf ein. »Jason, im Polizeibericht steht, dass alle Schäden bei euch im Haus unterhalb der Brusthöhe eines Erwachsenen gefunden wurden. Auch die Verletzungen bei deinen Eltern und deiner Schwester folgten alle dem gleichen Muster. Erst die Beine, dann der Rücken. Es sieht so aus, als hätte eine *kleine* Person den Hammer verwendet. Deine Fingerabdrücke waren darauf.«

Der Junge starrte unverwandt nach draußen, doch spannten seine Muskeln sich an. Dr. Lewis' Stift kratzte über das Papier. »Im Bericht steht auch, du hättest, nachdem du zu Bewusstsein gekommen bist, von einer *kleinen Gestalt* gesprochen, die deine Schwester umgebracht habe. Hast du diese *kleine Gestalt* schon öfter gesehen? Zum Beispiel in der Schule?«

»Nein«, antwortete er den Wolken, die draußen am Himmel vorbeizogen. »Hab ich nicht.«

Die Psychologin musterte ihn.

Plötzlich fragte er: »Wie geht es April?«

Sie zog die Augenbrauen in die Höhe und notierte etwas. »Ihr geht es gut. Sie hat bereits einen Platz in einer Pflegefamilie gefunden.«

Er nickte grimmig. »Das ist gut. Sie soll nicht im Heim aufwachsen. Nicht sie.«

Die Psychologin wartete, ob der Junge von sich aus weitersprach. Schließlich fragte sie: »Was meinst du, Jason, warum ist April nichts passiert?«

Der Junge zuckte mit den Schultern. »Es mochte Babys. Es hatte ja selbst eines.«

Dr. Lewis Stift kritzelte immer schneller über das Papier. Anschließend beugte sie sich vor. »Jason«, sagte sie eindringlich, »dieses Wesen, diese *kleine Gestalt*, hat sie dir Befehle erteilt? Hat sie dir gesagt, was du tun sollst?«

Er nahm die Colaflasche in die Hand und trank einen Schluck. Dann brach er in Tränen aus.

»Dreh dich nicht um,
denn der Plumpsack geht um.
Wer sich umdreht oder lacht,
kriegt den Buckel schwarz gemacht.«

Volkstümliches Kinderlied

Über die Autoren:
Thomas Lohwasser und Vanessa Kaiser wurden Mitte der Siebziger Jahre in Marburg an der Lahn geboren. Schon früh übte das geschriebene Wort auf beide eine ungeheure Faszination aus. 2006 vereinigten sie ihre Talente und erzählen nun als Duo Geschichten. Sie wurden bislang mit mehreren Preisen ausgezeichnet (1. Platz Deutscher Phantastik Preis 2011 & 2015 sowie 3. Platz Storyolympiade 2013/2014). Außerdem sind sie Herausgeber zweier Kurzgeschichtensammlungen und wirken seit 2015/2016 in der Jury der Storyolympiade mit. Im Oktober 2016 erschien ihr erster Roman (in Zusammenarbeit mit Fabienne Siegmund und Stephanie Kempin im Verlag Torsten Low).

Weitere Infos unter: www.lohwasser-kaiser.de

Thomas Karg wurde im Jahre 1992 geboren. Er lebt in Zeholfing, im Herzen Niederbayerns. Seine Werke beschäftigen sich mit den dunklen Seiten der menschlichen Seele und des Lebens sowie physischen und psychischen Schmerzen. Er schreibt Horror in allen Farben und Formen – von subtil bis blutig. Seine erste eigene Kurzgeschichtensammlung »Fest der Geier und andere verstörende Geschichten« wurde 2017 veröffentlicht.
Zudem finden sich mehrere Beiträge von ihm in verschiedenen Anthologien. Demnächst wird Karg sich auch verstärkt seinen Romanprojekten widmen.
  Zudem veröffentlicht er gemeinsam mit Vanessa Kaiser unter dem Pseudonym »Jo van Karkas«.

»Novemberblut« ist die erste gemeinsame Kurzgeschichte der drei Autoren.

Das Flüstern im Feuer

von Michaela Harich

Der hohe Schrei des über ihnen kreisenden Adlers ließ ihn schaudern. Andrew Miller legte den Kopf in den Nacken und sah in den grauen Himmel. Einzelne Sonnenstrahlen brachen durch die dichte Wolkenwand, ansonsten verhieß der Horizont Bote des Tages zu werden: trist, grau, bedrückend. Die Fahrt zu diesem Hotel mitten im Wald hatte schon unter keinem guten Stern gestanden. Nicht nur, dass die Straßen wie Trampelpfade ausgesehen hatten, auch der Shuttlebus schien nur noch von Rost und Dreck zusammengehalten worden zu sein. Andrew rümpfte beim Gedanken an den Geruch im Inneren des Busses die Nase. Er umklammerte den Riemen seiner Umhängetasche und sah sich nah seinen anderen Mitreisenden um. Die junge Mutter, die mit ihrem Neugeborenen den ganzen Bus unterhalten hatte, schien heillos damit überfordert zu sein, Gepäck und ihr immer noch plärrendes Baby zu koordinieren. Sein Blick wanderte über die schlanke, beinahe schon hagere Gestalt der Frau, die in ihrer farblosen Erscheinung mit der Umgebung zu verschmelzen schien. Mit dem Kind auf ihrem Arm und losen weißblonden Strähnen, die um ihren Kopf wehten, obwohl es windstill war, wirkte sie, wie nicht von dieser Welt zu sein. Andrew runzelte die Stirn. Das Pärchen, das am Waldrand stand und kichernd Küsse tauschte, wirkte ebenfalls farblos und verschmolzen mit den düsteren Farben des Waldes und der braunen Erde.

Er schluckte trocken. Der Ruf des Hotels war ihm durchaus bekannt gewesen, als er die Fahrt gebucht hatte. Einst ein Touristenmagnet, gelegen direkt an einem malerischen Wasserfall mitten im Wald, war es nun nichts anderes mehr als ein als Spukhotel verschrienes Bauwerk. Andrew seufzte leise. Er selbst war schon an vielen angeblichen Spukorten gewesen, um seiner Schreibblockade entgegenzuwirken und zumindest genug Material für eine Art Sachbuch über Lost Places, Geisterhäuser und deren Mythen sammeln zu können. Wenn er seinem Agenten nicht bald etwas vorlegen konnte, würde er zurück in die Werbung müssen. Und das wollte Andrew absolut nicht. Das Marketing hatte ihm seine Seele ausgesaugt, so lange darauf herum gekaut, bis nichts mehr davon übrig war, und sie dann hochgewürgt und ausgespuckt, so dass er das verfluchte Elend von Versager war, dass er nun einmal heute war. Andrew ließ sein Genick knacken, musterte das Hotel und zog überrascht die Augenbrauen zusammen. So gruselig sah es nicht aus, daher verstand er nicht, woher diese ganzen Geschichten kommen sollten. Vielleicht lag es am Wald, der mit dem grauen Himmel und dem aufgeweichten Boden alles war, aber nicht hübsch anzusehen. Andrew streckte sich noch einmal, dann ging er auf das Hotel zu. Die Holzstufen knarrten, die Eingangstür klemmte, dennoch war alles sauber und gepflegt. Neugierig sah er sich im Foyer um. Kein Staubkörnchen, das durch die Luft schwebte, keine Spinnweben, nichts, was auf nachlässiges Personal hinwies. Allerdings gab es auch kein Anzeichen dafür, dass es überhaupt Personal gab.

Andrew ging hinüber zur Rezeption, seine Tasche schlug ihm mit jedem Schritt gegen den Oberschenkel. Er drückte die Klingel, die poliert glänzend auf der sauberen Oberfläche des Tresens lag, und wartete. Das Pingen hallte durch das Foyer.

»Vielleicht müssen wir uns die Schlüssel selber holen«, erklärte in diesem Moment eine helle Frauenstimme hinter ihm. Die junge Mutter stand hinter ihm und sah sich ebenfalls um. »Sieht nicht danach aus, als wäre jemand hier. Und ich würde so gern duschen und schlafen.«

Andrew nickte. Er konnte das nachempfinden. Die Reise in dem Bus war nicht gerade ein Vergnügen gewesen und ein wenig fröstelte es ihn. Abgesehen davon würde er gerne seine Tasche nach oben bringen und das Hotel erkunden. Und natürlich auch die Umgebung, von der er auch schon einige Geschichten gehört hatte. Der Wasserfall, in dem Liebende ertrunken sein sollen. Der Wald, in dem Kinder verschwanden. Nur über das Hotel gab es nichts wirklich Besonderes, die üblichen Spukgeschichten eben. Hier und da eine Spukgestalt, Schreie, ein Weinen, Dinge, die sich von selbst bewegen – Andrew hatte nichts über dieses Hotel gelesen oder gehört, dass er nicht schon von anderen Spukhäusern gehört hatte. Schritte ließen ihn herumwirbeln, die Tasche schlug erneut schmerzhaft gegen seinen Oberschenkel. Die Ecke seines Laptops bohrte sich ihm ins Fleisch und er zuckte zusammen. Er hatte einfach nicht das Geld für eine größere und bequemere Tasche – da musste er wohl oder übel blaue Flecken und andere Blessuren in Kauf nehmen.

»Mir reicht's jetzt, ich hol uns unsere Schlüssel«, erklärte der junge Mann, der sich wohl nur widerwillig von seiner Freundin zu lösen schien. »Wir sind wahrscheinlich eh die einzigen Gäste, da können wir uns wenigstens die Zimmer aussuchen.«

»Ich möchte eine Suite, Schatz! Du weißt schon – groß und luxuriös.« Seine Freundin kicherte und das Geräusch zerrte an Andrews Nerven. Ihre Stimme war zu hoch, zu schrill, zu sehr auf mädchenhaft gemacht.

Dass sie gekünstelt war, war jedem von ihnen offensichtlich, glaubte Andrew.

»Als ob ich dir weniger als das Beste geben würde«, murmelte ihr Freund und warf ihr einen Schlüssel zu. »Unser Herr Schriftsteller möchte auch Wünsche äußern?«

»Nö, Hauptsache Bett und Bad. Reicht mir.« Andrew wollte sich nicht lang mit ihnen hier aufhalten, sondern endlich das Hotel erkunden und mit dem Schreiben anfangen. Abgesehen davon wollte er nicht dabei sein, wenn das Baby wieder schrie oder die beiden sich wieder gegenseitig auffraßen beim Küssen. Das war einfach nur ein widerlicher Anblick – und erinnerte ihn zu sehr an die Trennung von seiner Verlobten. Er fing den Schlüssel, der ihm zugeworfen wurde, ungeschickt auf und suchte den Aufgang zu den Zimmern im oberen Stock.

»Yo, kleiner Schreiber, die Treppen sind rechts von der Rezeption. Links führen sie in den Keller.« Der junge Mann warf auch der Mutter einen Schlüssel zu, die mit hochgezogener Augenbraue zusah, wie er an ihr vorbei segelte und zu Boden fiel. »Fängste nicht, weil du nicht willst, oder was?«

»Klar. Ich lass nächstes Mal einfach mein Kind fallen!« Sie verdrehte die Augen. Andrew ging zu ihr, hob den Schlüssel auf und reichte ihn ihr. Kein Wort des Dankes, wozu auch. Andrew schnitt den drei eine Grimasse und ging nach oben. Zimmer 238, zweiter Stock also. Er gähnte, stieg die Stufen hinauf in den zweiten Stock, aber nicht ohne in den Flur zu spähen, ob er etwas Auffälliges entdecken konnte. Doch auch hier war alles penibel sauber, und wieder ohne Spur von Personal oder anderen Menschen. Andrew runzelte die Stirn. Hatten die Geschichten um das Hotel die Gäste vertrieben? Normalerweise war doch eher das Gegenteil der Fall. Andrew gähnte, und betrat den Flur im zweiten Stock. Auch hier war alles blitzeblank geputzt und kein Mensch zu sehen. Er ging die Türen ab, suchte sein Zimmer. Vielleicht würde sich das Personal im Speisesaal zeigen. Oder im Keller, wenn er die Räume durchsuchte. Er konnte sich nicht vorstellen, dass sie ihn einfach so alles durchsuchen lassen würden. Endlich fand er die Tür, die zu seinem Zimmer führte. Andrew schloss sie auf, und betrat den Raum. Groß, mit dickem, weichem Teppich ausgelegt und einem Himmelbett war es durchaus gemütlich. Der Schreibtisch an der großen Fensterfront war spartanisch und schmucklos, würde aber seinen Zweck erfüllen. Andrew stellte seine Tasche auf den Stuhl und warf sich aufs Bett. Die kräftezehrende Leere in seinem Inneren, die sein Schreiben blockierte und ihn auslaugte, legte sich bleiern über ihn und ließ ihn müde werden. Sein Atem und sein Herzschlag waren die einzigen Geräusche, die er hörte. Andrew schloss die Augen. Was sprach eigentlich dagegen, einfach liegen zu bleiben und vor sich hinzuvegetieren? Oder zumindest ein Nickerchen zu machen? Das Hotel lief ihm nicht weg und die Geisterstunde war noch weit entfernt. Und da er zu Hause auch nichts anderes tat, als zu schlafen und ab und an einen Werbetext zu schreiben, um seine Miete zu sichern, würde ihn dieses Schläfchen nicht umbringen.

Ein Crescendo an Geräuschen weckte ihn. Verschlafen richtete er sich auf, rieb sich die Augen und sah sich um. Andrew benötigte einen Moment, um zu verstehen, wo er sich befand. Das Hotel. Sein Buch. Stöhnend schwang er sich auf, bettete den Kopf in seinen Händen und atmete tief durch. Die Geräusche irritierten ihn. Kindergeschrei, Schreie der Ekstase und ein Flüstern, das ihn wahnsinnig machte, denn er verstand kein einziges Wort.

»Wann hab ich denn das Feuer im Kamin angemacht? Warte mal – seit wann ist hier ein Kamin?« Andrew verengte die Augen, sah sich verwirrt um. Er konnte sich nicht erinnern, beim Betreten des Zimmers einen gesehen zu haben. Und doch loderte neben dem Schreibtisch in einem Kamin ein wärmendes Feuer. Andrew stand auf und trat einige Schritte darauf zu. Das Flüstern verstärkte sich. Irritiert schüttelte er den Kopf. Damit hatte er nicht gerechnet. Plötzlich stob dunkler Rauch aus dem Kaminschacht auf ihn zu. Hustend wandte er sich ab, als er eingehüllt wurde und das Atmen ihm schwerfiel. Die Müdigkeit, die durch die Leere in seinem Inneren entstanden war und nie getilgt zu werden schien, hatte ihn geschwächt und drückte ihn nieder. Andrew hielt sich am Pfosten des Himmelbettes fest und rang keuchend um Luft. Eine weitere dunkle Wolke stob auf ihn zu, hüllte ihn ein. Andrew verfluchte den Kamin und den Wind, der dafür sorgte, dass er gerade geräuchert wurde. Das Flüstern wurde lauter, eindringlicher. Er schüttelte den Kopf, wurde die Stimmen aber nicht los. Genervt verließ er das Zimmer.

Das Flüstern wurde leiser, kaum hatte er den Flur betreten. Erleichtert atmete er aus und streckte sich. Sein Magen knurrte wie als Antwort auf das Flüstern. Das schrille, durchdringende Weinen des Babys und die Schreie der Verzückung weckten den Wunsch nach Ohropax. Ob mittlerweile Personal an der Rezeption stand und sie dort so etwas hatten? Er würde es auf einen Versuch ankommen lassen.

»Was zur ...?« Andrew blieb wie angewurzelt stehen. Statt hinunter zur Rezeption zu gehen, war er im dritten Stock gelandet. »Bin ich zu dumm, um die richtige Treppe zu nehmen? Und führe dabei jetzt auch noch Selbstgespräche? Klasse.« Er drehte sich auf den Absatz um und wollte wieder hinunter gehen, doch fand sich weiter im Gang des dritten Stockes wieder. »Okay, jetzt konzentrieren wir uns und gehen die Treppen runter!« Andrew kniff die Augen zusammen und tastete sich an der Wand entlang in die Richtung, in der er die Treppe vermutete. Als er nach einem Dutzend Schritten die Augen wieder öffnete, stand er weiter im Gang und noch entfernter vom Treppenhaus. Andrew kratzte sich ratlos am Kopf. Er hatte doch noch gar nicht mit Trinken angefangen, was war denn mit ihm los? So schwer konnte es ja nicht sein, zur Treppe zu gehen und ins Erdgeschoss zu laufen! Selbst im betrunkenen Zustand schaffte er es normalerweise, Treppen rauf und runterzukriechen.

Das Flüstern, das so leise geworden war, dass er es nicht mehr wahrgenommen hatte, wurde wieder lauter und drängender. Andrew griff sich an den Kopf und stöhnte. Sein Stöhnen war allerdings nicht im Mindesten so voller Lust und Erregung wie das, was er aus dem Zimmer hörte, an dessen Tür er lehnte. Und auch wenn er wusste, dass es sich nicht gehörte und es ihn auch absolut nichts anging, was die beiden hinter dieser Tür trieben, so konnte er nicht anders. Er fühlte sich wie angezogen von den lusterfüllten, erregten Geräuschen – einer Mischung aus Stöhnen und wolllustigen Seufzen, hier und da ein Schrei der Erfüllung. Andrew schluckte trocken. Es war viel zu lange her, seit ... er schüttelte den Kopf. Okay, das letzte Mal, dass er ordentlich gevögelt hatte, lag so weit zurück, dass er quasi wieder Jungfrau war, aber wenn er sich jetzt davon beeinflussen ließ, würde er die beiden nachher noch fragen, ob sie ihn einluden, mitzumachen. Einen Dreier hatte er eh schon immer mal probieren wollen – wenn auch nicht unbedingt mit gekreuzten Schwertern. Allerdings war er so verzweifelt, dass es ihm egal war. Sex aus dritter Hand – und anders konnte er es nun einfach nicht nennen – war besser als gar keiner, fand er.

Er öffnete die Tür, ging in Richtung Schlafzimmer und blieb stehen. Die rhythmischen Bewegungen auf dem Bett, die nackte Haut und der Geruch von Sex, der in der Luft hing, geilten ihn auf. Das ungestillte Verlangen, das auch Handarbeit nicht minderte, ließ ihn keuchen – was das Paar nicht störte. Ungehindert vögelten die beiden weiter, als würde das Fortbestehen der Menschheit von der Vielzahl der Orgasmen abhängen, die die beiden hatten. Andrew schluckte. Er spürte, wie sein Glied steifer und härter wurde, je länger er zusah. Der Schweißfilm auf der Haut der jungen Frau lockte ihn. Andrew wollte sie berühren, den Geschmack ihrer Haut und das Salz ihres Schweißes probieren und auf seiner Zunge schmecken. Ein tiefes Stöhnen entwich ihm, was den beiden nicht auffiel. Wie auch – sie waren ja selbst laut genug dabei.

Funken stoben durch die Luft, berührte ihn an der Wange. Wieder ein Kaminfeuer – aus dem Nichts, einfach so. Irritiert berührte Andrew seine Wange. Die Stelle schmerzte, und er konnte eine Brandblase unter seinen Fingern fühlen.

Der Schmerz geilte ihn noch mehr auf.

Andrew wusste, wie seltsam und abartig das war, aber er konnte nichts dafür. Seine sexuellen Vorlieben waren schon immer etwas anders gewesen – und seine Exfreundinnen hatten das nur zu gern betont. Er spürte, wie sich ein Lusttropfen löste und über seine Eichel rann. Dieses Mal war sein Stöhnen tiefer und lauter.

Weitere Funken stoben durch die Luft und brannten sich in seine Haut. Andrew lehnte sich gegen die Wand, ein Strudel aus Schmerz und Lust hielt ihn gefangen. Ein Feuer durchströmte ihn, breitete sich aus, floss durch seine Adern. Schweiß trat auf seine Stirn. Andrew berührte sich nun hemmungslos, sein Höhepunkt war nicht mehr weit entfernt. Schwer atmend schloss er die Augen, als ein wilder Schrei ihn aufschreckte.

Es war kein Schrei der Lust, der Verzückung gewesen. Sondern ein schriller, erschütternder Ausbruch des Schmerzes. Andrew öffnete die Augen. Der Kamin stand in Flammen. Das Holz hatte sich plötzlich entzündet und das Feuer brach sich ungehindert seinen Weg ins Zimmer. Andrew schluckte. Es dauerte einen Augenblick, bis er begriff, was hier geschah. Es war, als würden die Flammen nach dem Bett lechzen, als würden sie von dem kopulierenden Paar Besitz ergreifen wollen.

Er öffnete den Mund, wollte sie warnen. Wollte schreien, wollte eingreifen – doch er konnte sich nicht bewegen. Gebannt beobachtete er, wie dicker, schwarzer Rauch aus dem Feuer stieg. Wie Arme schossen sie nach vorne, gierig und bösartig. Das Flüstern, diese penetrante Stimme, die er schon in seinem Zimmer gehört und die ihn aus eben jenem getrieben hatte, erklang lauter, drängender. Andrew ließ sich nur widerstrebend los und griff sich an die Schläfe. Das musste nur in seinem Kopf passieren. Das durfte nur in seiner Fantasie geschehen!

Er taumelte.

Die junge Frau kam lautstark. Ihr Schrei der Erfüllung ging in einem Gurgeln aus Qual und Schock über. Blut spritzte. Knochen brachen. Der Geruch gebratenen Fleisches erfüllte die Luft. Etwas klatschte an die Wand, direkt neben seinem Kopf. Andrew schluckte, würgte. Vorsichtig sah er zur Seite – ein Herz rutschte langsam die Tapete hinunter und hinterließ eine rote Spur. Während er beobachtete, wie es sich bewegte, entflammte es. Erschrocken wandte er den Kopf und bereute es sofort. Sie hatte sich bei ihrem Orgasmus aufgebäumt, und er konnte sehen, wie sich ihr Rückgrat gebogen hatte. Das, was von ihrem Kopf übrig geblieben war, war nach hinten geworfen worden – ein Anblick, der ihn in Fleisch und Blut und in menschlicher Form selbst kommen hätte lassen. Nun konnte er durch ihren aufgerissenen Rücken auf den zerstörten Körper ihres Partners sehen. Es war, als hätte sie jemand an ihrer Wirbelsäule entlang aufgestemmt. Nein, als hätte jemand seine Klauen direkt durch ihren Rücken gejagt. Sein Blick wanderte über das Bett. Ihr Fleisch war überall darum verteilt worden – zumindest, was davon übrig war. Andrew sah wieder nach vorne.

Und auf ihre Brüste, die am Kopfende des Bettes geschleudert worden waren. Die zerstörten Nippel glänzten, die Blutstropfen zierten sie wie seltene Edelsteine. Dieser Anblick erregte ihn. Mit viel Fantasie könnte es auch Wein sein, der an ihrer weichen Haut abperlte. Andrew leckte sich über die Lippen, als das Flüstern in seinem Kopf zu einem Crescendo anschwoll. Er presste die Hände gegen die Schläfen, versuchte die Stimme aus seinem Bewusstsein zu drängen. Doch sie war laut, fordernd – und er verstand kein verdammtes Wort.

Stöhnend ging er in die Knie, schrie seinen Frust, den Schmerz laut heraus und krallte die Hände in den Teppich. Andrew atmete tief durch, fuhr sich über das Gesicht und würgte. Was immer das Paar zerfetzt und verbrannt hatte, hatte den Teppich in Blut getränkt.

Blut, das er sich geradewegs ins Gesicht geschmiert hatte. Andrew zog sein Shirt hoch, wischte sich damit das Blut weg und rappelte sich auf. Das Feuer im Kamin war erloschen. Ruß hatte die Tapete verfärbt, Ruß und Organe. Sein Magen rebellierte, doch er schaffte es, das Zimmer zu verlassen, ohne sich zu übergeben. Er schluckte die Galle hinunter, lehnte sich gegen die Tür. Wem sollte er das melden? Was sollte er jetzt tun? Fliehen? Die Mutter und ihr Kind warnen? Drauf scheißen und alles niederschreiben?

Er raufte sich die Haare. Scheiß Situation.

Erneut erklang das Flüstern.

Andrew schrie vor Wut. Er wollte, dass es aufhörte. Stille erschien mit einem Mal nicht mehr so grausam und bedrückend.

Er entschied sich für die einzig sinnvolle Möglichkeit, um seine Ruhe zu haben. Er machte sich daran, das Hotel zu verlassen. Andrew eilte den Flur entlang – in der Hoffnung, am Ende nicht wieder in einem Stockwerk zu landen, in dem er nicht sein wollte.

Andrew schlug mit der Faust gegen die Wand. Wieder war er in einem Stockwerk gelandet, in das er nicht wollte. Wie schwer konnte es sein, ins Foyer zu gelangen und aus diesem gottverdammten Hotel zu verschwinden? Er kam sich wie der letzte Vollidiot vor, wie er in diesem Flur stand und nicht wusste, warum.

Seine Kleidung war vom getrockneten Blut steif und klamm, seine Haut brannte, seine Laune sank. Sollte er warten, bis das Flüstern ihn wieder in eine Richtung trieb oder sollte er sich selbst auf die Suche nach dem Zimmer machen, das er betreten sollte?

An Zufall glaubte er auf jeden Fall nicht mehr. Offensichtlich hatte er hier mal wirklich ein Spukhotel erwischt. Andrew fuhr sich durch die Haare, schloss die Augen und wartete.

Kein Flüstern.

Er hob eine Augenbraue. Wartete.

Immer noch kein Flüstern.

Wut stieg in ihm auf.

Langsam setzte er sich in Bewegung. Vielleicht würde das ja das Flüstern hervorrufen. Oder vielleicht würde diese unsichtbare Macht, die das Hotel im Griff hatte, ihn gehen lassen. So oder so – Rumstehen war keine Lösung. Seine Hand strich die Wand entlang, während er Schritt für Schritt tat, Tür für Tür zog an ihm vorbei.

Kein Flüstern.

Ein metallenes Poltern ließ hin herumwirbeln. Eine Zahl war von einer der Türen gefallen. Ein spöttisches Schnauben entwich ihm. Das war nun wirklich mal was anderes. Widerwillig ging er zurück zu dem Zimmer und musterte die Tür. Die Zahl, die herabgefallen war, war nichts Besonderes. Doch die Nummer, die noch übrig blieb, ergab in der Summe eine Sieben.

Sieben Todsünden, sieben Leben – Andrew wusste jetzt nicht, warum das so besonders sein sollte und ihm fiel einiges ein, womit man die Zahl assoziieren konnte. Er seufzte – dann öffnete er die Tür.

Das Hotelzimmer lag im Dunkeln – natürlich. Andrew straffte die Schultern und ging hinein. Immerhin vögelte hier offensichtlich niemand, wenn er nach den Geräuschen ging, die zu ihm drangen. Sauggeräusche, ein leises, konstantes Schmatzen – wenn er sich nicht täuschte und sich andere Gäste in diesem Hotel befanden, dann war er ins Zimmer der Mutter mit ihrem Kind getreten.

Und wenn die beiden nicht etwas sehr, sehr Abartiges machten, war das nicht ansatzweise so unangenehm für ihn wie auf dem anderen Stockwerk.

»Hallo?«, fragte er in die Dunkelheit. Etwas flackerte. Wahrscheinlich eine Kerze – oder eine kaputte Lampe, wenn er den Zustand des Hotels richtig deutete. Vielleicht war das aber auch ein Zeichen der unbekannten Macht, die ihm damit quasi den Mittelfinger ins Gesicht drückte. »Hallo? Kann ich rein kommen?« Nicht, dass er nicht schon eingetreten war, ohne dass er die Erlaubnis erhalten hatte. Andrew ging weiter in das Zimmer hinein. Die schmatzenden Geräusche wurden lauter, und irgendwie beruhigten sie seine

Nerven. Das war normal. Das war genau die Art von Normalität, die ihm ein wenig fehlte.

Erneut blieb er im Durchgang zum Schlafzimmer stehen und starrte auf das Bett. Die junge Mutter saß mit entblößter Brust da, ihr Baby saugte hungrig ihre Milch. Das flackernde Licht einer großen Stumpenkerze verlieh ihr einen übernatürlichen Schein. Sie wirkte ein wenig wie ein personifiziertes Abbild der heiligen Maria, wenn auch mit mehr nackter Haut. Und dunklen, großen Nippeln, die ihn faszinierten. Das Saugen des Kindes, das Kerzenlicht – Andrew leckte sich die Lippen. Er wäre gern an der anderen Brust, die Milch kosten, die er aus der rosigen Brustwarze saugen würde ...

Das Flüstern in seinem Kopf schwoll an – und riss ihn aus seinem Kopfkino. Seine Hoden verkrampften sich, sein Penis drückte eng gegen die Hose. Stöhnend krümmte er sich. Die junge Mutter schien es nicht zu bemerken.

Andrew keuchte, zwang sich, den Blick abzuwenden und sah sich im Raum um. Er verdrehte die Augen, als er den Kamin erblickte. War der vorhin schon da gewesen? Andrew wusste es nicht.

Das Flüstern in seinem Kopf wurde lauter, bösartiger.

Andrew stolperte zurück. Er ahnte, was gleich passieren würde. Feuer, Tod, das böse – wie schon bei dem Pärchen davor würde hier gleich das Grauen Besitz von diesem Zimmer ergreifen.

Doch nichts geschah.

Andrews Herz schlug wild in seiner Brust. Er schluckte schwer. Gleich, gleich würde es passieren. Dann würde diese junge Frau sterben. Ihr Leben auf brutale Weise ausgelöscht. Er wartete auf das Feuer. Darauf, dass sich das Holz im Kamin entzündete.

Doch nichts geschah.

Andrew entspannte sich ein wenig. Die junge Mutter schien immer noch nicht bemerkt zu haben, dass er im Raum stand, oder sie wollte es einfach nicht bemerken. Sollte er sich bemerkbar machen? Sollte er sie wirklich stören?

Was, wenn er einfach ging und sie zurückließ? Würde sie überleben? Würde sie sterben? Konnte er das zulassen?

Das Flüstern wurde lauter. Etwas Warmes floß seinen Hals entlang. Verwirrt hob er die Hand und berührte die Stelle. Blut. Rot auf seinen Fingerspitzen. Andrew runzelte die Stirn, fuhr mit beiden Händen seinen Hals entlang, hinauf zu seinen Ohren. Blut lief aus ihnen, ohne dass er es bemerkt hatte.

Das Flüstern wurde lauter und drängender.

Er presste sich die Handflächen gegen die Schläfen. Dieses Flüstern trieb ihn in den Wahnsinn!

Etwas zerbarst. Hitze überwältigte ihn, zwang ihn in die Knie. Schmerzen tobten durch seinen Körper und er schrie.

Flammen stoben aus dem Kamin. Er riss entsetzt die Augen auf, als sie nach der jungen Mutter lechzten. Doch sie zuckten vor ihr zurück.

Andrew setzte sich auf. Das Feuer schien vor der jungen Mutter zurückzuweichen. Schien sie nicht berühren zu wollen. Verwirrt neigte er den Kopf.

Die Frau hob den Blick und eine Augenbraue. Sie schnaubte, ein feines Lächeln umspielte ihre Mundwinkel. Ihre Adern traten schwarz hervor, ein dunkles, feines Netz, das sie bedeckte und auf ihr Kind überging. Die milchweiße Haut verfärbte sich, ihre Haare wurden dunkel, nahmen die Farbe von sterbendem Moos an. Das Kind an ihrer Brust wurde bleich, das Schwarz der Adern zerfloss zu einem dunklen Grau. Andrew schluckte. Das Feuer tobte, wollte zerstören und zerfetzen, schreckte doch vor den beiden zurück.

»Was geht hier vor sich?«, murmelte er. Seine Stimme klang fremd in seinen Ohren, nach dem Flüstern in seinem Kopf, das nun vertrauter war als alles andere. Die junge Frau sah ihm direkt in die Augen.

»Das Ende von Nichts und der Anfang von allem!« Ihre Hand am Kopf des Kindes krallte sich darum, ihre Finger bohrten sich in den Flaum.

Dann riss sie ihn ab, mühelos, und warf ihn ins Feuer.

Das Flüstern in seinem Kopf wurde zu einem Schreien. Wild kreischten Stimmen durch seine Gedanken. Blut floss ihm aus der Nase.

Die Mutter legt den Kopf in den Nacken, ihre Augen waren nur noch schwarze Höhlen seelenloser Leere. Sie öffnete den Mund und schrie.

Ein grausamer, erschütternder Schrei voller Hass und Wut.

Andrew schloss die Augen, während Schatten und Flammen, Motten und Staub, Funken und Blut durch das Zimmer stoben, in einem Konflikt, der alles überdauern würde.

Das Knistern des Feuers im Kamin schreckte ihn auf. Der Schrei der Frau hallte in seinen Gedanken noch nach. Gänsehaut breitete sich auf seinem Körper aus. Seine Hand zitterte. Andrew atmete tief durch. Seit Stunden saß er an seinem neusten Buch. Der Verleger hatte ihm einen Batzen Geld versprochen.

Geld, das er gut gebrauchen konnte, um seine Würde zu retten. Und seine Zukunft. Dass dieses Hotel wirklich voller Spukgestalten sein sollte, würde ihm ohnehin keiner glauben. Aber wenn er es richtig verpackte, würde es ihm zumindest genug Geld einbringen, dass er nicht länger bei seinem Vater betteln musste. Und das reichte ihm.

Vorerst.

Das Feuer im Kamin flammte auf. Funken stoben zu ihm hinüber, landeten auf dem Papier. Eine Schreibmaschine oder einen Laptop konnte er sich nicht mehr leisten. Beides hatte er versetzen müssen. Er schrieb von Hand und tippte es dann in einem Internetcafé ab. Mühselig, aber er hatte keine andere Wahl.

Er besaß nichts mehr.

Ob es auffallen würde, wenn er sich hier für immer einquartierte? Verhungern konnte er hier nicht, interessieren würde es auch niemanden, wenn er hierbleiben würde. Wer würde ihn denn auch schon vermissen? Niemand, wenn er genau drüber nachdachte.

Das Feuer flammte noch einmal auf. Die Temperatur stieg merklich an, Schweiß lief ihm über die Schläfen.

Andrew verschränkte die Arme, als er wieder vor einer Tür stand, die definitiv nicht der Ausgang des Hotels war. Dieses Mal stand er vor seiner Zimmertür. Langsam öffnete er sie und trat ein.

Das Feuer im Kamin loderte und brannte, die Temperatur im Raum war unangenehm hoch und drückend. Das Kratzen eines Stiftes auf Papier mischte sich mit dem Knistern des Kaminfeuers. Langsam kam er näher. Die Gestalt am Schreibtisch erinnerte ihn an sich selbst, nur fand Andrew, dass er etwas gesünder aussah.

Vielleicht nicht gerade im Moment, wo ihm Blut aus Nase und Ohren lief, aber ansonsten schon.

»Hey!«, rief er. »Du sitzt da an meinem Schreibtisch. Ich mein, okay, sei dir gegönnt, aber es sind, glaub ich, noch paar Zimmer frei. Meinst du, du könntest dir einen anderen Ort aussuchen zum Schreiben?« Er trat an den Schreibtisch, direkt neben die Gestalt. Das

Feuer zu seiner linken loderte auf – wenn er es nicht besser wüsste, hätte er gesagt, dass es wütend war.

Auf ihn?

Er hatte doch gar nichts getan – außer seinen Mitreisenden beim Sterben zuzusehen.

Die Gestalt am Schreibtisch ignorierte ihn. Andrew kniff die Augen zusammen. Die Tinte auf dem Papier war rot. Rot wie – das konnte nicht sein. Das Papier wirkte alt und vergilbt, musste wohl noch aus dem Hotelfundus stammen. Sein Blick wanderte über den Schreibtisch. Der Schreibende hielt seinen linken Arm gerade auf dem Tisch. Zu gerade. Ein großes, scharfes Messer lag an der Kopfseite seines Buches, in das er schrieb. Immer wieder tauchte er die Feder in seinen Arm.

Andrew keuchte auf.

In seinen Arm! Die Tinte – er schrieb mit Blut! Mit seinem eigenen Blut!

Ohne nachzudenken, packte er die Gestalt an der Schulter und drehte sie zu sich um. Und schrie. Er starrte sich selbst ins ausgemergelte, bleiche Gesicht. Die Augen lagen tief in ihren Höhlen, die Lippen waren aufgeplatzt und ausgetrocknet. Die Knochen traten deutlich hervor.

Er war verhungert. Andrew starrte entsetzt auf die ausgehungerte Version seiner selbst.

Hinter ihm flammte das Feuer auf und lachte. Das Flüstern in seinem Kopf raubte ihm das Bewusstsein.

Über die Autorin:
Geboren im schönen Schwabenland, zeigte sie schon früh eine lebhafte Fantasie. Bücher wurden ihr ständiger Begleiter und sie wusste schon früh, dass sie später schreiben wollte. Heute lebt sie in der Nähe ihrer Universität, wo sie sich nach einem abgebrochenen

Jurastudium ganz der deutschen Sprache widmet, und als Germanistin ihre Leidenschaft fürs Schreiben auslebt und beim Kellnern den einen oder anderen Einfall für neue Geschichten bekommt. Bewaffnet mit Buch, Sarkasmus und einem großen Hang zu dystopischen Erzählungen reicht schon ein umgekipptes Bier, um ihr neuen Stoff für eine Geschichte zu liefern.

Geprägt vom dunklen Humor der Autorin sind ihre Protagonistinnen immer stark, eigenwillig und nicht immer sympathisch, aber stets unterhaltsam.

End of the Road

von Torsten Scheib

(*Mutter*)

Unbeschreibliches Verzücken, wenn ich *sie* spüre; wenn *ich* sie nähre. Glitzernder Sternenstaub, bevölkert Adern wie Venen; jedes Mal. Ihr Saugen, mein Schaudern. Sie sind Ich, ich bin sie. Wir sind eins. Ich versuche zu geben, was ihr braucht.
    Der Spätherbst breitet sich in meinem Schoße aus.
    Nichts ist für die Ewigkeit.
    Man kann Vorsorgen treffen.

(*Jetzt*)

Funkenflug, die Beifahrertür wehklagt dissonant ob der Leitplanke, die ihr den Rost abschleift. Ein treffsicheres Aufputschmittel kann man inmitten dieser Einöde nicht abverlangen. Hält nur nicht lange vor. Ihre stampfende Pumpe, das gehetzte Verlangen nach Sauerstoff: es mutet *nur an*, dass Deedee quasi einen persönlichen Marathon abgeschlossen hat. Oder eine Line kolumbianisches Marschierpulver. Ein Knopfdruck, das Fenster senkt sich. Die eindringende nokturne Frische trocknet ihre verklebte Haut, mehr nicht. Belebend geht anders. Das klassische In-die-eigene-Fresse-schlagen funzt wohl nur in Filmen.
    Fuck.
    Ihre Lider: so schwer, so verfickt schwer …

Aber ich muss ... ich habe ...

Die Feststellbremse als letzter Ausweg. Insgeheim stellt sich Deedee auf den Airbag ein, so vehement wie sie das Mistviech in die gewünschte Position hämmert. Der Vorgang reißt sie vor, der Gurt versinkt in der Kuhle zwischen den Brüsten, etwas Gewichtiges kollidiert mit der Rückseite der Fondsitzbank. Noch ein Schub beschissene Schmerzen. »Danke, Gott «, ächzt sie. »Eigentlich meinte ich so was wie Paracetamol oder Aspirin oder ein Tampon, da *freilich* meine Periode einsetzen musste. Aber, hey: kein Beef. Wir sind cool.« Ihre Wangenmuskeln sind von Stahlbeton durchwoben, zumindest vom Gefühl her. Der Riss in ihrer Unterlippe meldet sich im Verbund mit dem Hämatom im Unterkieferbereich, einem von vielen blauen Flecken.

Dafür sollte ich ihr ein zweites Mal die Scheiße aus dem Leibe prügeln.

Ein anderes Mal. Wenn die Gelenke wieder ihrem vierunddreißigjährigem Ich entsprechen, nicht einer zweiundachtzigjährigen Rentnerin. »*Rüstige* Rentnerin! Hch.« Das Öffnen des Gurts ist ein fast unlösbares Geschicklichkeitsspiel. Auf dem Beifahrersitz lungert die Handtasche, umgeben von ihrem Inhalt. Einzig ihr iPhone ist von Interesse. Arm und Hand fungieren wie die Kralle in einem von diesen Greifautomaten. Der Widerstand der Tür könnte es auch mit nem Felsbrocken aufnehmen, aber sie gibt irgendwann nach. Deedees Geschlurfe auf dem Asphalt: da würde jeden Zombie der Blitz vor Neid treffen.

Sie befindet sich auf einem anderen Planeten. Andere Fahrzeuge? Nicht existent, ebenso wenig Telefonmasten, Stromleitungen, Straßeninstandhaltung. *Kein Wunder, dass ich das Ländliche schon immer hasste. Auch darum.* Unweigerlich drängen sich ihr die *Moonshiner* auf; die legendären illegalen

Schwarzbrenner. Latzhosen anstelle von Nadelstreifen, verschwitzt-zahnlose Hillbillys, keine geschniegelten Geschäftsleute. In der Einöde kapiert man, dass besagte Legenden real sind und weiterhin florieren müssen.

Tun sie auch.

Erst eine Ladung Rotz hochziehen, dann das iPhone benutzen. Prioritäten setzen. Kein Netz, oh Wunder. »Glückstag«, kommentiert Deedee nach dem vierten missglückten Versuch und schnippt das schlanke Teil durch die offene Tür zurück auf den Beifahrersitz.

Kein Navi, kein Telefonnetz: willkommen in der Steinzeit oder zumindest Neuzehnhundertfünfundachtzig. Sie hat keinen Dunst, wo sie sich befindet. Zweieinhalb Stunden war sie auf Automatikpilot durch die Walachei gegondelt. Wie man's dreht und wendet: Der Weg nach Pittsburgh ist noch lang, und diese bleierne Schwere, das Verlangen nach Schlaf und Regeneration sind haushoch im Vorteil.

Sicher könnte sie in der Karre pennen, diesem abgrundtief hässlichen dunkelbraunen *Mercury Grand Marquis* mitsamt seitlicher Kunstholzvertäfelung; geräumig, konservativ, unauffällig. Damals (Neunzehnhundertfünfundachtzig?) wie heute.

Unauffällig. Macht Sinn.

Außerdem: partiell vorhandener seitlicher Kunstholzvertäfelung.

»Scheiße, bin ich erledigt.«

Ein fetter Rabe begrüßt sie empört. Nach ein paar wackeligen Schritten ihrerseits löst er sich von der Straße, verwandelt sich in einen Tintenklecks vor mattem Hintergrund. Deedee verfolgt den Weg des Vogels, quer über ein kahles Feld, dem sich ein Gebäude anschließt, dessen Baustil sogar um halb zwei Uhr morgens unverkennbar ist: *Dutch Colonial*.

Frischer Ansporn, neue Kraft. Zurück hinters Lenkrad, raus mit der Festellbremse, pfeif auf den Gurt. »Schwarzbrenner, Methköche, einerlei. Hauptsache Telefon und ein stilles Eckchen zum Pennen. Ein Tampon wäre fein, aber ich begnüge mich gerne mit einer saugstarken Küchenrolle.«

Der eingebackene Trampelpfad zum Gebäude schüttelt sie anständig durch. In ihrem physischen Zustand kein Zuckerschlecken. Der im Hosenbund klemmende Revolver zwängt sich gegen ihren verlängerten Rücken, als fühle er sich benachteiligt.

Sämtliche Fenster sind dunkel. Wen wundert's, um diese gottlose Uhrzeit.

(Unterwegs)

»Kolbenfresser. Nicht so toll. Schon gar nicht hier draußen.«

War ja klar. Glück? Ich? Selten so gelacht. Die Wagenladung Geröll löst sich zwar, anstatt Erleichterung verkommt sie zu einem Grab. Ihre neue Bekanntschaft – *kenne nicht mal ihren Namen* – lässt die Kühlerhaube scheppernd einrasten. Mehrere Vögel stieben davon.

»Was nun? Ich hab ja nicht mal ein Netz!« Fast angewidert lässt sie ihr iPhone über die vereinzelt knackende Motorhaube schlittern, das sportliche Pirouetten dreht. Prustend stützt sie sich am Wagendach ab.

»Es sind noch ungefähr fünfzehn Meilen bis zur nächsten Ortschaft«, erklärt die andere. »Dort gibt es auch eine Werkstatt – und ein funktionierendes Telefon.«

Wahrscheinlich nur das eine, ergänzt sie in Anbetracht des fahrbaren Untersatzes der anderen. *Kunstholzvertäfelung? Echt jetzt?* Eine besonders große Auswahl bleibt ihr nicht. Friss oder –

»Gibt es in dieser Ortschaft zufällig auch ein Hotel, Motel, so was in der Art?«

Die Namenlose fummelt am Bügel ihrer 80er-Jahre-Retro-Vintage-Sonnenbrille, das kleine Herzchen aus Strasssteinchen darf nicht fehlen. »Nein.«

War so klar.

»Kannst sehr gerne die Nacht *bei mir* verbringen.«

Das lässt aufhorchen. Besonders die Betonung und diese Ambiguität bei den letzten drei Worten. Mit Doppeldeutigem kennt sich Deedee aus. *Neckt sie mich?* Sie beschließt, das mögliche Spielchen mitzumachen, schließlich ist die andere exakt ihre Kragenweite: Kein Hungerhaken, wohl proportioniert, die Erscheinung zeugt von Selbstbewusstsein, die Latzshorts unterstützen es sogar anstelle das Gegenteil auszudrücken. Das blonde Haar ist kurz, Bubikopf, Marke Michelle Williams. *Erwachsene* Michelle Williams, nicht das Mädchen aus *Dawson's Creek*-Zeiten. Die elegant geschwungenen Lippen muten an, mit Morgentau belegt zu sein.

Als sie unmerklich vortritt, wird die Bewegung erwidert.

»Auf der Couch?«

»Ich dachte mehr an ein Bett.«

Sie kann nun ihren Atem kosten. Undefinierbar und zugleich unbeschreiblich köstlich.

»Mein Bett …«

Fingerspitzen, Berührungen, Vortasten. Elektrische Ladungen.

Münder finden zueinander, Lippen, die sich vereinen, Schluss mit Schüchternheit. *Mehr, mehr, mehr!* fordert ihr Ich, als sie an der Zunge der anderen saugt, jede Faser von ihr Hochs durchlebt, die sonst nur ziemlich gutem Koks vorenthalten sind, wenngleich sie schon lange keins mehr genommen hat, aus Gründen. Sie schubst die andere gegen die Motorhaube, löst die drei Knöpfe an der Seite der Shorts, Linke taucht ein, tiefer, tiefer. Die Finger der anderen Hand massieren eine herrlich volle Brust, gekrönt von einer spitzen Brustwarze. Wozu das Bett, wozu warten? *Ich vernasche dich gleich hier auf der Stelle, `s kommt ja eh keiner ...*

Das im Slip klemmende Messer müsste so ziemlich alles und alles ziemlich plötzlich verändern. Doch diese Gier, diese Geilheit erzeugen eine Verzögerung, es braucht, bis zum Abziehen der Schleier. Der andere Körper gleitet in eine subtile Angriffsstellung, jetzt geht es rein um Schnelligkeit. Die andere wird zurückgeschubst, Abstand geschaffen, die Vorderseite des Wagens zum Hüpfen animiert. Aus dem Hosenbund löst sie den Revolver, ihre Dienstwaffe, richtet den Lauf stirnwärts, aber zu spät. Die Klinge von einem Jagdmesser, das gerne eine Machete wäre, *wuscht* Millimeter über ihrem Haupt vorbei, undurchdacht und, ja, vom Gefühl her eher einschüchternd denn brachial. *Du willst mich nicht töten?* Sie erwidert mit einem Nackenschlag. Nicht unbedacht. Erwischt der Revolverknauf die Schläfe zu heftig, heißt es Exitus statt Bewusstlosigkeit und damit noch mehr Probleme.

Die Opponentin kippt wie ein Baum, das unheimliche Jagdmesser folgt einen Wimpernschlag darauf.

Was nun?

Die Grillen, die Nacht, die Unschlüssigkeit. Minutenlang thront sie über der anderen und kann sich einfach nicht lösen. Unter dem Shirt zeichnen sich die Brustwarzen ab, die Lippen, diese einzigartigen Lippen, die sie kosten durfte, noch immer schimmern sie feucht ...

So feucht, wie ich es noch bin.

»Ihre Beziehung stand von Beginn an unter keinem guten Stern.« Der Revolver wird eingepackt, der Monolog fortgeführt. »Doch sie machten das Beste draus.« Ehrfürchtig dreht sie das armlange Messer, befördert es zum iPhone. *Wem haste das geklaut? Crocodile Dundee?*

Ruppig schleift sie die Ohnmächtige über den kratzigen Asphalt, stoppt neben dem Kofferraum des Mercury, dieser dermaßen grässlichen Karre, in deren Zündung die Schlüssel stecken. *Zu sehr von den eigenen handwerklichen Fähigkeiten überzeugt.* Dem Gedanken fehlt der Zunder. Sie ist nicht sauer auf die andere, beinahe ist es wie ... wie ...

»Das Fundament ihrer Beziehung war Sex. Hart und schmerzfrei und nicht selten hübsch versaut.« Die Scharniere des Kofferraumdeckels verraten dissonant mangelnde Schmierung. Die ohnmächtige junge Frau lässt die Wagenrückseite wackeln, als sie im Kofferraum landet; unmittelbar zu einer Rolle grauem Isolierband, dem guten, das aus ihr ein verzurrtes Päckchen macht. Noch immer trägt sie diese vermaledeite Vintage-*Drei-Engel-für-Charlie*-Brille aber irgendwie kann sich Deedee nicht für kurzen Prozess mit dem Teil aufraffen.

Einmal probiert, möchte man immer mehr, überfällt es sie, nachdem sie nochmals von diesen köstlichen Lippen kostet, die sie mit einem garstigen Stück Isoband versiegelt. Doch – was genau? Es ist unbestimmbar, selbst die Knospen auf ihrer Zunge schwenken weiße Fahnen. *Mehr, mehr, mehr.* Sie plumpst hinters Steuer, das Innere macht jedem Tropenhaus Konkurrenz. Schweißperlen halten Rennen ab, ihr Hemd pappt an ihr. Unangenehm aber auch sexy. Auf verruchte Weise. Ergänzend löst sie den Knopf ihrer Jeans, der Reißverschluss verschafft zusätzliche Freiheiten. Es gibt zwei Dinge, die sie beendigen muss. Dies ist das erste. Ungeniert und schmerzfrei, entdeckt zu werden, bearbeitet sie ihre lodernde, schlüpfrige Lust. Das hat sie sich verdient.

Danach kommt die eigentliche Arbeit.

Kein Navi, kein einziger gottverfluchter Signalbalken auf dem iPhone. Hundertfünfzig, keine fünfzehn Meilen – so wirkt es auf sie. Dafür Mischwald *en gros*, Felder aus Staub und Vergessen, Geister anstelle von Ortschaften und Gebäuden. Kein Hinweis auf Menschen, auf ansatzweise Zivilisation, auf ein *Sheriff's Office*, wo sie Rast finden und die Fotze im Kofferraum in eine Zelle schmeißen lassen kann.

»Geht auf drei Uhr zu und neben mir dieses Ramboteil.« Sie massiert den Nasenrücken. Die Finger kleben noch immer. »Dich zu tranchieren wäre ein Klacks. So was musste ich als Dreikäsehoch schon können. Bin einfach zu dienstbeflissen, verdammte Scheiße.«

Hämmern gegen die Kofferraumluke.

Bremslichter.

Aussteigen, tun, was getan werden muss. Nach ihrer Rückkehr fallen Deedee ihre ramponierten Handknöchel auf. *Sogar* da *kann ich sie schmecken*. Umgehend leckt sie diese Wunden ein zweites Mal, unnötigerweise checkt sie ihr iPhone zum x-ten Male. Der Tank ist noch halbvoll. Noch.

»Zwei mumifizierte Körper, beide weiblich. Einer auf dem Fahrersitz, der andere im Kofferraum.« *Was sind wir heute wieder gut drauf.* Die Lenkradschaltung zickt. Ihre Erschöpfung ist ein Parasit. Wenn sie nicht bald ...

Möglicherweise toben das Messer und ich uns doch an ihr aus. *Eventuell bringt mich das zurück auf die Spur.*

(Jetzt)

»Glückstag.« Die Scheinwerfer entblößen das komplette Bild: vormals weiße Holzschindeln, die nun an schmutzigen Schneematsch gemahnen. Gähnendes Nichts dort, wo sich einst eine – vermutlich – zweiflügelige Eingangstür befand. Manche Fenster sind

Fragmente, Glasreste in aufgeweichten Rahmen. Ein Vorhang flattert traurig; zerfetzt, dunkelgrau. Das Haus ist keineswegs klein. Vor langer, *sehr* langer Zeit lebten dort wohl Menschen mit Geld. Oder Macht. Wahrscheinlich beidem. Gewiss war dies nie ein Domizil von inzestuösen Hinterwäldlern oder Schnapsbrennern, denen Lesen, Schreiben oder ein Zahnarzt fremd war.

Eins ist es noch immer: ein Unterschlupf.

»Für *eine* von uns und die andere bin nicht ich.« Bevor sie den Kofferraum aufmacht, zückt und entsichert Deedee die Waffe. Die Luke quietscht so erbärmlich, wie sich das Bündel Mensch im Laderaum darstellt. *Scheißkuh, der hab ich die Lichter so richtig ausgeknipst; so rasch wird die nicht wach.* Nicht mal Pakete mit zerbrechlichem Inhalt sind so dermaßen gut verpackt wie die Dame vor ihr. Auch darum sollte Isolierband stets verfügbar sein; zu Hause wie unterwegs. »Spielst du mir auch nichts vor?« Deedee richtet den stupsigen Lauf der Waffe auf die Stirn der anderen. »Es wäre so. Einfach«, raunt sie.

»Keine Bange, Ersticken ist unwahrscheinlich«, bemerkt sie, nachdem sie die Luke zugeschlagen und abgeschlossen hat. »Die Chance einer Flucht noch geringer.« Vom Mond inszeniert, begutachtet sie die Waffe. Humpelt im Anschluss weiter und macht sich auf die Suche nach der kleinen Stabtaschenlampe, festem Bestandteil ihres Handtascheninventars.

Dann woll'n wir mal.

Das gähnende Abyssal jenseits des türlosen Eingangs schluckt selbst den Schein der Lampe, ein gefräßiges schwarzes Loch, aber eben auch eine mögliche Herberge, denn bereits mit einer pissfleckigen Matratze könnte sie sich arrangieren. Hauptsache ein wenig Schlaf. Ihr fallen die Wagenschlüssel in ihrer Hosentasche ein. Der *Mercury* wäre logisch, aber sie konnte noch nie in Fahrzeugen pennen. Jeglicher Art. Der Daumen legt den Hahn zurück. Anspannung. Nicht nur bei der Waffe. Das rissig-aufgequollene, topographierte Holz der Stufen raunt gebrechlich, hält aber. Die Veranda setzt sich aus Dielen zusammen, die andere Meinungen besitzen. Es peitscht und ihr linkes Bein verschwindet bis zur Hüfte. Unter dem löchrigen Dach wuselt sie sich frei, Moder und Staub lassen sie husten und würgen. *Wenn das kein Zeichen ist ...* Kurzentschlossen verifiziert sie ihr Vorgehen: *das linke Zimmer, neben der Tür, mit dem fensterlosen ... Fenster. Vergiss eine Matratze.* Notfalls rollt sie sich in der hintersten Ecke – wo alles einsehbar ist – zusammen, zweckentfremdet ihre Jeansjacke als Kissen und knackt mit geladener Knarre auf dem Schoß bis zum frühen Morgen. Langschläferin ist sie noch nie gewesen.

Guter Plan.

Keine zusätzlichen bösen Überraschungen, die Taschenlampe ist ein zuverlässiger Führer, der Raum in der Tat leer. Ausgeräumt. Ab in die hintere, von ihr aus rechte Ecke. Der kühle Hauch der Nacht ist wunderbar, er fördert Energien wie den Drang nach Schlaf, der in weniger als zwanzig Sekunden einsetzt, und die periphere Mahnung an das Messer, das auf dem Beifahrersitz liegt, kerzengleich ausbläst.

Schmatzen. Schlecken. Unaufdringlich, dennoch souverän – die beste Bestätigung, dass dies ein Traum ist; *ihr* Traum. Die allerwenigsten Frauen konnten so gut mit ihren Zungen umgehen und bei den paar Männern war's mehr durstiges Katzengeschlecke als

Cunnilingus. Wäre ihre Klitoris ein Alarm, so würde sie allerspätestens jetzt derbe rot blinken. *Scheiße, wie gut, wie intensiv. Selbst für* ... besonders *für einen Traum.*

Etwas ist dennoch anders. Die Zunge. So winzig, als bearbeite tatsächlich eine Katze ihre Möse. Ist aber nur ein unanständig kleines Männeken, das wegspritzt, als es Deedees Aufmerksamkeit bemerkt und sie kapiert, dass es keine Träumerei war. Auf Erregung folgt die Ebbe der Peinlichkeit und die Fratze des Ausgeliefertseins und observiert zu werden. Ameise unter der Lupe. Schwer reißt sie die Wurzeln der Erschöpfung, der Traumwelt ab, springt auf, zieht Slip und Hose hoch, verfängt sich, knallt auf den Boden, ihr Revolver besiegt den Hosenbund und schlittert in die große weite Welt. *Fuck. Fuck. Fuckfuckfuckfuckfuck.* Und das Monstermesser liegt auf dem Beifahrersitz. *Glückstag* ...

Etwas Großes okkupiert den Durchgang. Bleibt einzig das Fenster. Sie spurtet los, bemerkt den nicht mehr vorhandenen Wind, keine zwei Sekunden später klatscht ihr der Auslöser eine Pranke von der Größe einer Bratpfanne gegen Mund und Nase und sie macht zwei Rollen rückwärts: eine in der Luft, eine auf den Dielen. Als das andere große Etwas durch die Fensteröffnung steigt, kommt ihr ein Widerspruch in den Sinn: *Ausgeschlossen. Kann nicht sein.*

Bis die andere Gestalt das Gegenteil bekräftigt und den Fakt, dass sie ziemlich in der Klemme steckt.

(Unterwegs)

Der Drang nach Gewalt, nach mustergültig einstudierter Polizeiverteidigung ist turmhoch, als ihr Bruder sie an der Haustür empfängt. Seit der letzten Begegnung – *waren es acht Jahre? Zehn?* – hat er noch mehr Zähne eingebüßt und die überschaubare Restmenge macht's gewiss auch nicht mehr lange, so braun, so schwarz sie sich zeigen. Das Unterhemd mit den gelben Schweißflecken und die labbrige Cordhose trug er womöglich schon *damals*. Kein Schuhwerk. Überlange, dunkle Zehennägel und die säuerliche Wucht körperlicher Ausdünstungen. Noch immer überragt Delmont sie um zwei Kopfgrößen.

Mit dem Unterschied, dass ich damals Schiss hatte.
Damals.

»Sieh an ... was der Köter ... ausgeschissen hat.« Noch immer dieses Stocken, ein miserabler William Shatner-Imitator.

Erst Überzeugung, dann unverhohlene Antipathie: »Was willst du?«

Natürlich weiß er es. »Heute feiert Mom ihren Fünfundsiebzigsten. Da dachte ich mir ...«

»Du dachtest? Du ... dachtest?« Delmonts Unterarm zwängt sich gegen ihre Kehle und Deedee wird gegen die Bretterwand ihres Geburtshauses gedrückt. *Scheiße, ist der schnell. Selbst besoffen.* »Weißte, es ... dreht sich nicht um mich.« Selbstgebrannter und Zahnfäule, die Mischung bringt ihren Magen zum Blubbern. »Deinet...wegen ... ist Mom so ... krank ... du bist schuld ... eine Enttäuschung auf der ... ganzen ... Linie ... Und als du damals ... abgehauen bist ...« Er presst ein paar kümmerliche Tränen raus, so jämmerlich wie er. Sie hat den Kanal voll. Typen wie ihm hat sie im Job reichlich Paroli geboten. Schlimmeren Typen. Nicht lange und er krümmt sich vor ihr in der Seitenlage, bringt keinen Mucks raus, dafür aber einen kariösen Zahn und roten Speichel. Sie steigt über ihn und bevor sie das traute Heim betritt, gibt's zum Abschied klare Worte: »Denk nicht mal dran!«

Delmont rollt auf die andere Seite.

Krankheit, Rollstuhl, Abmagerung, Schlauch in der Nase: Ihre Mutter ist nicht eingeschüchtert. Noch immer verstrahlt sie Matriarchalität. Konnte ihr Mann ihr nicht rauben und erst recht nicht der Krebs. *Den du wegen mir hast? Nicht wegen der Sauferei und dem Kettenrauchen und deiner Sucht nach Oxycontin?*

Dennoch empfindet sie weiterhin Positives für diese Frau, die sie zur Welt gebracht hat. So wie kein Kind von Natur aus böse ist, war sie nicht immer schlecht. Die schönen Momente, mögen sie rar sein, sie existieren. Wie der Drang nach Frieden, nach dem Begraben des Kriegsbeils. Nach einer reinigenden Aussprache, so lange die Möglichkeit gegeben ist.

Ist es wirklich so viel verlangt?

»Die Bullen anrufen, das sollte ich.« Ihre Stimme ist schartig, getränkt von den Nebenwirkungen Abertausender Zigaretten. Eine weitere baumelt zwischen ihren fast transparenten Lippen. Der Husten ist schleimig-hart. »So wie du deinen Bruder verdroschen hast. Meinen Jungen!«

»Ich freue mich ebenfalls, Mutter. Viel zu lange ist es her.« Jetzt ist sie froh über ihre Teilnahme an dem Antistressseminar.

»Spiele nicht das reumütige Wesen. Du bist hier, weil du erleben willst, wie ich krepiere. So ist es doch! Weiber von deinem Schlage sind alle gleich!«

Sie schweigt. Bleibt erstaunlich gelassen.

Der Rollstuhl, ein rostiges, verbeultes Stück Schrott, stöhnt, als sie sich vorbeugt. Der Schlauch in ihrer Nase wird straffer und straffer. »Mein Geburtstag? Ist dir doch so was von egal. Du willst dein Gewissen reinigen, willst dir vormachen, es zu säubern, du elende Heuchlerin! So ist es! So ist es!« Ein Hustenanfall bremst sie aus. Kirschrote Tropfen verkleckern das Blümchenmuster ihrer Freizeithose, die Linke ihrer Tochter verwandelt sich in eine Faust.

»Schon damals bereute ich es, so lax zu dir gewesen zu sein. Einsperren, *das* wäre das einzig Richtige gewesen! Auspeitschen, bis diese Abartigkeit nicht mehr deine Sinne vergiftet!« Sie driftet ab, aus Bitterkeit wird etwas anderes.

»Wenn dieses Abartige geblieben wäre …?« Deedee ist erstaunt, wie gelassen sie ist.

»Ersaufen. Unten, am Fluss.«

»Ich gratuliere dir zum Geburtstag, Mom.« Ein kleines, neutrales Schächtelchen landet im Schoße ihrer Mutter. Sie klappt es auf, entnimmt die schöne Kette, schmettert sie angeekelt zurück. »Hältst du mich für käuflich? Erbettelst du dir damit einen Burgfrieden, in den letzten Tagen meines Lebens? Du weißt, was ich mir stets gewünscht habe, mehr als alles andere. Warum konntest du mir nie ein Enkelkind schenken? Warum, warum, warum?«

»Warum konnte es Delmont nicht?«

Sie kennt den Grund.

»Raus, raus, raus!«, plärrt ihre Mutter und die Tochter leistet Folge. Die Karre gefällt ihr nicht; verhielt sich in den letzten hundert Meilen oder so immer aufmüpfiger. *Halte es bloß bis nach Pittsburgh aus, ich warne dich.*

Delmonts Gackern lässt sie auf der vorletzten Verandastufe innehalten. Erst, nachdem unter einem ihrer Tritte eine Rippe aufgibt, geht es weiter.

(Jetzt)

Die glatzköpfigen Riesen kesseln sie weiter ein. Das sind Ochsen, mit Pranken wie Schaufeln. Große, aber keine kantigen Schädel. »Schwammig« ist passender. Dreieckig. Segelohren und milchige Schleier über den zu weit auseinanderstehenden Augen, ein Nest aus dünnem, lockigem Flaum. Progenie, die aus den Unterkiefern Schubladen macht. Inzest, fraglos. Damit kennt sie sich aus, dort, wo sie herstammt, war das keine Seltenheit. *Nicht in solchen Ausmaßen, nicht mal bei Delmont.* Sie verflucht den Mond. *Konntest dich nicht hinter einer Wolke verkriechen, wie? Dann wäre mir zumindest das erspart geblieben.*

Plus den auf sie gerichteten Revolver; *ihren* Revolver, gehalten von einer lebendig gewordenen Spielzeugpuppe, wie in dieser Filmreihe. Hämisch leckt sich das kleine Wiesel über die Lippen und als die Zunge eine eindeutig-obszöne Geste vollführt, sind alle Unklarheiten beseitigt.

Kein Traum.

Für Ekel sollte später Zeit sein, doch als ihr Magen revoltiert und sie den kleinen Wurzelsepp vollreihert, zerplatzt auch dieses Konzept – mit einem resultierenden Überraschungseffekt. Gekonnt nimmt sie den Freiraum zwischen den beiden Blutschandemonstren, stemmt sich an der Wand ab, hastet zum Durchgang, die Fingerspitzen am Schlüsselbund.

Sie prallt gegen einen dritten Riesen, etwas Gebogenes, Stemmeisernes verschafft der Wand die Musterung eines aufgeklopften Fünf-Minuten-Eis. Soviel zum Hauseingang. Nicht nur.

Rückzug.

(Unterwegs)

»Hier bist du sicher.« Zadies Worte sind eine Brandung am Horizont, sanft, zärtlich, verträumt. Ihr Daumen wischt eine verlorene Träne hinfort.

»Warum weinst du? Kannst mir glauben: Keiner wird uns finden, keiner wird uns etwas tun.«

»Das ist es nicht«, widerspricht Deedee, abgerückt. Sie ist Zuschauerin eines Filmes, der nur für sie bestimmt ist und kein Happy End bereit hält. »Sollte Liebe nicht universell sein? Unabhängig von Alter, Hautfarbe und Geschlecht? Was macht unsere Liebe so schuldig; verwerflich? Warum diese Scham, diese Heimlichtuerei? Ist mein Grundgefühl zu dir so viel anders? Oder umgekehrt? Ist das, was von dort kommt«, sie presst die Hand ihrer Geliebten an ihre Brust, »nicht das Allerwichtigste? Ganz gewiss bin ich nicht religiös, aber das«, nun legt sie ihre Hand auf die andere, »ist die einzig wahre Kraft im Universum, wenn du mich fragst.«

Nun kann auch Zadie die Tränen nicht dämmen. Beide nicht. Mitten in diesem Labyrinth aus Fahrzeugen aller Arten, in der hintersten Ecke eines vollgestopften *Airstream*-Campingwagens, rücken die zwei Mädchen näher zusammen, nehmen besagte universelle Kraft auf, lassen sich davon durchdringen, suchen, finden zueinander.

»Da sind sie!«

Poltern, Schritte, ein Federrost rasselt, als er beiseite gerissen wird. Mit seiner Posse aus dämlich-Degenerierten im Nacken plustert sich Delmont auf, als sei er der stolzeste Pfau im ganzen Bezirk. In seiner Armbeuge döst eine Doppelläufige, mit der schon seit Generationen Hasen, Stinktiere und Ratten auf dem Tisch landeten, sollten die Essensmarken nicht genügen. Mit seinem Strohhut und dem Unterhemd, den Sandalen und den Schlagjeans einschließlich Seilgürtel erfüllt er jedes denkbare Klischee und mehr. Als sich Zadie gegen ihn stellt, erwartet er sie. Der Schlag des Schaftes verschafft ihr eine Platzwunde an der Schläfe, das halbe Antlitz hellrot. Hebt, senkt sich ihre Brust noch? Ist sie bewusstlos oder ... mehr?

Deedee will sich gegen ihn stellen, tollwütig spritzt sie auf, ihre Stimmbänder artikulieren Unverständliches. Ihr ergeht es wie Zadie, mit dem Unterschied, dass es eine Hand und kein Gewehrschaft ist, der sie auf die Bretter schickt. Passiv-benommen akzeptiert sie, dass man sie greift, Arme auseinander, Beine breit, weg mit dem Stoff.

Ein Seil löst sich, eine Hose fällt, eine fleckige Unterhose. Delmonts Penis pocht wie die Adern darauf, die Vene auf seiner Stirn. Er keucht, spuckt in die Hand, schmiert die dunkelviolette Eichel ein.

»Miese Fotzenleckerin«, grummelt er und meint Zadie. »An Karins Stelle hätte ich sie gleich nach der Geburt unten am Fluss ersäuft.« Von ganz weit unten zerrt er einen Rotzklumpen raus und feuert ihn auf das sechzehnjährige Mädchen, das fortan ein Pflegefall sein wird. Honiggleich überquert er ihre Lippen, dann das Kinn ...

»Zeit, dich von dieser Krankheit zu heilen.«

Trotz der mangelhaften Verhältnisse entgeht Deedee nicht das Glimmern der Iriden, begleitet vom Engstellen der Pupillen. Sie strebt nach Gegenwehr, vergeblich.

»Darauf wartest du schon dein halbes, mickriges Leben lang, was, Del?«

»Halt den Rand.« Eine Geste und eine Hand pressen sich gegen ihre Lippen.

»Still halten, Jungs.«

Und so wird sie von ihrem Bruder defloriert. Es fließt Blut. Nicht weil er ihr das Jungfernhäutchen zerreißt. Diese Ehre gehört Zadie, der es vor zwei Wochen beim Fingern gelungen ist. Etwas zerreißt er dennoch und sein Akt der Vergewaltigung beschränkt sich nicht nur auf die Vagina. Der Samen ihres Bruders rinnt aus ihr, als es vorbei ist und Zadie und sie zu menschlichen Wracks verkommen sind.

(Jetzt)

Logisches Denken. Analysieren in Stresssituationen. Dafür *wurde ich ausgebildet.*

Der Keller? Gestrichen. Sie weiß nicht, was dort unten auf sie lauert, womöglich hat es da nicht mal

Fenster oder Durchgänge. Die Tür am Ende des Flurs? Da ist die Distanz die kritische Komponente. Angenommen, sie ist verschlossen? Angenommen, ihre Verfolger rücken auf, bekommen sie zu fassen? Es bleibt nur die Treppe, sie ist die einzig logische Fortführung. Möge sie halten. Deedee halbiert die Chancen eines Durchbruchs, indem sie zwei Stufen auf einmal nimmt. Die anderen sind schwerfälliger. Das Holz revoltiert, aber es bricht nicht. Oben stützt sie sich am Geländerknauf ab und stößt sauer auf. Der Schlüsselring umschmiegt ihren linken Mittelfinger, die Wagenschlüssel sind noch vorhanden. Ein Hoffnungsschimmer. *Such dir ein Fenster, spring da raus, dann zum Wagen und dann nix wie ab.*

Ihr fällt die andere ein. Miss Namenlos. Im Kofferraum. Ausgerechnet in dieser Lage und gänzlich anders. Ihre Lippen. Das Empfinden, als sie sie kostete. Unbeschreiblich, universell, mehr davon.

Eine Ratte springt ihr auf den Kopf. Falsch. Ratten verströmen nicht den Schleier der eigenen Kotze. Sprechen können sie genauso wenig.

Sie will diese Missgeburt zu fassen kriegen. Sehnt sich nach der Sensation, kleine Knöchelchen zu brechen. Doch der Kleine ist wendig. Hüpft auf die Schulter, nimmt ihre Bluse wie einen Kletterkurs. Endlich fasst sie ihn und es gibt in der Tat etwas nach. Sie wirft den Leib den anderen entgegen, anschließend trifft ihr Bein. Die Verfolger fallen zurück, auf den ersten Absatz, sie erschafft sich kleinen Vorsprung, den es zu nutzen gilt, wie kaum etwas zuvor in ihrem Leben.

Den Gang runter. Da, die erste Tür: nicht verschlossen. Sie lässt sie bewusst offen stehen. Irreführung und so. Die zweite Tür: auch unverschlossen. Nur nirgends ein Fenster. Tür Nummer drei wehrt sich, ihre Schulter ist hartnäckiger. Wie fast überall hier, sind Möbel auch in diesem Zimmer obsolet. Ersetzt durch etwas anderes.

Andere.

Der Mond illuminiert ungezählte, unterschiedliche, meisterhaft drapierte, ausgetrocknete, schrumpelige, teils gekrümmte menschliche Leiber; manche nackt, andere in Decken oder gewöhnliche Straßensachen gehüllt. Mal wirken sie verträumt, andere geben ob der zurückgewichenen Lippen Unberechenbarkeit ab. Fingernägel, monochrom, verdorrte Zweige als Finger. So viele, an jeder Wand, verteilt im Raum, die Füße festgenagelt wie einst ein junger Mann aus Nazareth, andere schwebend dank dünnster Drähte. Das Fenster – verlockend, die Zuflucht am Ende eines schier undurchdringlichen Dickichtes.

Knarzende Bodendielen. Unmittelbar vor der Tür. Die Freiheit, der Ausweg aus diesem Irrsinn: zum Greifen nahe. Wie die Möglichkeit eines Genickbruchs. Einer offenen Fraktur. Dem Aufplatzen des Schädels. Fifty-fifty-Chance. *Ich will sie wieder kosten ...*

Diese Sehnsucht ist sogar noch wertiger als die nach Freiheit. Dank des Adrenalinkicks war Deedee hellwach, doch nun sprudelt alles, was an Energie noch in ihr drin war rekordverdächtig aus ihr raus. Jede Minute, jede verfluchte Sekunde zählt. Sie setzt sich in Bewegung, nimmt die bestmögliche Sprunghaltung ein, eine Pranke packt ihre Schulter. Sie kollidiert rücklings mit mehreren Mumien, die stellenweise aufplatzen, Staubwolken erblühen lassen. Dominoeffekt. Eine Hand löst sich mit dem *Crunch* dünnster Kartoffelchips, ebenso ein Fuß. Das Ding vor ihr besitzt eine widerwärtige Wasserleichenblässe, sie ist knittrig, scheint keine Sehorgane zu besitzen, dafür ein obszön ausgeprägtes Doppelkinn. Die Zahnreihen sind viel zu ordentlich. Nun strömen zusätzlich die anderen in dieses Kabinett des Irrsinns, selbst das Männeken ist dabei. Deedee geht in die Offensive. Treibt den

Ellbogen wohin auch immer, erreicht kostbaren Freiraum, setzt zum Sprung an und wie kann sie von dem aus dem Boden ragenden Nagel wissen, der sie aus der Balance bringt, dank dem sie sich die Seite prellt und kopfüber der Tiefe entgegenkommt.

Ausgerechnet das Vordach entpuppt sich als Glücksbringer und fängt sie ab. Wehrlos purzelt sie dem Rand entgegen, zweieinhalb Meter tiefer ist es vorbei.

Aber ich bin noch da.

Sie rappelt sich auf.

Ich und die Wagenschlüssel.

Die erhobene Hand hat außer einem gebrochenen, grotesk nach hinten gebogenem kleinen Finger nichts mehr zu offerieren.

Scheiße.

(Unterwegs)

»*Bon appétit*, Lesbe.« So wie ihr Chief die Worte ausspeit, so möchte sie die klumpige, salzige Ladung loswerden. Der Würgereflex nimmt überhand, ein Schleier der Tränen lässt die Umkleide zur Unterwasserwelt verkommen.

»Wehe! Ich warne dich!« Chief Worrant kniet neben ihr, eine viel zu intime Szene und weiß, wie und wo er anzusetzen hat. Seine Finger reißen ihr fast den Unterkiefer fort. Gegenwehr? Ausgeschlossen. Er drückt ihren Kopf nach hinten, als wolle er sie enthaupten, mehrere Wirbel knacken und sie kann nicht anders. Worte sind ungenügend für ihren Widerwillen, als seine salzige Wichse ihren Hals nimmt, im Verdauungstrakt landet. Mit Genuss bestaunt ihr Chief, ihr Vorgesetzter, ein Mann, den sie als Vorbild und Vaterfigur betrachtete, Deedees jämmerliche Erscheinung, wimmernd, bebend, auf den glitschigen Fliesen, zwischen Holzbänken und Spinden.

»Beschissene Mösenschleckerin.« Der Reißverschluss seiner Uniformhose ratscht gestreng. Der hellbraune Stoff besitzt im Schritt einen feuchten Fleck. Er drückt seinen Schwanz, Männerding.

»Wie lange wolltest du es vor mir geheim halten? Vor uns allen? Wie blöd sind wir für dich?«

Der ganze Körper stellt sich ein, doch am Ende ist der Tritt nur angedeutet. Aufgegeilt ist Worrant allemal. Ganz die gewünschte Reaktion.

Seine Knie schnicken knöchern, aus seinem Mund wabert ein fauliger Methanschwall. Prompt hat ihr Würgereflex ein Comeback.

»Ich weiß, die Interne.« Worrant wispert, was die Überzeugung seiner Aussage noch kräftigt. Er zieht die Nase hoch. »Die nennen es ›Straftat gegen die sexuelle Selbstbestimmung‹ oder so. Kannste knicken.«

Die ganze Zeit über hat sie ausgerechnet Worrants Knie im Visier. Sie sollen brechen, nicht schnicken.

»Man kennt mich. Einunddreißig Jahre verrichte ich nicht nur stur Dienst nach Vorschrift. Meine Quote liegt deutlich über dem Durchschnitt, mein Schneid duckt sich nicht vor Reportern, Anwälten, dem Bürgermeister, wenn sich meine Lippen teilen, wird gelauscht. Ich bin authentisch, ergo glaubwürdig. Für alles andere gibt es mein Netzwerk. Pinkelst du mir also gegen das Bein, Deedee, lasse ich einen biblischen Wolkenbruch Scheiße auf dich nieder, von dem du dich nie mehr erholen wirst.« Er verkrallt sich in ihrem besudelten Feinripptrop, bis sich ihre Nasenspitzen treffen. »Deine Eierstöcke gehören mir. *Du* bist in meinem Besitz, Lesbe. Ich kann und ich werde mit dir machen, was meinem Hirn so einfällt, von hinten, von vorne, mit Kumpels. Du bist meiner Gna-AAAH!«

»Am Sack hab *ich* dich«, keucht sie und verstärkt den Druck. Die Sehorgane ihres Chiefs werden zu

Marty Feldman-Glubschern; sie drohen, jede Sekunde davon zu hüpfen. Leider dürfte ihre Kraft unzureichend sein, um den Hodensack abzureißen wie ein lästiges Pflaster. Maximale Beschädigung ist dennoch weiterhin der oberste Punkt ihrer Agenda. Innerhalb des Skrotums gibt etwas nach. Ein Zerplatzen. So fühlt es sich an. Der Schritt wird klebriger und Deedee kommt der anstehende Geburtstag ihrer Mutter in den Sinn, dieser verkorkste Mikrokosmos, der sie bedeutend mehr hat schlucken lassen wie die Ladung ihres, nun ja, Ex-Vorgesetzten. Es ist ein Ruf, der sich nicht definieren lässt, doch etwas in ihr bewirkt. Worrant ist so beweglich wie eine Schaufensterpuppe, als sie ihn, betäubt von ihrem Konter, von sich stößt.

Wenigstens einen sauberen Schnitt, überlegt sie beim Einpacken ihrer Sachen. Den Dienstrevolver behält sie. Ihre Marke sieht keinen Spind von innen. *Wer weiß, wozu es gut ist. Womöglich für nichts, aber …*

Geschultert mit ihrer Sporttasche, erledigt sie das finale I-Tüpfelchen und legt ihren zerrissen-versauten Slip auf die Brust des Chiefs, der noch immer gemartert auf den Fliesen kauert. Ein Plan breitet sich aus. Alle Zelte abbrechen, alle Kontakte, Freundschaften und Liaisons, ihre Wohnung, ein kompletter Schlussstrich. Dieser geheimnisvolle Ruf übertüncht alles und er kommt ihr *richtig* vor. Eine Premiere in ihrem Leben. An einer bevorstehenden Reise ins Unbekannte ändert es gleichwohl nichts. Welches Ziel erwartet sie? Existiert ein solches überhaupt?

Ich bin bereit, es rauszufinden. Zu verlieren gibt es nun nichts mehr.

(*Jetzt*)

Ein Schritt, ein halber. Ein Schritt, ein halber. Ein Schritt, ein –

Ihr Kinn kollidiert mit der Motorhaube, nachdem sie einknickt. Der deformierte, gebrochene Finger macht sich über sie lustig. *Keinen Schlüssel, wie krieg ich die Karre auf, wie ...* »Kurzschließen«, beantwortet sie dieses drängende Problem und spuckt aus. Auf dem Lack verteilt sich eine Lache, die ob der Nacht wie ein Loch anmutet. Abgebrochene Zähne folgen. Noch immer klammert sie zusammengesunken an Kofferraum, und ihr Hinterkopf prickelt, untrügliches Signal, dass sie anrücken, und *wieso steht die Luke offen? Wieso ist es mir nicht gleich aufgefallen?*

Niedergedrückte Grasbüschel. *Ksch-Ksch, Ksch-Ksch*. Der Rhythmus der Bewegungen ist angenehm, lieblich. *Angenehm ...? Lieblich?!?* Klares Zeichen, dass ihr Inneres aufgeben will.

Deedee rappelt sich auf. Ihre Beine sind schlabberig wie eisenkugelschwer. In Rekordzeit muss sie das Laufen neu erlernen. Die angeknackste Rippe erleichtert es nicht wirklich.

Ksch-ksch, verkünden Füße.

Zweierlei raubt man ihr den Atem. Durch das Verschließen ihres Mundes und den vertrauten, geliebten, herbeigesehnten Geschmack, den diese anderen Lippen mit sich führen.

»Nein, nein, nein, nein, nein; wehre dich nicht.« Es ist so simpel, ihre Defensive zum Einsturz zu bringen; eine Defensive, die im Grunde nicht mehr da ist. Sie schwankt; eine Selbstmörderin am Rande der Schlucht, zwischen Aufgabe und Widerstand. Noch immer trägt sie diese Sonnenbrille mit dem Strassherzchen und als sie Deedee gegen den Wagen zwängt und die restliche Bagage aus dem Haus marschiert und der eine Frankensteinverschnitt noch immer mit dem Stemmeisen wedelt, als hielte er es für den Taktstock beim Polkamarsch ... *Stemmeisen. Natürlich.* Das erläutert ... fast alles.

»Übrigens, ich heiße Lyla. Mit Zufällen ist es komisch«, säuselt Lyla ähnlich dem Wind, der die Blätter aufschreckt.

Der verbliebene aufrechte Dominostein kippt. *Mit Zufällen ist es komisch* ... Deedee feixt. Ohne es ahnen zu können, hat sie Lyla, hat sie sich selbst, dorthin geführt, wohin Lyla sie haben *wollte*. Deedee persönlich hat unbewusst ihr eigenes Netz zugezogen.

Oder?

Sie entspannt sich. Keinen Groll, keine Panik. Sonderbare Ausgeglichenheit, unausgesprochene Fragen.

»Du wirst gebraucht, Süße.« Die kitschige Brille landet unweit der dunklen Lache. Lyla pult zwei Kontaktlinsen raus, unter denen zwei gewaltige Glaukome stecken. Dennoch scheint ihr Sehvermögen exzellent zu sein.

»Meine Familie ... die Generationen davor ... wir alle lebten schon immer hier. Nach unseren Werten. Die keiner verstand. Also wurden wir gejagt, verscheucht. Die Menschen in dieser Gegend, diese Feiglinge, die brachten es nie fertig, unseren Wohnsitz niederzubrennen. Aberglaube. Über sie könnte ein Fluch fallen. Nun sind wir zurück und diesmal bleiben wir. Heutzutage denken die Menschen in dieser Gegend erst recht, dass dieser Ort verflucht sei.

Wir wollen keinen Ärger. Aber wir wollen auch nicht untergehen. Wir wollen ... eine Familie sein, sonst nichts. Was ist daran verwerflich? Was ist an Liebe verkehrt; an Selbsterhalt?«

Etwas zerbröselt in Deedees Seele.

Ich war bereit, für das Ziel meiner Reise. Nie und nimmer hätte ich gedacht, dass es so sein würde.

Sie ist angekommen. Keine Zweifel mehr. Unbewusst streichelt sie ihre Lippen.

»Ich weiß«, bemerkt Lyla. »An nichts wird es dir mangeln. Nichts.«

Sie war ... sie *ist* bereit.

(Danach)

»Taschentuch, Sheriff?«

»Dank dir Billy Ray. Ist Heuschnupfenzeit.« Der Sheriff tupft auf die betroffenen Stellen, synchron lenkt er den Streifenwagen mit einer Eleganz, die dem Sheriffanwärter Billy Ray ein Maximum an Ehrfurcht entlockt. Vor dem alten, im *Dutch Colonial*-Stil gehaltenen Landhaus lässt der Sheriff das Fahrzeug ausfahren. Trockener Sand und feine Riesel werden von den Reifen niedergewalzt.

»Ich muss dabei an den ollen Enos denken.«

»Welchen von den vieren?«

»Den vom Berg. Den Moonshiner. Sein Gebiss besitzt eine verblüffende Ähnlichkeit.« Billy Rays Zeigefinger stößt mehrfach in Richtung des Gebäudes. Erheiterndes Schnaufen, dann: »Was meinen Sie?«

»Willst du eine anständige Antwort, dann stelle gefälligst eine anständige Frage, Junge. Schreib dir das hinter deine Lauscher. Also – *was* meine ich?«

»Gibt so Gerede. Legenden.« Billy Ray druckst rum. Als verspüre er mächtig Druck in der Blase. »Das da drin noch jemand leben würde. Nachfahren von den ursprünglichen Besitzern. Wollen unter sich bleiben. Betreiben deshalb Inzucht.« Das letzte Wort fällt ihm besonders schwer.

Bei deinen Erzeugern kann man auch zweifeln, ob sie nicht doch Bruder und Schwester darstellen, findet der Sheriff, der neuere Tränenflüssigkeit fortblinzelt.

»Kompletter Bullshit. Meinst du allen Ernstes, dass ich davon nichts wüsste? Ich bin der Sheriff in diesem Bezirk, Herrgottnocheins. Ich bin der erste, der Wind bekommt, wenn die Stella-Schwestern Maisbrot backen, ich weiß, wann Woody und seine Kumpels vom Trailerpark zur Jagd aufbrechen. Kein Furz entgeht mir.«

So lange Billy Ray noch mit dem Haus beschäftigt ist, korrigiert er seine Kontaktlinsen, abschließend setzt er seine Sonnenbrille auf. Gemächlich setzen sie die Tour fort.

Physisch ist sie ein Schatten ihrer Selbst. Ausgezehrt, papierne Haut, die auf den Knochen liegt. Zeit ist zu einem undefinierbaren Konzept verkommen, die Erinnerungen an das alte Leben – Tintenschrift, die sich im Wasser aufzulösen beginnt. Die Fesseln, die sie halten, sind mit ihr verschmolzen.

Ein Säugling protestiert; so nah, doch so fern. Das kräftige Organ beschert ihr Zufriedenheit, Glücksgefühle. Sie räkelt sich. *Vielleicht hält es der Kleine diesmal durch.* Sie ist niedergeschlagen, jedes Mal, wenn eins der Kinder, *ihrer* Kinder es nicht packt und dann in der Räucherkammer landet. *Nachher deckt mich Hock ... oder Jimmy-Bob?*

»Roy ist weitergefahren.« Lyla hüpft von der umgedrehten Holzkiste vor dem Fenster. Im Keller sind Kontaktlinsen oder eine Sonnenbrille unnötig. Ihr winziger Stiefbruder zupft an ihrem Knöchel. Das er überleben konnte ... es ist ein Wunder, irgendwie. Mutters Milch hin oder her. Apropos. Sie versteht. Und freut sich. »Tut ... tut mir so leid, Spence, dass ich dich damals ankotzte ... oder träumte ich es bloß?« Sie ist unschlüssig. Einfach alles, jedes Bild, jede Erinnerung: flackernde, entfernte Signale, unstet, schrumpfende Projektionen eines alten Röhrenschirms. Spence, der auf ihrer Stätte turnt, klemmt den rissig-braunen transparenten Gummischlauch zwischen ihre Lippen und sie ... saugt. Nimmt das köstliche Geschenk der Mutter auf, deren vierhundert Pfund schwerer Leib vor Ekstase wabbelt, die mit Ausscheidungen überzogene

Matratze beinahe plättet als die Saugglocke der Milchpumpe ihr Werk verrichtet …

Lyla durchkämmt Deedees strähniges, lichtes Haar; grauweiße Drahtfasern, nimmt ungewollt eine Strähne mit. Stumm wirft ihr Deedee etwas zu, das mit Dankbarkeit zu tun hat. *Wer einmal davon gekostet hat … abschließend* beugt sie sich vor. Die Stirn ist schwitzig, als sie einen Abschiedskuss dalässt. »Muss los«, verabschiedet sie sich, ohne dabei das Etui mit den Kontaktlinsen und ihre Brille zu vergessen, die auf einem hüfthohen Palettenturm thronen. »Bis bald, Mutter.«

Sie hört sie nicht. Räkelt sich weiter zwischen Matratze und versauter Decke und die Pumpe pumpt, pumpt, pumpt.

Mitunter bricht das Wolkenfeld auf und Deedee erhascht etwas, das vage mit ihrem alten Leben zu tun hat. Einordnen kann sie es nicht. Sie verzichtet darauf. Die meisten wären entsetzt, schockiert, fassungslos, würden abhauen, nicht aber sie. So völlig verstehen kann sie es nicht, aber dies ist es. Das Ende einer langen, bisweilen marternden, sehr, sehr langen Reise. Ist es verabscheuungswürdig? Möglich. Ist es richtig? Wer weiß.

Aber es fühlt sich richtig an.

Nur das zählt.

> *While, she's deceiving me,*
> *It cuts my security (has)*
> *she got control of me*
> *I turn to her and say …*

– Corey Hart, Sunglasses at Night

Über den Autor:
Seit er 2002 damit begonnen hat, kann Torsten Scheib ohne das Schreiben, das Ausdenken und Erzählen von Geschichten nicht mehr sein. Geboren 1976 in Ludwigshafen am Rhein, hat ihn der intensive, seit frühester Jugend vorgenommene Konsum von Romanheften, bunten Comics, ungezählten Filmen und nicht zuletzt Bergen an Büchern wohl für immer verdorben. Dementsprechend bewegen sich seine Elaborate meistens an der Schwelle zwischen Horror der klassischen Art und Dark-/Weird Fiction. Gelegentlich versucht er sich auch an der Fantasy oder am Krimi; Ausflüge in bislang ungeahnte Genres sind deshalb aber nicht ausgeschlossen. Neben seinen zahlreichen Novellen und Kurzgeschichten, von denen mehrere bereits für die Endrunde des deutschen Horror-Awards, des VINCENT PREIS, nominiert waren, veröffentlichte der Hardrock- und Metalfan außerdem als Herausgeber eine Anthologie, CASUS BELLI (Eloy Edictions, 2010) und überdies bislang zwei Romane: TOXIC LULLABY (p. machinery, 2014) sowie im Frühsommer 2017 innerhalb der Reihe MÄNGELEXEMPLARE den Roman GÖTTERSCHLACHT (Amrûn-Verlag), der im Folgejahr beim VINCENT PREIS den ersten Platz als bester deutschsprachiger Horror-Roman einsacken konnte. Weitere Projekte sind geplant oder bereits in den Startlöchern. In seiner Freizeit joggt Scheib gerne bei Wind und Wetter und ist regelmäßig auf Livekonzerten anzutreffen.

Nachbarschaft

von M. M. Vogltanz

Alles begann mit dem Blut in der Kloschüssel.

Mein Handymonitor zeigte 2:23 Uhr. Zwischen meinen nackten Füßen stand eine Litertasse Tee, daneben lag ein halbleeres Röhrchen Schmerztabletten. Meine Beine waren eingeschlafen, und mein Kopf wäre ihnen liebend gerne gefolgt. Das klappernde Geräusch der Lüftung dröhnte unanständig laut durch das kleine Badezimmer. Seit fast zwei Stunden saß ich jetzt schon hier. Wann immer ich versuchte aufzustehen, trieb der starke Harndrang mich zurück ins Bad, und das nur, damit ich mich wieder auf der Kloschüssel zusammenkrümmen und gegen den reißenden Krampf stemmen konnte, der in regelmäßigen Abständen meinen Unterleib durchzuckte.

Als ich zwischen meinen Beinen hindurchsah, entdeckte ich die roten Sprenkel auf dem weißen Porzellan. Na herrlich. Ich pinkelte Blut.

»Scheiß Blasenentzündung«, stieß ich hervor, drückte eine weitere Schmerztablette aus ihrem Plastikgefängnis und spülte sie mit schalem Kamillentee hinunter. Ich hatte aufgehört, zu zählen, vermutete aber, dass ich die empfohlene Tagesdosis bereits überschritten hatte.

Es war nicht das erste Mal, dass ich mit einem Harnwegsinfekt zu kämpfen hatte, aber selten waren sie so schlimm wie dieses Exemplar. Ich fühlte mich von meinem Körper betrogen. Eigentlich hieß es, dass man

Blasenentzündungen vom Vögeln bekam, dabei war es eine Ewigkeit her, dass jemand meine Glocke zum Klingeln gebracht hatte. Winnie hatte mich schon lange vor unserer Scheidung nicht mehr angefasst, und die lag bereits Wochen zurück.

Wie sehr hatte ich mich darauf gefreut – die erste Nacht unter meinem eigenen Dach! Nicht liegen zu müssen neben einem schnarchenden, im Schlaf furzenden Kerl, auch nicht im anonymen Hotel, wo man niemals weiß, wer sich vor einem auf der Matratze gewälzt hat, sondern in *meinen eigenen* vier Wänden.

Und dann verbrachte ich diese historische Nacht auf der Kloschüssel.

Als ich heute Vormittag feierlich meine letzten Besitztümer in mein neuerworbenes Haus gebracht hatte, da hatte ich mir das Ganze irgendwie völlig anders vorgestellt. Ich hatte mit Asti Spumante auf meine neue Unabhängigkeit anstoßen wollen, nicht mit Kräutertee. Blieb nur zu hoffen, dass das kein böses Omen war.

Es kommt nicht allzu häufig vor, dass man sein Leben mit Mitte dreißig nochmal völlig neu ausrichtet, und zu sagen, das hätte mir keine Scheißangst eingejagt, wäre eine dreiste Lüge gewesen. Ich hatte bis zu diesem Zeitpunkt noch nie allein gewohnt. Als Winnie und ich uns kennenlernten, lebte ich noch bei meinen Eltern, danach folgte auch schon die gemeinsame Wohnung und fünfzehn paralysierende Ehejahre. Es ist wie mit diesen Fröschen, die man in einen Topf mit Wasser steckt, bei dem man nach und nach die Hitze aufdreht. Die merken auch erst, dass sie von einem Arschloch weichgekocht werden, wenn es bereits zu spät ist. Im Gegensatz zu den meisten anderen Fröschen hüpfte ich noch rechtzeitig raus, geradewegs auf die Arbeitsplatte daneben, die vollgestellt mit unbekannten

Bedrohungen ist – Brotmessern und Grillgabeln und Räumungsklagen.

Ich war sogar noch weiter gegangen, als nur auszuziehen. Ich hatte einen Kredit aufgenommen und mir ein Haus gekauft. Vielleicht nicht die wohlüberlegteste Entscheidung, zumindest aus finanzieller Sicht, aber ich wollte etwas haben, das mir allein gehörte, etwas, das ich notariell beglaubigt mein Eigen nennen konnte. Es ist ein wunderschönes Haus, rustikal mit viel naturbelassenem Holz und kleinen, verspielten Schnitzereien in den Innenräumen. Umgeben ist es von einem Garten, groß genug, um ein Kräuterbeet für den Eigenbedarf anzulegen, aber nicht so groß, dass ich mir einen dieser fahrbaren Rasenmäher besorgen musste. Das Grundstück ist nur über einen alten Feldweg erreichbar, sonst befindet sich in Blickweite nichts außer Sonnenblumenfeldern, Raps, ein paar Bäumen und ein einzelnes Nachbargrundstück, das man allerdings nur vom Schlafzimmer aus wirklich gut sehen kann. Das öffentliche Leben der Ortschaft, in der es liegt, setzt sich zusammen aus einer Einwohnerzahl von knapp hundert Menschen (und etwa doppelt so vielen Katzen), zwei Supermärkten, einem Dorfarzt und einer Kirche. Nach einer Schule muss man bereits in einer der angrenzenden Gemeinden suchen. Es war genau die Art von Idylle, die ich mir nach meinem stressigen Stadtleben erträumt hatte.

Ein Gefühl wie ein Dolchstich lief meine Leistengegend hinauf. Ich biss mir auf die Knöchel, um einen Schrei zu unterdrücken. Eine Sache hatte ich beim Kauf nicht bedacht: Idylle bedeutete auch, dass das nächste Krankenhaus fast fünfzig Kilometer entfernt lag. Immerhin kamen die Krämpfe jetzt in längeren Abständen.

Ich zwang mich, den restlichen lauwarmen Tee in der Tasse hinunterzustürzen (es wirkt paradox, aber die Blase zu füllen, hilft meistens gegen den Schmerz), betätigte die Spülung und stand auf. Nachdem wieder genug Gefühl in meine Beine zurückgekehrt war, dass ich ihnen mein Gewicht anvertrauen konnte, verließ ich das Bad, mit dem festen Entschluss, es nicht wieder zu betreten, ehe ich mindestens fünf Stunden am Stück geschlafen hatte.

Nachdem ich das Knattern der Lüftung hinter mir gelassen hatte, hörte ich es zum ersten Mal: das Hämmern. Ich nehme an, es war schon länger da, doch die Lüftung hatte es überdeckt. Im ersten Moment hatte ich Schwierigkeiten, das Geräusch zuzuordnen. Ich kannte das Haus noch nicht gut genug, wusste noch nicht, welche Laute es macht, wenn es nachts arbeitet. Als ich ins Schlafzimmer kam, nahm das Hämmern an Lautstärke zu, und mir wurde klar, dass es von nebenan kam.

Fassungslos warf ich einen Blick auf die Uhr. Viertel vor drei morgens. Welchem Irren fiel um diese Zeit ein, Nägel einzuschlagen? Ich war nicht übel versucht, sofort hinüberzugehen und dem Verantwortlichen die Meinung zu geigen, doch ich traute meiner Blase nicht zu, dass sie so lange durchhalten würde.

Zumindest zeigte die letzte Schmerztablette nun endlich Wirkung. Der Harndrang war immer noch da, aber deutlich schwächer, und die Schmerzen waren zu einem dumpfen Pochen herabgesunken. Ich verzog mich ins Bett, presste mir mein Kissen auf die Ohren und wartete ungeduldig auf den Schlaf.

Es dauerte über eine halbe Stunde, bis er sich endlich einstellte. In all der Zeit hielt das Hämmern unverändert an.

Als ich aufwachte, war es dunkel. Das Klopfen hatte aufgehört. Die absolute Stille der Nacht fühlte sich drückend an – schwer wie diese Bleischürzen, die man für Röntgenaufnahmen übergezogen bekommt. Ich fühlte mich beobachtet. Irgendetwas schien bei mir zu sein, eine ... Präsenz. Ich redete mir ein, dieses Gefühl käme daher, dass ich zum ersten Mal in meinem Leben völlig allein war – dass ich mir einbildete, jemand wäre hier, weil es immer so gewesen war.

Dann sah ich die Frau in der Zimmerecke stehen.

Das Mondlicht, das durch die Vorhänge sickerte, reichte nicht aus, Details zu erhellen. Ich sah nur ihren Umriss – groß, hager. Reglos stand sie da. Stand nur da und starrte. Obwohl ich ihr Gesicht nicht erkennen konnte, spürte ich ihren Blick auf mir wie die Berührung einer nassen, kalten Hand.

Ich wartete darauf, dass sie etwas sagen, etwas tun würde, doch das geschah nicht.

Stattdessen schreckte ich aus dem Schlaf hoch – diesmal wirklich.

Es war bereits helllichter Tag. Mein Laken war durchgeschwitzt und mein Herz hämmerte wie verrückt. Sofort warf ich einen Blick in die Zimmerecke, doch da war niemand. Natürlich nicht. Da war niemals jemand gewesen. Alles nur ein Traum – ein beklemmender, schmerzmittelinduzierter Albtraum.

Als ich aufstand, stellte ich fest, dass die Feuchtigkeit auf dem Laken nicht nur vom Schweiß herrührte. Rot-gelbe Schmierflecken verrieten, dass mich meine geplagte Blase über Nacht im Stich gelassen hatte.

Ich hatte verdammt nochmal ins Bett gemacht.

Nachdem ich bei der Arbeit angerufen und bescheid gesagt hatte, dass ich nicht kommen würde, stieg ich ins Auto und fuhr zum Dorfarzt, um mir eine Krankenbescheinigung und ein Rezept für ein starkes Antibiotikum ausstellen zu lassen. Ein wenig widerstrebte es mir, meine Gesundheit in die Hände von jemandem zu legen, der die Vorsilbe »Dorf« vor seine

Berufsbezeichnung setzte, aber es war nicht so, als hätte ich sonderlich viele Alternativen gehabt.

Auf dem Rückweg drosselte ich das Tempo, als ich am Grundstück meiner Nachbarn vorbeifuhr, und warf einen Blick hinüber. In der Einfahrt stand kein Auto und die Fenster waren dunkel. Offensichtlich war niemand da. Fast verspürte ich Erleichterung darüber – andernfalls hätte ich der Versuchung wohl nicht widerstehen können, hinüberzugehen und ihnen die Meinung über ihre nächtlichen Handwerksaktivitäten zu geigen.

Winnie behauptet, ich wäre streitsüchtig. Wenn es nach ihm ginge, sollte ich falsch gebrachte Bestellungen im Restaurant kommentarlos hinunterwürgen, mich taub stellen, wenn mich jemand beleidigt, und ganz allgemein meine Meinung einfach für mich behalten. Diese Benimmregeln gelten für ihn selbstverständlich nicht – er darf sich die Hucke vollsaufen, wenn wir essen gehen, und anschließend mit dem Kerl am Nebentisch einen Streit vom Zaun brechen, weil das Violett auf seinem Hemd ihn an eine von ihm verhasste Fußballmannschaft erinnert.

Gott, was bin ich froh, dass ich den Dreckssack endlich los bin.

Trotzdem sind manche seiner Aussprüche in meinem Kopf hängengeblieben, und als ich darüber nachdachte, den Nachbarn einen Zettel an der Tür zu hinterlassen, meldete sich sofort seine gehässige Stimme in meinem Hinterkopf: *Nur zu, wenn du willst, dass sie dich als die verrückte Schlampe von nebenan kennenlernen.* Also tat ich erstmal gar nichts.

Mit meinen Schmerzmitteln und dem Antibiotikum, das schnell seine Wirkung entfaltete, war der Rest des Tages recht erträglich. Ich stellte eine Sitcom in Netflix ein und machte es mir auf der Couch mit einer Tasse Tee bequem.

Das Babygeschrei begann am späten Nachmittag. Ich nahm gerade meine Tiefkühlpizza aus dem Ofen, als das Gebrüll einsetzte. Waren die Nachbarn nach Hause gekommen? Ich hatte kein Auto gehört, doch das mochte nichts heißen, immerhin war der Fernseher gelaufen. Trotzdem ging ich zur Überprüfung nach oben ins Schlafzimmer und warf einen langen Blick nach gegenüber. Ich hatte mich nicht getäuscht: kein Auto in der Einfahrt.

In diesem Teil des Hauses war das Brüllen fast unerträglich laut; ein an- und abschwellendes Geheul, das mir durch Mark und Bein ging. Ich hatte nicht viel Ahnung von Kindern, aber das klang für mich nicht nach dem routinierten Schrei nach Nahrung oder dem Krakeelen über eine volle Windel.

Das Kind war da drüben doch wohl nicht allein? Mir schauderte ein wenig. Unsinn. Warum hätten sie ohne ihr Baby wegfahren sollen? Wahrscheinlich besaß nur der Familienvater ein Auto, mit dem er zur Arbeit gefahren war, und die Hausfrau und Mutti hatte keines und blieb daheim. Immerhin war ich hier auf dem Land, da wurden traditionelle Geschlechterrollen noch mit sektenähnlicher Hingabe praktiziert.

Da kam mir ein anderer Gedanke: Wieso war das Baby bei dem Höllenlärm gestern Nacht so ruhig geblieben? Hätte es bei dem Gehämmer nicht erst recht wie am Spieß brüllen müssen?

Ich verbot mir, allzu viel darüber nachzudenken, ging wieder nach unten ins Wohnzimmer und setzte mir meine Kopfhörer auf, um mich mit Musik abzulenken. Ich musste sie bis zum Anschlag aufdrehen, um das Gebrüll zu übertönen. Meine Pizza war mittlerweile kalt geworden, außerdem war mir der Appetit vergangen.

Als ich zwei Stunden später das Ende meiner Playlist erreichte, hatte das Schreien aufgehört. Ich redete mir ein, dass das ein gutes Zeichen war.

In der Nacht kehrten die Schmerzen zurück. Es war wie eine harte Hand, die sich einem in den Schritt krallt, sich den Unterleib hinauf und in die Eingeweide gräbt. Als ich mich aufsetzte, fiel mein Blick automatisch in die gegenüberliegende Zimmerecke, und für einen schrecklichen Moment war ich sicher, dass dort jemand stehen würde – so sicher, dass ich den Umriss *sah*. Aber als sich meine Augen an die Dunkelheit gewöhnt hatten, erkannte ich, dass es sich nur um den Vorhang handelte, der in der Finsternis eine menschenähnliche Silhouette bildete.

Ich schaffte es gerade rechtzeitig ins Bad, sodass der heiße, ungewöhnlich dickflüssige Urin in der Kloschüssel statt in meiner Schlafanzugshose landete. Es war, wie auch schon gestern, kein steter Strahl, nur ein tröpfelndes Hervorbrechen, das mit einem Verkrampfen meiner Unterleibsmuskulatur einherging. Verdammt, ich war so sicher gewesen, das Schlimmste überstanden zu haben! Als ich vom Toilettensitz aufstand, stellte ich fest, dass ich noch mehr Blut gepinkelt hatte als in der Nacht davor.

Zum ersten Mal seit meiner Trennung erwischte ich mich dabei, wie ich mir Winnies Gegenwart zurücksehnte. Wäre er hier gewesen, hätte er mich einfach ins Auto gepackt und wäre mit mir in die Notaufnahme gefahren. Zugegeben, er hätte mich mit einer Reihe an unschönen Ausdrücken bedacht, weil ich ihn um seinen verdienten Nachtschlaf brachte, aber er *hätte* es getan, und insgeheim wäre ich ihm dankbar dafür gewesen, dass er mir die Entscheidung abnahm.

Aber das war vorbei. Winnie war nicht mehr da, und ich musste selbst zusehen, wie ich zurechtkam.

Ich schluckte zwei Schmerztabletten auf einmal, nahm die Literteetasse aus dem Küchenschrank, doch anstatt sie wieder mit Kamillentee zu füllen, suchte ich unter der Spüle nach einem Roten und schenkte mir großzügig ein. Ich weiß, dumme Idee. Nicht nur, weil das zu den Dingen gehört, die man eigentlich nicht mischen soll – Alkohol ist auch noch Gift für entzündete Blasen. Aber es tat scheißweh und ich wollte diese Nacht unter gar keinen Umständen wieder stundenlang im Bad festsitzen. Lifehack: Schmerzmittel mit Wein sind eine relativ sichere Methode, sich effektiv auszuknocken. Die Herausforderung ist nur das Aufwachen danach.

Ich hatte kaum den ersten Schluck gemacht, als es wieder losging. POCHPOCHPOCHPOCH. POCH. POCHPOCH. POCHPOCHPOCH. Das verdammte Hämmern! Mit der Teetasse in der Hand rannte ich nach oben ins Schlafzimmer und schlug den Vorhang zur Seite. Im Haus gegenüber brannte kein Licht. Trotzdem – es *musste* von da drüben kommen, hier war sonst weit und breit nichts.

Vielleicht war es die enthemmende Wirkung des Alkohols, auf jeden Fall riss mir da der Geduldsfaden. Ich stieß das Fenster auf und brüllte hinaus: »*Ruhe, verdammte Scheiße, hier versuchen Leute zu schlafen!*«

Und tatsächlich: Stille.

Ich wartete ein paar Minuten ab. Als das Klopfen nicht wieder anfing, zog ich den Vorhang zu und ging ins Bett. Der Wein und die Tabletten hatten ihren Zweck erfüllt und mich dösig gemacht. Ich spürte den Schmerz in meinem Unterleib noch, aber seltsam distanziert, als würde ihn ein anderer fühlen.

Bevor ich einschlief, wurde mein Blick immer wieder von dieser dunklen Zimmerecke angezogen. Ich hatte das Fenster nicht zugemacht (war mittlerweile auch zu schläfrig, um noch einmal aufzustehen und das nachzuholen), und der Vorhang, den ich beim Aufwachen für einen Menschen gehalten hatte, bewegte sich sacht im Wind – wie eine Gestalt, die zögerlich die Hände nach meinen Füßen ausstreckte.

Du verhältst dich mal wieder völlig hysterisch. Was sollen die Leute denken?

Ich gab mir große Mühe, Winnies hartnäckige Stimme in meinem Kopf zu ignorieren, und klopfte nochmal an, diesmal energischer.

Durch meinen Medikamenten-Rotwein-Cocktail hatte ich die restliche Nacht geschlafen wie tot und war erst mittags wieder aufgewacht – völlig gerädert, aber einigermaßen schmerzfrei. Als ich einen riesigen roten Fleck auf dem Laken vorfand, erschrak ich erst, stellte dann aber fest, dass ich nur im Schlaf den Wein umgekippt hatte, den ich auf dem Nachtschrank abgestellt hatte. Trotzdem nahm ich zur Sicherheit die zweite der drei Antibiotikatabletten, von denen der Dorfarzt behauptet hatte, eine allein würde sicherlich reichen.

Ich hatte gedacht, mein nächtlicher Ausbruch hätte etwas bewirkt, doch dann war pünktlich um zwei wieder dieses Gebrüll losgegangen. Dabei hatte ich mich gerade für ein Nachmittagsschläfchen hingelegt. Kaum hatte ich mich angezogen und das Haus verlassen, hörte das Schreien auf, aber ich war bereits zu sehr in Fahrt, um wieder umzukehren. Es wurde höchste Zeit, dass ich mich meinen Nachbarn vorstellte.

Was hat dich geritten, hierherzukommen?, bohrte sich Winnies Stimme in mein Hirn. *Sollen sie dem Balg das Maul mit einer Socke stopfen? Kinder schreien eben.*

Ich klopfte gegen den Zweifel an, bis die Tür im Rahmen vibrierte. »Hallo? Ich weiß, dass Sie da sind! Machen Sie auf!«

Keine Reaktion. Ich ging um das Haus herum, versuchte durch die Fenster hineinzuspähen, aber die waren so dick mit Staub verkrustet, dass ich nur schemenhaft ein paar Möbel erkennen konnte. Erst aus der Nähe fiel mir auf, wie baufällig das ganze Haus wirkte. Die Fassade bröckelte an mehreren Stellen wie alter Zwieback, auf dem Dach fehlten ein paar Schindeln und an den Fensterrahmen fraß der Moder. Für jemanden, der so viel Zeit mit Handwerksarbeiten verbrachte, ließ der Nachbar die Bude ganz schön verfallen.

Hatte sich da nicht etwas zwischen den Schlieren bewegt? Mit einem Mal war ich völlig sicher, dass der Nachbar mir genau gegenüberstand, regungslos ausharrend wie eine Spinne in ihrem Netz, und jede meiner Bewegungen genau verfolgte.

Ich trommelte mit den Fingerknöcheln gegen die Scheibe. »Hey, ich kann Sie sehen!«

Wieso schreit das Baby jetzt nicht? Wieso ist es so verdammt still da drin?

Ein unangenehmes Kribbeln jagte über meinen Nacken. Ich begann mich immer unwohler zu fühlen. Mein Zorn verrauchte.

Ich entschloss mich, meine Botschaft einfach vor dem geschlossenen Fenster abzuladen und zu verschwinden. »Wahrscheinlich haben Sie hier eine Weile allein gewohnt und mussten deshalb keine Rücksicht nehmen, aber das hat sich geändert. Sie haben jetzt eine Nachbarin, und die braucht ihren Schlaf!«

Mein Weg zurück zu meinem Haus kam einer Flucht gleich. Aus irgendeinem Grund wagte ich es nicht, mich noch einmal umzudrehen – als könnte ich etwas am Fenster stehen und mir nachblicken sehen.

Ganz recht, nicht jemanden.
Etwas.

Als ich mein unterbrochenes Nickerchen wieder aufnehmen wollte, erwartete mich die nächste böse Überraschung.

Kaum hatte ich die Schlafzimmertür geöffnet, schlug mir ein bestialischer Gestank entgegen – ein feuchter, fauliger Modergeruch, der in meinen Atemwegen brannte. Ich presste mein Shirt gegen Mund und Nase und versuchte herauszufinden, wo die Quelle des Gestanks lag. Es dauerte nicht lange, bis ich sie entdeckt hatte: In der Ecke direkt neben dem Fenster (ja, in *dieser* Ecke) prangte ein schwarzer Schimmelfleck an der Decke. Der Schimmel war schon so weit fortgeschritten, dass die Decke durchzufaulen begann und einzelne Putzteile auf den Boden gerieselt waren. Widerlich.

Es war mir unbegreiflich, dass ich diesen Schimmelbefall nicht eher bemerkt hatte. Zugegeben, der Fleck hätte mir wohl leicht entgehen können, aber der Geruch? Niemals.

Ich zögerte nicht lange, sondern wählte die Nummer des Maklers, der mir das Haus vermittelt hatte. Nachdem ich ihm das Problem geschildert hatte, erklärte er sich sofort bereit, vorbeizukommen und sich den Schaden persönlich anzusehen.

Kurz darauf stand Thomas Gilbert, ein schlaksiger junger Mann im hautengen Designeranzug, in meinem Schlafzimmer und starrte an die Decke. »Ja, das kann nicht so bleiben.«

»Was Sie nicht sagen«, ätzte ich.

»Ich versichere Ihnen, dass ich keine Kenntnis über den Schimmelbefall hatte. Jegliche Kosten werden natürlich von meinem Büro übernommen. Allerdings«, er wischte sich die Hände an seiner Anzugshose ab, obwohl er gar nichts berührt hatte, »sollten Sie vermeiden, hier zu schlafen, solange der Schimmel nicht behandelt ist. Besonders schwarzer Schimmel ist schwer gesundheitsschädigend.«

»Na wunderbar«, murmelte ich.

»Ich schicke Ihnen demnächst jemanden, der sich der Sache annimmt. Bis dahin kann ich mich nur für die Unannehmlichkeiten entschuldigen.«

Gemeinsam gingen wir nach unten ins Wohnzimmer, wo ich Kaffee für uns bereitgestellt hatte. Wir setzten uns auf die Couch.

Gilbert taxierte mich. »Sagen Sie, Frau Martens ... Haben Sie sich schon eingelebt? Sie sehen ein wenig mitgenommen aus, wenn Sie die Bemerkung erlauben. Ich hoffe, es hat nichts mit dem Haus zu tun?«

»Nicht ... direkt.« Ich rührte in meiner Tasse.

»Aber?«

»Die Nachbarn«, ich deutete nach gegenüber, »sind etwas gewöhnungsbedürftig. Jede Nacht dieser höllische Krach. Eigentlich bin ich aufs Land gezogen, um meine Ruhe zu haben, verstehen Sie?«

Gilberts geschäftsmäßiges Lächeln gefror zu einer verständnislosen Grimasse. »Die ... Nachbarn?«

»Die Leute, die gegenüber wohnen«, erklärte ich überflüssigerweise.

Gilbert räusperte sich umständlich und fummelte an seiner Krawatte herum, als wäre sie ihm plötzlich zu eng. »Bedaure, aber ... Das Haus gegenüber steht leer. Seit Jahren schon. Ich muss es wissen, ich bin schließlich für die Immobilie zuständig. Aber bislang war es mir unmöglich, Interessenten dafür zu gewinnen.« Er hob unglücklich die Schultern. »Niemand will das alte Ding haben.«

Ich fühlte mich, als hätte mir jemand einen Eimer Eiswasser über den Kopf gestülpt. »Wollen Sie mich verarschen? Ich bilde mir das doch nicht ein! Dort drüben wohnt jemand!«

»Sind Sie sicher?«

»Völlig sicher. Ich habe sie gehört – und gesehen.«

Unbehaglich rutschte Gilbert auf der Couch hin und her. »In diesem Fall bleibt mir wohl nur eines zu tun: Ich muss die örtliche Polizei benachrichtigen. Mit Hausbesetzern sollte man sich nicht anlegen.«

»Tun Sie das. Vielleicht kann ich dann endlich mal eine Nacht durchschlafen.« Ich erhob mich. »Danke, dass Sie vorbeigeschaut haben.«

Gilbert verstand den Wink und erhob sich. Als er bereits auf halbem Weg nach draußen war, rief ich ihn nochmal zurück. »Ach ja, Herr Gilbert? Sagen Sie der Polizei, sie soll nicht zu grob vorgehen. Die Leute da drüben haben ein kleines Kind.«

Ich hätte schwören können, dass in diesem Moment ein Ausdruck des blanken Entsetzens über Gilberts Gesicht zuckte. Doch ein paar Sekunden später hatte er sich wieder unter Kontrolle. Er zwang sich zu einem verkrampften Lächeln und sagte nur: »Danke für den Hinweis, ich werde es weiterleiten.«

Der manipulative Dreckssack.

Die Polizei tauchte eine halbe Stunde später auf. Ich beobachtete die beiden uniformierten Beamten vom Schlafzimmerfenster aus, mein Shirt als Schutz vor Mund und Nase gepresst, um den Faulgeruch des Schimmels nicht einatmen zu müssen. Sie umrundeten das Haus eine Weile, bevor sie sich Einlass verschafften. Für mehrere Minuten verschwanden sie im Inneren. Als sie wieder herauskamen, waren sie allein – keine Hausbesetzer, kein Baby.

Kurz darauf rief Gilbert mich auf dem Handy an. »Die Polizei sagt, sie haben nichts gefunden. Es sieht auch nicht so aus, als hätte dort die letzten Tage jemand gelebt.«

»Wollen Sie damit etwa sagen, ich hätte das erfunden?«, fragte ich scharf.

»Natürlich nicht. Wahrscheinlich haben Sie die Leute verschreckt und sie haben das Weite gesucht, bevor die Polizei kam.«

Ich widersprach nicht. Doch insgeheim glaubte ich ihm kein Wort.

Die dritte Nacht sollte die bisher schlimmste werden – und gleichzeitig meine letzte Nacht in diesem Haus.

Ich hatte die Couch im Wohnzimmer ausgezogen. Es war nicht sonderlich bequem, und die zahlreichen in der Dunkelheit glimmenden Lichter der diversen elektronischen Geräte waren unangenehm hell, aber schließlich forderten die durchwachten Nächte ihren Tribut.

Der Schmerz kam plötzlich und riss mich aus dem Schlaf. Ich war augenblicklich wach. In meinem Unterleib wühlten tausend Krallen, und in meinem Schoß lastete ein grässlicher Druck – ganz so, als wäre etwas über Nacht in mich hineingekrochen, das nun versuchte, sich wieder aus meinem Bauch zu befreien.

Ich fiel praktisch von der Couch, taumelte zur kleineren Gästetoilette im Erdgeschoss. Als ich auf die Kloschüssel fiel und dem Druck nachgab, stieß ich unwillkürlich einen Schmerzensschrei aus. Ich fühlte mich, als würde ich zerreißen. Etwas landete mit einem feuchten Klatschen im Wasser – etwas, das deutlich zu groß klang, um nur Urin oder Blut sein zu können.

Scheißescheißescheiße, hämmerte es in meinem Kopf. *Warum bist du nicht ins Krankenhaus gefahren, als es noch ging? Jetzt hast du deine Innereien ausgepisst.*

Ich wollte nicht nachsehen, das war das Letzte, was ich wollte, doch ich *musste*. Mit zitternden Knien stemmte ich mich hoch. Als ich sah, was in der Kloschüssel schwamm, wurde mir schlagartig übel. In meinem Kopf drehte sich alles.

Obwohl es voller Blut war, konnte ich es dennoch weit besser erkennen, als mir lieb war. Es war klein, nicht länger als mein Finger, fleischfarben und mit Kopf, Rumpf, Armen und Beinen vage menschenähnlich.

Ein Embryo.

In diesem Moment setzte das Klopfen wieder ein, lauter und wütender als jemals zuvor, und zum ersten Mal wurde mir bewusst, dass es sich nicht um das Geräusch handelte, mit dem Nägel eingeschlagen wurden. Es war das Hämmern von Bettpfosten gegen eine Wand.

Und es kam aus dem Zimmer über mir.

Hätte ich auch nur eine Sekunde geglaubt, dass irgendwas von alldem wirklich geschah, wäre ich niemals nachsehen gegangen. Ich wäre niemals die Treppe nach oben gestiegen und hätte nie auch nur einen Blick ins Schlafzimmer geworfen.

Ich hätte mich ins Auto gesetzt, aufs Gas gedrückt und niemals wieder auch nur einen Fuß in diese verdammte Straße gesetzt.

Das Hämmern war ohrenbetäubend laut, als ich die Tür aufstieß. Das Schlafzimmer lag im Dunkeln, trotzdem konnte ich die Szene, die sich darin abspielte, mit fast übernatürlicher Klarheit erkennen. In der schimmelnden Zimmerecke stand die Frau, die ich im Traum gesehen hatte – wenn es denn ein Traum gewesen war. Sie hatte mir den Rücken zugedreht, das Gesicht zum Bett gewandt. Als sie ihre Hand hob, sah ich, dass darin etwas Metallisches glänzte, auf dem sich das hereinfallende Licht des Mondes brach. Zuerst hielt ich es für ein Messer, aber dann erkannte ich, was es wirklich war: eine lange, gebogene Fahrradspeiche.

Da wurde mir klar, dass mein Bett nicht leer war. Eine junge Frau lag darauf, mit Händen und Füßen an die Pfosten gefesselt. Sie war es, die das Hämmern verursachte, indem sie sich mit aller Kraft in ihren Fesseln hin- und herwarf und dabei das gesamte Gestell ins Wanken brachte. Ihr ungewöhnlich großer, geschwollener Bauch ragte über ihr empor. Ihr Rock war ihr über die Knie gerutscht. Sie trug keine Unterwäsche, die durch die Fesseln gespreizten Beine entblößten ihre behaarte Scham.

Da drehte sie den Kopf, sah mich in der Tür stehen. Ihr Blick wurde flehend.

Ich glaube nicht, dass ich ihr hätte helfen können, wenn ich es denn versucht hätte. Doch ich würde es nie erfahren, denn ich unternahm nichts. Tatenlos sah ich zu, wie sich die Frau mit der Fahrradspeiche über die Gefesselte beugte. Ich sah, dass sich ihre Lippen bewegten, als sie ihr grausiges Instrument langsam und zielgerichtet zwischen die Beine der sich windenden Frau schob, aber ich hörte ihre Stimme nicht, nur das Hämmern des Bettes, das nun immer schneller und heftiger gegen die Wand donnerte. Was sie gesagt hat, weiß ich nicht.

Es könnte »Verzeih mir« gewesen sein.

Plötzlich – Stille. Ich brauchte einige Sekunden, ehe ich mich wieder ausreichend unter Kontrolle hatte, um die Hand nach dem Lichtschalter auszustrecken.

Die Frau mit der Fahrradspeiche war verschwunden, ebenso die auf dem Bett. Da war nur ein dunkelroter Fleck, wo sie gelegen hatte. Wein? Ich glaubte nicht länger daran.

Rückblickend betrachtet ist es ein Wunder, dass ich keinen Unfall baute. Ich stieg einfach ins Auto und fuhr los, ohne mir vorher zu überlegen, wohin ich wollte – Hauptsache weg aus dieser verdammten Nachbarschaft.

Meine Instinkte müssen die Kontrolle übernommen haben, denn eine Fahrtstunde später stellte ich mein Auto auf dem Parkplatz vor unserer alten Wohnung ab. Ich hatte immer noch einen Schlüssel und ließ mich hinein. Dabei muss ich Winnie geweckt haben. Zerzaust und unrasiert kam er mir entgegen, schrie mich an, was zum Teufel ich mir eigentlich einbilde, und mitten in der Nacht ...

Etwas in meinem Gesichtsausdruck schien ihn aufrichtig erschüttert zu haben, denn er verstummte mitten in seiner Tirade. Ohne weitere Fragen machte er mir die Couch zurecht. Er drückte mir ein Glas Wasser in die zitternden Hände, aus dem der intensive Geruch nach Baldrian aufstieg, und ich trank es ohne Protest bis auf den letzten Tropfen leer.

»Wir reden morgen«, bestimmte er noch, bevor er sich zurück ins Schlafzimmer verzog.

Am nächsten Tag versuchte ich ihm zu erklären, was geschehen war. Doch meine Erzählungen waren wirr und klangen selbst in meinen Ohren unlogisch. Das Licht des Tages hatte der Nacht ihren schlimmsten Schrecken genommen, und mittlerweile wusste ich selbst nicht mehr genau, was ich gesehen hatte. Alles, was Winnie aus meinem ungeordneten Bericht mitzunehmen schien, war die Sache mit dem Embryo.

»Willst du damit etwa sagen, du bist schwanger?«, unterbrach er mich. »Die Ärztin sagte doch, du bist steril!«

»*War* schwanger ... vielleicht ...« Ich hielt mich an meiner Kaffeetasse fest, konnte ihm nicht in die Augen sehen. »Ich habe keine Ahnung, was da passiert ist. Ich weiß nur, dass es mir eine Scheißangst gemacht hat, Winnie.«

»Wir fahren da jetzt rüber und ich sehe mir das selbst an«, beschloss er.

»Und?«, fragte ich mit zitternder Stimme.

Ich hatte nachts zuvor nicht gespült, der Embryo musste also noch da sein – musste auf der Oberfläche treiben wie ein überdimensionales, makabres Gummibärchen. Allerdings konnte ich mich nicht überwinden, ihn selbst noch einmal anzusehen, und wartete im Flur, nervös von einem Fuß auf den anderen tretend.

»Winnie?«, hakte ich nach, als keine Antwort erfolgte.

Schließlich kam er heraus. Es war mir unmöglich, in seinem Gesicht zu lesen. »Komm rein, schau es dir selbst an.«

»Ich will nicht ...«

»Komm schon, tu es einfach.«

Wieso sagte er mir nicht einfach, was er sah? Ich hasste ihn dafür, dass er mich zwang, etwas zu tun, was ich nicht tun wollte, und ich hasste mich selbst dafür, dass ich ihm gehorchte, wie ein verdammter gut abgerichteter Border Collie.

Die Toilette war völlig sauber. Kein Blut, und selbstverständlich auch kein Embryo.

»Ist doch nicht so einfach, die Nächte allein zu verbringen, was?«, fragte Winnie. Er spottete nicht. Mit Spott hätte ich umgehen können. Stattdessen war da ein süßlicher, mitfühlender Ton in seiner Stimme. Am liebsten hätte ich ihm die verdammte Fresse eingeschlagen.

»Komm mit nach oben«, sagte ich.

»Denise ...«

»Komm. Mit. Nach. Oben.« Ich packte ihn am Ärmel und zog ihn hinter mir her.

»Da. Was siehst du da?«

»Einen Fleck.«

»Schimmel. Siehst du, wie großflächig sich der schon verteilt hat? Der zieht sich fast schon über die ganze Decke! Scheiße, Winnie, gestern Mittag war er gerade mal so groß wie meine Hand, und am Tag davor war er noch gar nicht da.«

Winnie hob gleichgültig die Schultern. »Du solltest einen Handwerker anheuern.«

Ich ballte die Fäuste. Mit bemüht beherrschter Stimme presste ich hervor: »Ich habe dich nicht um einen fachlichen Rat gebeten, Winnie.«

»Ich bin mir nicht sicher, was du überhaupt von mir willst.« Allmählich klang er wütend. »Du weckst mich mitten in der Nacht auf, behauptest, du wärst schwanger, hättest unser Kind verloren, und jetzt zerrst du mich in dein Schlafzimmer – um was zu tun? Bei dir ist doch eine Sicherung durchgebrannt! Wenn du zu mir zurückkommen willst, dann sag das doch einfach, rede mit mir wie ein normaler Mensch und denk dir nicht solche verrückten Geschichten aus!«

»Zu dir *zurück*?«

»Das ist es doch, worauf das Ganze hinausläuft! Und es ist ja auch verständlich. Fuck, Denise, wir haben über fünfzehn Jahre lang zusammengelebt, wir haben uns aneinander gewöhnt. Sowas wirft man nicht einfach so weg. Ich wusste, wenn ich dir nur etwas Zeit zum Nachdenken gebe, würdest du das auch erkennen, auch wenn ich gehofft habe, du würdest etwas erwachsener mit der Situation umgehen.«

»Verschwinde, Winnie«, sagte ich kalt.

Sein Gesicht umwölkte sich. »Das ist alles? Nachdem du mich aus dem Bett geworfen und hier in die Pampa geschleppt hast? *Verschwinde, Winnie?*«

»Nein, das ist nicht alles.« Ich trat dichter an ihn heran, bis sein kaffeeschwangerer Atem mir ins Gesicht schlug. »Verschwinde, Winnie, und lass dich nie mehr hier blicken, oder ich hänge dich an deinen scheiß Eiern auf.«

Nachdem mein Ex gegangen war – nicht, ohne mir noch ein hasserfülltes »verrückte Schlampe« zuzuzischen –, fühlte ich mich wieder etwas klarer im Kopf.

Ich hinterließ Gilbert eine Nachricht, in der ich ihm mitteilte, dass ich ausziehen würde, da die Situation im Haus untragbar sei, und ich von ihm erwartete, dass er mir die volle Kaufsumme zurückerstattete. Danach packte ich das Nötigste, warf meine Koffer ins Auto und reservierte ein Hotelzimmer in der nächstgelegenen Stadt.

Damit hätte die Sache beendet sein können. Doch da war noch etwas, das mich nicht losließ. Die nächtlichen Schmerzen, das Blut ... Ich wusste, was ich gesehen – was ich *gespürt* – hatte, und obwohl ich mich wieder besser fühlte, blieb die Angst bestehen, dass die Beschwerden über Nacht zurückkehren würden. Also stattete ich meinem Freund, dem Dorfarzt, noch einen Besuch ab.

Es handelte sich um einen ältlichen Herrn, den siebzig deutlich näher als den sechzig, der den entzückenden Namen Doktor Gottlieb Breit trug. Wie auch schon bei meinem ersten Termin, machte er einen überraschend kompetenten Eindruck und untersuchte mich äußerst gründlich.

Schließlich ließ er sich hinter seinem Schreibtisch nieder. »Bitte setzen Sie sich, Frau Martens.«

Voller innerer Anspannung gehorchte ich.

»Die Blutungen, die Sie beschreiben, können in der Tat Anzeichen eines Abgangs sein, ebenso wie Ihre Schmerzen ein Hinweis auf Wehentätigkeit sind. Die Ultraschalluntersuchung hat aber gezeigt, dass keine Schwangerschaft vorgelegen hat, weder gegenwärtig noch in den letzten Tagen. Ich würde gerne noch die Laborwerte von Blut und Harn abwarten, ehe ich mich festlege, aber abgesehen von Ihrer Blässe, die auf einen Eisenmangel hinweisen könnte, wirken Sie auf mich gesund.«

Mich überkam eine seltsame Mischung aus Erleichterung und Enttäuschung. Ich war erleichtert, dass ich nicht unbemerkt schwanger geworden und eine Fehlgeburt erlitten hatte, und ich war enttäuscht, weil ich insgeheim gehofft hatte, dass der Arzt bestätigen würde, was ich gestern Nacht erlebt hatte.

»Die Beschwerden haben vor drei Tagen begonnen?«, fragte er.

Ich bejahte. »In meiner ersten Nacht, als ich hierherzog. Tagsüber fühle ich mich gut, aber nachts ...«

Er nickte ernst. »Sie wohnen am Zaunerweg, nicht wahr?« Als er meinen überraschten Blick bemerkte, lächelte er entschuldigend. »Das ist eine kleine Gemeinde, die Leute tratschen. Es ist nur seltsam ... Vermutlich ist es Zufall, aber vor Ihnen lebte ein junges Pärchen in dem Haus. Die Frau war in der zwanzigsten Woche schwanger. Sie erlitt eine Fehlgeburt, wenige Tage, nachdem die beiden eingezogen waren. Sie erzählte von üblen Träumen, in denen eine Frau mit einer Fahrradspeiche an ihrem Bett stand.«

Ich spürte, wie mir das Blut aus dem Gesicht sackte.

»Die meisten Leute glaubten, sie hätte irgendwo Gerüchte aufgeschnappt – über das Haus gegenüber und was sich dort abspielte. Das wäre tatsächlich die naheliegendste Erklärung. Aber sie behauptete, dass sie es nicht gewusst hätte, und ich glaube ihr.«

»Was gewusst?« Meine Stimme war ein heiseres Flüstern.

Breit nahm seine Brille ab und rieb sich über die Augen. »Das ist schon lange her ... Es muss in den späten Fünfzigern gewesen sein, ich war selbst noch ein Kind. Das Haus gehörte damals einer Ärztin, zumindest nannte man sie *Frau Doktor*. Ob sie wirklich ein Diplom hatte, weiß ich nicht. Sie war die Person, die junge Frauen aufsuchten, wenn sie ungewollt schwanger waren. Eine Engelmacherin, verstehen Sie? Damals waren Abtreibungen noch illegal. Das hinderte die Leute allerdings nicht daran, sie durchzuführen – allerdings mit zum Teil barbarischen Methoden, sei es, indem man Seifenlauge in die Gebärmutter einführte oder einen langen, spitzen Gegenstand, wie eine Stricknadel oder ...«

»Eine Fahrradspeiche«, sagte ich tonlos. Ich begann zu begreifen, warum Gilbert mich damals bei der Hausbesichtigung nach meiner Familienplanung gefragt hatte.

»Ganz recht. Offiziell wusste natürlich niemand von der Profession der Frau Doktor, aber man tuschelt und munkelt, damals wie heute ...

Eines Tages geriet die Frau Doktor an den falschen Kunden – einen reichen Industriellen aus der Stadt. Er verlangte, dass sie sich seiner schwangeren Tochter annahm. Der Vater des Kindes konnte nie ermittelt werden. Manche munkelten, er selbst sei es gewesen. Ausschließen kann man es sicherlich nicht, auf dieser Welt überrascht mich nichts mehr. Doch was wir von ihm wissen, war ungeheuerlich genug.

Die Tochter *wollte* die Abtreibung nicht, sie wollte ihr Kind behalten, außerdem war die Schwangerschaft bereits gefährlich weit fortgeschritten. Die Frau Doktor wies ihn darauf hin, dass er das Leben seiner Tochter aufs Spiel setzte. Der Vater ließ jedoch kein Nein gelten, und als die Frau Doktor sich weigerte, den Eingriff durchzuführen, drohte er ihr damit, sie anzuzeigen. Also tat sie es.«

Das Bild der verzweifelten Frau von gestern Nacht stieg vor meinem geistigen Auge auf. Ich schluckte sauren Speichel.

»Sie überlebte den Eingriff nicht«, sagte Breit. »Die Engelmacherin beging daraufhin Selbstmord – angeblich, weil sie ihr Gewissen plagte, doch wahrscheinlicher ist, dass sie der Strafe der Justiz entgehen wollte. Denn dass der Vater nach dem Tod seiner Tochter mit rechtlichen Schritten gegen sie vorgehen würde, stand außer Frage. Bevor sie sich selbst richtete, indem sie sich eine Ladung Seifenlauge in die Venen spritzte, hinterließ sie einen Abschiedsbrief. Darin legte sie alles offen und klagte den Industriellen für das an, was er seiner Tochter angetan hatte. Er wurde verurteilt und ging für seine Tat ins Gefängnis.«

Meine Hände hatten sich so fest um die Stuhllehnen verkrampft, dass meine Knöchel weiß unter der Haut hervorstachen.

»Das Haus steht seitdem leer«, fuhr Breit fort. »Die Leute aus dem Dorf wissen, was sich darin abgespielt hat, und niemand will es haben. Das hiesige Maklerunternehmen hat sogar aufgegeben, es an Auswärtige vermitteln zu wollen. Das Haus gegenüber dagegen findet von Zeit zu Zeit einen Käufer, aber die bleiben selten lang. Ich nehme an, es ist einfach kein sonderlich angenehmer Ort zum Leben.«

»Es ist ein wunderschönes Haus«, sagte ich. »Nur die verdammte Nachbarschaft ist die Hölle.«

Über die Autorin:
M. M. Vogltanz wurde 1992 in Wien als Tochter eines Straßenbahners geboren und verschreckte ihre Altersgenossen schon in der Schulzeit mit ihren bösen Geschichten. Sie studierte Deutsch, Englisch und LehrerInnenbildung und hat bereits über zehn Romane und Novellen veröffentlicht, von denen die meisten auf der dunklen Seite der Phantastik angesiedelt sind. 2016 wurde sie mit dem Encouragement Award der European Science Fiction Society ausgezeichnet. Unter dem Quasi-Pseudonym M. M. Vogltanz schreibt sie Horror der härteren Gangart.

Klopf Klopf

von Vincent Voss

Juli 2019, Kiel

»Hier musst du dich einpiepsen, Mädchen«, erklärte ihr Dieter und fuhr mit dem Transponder über das Lesegerät, so dass es kurz piepte.

»Emma! Ich heiße Emma«, warf die junge Frau ein, und jetzt sah Dieter sie zum ersten Mal richtig an. »Hör zu, *Mädchen*, bei diesem Job kommen und gehen sie, und für mich sind sie alle »Junge« und »Mädchen«. Schaffst du es, bis zum Winter zu bleiben, dann nenne ich dich bei deinem Namen. Versprochen!«

Emma nickte. »Okay. Und das war der Rundgang?«, wollte sie wissen. Dieter brummte zustimmend, und sie gingen zurück zur verglasten Wächterkabine, die direkt an der Ein- und Ausfahrt der Tiefgarage lag.

Emma kam aus Kiel, studierte hier mittlerweile auch und brauchte dringend einen Job. Nachtwache im Parkhaus hörte sich für sie mehr als verlockend an. Endlich in Ruhe lernen.

Nachtwache. Viel wird nicht zu tun sein, hatte Dieter gesagt. Wach bleiben und alle zwei Stunden den Transponder vor Lesegeräte halten, die auf der Route durch das Parkhaus lagen. Zur Kontrolle.

»Und hier kann keiner reinkommen?«, fragte Emma sicherheitshalber noch einmal nach. »Nein, Mädchen. Vor ein paar Jahren haben zwar Einbrecher die Gitter zum Kellergeschoss aufgeschweißt. Einer hat sich dann aber eine Stange glatt durch den Oberschenkel gejagt. Mann, Mann, Mann, hat der geschrien, der verrückte Teufel! Seitdem sind da auch Kameras. Und es gibt einen Eisenkorb vor den Wandöffnungen, zusätzlich zu den Gittern. Hier kommt keiner rein, Mädchen. Nur ganz ordnungsgemäß über die Ein- und Ausfahrt und die beiden Seiteneingänge, wo aber im Treppenhaus Kameras sind. Und du sitzt im Überwachungsraum. Wenn du nicht einschläfst, passiert auch nichts.«

»Und wenn ich gerade auf einem Kontrollgang bin und in genau der Zeit jemand rausfährt? Oder reinkommt?«

Dieter hob die Augenbrauen. »Gute Frage, Mädchen. Aber das läuft auch automatisch: Das Tor geht auf, der Wagen fährt raus, das Tor schließt sich wieder durch einen Bewegungsmelder oben bei der Straße. In dem Augenblick könnte sich allerdings tatsächlich jemand reinschleichen. Jemand, der da in der Ecke gekauert hat. So ein Axtmörder zum Beispiel. Aber den siehst du dann ja auf dem Monitor. Genauso wie bei den Seiteneingängen.«

Emma sah Dieter an. Dieter lachte, zündete sich eine Zigarette an. »Rauchen verboten«, sagte er, und sie gingen weiter.

Juli, erste Nachtwache

Seit Tagen war es unglaublich heiß in der Stadt, aber Emma hatte es hier einigermaßen kühl. Sie dachte an Vincent, die andere studentische Aushilfe. Bei ihm hatte sie zwei Mal hospitieren müssen. Er hatte sie allein auf die Kontrollgänge geschickt, und jedes Mal hatte es hinterher in der Kabine nach Gras gerochen wie in einem Coffee-Shop in Amsterdam. Viel miteinander geredet hatten sie nicht. Vincent war ein Freak. Emma sah auf die vier Monitore, die in der Ansicht noch einmal geviertelt waren, sodass sie das Parkhaus drinnen und draußen über sechzehn verschiedene Perspektiven beobachten konnte. Ein Blick auf den Monitor drei, Bild vier, wo der Axtmörder stehen würde. Nur Freaks. Dieter war auch ein Freak, aber immerhin ein netter.

Dreiundzwanzig Uhr, ihr erster Rundgang stand bevor. Die Route war einfach zu merken gewesen. In jedem Geschoss musste sie sich sowohl im Haupttreppenhaus als auch am Ende des Parkhauses bei den Feuerlöschern und den Notausgängen einpiepsen. Fünf Etagen, wenn man es sportlich hielt, war man in zwölf Minuten durch. Vincent hatte oft dreißig Minuten gebraucht.

Sobald sie aus dem Treppenhaus in die jeweilige Parkhalle trat, schaltete sich die gesamte Deckenbeleuchtung einer Ebene an. Bewegungsmelder.

Aber Emma war unsicher, ob sie im Sommer nicht lieber nur im Zwielicht zum Transponder bei den Feuerlöschern gehen sollte. Im gleißend hellen Neonlicht fühlte sie sich von außen immer beobachtet, denn rund um das Parkhaus befanden sich mehrgeschossige Büro- und Verwaltungsgebäude und ein Kindergarten, von wo aus man sie gut hätte im Blick haben können.

Emma begann ihre Runde oben. Sie verzichtete darauf, den Fahrstuhl bis in die fünfte Etage zu nehmen, eilte die Treppen hinauf, wartete bis die Deckenbeleuchter klickernd erwachte und durchschritt das Parkhaus der Länge nach. Vereinzelt standen hier Fahrzeuge. Dieter hatte ihr erklärt, dass es sich überwiegend um Langzeitparker handelte, die unterwegs auf einer Ostseekreuzfahrt waren. *Pieps.* Und wieder zurück, Treppenhaus, Pieps, nächste Parkebene, klick, klick klick, Licht, Laufen, Pieps und zurück.

Emma arbeitete sich Geschoss um Geschoss hinunter und huschte dann zurück in ihre Kabine. Sofort spulte sie die Aufnahme der Kamera zurück und sah sich im Schnelldurchlauf die letzten – sie warf einen Blick auf ihr Handy – vierzehn Minuten auf Monitor drei, Bild vier an. Sie besaß zwar kein Auto und hatte auch nicht das Rolltor während ihres Rundgangs gehört, aber sicher war sicher, und sie hatte definitiv keinen Bock auf einen durchgeknallten Serienkiller.

Nichts. Kein Axtmörder. Und auch den Rest ihrer letzten Schicht nicht.

August 2019

»Hör zu, Mädchen«, meldete sich Dieter ohne Begrüßung am Telefon. Kinderlärm im Hintergrund von dem benachbarten Kindergarten. »Kannst du die nächsten drei Nächte übernehmen oder mir sagen, wo Vincent geblieben ist?«

»Emma«, warf Emma automatisch ein und überlegte. »Ich wollte eigentlich übermorgen ins Kino mit meinen ...«

»Verschieb das. Dafür kannst du dann ein paar Nächte am Stück freimachen.« Pause. »Emma«, schob er dann nach.

»Was ist denn mit Vincent?«, fragte sie.

»Keine Ahnung. Gerd hatte ihn vorgestern zur Frühschicht abgelöst und meinte, Vincent sei völlig durch den Wind gewesen. Und gestern ist er einfach nicht erschienen.«

»Wer hat denn seine Schicht ...«

»Ich!«, schnauzte Dieter.

Emma zögerte kurz, überlegte, willigte dann aber ein. Immerhin nannte Dieter sie jetzt bei ihrem Namen.

Henning gab ihr ein paar Infos für die Übergabe. Ebene 0 und 3 waren noch einigermaßen belegt, 4 und 5 besetzten die Dauerparker, die erst zum Wochenende zurückerwartet wurden. Noch immer lag eine Gluthitze über der Stadt und führte zu einer allgemeinen Trägheit, die das Tempo bestimmte.
»Für Vincent, oder?««, wollte Henning wissen.
»Ja«, antwortete Emma knapp.
»Ist er krank?«, hakte er nach.
»Schätze schon.« Emma zuckte mit den Schultern. Sie kannte Henning nicht gut genug, um sich mit ihm über Vincent zu unterhalten. Aber sie hatte das Gefühl, dass Henning, genau wie sie, Vincent nicht für den Stabilsten hielt. Mit der Kifferei hatte sie kein Problem, aber Vincent war schon weit jenseits dessen. Und Henning dachte ähnlich.
Er nickte. »Hat der Chef besorgt«, erklärte er und deutete auf einen Tischventilator. Dann ging Henning, und Emma begann mit ihrer Nachtschicht.

Gegen zwei Uhr wurde Emma müde. Ihre Idee, Vincents Schicht über die Kameraaufzeichnungen zu rekonstruieren, erwies sich da als gute Ablenkung.
Die Daten wurden zweiundsiebzig Stunden gespeichert, ehe Dieter sie löschte. Morgen wären sie weg. Die Nachtwächter wurden angehalten, immer zu den ungeraden Stunden einen Wachgang durchzuführen. Es sei ein psychologischer Effekt, hatte Dieter ihr erklärt, damit man besser wachbliebe. Also begann Emma, die Kamerabilder nach Vincent abzusuchen, die gegen dreiundzwanzig Uhr aufgenommen wurden.

Sie musste nicht lange suchen. Auch Vincent begann augenscheinlich den Rundgang im obersten Geschoss und mied den Fahrstuhl. Dort oben allerdings verschwand er für mehrere Minuten aus der Überwachung. Emma schätzte, dass er hinter einer Säule mit Blick auf den Kanal kiffte. Und siehe da, ungefähr dort fing ihn die Kamera auch wieder ein, und er ging seinem Wachgang nach. Er musste auf jeden Fall gekifft haben, so verstrahlt wie Vincent sich da bewegte. Langsamer und ein bisschen schwankend. Durch die langen, geraden Strecken wirkte es auf Emma, als würde Vincent im Takt einer sonderbaren Melodie schreiten. In diesem Zustand beendete er seinen Rundgang. Ein Uhr. Gleiches Procedere. Drei Uhr. Vincent war diesmal etwas früher dran und ließ sich auch zum Kiffen nicht ganz so lange Zeit. Allerdings schritt er nicht mehr durch das Parkhaus, sondern er ... tanzte. Emma musste lachen. Nicht, dass er es nicht konnte, nur es passte nicht zu ihm. Es war überraschend.

Im Erdgeschoss blieb er plötzlich stehen und sah sich um, als hätte er etwas gehört. Es befanden sich nur zwei PKW im Hintergrund, eine Limousine und ein Kleinwagen. Vincent lauschte, legte den Kopf schief, sah zur einen Wand, die innen im Parkhaus lag. Zeit verstrich, so dass Emma begann, auf die Sekundenanzeige zu sehen. Vierzehn, fünfzehn, dann kam wieder Bewegung in ihren Kollegen.

Ein Schritt voran, ein Schritt zurück, dann ging er langsam *(ängstlich?)* zur Wand. Weiß gestrichen war die, ohne Besonderheiten. Sie konnte Vincent von der Seite sehen. Emma näherte sich dem Monitor, um besser erkennen zu können. Doch selbst als sie beinahe mit ihrer Nasenspitze dagegen stieß, wusste sie immer noch nicht, was Vincent dort gesehen hatte. Oder glaubte, gesehen zu haben. Vincent bewegte die Lippen. Er redete. Leider gab es keine Tonübertragung.

Hallo? Hatte Vincent Hallo zur Wand gesagt? Zumindest das war es, was Emma ihm von den Lippen abgelesen hatte.

Vincent wurde langsamer, schlich beinahe zur Wand und streckte seine Hände danach aus. Wieder sagte er etwas, aber Emma konnte nicht erkennen, was. Vincent war gebannt, neigte immer wieder seinen Kopf, näherte sich Schritt für Schritt, bis seine Fingerspitzen die Wand berührten und er wie in Trance der Welt lauschte.

»Wahnsinn!«, flüsterte Emma und sah ihrem Kollegen ähnlich gebannt zu, wie dieser die Wand anstarrte. Und schrak auf, als Vincent wie von einem Schlag getroffen zuckte, sich umdrehte und davonlief. Zurück in die Kabine, ohne den Rundgang zu beenden.

Oh, fuck, dachte Emma, Vincent war total durch. Hatte mit Sicherheit psychische Probleme. Wahnvorstellungen oder so etwas. Kein Wunder, dass er nicht mehr arbeiten kam.

Emma überlegte, ob sie Dieter davon berichten sollte, wollte es dann aber lieber für sich behalten.

Dreiecksplatz, ein paar Tage frei

Emma verließ mit zwei Freundinnen das Studiokino. Ein französischer Zombiefilm in der Sneak Preview. Richtig begeistert hatte der Film sie nicht. Sie rauchten draußen noch eine Zigarette und freuten sich über die frische Luft. In Kiel war es nach wie vor heiß, nachts kühlte es nicht unter zwanzig Grad ab.

»Emma!«, rief jemand. Sie blickte sich um, konnte aber niemanden entdecken. Vivi und Clara hatten es ebenfalls gehört, und Clara glaubte, es wäre aus der Ecke gekommen, wo die Müll- und Altpapiercontainer standen. Im Zwielicht der Straßenlaternen bemerkte Emma dort eine Gestalt, die ihr zuwinkte. Vincent!

»Scheiße!«, zischte sie, denn auf nervigen Scheiß hatte sie gerade wenig Lust.

»Hi, Vincent!«, grüßte sie ihn zurück.

»Emma! Ich muss mit dir reden!« Er winkte sie zu sich.

»Was ist denn das für ein Psycho?«, fragte Vivi halblaut und hatte damit den Kern des Problems erfasst.

»Ein Arbeitskollege. Wartet mal kurz.« Sie eilte hinüber mit einem etwas mulmigen Gefühl, als sie bemerkte, dass sich Vincent in den Schatten der Häuserwand zurückzog.

»Was willst du, Vincent?«, fragte sie ihn in einem Ton, der klar zu verstehen gab, dass sie jetzt und wahrscheinlich auch niemals sonst mit ihm im Zwielicht neben Abfallbehältern reden wollte.

»Du musst da weg, Emma! Ich habe von dir geträumt. Das Parkhaus will dich.« Vincent sah sie aus großen Augen an. Er war bekifft und ... ungepflegt. Ungepflegter als sonst. Emma hatte nichts gegen ein bisschen verloddert, aber Vincent sah aus, als hätte er lange Zeit nicht geschlafen, viel gekifft und sich ebenso lange auch nicht gewaschen. Die Haut zwischen seinem rechten Zeige- und Mittelfinger hatte sich gelb und dunkelbraun gefärbt vom Rauchen vieler selbstgedrehter Zigaretten, an der er auch jetzt zwischen den Sätzen gierig sog, und seine Fingernägel waren zu lang.

Okay, dachte sie. Ihm geht es nicht gut und vielleicht hatte es ihm noch niemand gesagt, dass er Hilfe benötigte. Also entschied sie sich für die harte Tour. »Vincent, du brauchst Hilfe. Echt mal. Du stinkst und siehst total versifft aus.«

Vincent nickte hektisch. «Ja, ja, da hast du Recht. Aber ich muss es loswerden. Emma, du musst da aufhören. Sofort! Es will dich viel mehr als mich. Am besten ziehst du in eine andere Stadt«, warnte er sie.

»Das Parkhaus will mich?«, fragte sie skeptisch und bereute es sofort, sich auf diesen Scheiß eingelassen zu haben.

Vincent bebte vor Erregung. »Genau! Genau!«, stieß er hervor und wäre beinahe vor ihr auf- und abgehüpft.

»Vincent, das ist Blödsinn«, widersprach Emma, warf einen Blick zu ihren Freundinnen, die genervt zu ihnen herübersahen. »Du hörst vielleicht Stimmen oder bildest dir Dinge ein, aber das ist alles nicht die Wirklichkeit. Du musst unbedingt zu einem Arzt oder dich in eine psychiatrische Klinik einweisen. Die haben da auch Notaufnahmen. Ich such dir eine raus«, sagte Emma entschlossen und entschied sich gleichzeitig dazu, ihn im Notfall jetzt dorthin zu begleiten.

Vincent zog die Augenbrauen zusammen, wich einen Schritt zurück. »Nein, Emma, nein! Du hast gerade frei, oder? Wann musst du wieder arbeiten? Wann?« Mit dieser Frage schob er sich den einen Schritt wieder vor.

»In zwei Tagen habe ich wieder Nachtschicht«, antwortete sie. »Warum? Warum willst du das wissen?«

Er schüttelte den Kopf, rieb sich das Kinn und murmelte etwas Unverständliches in seine Hand. »Hör auf da, Emma, hörst du! Du bist da in Gefahr! Das Parkhaus will dich! Es will dich!« Die letzten Worte hatte er beinah gekreischt.

Emma wich erschrocken und beschämt zurück. »Du bist verrückt, Vincent! Du musst mit dem Kiffen aufhören, Mann, du verträgst das alles nicht!«, erhob auch sie ihre Stimme. Es war ihr peinlich. Nun war auch sie Teil eines lautstarken Gesprächs in ebendieser Gegend, wo sich sowieso genug Menschen nach dreiundzwanzig Uhr besoffen anschrien. Sie eilte zurück zu ihren Freundinnen.

»Psycho!«, erklärte sie ihnen und gemeinsam strömten sie zur Bergstraße, um wieder unter Menschen zu sein.

September 2019

Ihr Rundgang um drei Uhr früh. Treppe rauf, Piep, klick, klick, klick, Licht erwacht, ein dunkelblauer Golf nah beim Treppenhaus, schnell durch die Parkebene laufen, Piep, und wieder zurück. Treppe runter, Piep … Erdgeschoss. Piep, klick, klick, klick, Licht erwacht, mehrere Fahrzeuge, schnell durch die Parkebene laufen, klopfklopf …

Klopfklopf?

Sie blieb stehen, wartete, lauschte.

Klopfklopf.

Ganz deutlich. Dort bei der Wand. Dort, wo auch Vincent gestanden hatte. Sie blickte zur Wand.
Klopfklopf. Nicht ihr Herz. Die Wand. Tatsächlich die Wand. Als würde jemand dahinter dagegen klopfen.

Dahinter …

Klopfklopf.

Wer sollte um diese Uhrzeit dahinter gegen die Wand klopfen? Und warum? Emma schluckte trocken. Wartungsarbeiten. Heizungsrohre. Wie in einem Quiz fielen ihr Antworten ein, wollten ihr Antworten einfallen, nur keine einzige passte.

Klopfklopf.

Vincent. Das Parkhaus will dich. Heizungsrohre.

Sollte sie näher herangehen? Sich die Wand, die weiße Wand ansehen? So wie Vincent?

Klopfklopf.

Sie ging zur Wand. Schritt für Schritt mit geöffnetem Mund und hielt die Luft an. Irgendwo auf den Straßen Kiels heulte ein Motor auf, am Kanal lachte jemand. Und sie war im Parkhaus, und es klopfte hinter der Wand.

Klopfklopf.

Um kurz nach drei Uhr morgens. Sie kniff die Augen zusammen, starrte auf die weiße Fläche vor sich, die nicht mehr ganz so weiß wie aus der Entfernung aussah. Ein kleiner schwarzer Strich, als wäre die Wand von etwas gestreift worden, Schattierungen in Bodennähe, vielleicht der zarte Keimling eines Feuchtigkeitsschimmelbefalls.

Sie hatte die Wand beinahe erreicht. Verortete das Klopfen in Höhe ihres Bauchnabels. Erwartete es. Jetzt. Jetzt!

»Emma!«

sprach es aus Wand. Viele Stimmen wie eine. Ein Wispern.

Emma schrie und rannte zurück in die Kabine.

Es war eindeutig ihr Name gewesen, den sie dort gehört hatte. Sie betrachtete die Szene auf dem Monitor ein weiteres Mal. Da! Kurz vor der Wand. Da war es gewesen, dieses eine Wort, das ihr die Kontrolle über sich genommen hatte. Emma. *Das Parkhaus will dich!* Drehte sie jetzt wie Vincent durch? Hörte Stimmen und so einen Scheiß?

»Emma verdammt, was ist mit dir?«, fluchte sie und stand auf, um ihren Rundgang zu Ende zu bringen.

Überall Schemen und Schatten, die Böses wollten. *Klickklickklick*. Licht. Licht verbannte Schatten. Jetzt lauerten Axtmörder hinter den Fahrzeugen. Hinter dem metallic-blauen Van, hinter dem dunklen SUV. »Reiß dich zusammen!«, zischte sie und betrat die Parkfläche.

Die Wand zu ihrer Rechten, die Stelle, wo sie die Stimme gehört hatte, verbarg sich noch vor ihrem Blick. Säulen und ein Wagen versperrten ihr die Sicht. Und mit jedem Schritt dorthin gewann die Angst ihren inneren Stellungskrieg. Doch ehe sie ihr Mut verließ, preschte Emma los, behielt dabei besagte Stelle im Auge. Und hoffte. Mit jedem Schritt wurde sie langsamer, bis sie auf Höhe der Wand war. Kein Klopfen.

Sie eilte zum Feuerlöscher, hielt ihren Transponder vor das Lesegerät und drehte auf der Stelle um. Da hörte sie die schwere Brandschutztür eines Nebeneinganges zuschlagen, und sie blieb stehen. Das war der Seiteneingang zum Park. Kein großartiges Konzert, keine Party. Es war mitten in der Woche.

Wer holte um diese Uhrzeit sein Auto ab? Panik galoppierte in Emma. Sie atmete tief durch. »Jeder, der sein verficktes Auto haben will. Wie sonst auch«, sagte sie zu sich und ging weiter. Jederzeit zu einem Schlag oder Tritt bereit. Oder zum Weglaufen.

Sie eilte an der Wand vorbei, ohne dass sie es klopfen oder ihren Namen hörte, erreichte die Kabine und schloss augenblicklich die Tür hinter sich. Sofort suchte sie in den Aufnahmen nach den Bildern des

Seiteneingangs und spulte zurück. Da! Da sah sie jemanden die Türe öffnen und hineingehen.

Vincent!

Sie blieb in der Kabine und schloss ab. Suchte mit einem Auge nach weiteren Bildern, die zeigten, wohin Vincent gegangen war. Mit dem anderen blickte sie immer wieder auf und erwartete Vincent an der Wachkabine. Wie er mit einer Axt die Scheibe einschlug.

»Beruhig dich, komm schon, beruhig dich!«, machte sie sich Mut. Vincent war durch den Seiteneingang gekommen, folglich musste er danach auf Monitor 1, Bild 2, Monitor 2, Bild 2, Monitor 3, Bild 2 oder Monitor 4, Bild 2 erscheinen. Aber auf keinem war etwas zu sehen. Kein Licht *klickklickklick*, das erwachte, und sie konnte auch keinen Vincent erkennen, der sich im Dunkeln in das Parkhaus schlich. Stand der Psycho noch im Dunkel des Treppenhauses herum? Zuzutrauen wäre es ihm.

»Wo bist du?«, fragte sie leise, suchte auf den Monitoren nach irgendeiner Bewegung. Nichts. Sie könnte hingehen und ihn ansprechen. Könnte. Sie blieb ...

... bis kurz vor fünf. Die letzte Runde stand an, und nichts hatte sich geregt. Aber sie war wach wie der Teufel und fix und fertig dabei. Wenn sie die Wache überstand, würde sie bis zum nächsten Abend durchschlafen. So viel war sicher. Emma stand auf, bereitete sich auf den letzten Rundgang vor. Ihr Handy hielt sie mit der Notrufnummer bereit, schloss die Kabine auf, atmete tief durch und ging los.

Sie musste ins Treppenhaus. Als sie die Tür dahin öffnete, schlug Emma hastig gegen den Lichtschalter. Wartete, spähte ins Treppenhaus. Vincent war nicht da. Das Treppenhaus war leer.

»Vincent!«, rief sie. Keine Antwort. »Vincent, Mann! Ich hab dich gesehen! Sag was!« Immer noch keine Antwort.

Wie konnte das sein? Er war doch auch nicht wieder rausgegangen. Oder doch? Emma spurtete das Treppenhaus einmal hoch und dann wieder runter bis in den Keller. Da war keiner. Nur eine Brandschutztür, die irgendwo hinführte, aber sie hatte keinen Zugang dazu.

Wo war Vincent, verdammt noch mal?

Emma lief zurück nach oben. Im Erdgeschoss öffnete sie die Tür nach draußen, sah hinüber zum Park. Nichts. Hier war auch niemand. Sie schloss die Tür und blieb ratlos stehen. War Vincent vielleicht doch im Keller. Das schien die einzige Möglichkeit. Hatte er sich hinter der Tür versteckt?

Sie stieg die Treppen hinunter, rannte zu der Brandschutztür und klopfte. »Vincent?«

Emma konnte sich nicht mehr erinnern, was hinter der Tür lag. Wahrscheinlich Technikräume, aber damit hatte sie nichts zu tun. Aus einer Laune heraus hielt sie ihren Transponder gegen das Lesegerät. Es piepste zwei Mal, die Tür blieb allerdings verschlossen.

»Fuck!«, fluchte sie, wollte umdrehen und bemerkte ein Stück Papier, das unter dem Türschlitz hervorlugte. Sie bückte sich und zog es hervor. Rausgerissen aus einem Collegeblock: »Du hast das Klopfen auch gehört, oder? Das Parkhaus will dich. Hau ab! Es hat mit der Munitionsfabrik zu tun. Ich rette dich!«

Emma starrte die Tür an. War Vincent wirklich dahinter? Wollte er sie verarschen? Sie schlug gegen die Tür.

»VINCENT!«, schrie sie. Weiterhin keine Antwort.

»Fuck!« Sie trat gegen das dicke Metall, lief die Treppe einen Stock höher, riss die Tür auf und begab sich auf den letzten Rundgang ihrer Schicht. Kein Klopfen mehr und auch kein Vincent.

Google hatte Vincents Hinweis bestätigt. Es hatte genau dort, wo sich jetzt das Parkhaus befand, früher eine Munitionsfabrik gestanden, die 1920 aus ungeklärten Gründen in die Luft geflogen war. Über 120 Tote hatte es dabei gegeben, überwiegend Frauen. Gleich am Vormittag fragte sie bei ihren Kommilitonen von der Volkskunde nach, ob diese ihr mit Informationen aushelfen könnten. Mit dem Fachbereich hatte Emma nichts zu tun, jedoch standen die Partys der Kulturwissenschaftler in dem Ruf, ziemlich krass zu sein.

Ein Mädchen namens Lizzy half ihr bei ihrer Recherche und zauberte innerhalb von wenigen Stunden alte Zeitungsberichte, Kirchenbücher und Behördenakten aus jener Zeit hervor. Emma sammelte das ganze Material an einem Arbeitsplatz am Fenster und begann zu sichten.

Im September war in einer Gießerei der Munitionsfabrik ein Feuer ausgebrochen. Noch während der Löscharbeiten explodierte es in einem angrenzenden Lager für Zündstoffe, und von da griffen die Flammen rasend schnell um sich. Es brauchte anschließend fünf ganze Tage, um den Brand zu löschen, und viele der toten Frauen waren niemals gefunden worden.

Lange Zeit war das Gelände unbebaut geblieben, erst in den Achtzigerjahren des letzten Jahrhunderts hatte man es für den Bau eines Parkhauses freigegeben.

Einmal hatte es einen Mord im Willers-Park gegeben, und der Täter war im Parkhaus gestellt worden. Außerdem war ein Arbeiter bei Dacharbeiten in die Tiefe gestürzt und verstorben. Sonst gab es nichts Brauchbares.

Emma sammelte alles zusammen und brachte es zurück zu Lizzy. »Und?«, wollte diese wissen.

Emma zuckte mit den Schultern. »Nicht viel. Also, zu den Dingen, an denen ich interessiert bin, habe ich wenig gefunden«, antwortete sie.

Lizzy verharrte kurz und musterte sie. »Welche Dinge interessieren dich denn?

Emma zögerte. »Na ja ... ob da auch seltsame Dinge passiert sind. Ob es da spukt oder so.« Sie erwartete, ausgelacht zu werden, aber Lizzy grinste nur und nickte. »Du, ich weiß genau, was du meinst. Es gab hier mal ein Seminar über *Unheimliche Orte und Raumkonzepte*. Da war das Parkhaus auch als gruseliger Ort im Gespräch. Ich kann mich aber nicht mehr erinnern, was dabei rausgekommen ist. Aber ein Seminarordner müsste noch in der Fachbib stehen. Wartest du kurz?«

»Klar!« Emma setzte sich zurück an ihren Fensterplatz und scrollte sich durch die Neuigkeiten bei Instagram, bis Lizzy zurückkam. »Tut mir leid, aber der Ordner war noch nicht wieder einsortiert, weil er just vor dir verliehen wurde.« Lizzy reichte ihr den Ordner.

Emma wurde misstrauisch. »Echt? Wird der häufiger ausgeliehen?« »Eigentlich nicht. Chrissi meinte, sie kannte den Ausleiher auch nicht. War n Freak. Noch freakiger, als wir es hier eh schon sind.« Sie lachte. »So einer mit langen Haaren. Dunkel. Ziemlich verstrahlt?«, wollte Emma wissen. »Ja, genau. Vincent hieß der«, bestätigte Lizzy. »Kennst du ihn?«

»Allerdings. Das ist ja komisch«, antwortete Emma, ging aber nicht weiter darauf ein und öffnete den Ordner. Lizzy setzte sich dazu und nippte an einem Kaffee.

Leider gab es auch hier nicht so viele Informationen, wie Emma es sich erhofft hatte. Das Parkhaus war letztlich nicht als Forschungsobjekt des Seminars ausgewählt worden, stattdessen hatte man sich auf ein offenbar bekanntes Spukhaus an der Eckernförder Straße und das Selbstmörderhochhaus in Kiel Gaarden geeinigt. Immerhin waren im Vorfeld alle Rechercheergebnisse zusammengetragen worden, und es fanden sich Infos zur Munitionsfabrik.

Die Produktion hatte man nach dem Ersten Weltkrieg heruntergefahren, dafür war eine weitere Gießerei in Betrieb genommen worden. Es gab Fotos von der Fabrik und vom alten Kiel, die ihr aus einem Fotoalbum ihrer Großeltern bekannt vorkamen. »Krass, oder?«, kommentierte Lizzy die Fotos mit einem Enthusiasmus, den wohl nur Volkskundler und Historiker beim Anblick solcher Fotos empfanden.

Ein weiteres Bild zeigte die ganze Belegschaft vor dem Haupthaus. »Viele Frauen«, kommentierte Lizzy das Bild, und Emma überflog die vielen ernsten Gesichter. Tatsächlich standen überwiegend Frauen und sogar Kinder in erster Reihe.

Sie wollte gerade umblättern, als Lizzy ihren Zeigefinger auf das Bild legte. »Mann, die sieht dir aber ähnlich«, sagte sie und beugte sich vor.

Emma erschrak. Wer ihr da entgegensah, war eindeutig sie. Am Rand mit auf dem Rücken verschränkten Händen und einem Kopftuch. Im selben Alter. »Das ist echt krass!«, sagte sie. »Kann ich das kopieren?«

Lizzy nickte, machte eine Kopie von der Seite und reichte sie Emma.

»Danke! Ich glaube das reicht für heute«, sagte Emma und verabschiedete sich von Lizzy. Sie war todmüde, wollte aber unbedingt noch mit Dieter sprechen. *Das Haus will dich*, hörte sie immer wieder Vincent in ihrem Kopf.

Sie wartete an Dieters Parkplatz, bis er kam, und noch ehe er ganz ausgestiegen war, brach es aus Emma heraus. »Wir müssen in den Keller, Dieter. Vincent war letzte Nacht da. Und er ist irgendwie in den Keller verschwunden. Und den Kameraaufzeichnungen nach nicht wieder rausgegangen. Er steckt da vielleicht immer noch drin und braucht Hilfe. Ihm geht es gerade nicht so gut, weißt du.«

»Sekunde, Emma, lass mich doch erst mal rauskommen«, stöhnte er, stieg aus dem Wagen und schüttelte den Kopf. Er schlug die Fahrertür zu und stiefelte wortlos an Emma vorbei zur Wachkabine. Emma folgte ihm. »Hast du mir zugehört?«

»Ja, hab ich. Und jetzt halt die Klappe.« Im Wachhäuschen waren sie allein, Thorben war gerade dabei, seinen Rundgang zu machen.

Dieter setzte sich vor die Monitore und navigierte sich durch die Zeitleisten. »Wann war das? Seiteneingang sagst du?«

Emma bejahte und nannte ihm die Uhrzeit. Dieter fuhr auf allen relevanten Kameraperspektiven zu der entsprechenden Zeit zurück und ließ die Bilder laufen. Seiteneingang. Schneller Vorlauf.

Emma setzte sich neben ihn. »Gleich kommt er« bereitete sie ihn vor. Die Sekunden liefen auf die Zeit zu, in der Vincent das Parkhaus betreten haben müsste. Nur ... Vincent kam auf der Aufzeichnung gar nicht in das Parkhaus.

Emma verkrampfte, und sie registrierte ein Seufzen bei Dieter. Auf dem Bildschirm betrat stattdessen sie jetzt das Treppenhaus, blieb stehen, rief, lief nach oben und dann nach unten. Aber nirgendwo war Vincent zu sehen. Dieter stoppte die Aufzeichnung. »Das ist die Müdigkeit, Mäd... Emma. Du bist da nicht die Erste, der in der Nachtwache solche Streiche gespielt wurden.«

»Aber ...« Emma war ratlos. Fühlte sich überfahren. »Ich schwör dir, Dieter, er war da. Und hier, diesen

Zettel hat er mir unter der Tür durchgeschoben.« Sie suchte in ihrer Tasche nach der Botschaft und zeigte sie Dieter.

Er las sie durch und zuckte mit den Schultern. »Schon klar, Emma, nur finde ich ihn nicht auf den Videos. Du etwa? Vielleicht hat er den Zettel da vorher hingelegt, wer weiß, aber ... da ist Vincent einfach nicht. Sieh das doch ein.« Dieter zündete sich eine Zigarette an, sah zur Decke. Er wirkte auf Emma irgendwie enttäuscht. »Du kennst das, oder?«, fragte sie ihn. »Mit den Nachtwachen, meine ich. Die sind alle irgendwie durchgedreht, und du hattest jetzt die Hoffnung, dass es mit mir besser wird, oder?«, fragte sie, und Dieter lächelte gequält. Emma nickte. Treffer.

»Lass uns nur einmal in den Keller gehen und nachsehen, ja? Ist er nicht da, hast du Recht, und ich bin ein Psycho. Dann vergessen du und ich den ganzen Quatsch, und es geht weiter wie bisher. In Ordnung?«

»Ich mag dich, Emma«, sagte er, stand auf und sie liefen zum Seiteneingang.

Vor dem Treppenhaus schnippte er den Zigarettenstummel weg. »Ich wünschte, es wär anders, Emma, aber die Nachtwache haben viele nicht durchgestanden. Keine Ahnung, warum. Hab schon mal dran gedacht, dass es hier spukt. So ein Scheiß, du.« Er sah sich zu ihr um, schüttelte den Kopf und lachte. Emma stimmte verhalten ein. Der Gedanke kam ihr jetzt überhaupt nicht mehr abwegig vor.

Vor der Brandschutztür im Keller hielt Dieter seinen Transponder vor das Lesegerät.

»Was ist dahinter?«, wollte Emma wissen. Es piepste.

»Lager und Technikräume. Vor allem die Lüftung nimmt einen großen Teil ein.« Dieter zog die Tür auf und schaltete das Licht ein. Vincent lauerte dort nicht. Emma atmete auf.

»Wusstest du, dass hier früher einmal eine Munitionsfabrik stand?«, fragte Emma.

Dieter blieb stehen und drehte sich zu ihr um. »Ja, weiß ich. Und? Kommt jetzt so eine Spukgeschichte?«

»Vergiss es«, antwortete sie, während Dieter bis zu einer Kreuzung ging und dort stehenblieb.

»Vincent?«, rief Dieter laut, und beide warteten auf eine Reaktion. Nichts.

»Vielleicht schläft er ja noch?«, warf Dieter ein und grinste. »Ich warte hier, du kannst ja nach ihm Ausschau halten.« Er lehnte sich mit dem Rücken gegen die Wand, als Emma sich auf die Suche nach Vincent machte.

Mittlerweile glaubte sie nicht, ihn hier zu finden, und sie fragte sich, weshalb. Traute sie der Technik mehr als ihren eigenen Sinnen? Auf der anderen Seite … *konnte* sie ihren Sinnen denn trauen? Das Klopfen in der Wand, die Stimmen, die ihren Namen gerufen hatten. Das war irgendwie auch nicht vertrauenerweckend.

Viel lieber war ihr Dieters Sicht der Dinge. Stress, wenig Schlaf, die Hitze, dann kam man schon mal leicht schräg drauf. Einmal durchschlafen und es ging einem wieder besser.

Sie folgte dem Gang, bei dem große Rohre unter der Decke entlangliefen, bis zu einer Tür mit der Aufschrift *Lüftung*, öffnete diese und schaltete Licht ein. Ein Brummen begrüßte sie, und es war hier noch ein paar Grad heißer als auf dem Gang.

Emma achtete vor allem auf ihren inneren Gefahrensinn, lauschte, ob sie ein Klopfen oder Stimmen wahrnahm. Aber selbst nach einer Weile blieb es unverändert ruhig in diesem Raum, und es schien auch kein Versteck zu geben, in dem Vincent sich hätte verbergen können. Auch der nächste Raum war leer und unbedenklich. Sie drehte herum, um das nächste

Ziel in Angriff zu nehmen. Raum Nummer drei, an der gegenüberliegenden Seite.

»Und? Alles gut?«, fragte Dieter sie, als Emma ihn an der Kreuzung passierte.

»Ja. Alles bestens«, antwortete sie knapp, erreichte die dritte Tür, trat ein, knipste das Licht an und war überrascht von der Größe des Lagerraums.

Doch etwas war anders als vorher.

Die ersten Räume waren unzweifelhaft neu erbaut worden, mit Mauern, die in einem freundlichen Lackgrau gehalten waren. Doch hier bestand die Stirnwand komplett aus weiß gestrichenen Ziegelsteinen, denen man ihr Alter ansah. In der einen Ecke lagen Bauutensilien, bestimmt noch Hinterlassenschaften aus der Zeit der Fertigstellung des Gebäudes, schätzte Emma. Kanister mit Farben und Lösungsmitteln, Werkzeuge, aber auch diverse Autoteile, vor allem Reifen und Stoßstangen. Als es plötzlich aus einer Ecke klopfte, in der zwei größere graue Metallspinde standen, ging Emma darauf zu. Und hörte Stimmen. Die ihren Namen riefen.

Dieter zündete sich eine Zigarette und blies den Rauch durch die Nase. »Emma, wie lange brauchst du denn noch da hinten?«, fragte er und schaute in den Gang, an dessen Ende die Tür offenstand, durch die Emma verschwunden war. Vor einer Viertelstunde, mindestens.

»Emma?« Er lief den Gang entlang und betrat den großen Lagerraum. »Emma?«

Sie antwortete nicht. Was sollte der Scheiß? War sie wieder an ihm vorbeigelaufen, und er hatte es nicht mitbekommen? Nee, das konnte nicht sein.

Vielleicht war ihr etwas zugestoßen? Er sah überall hin, wo man hätte umfallen und liegen bleiben können. Aber er konnte sie nirgendwo entdecken.

Er wollte wieder nach ihr rufen, als er ein Klopfen hörte. Hinten in der Ecke bei der alten Luke, die in den alten Kellertrakt von früher führte.

Dieter wunderte sich. Die Tür war nie aufzubekommen gewesen. Festgerostet und verzogen. Vor Jahren hatten sie es einmal versucht. Zu viert mit Hebelwerkzeug waren sie kläglich daran gescheitert, obwohl alle in bierseliger Laune neugierig gewesen waren, ob es dahinter wirklich weiterging.

»Emma, was machst du da?« Wollte sie ihm vielleicht Angst einjagen? War das jetzt so eine Sache wie mit dem Clown und der Axt im Parkhaus?

Er kam an den beiden Metallschränken vorbei und erstarrte vor Schreck. Die Kellerluke stand offen! Wie konnte das sein? Und dahinter klopfte es aus dem Schacht.

»Emma?«, rief er und stellte fest, dass seine Stimme leise und brüchig klang. Dieter schob sich näher an den Schacht heran und spürte mit einem Mal eine Kälte, als stünde er direkt vor einem Kühlraum. Kurz vor der Öffnung brannte die Kälte sogar heiß in seinem Gesicht.

»Emma?«, flüsterte er erneut in die Dunkelheit und dann sah er sie in dem Schacht.

»Die Buhle des Teufels bin ich, mein Kind, und dich habe ich aus meinem Schoß gepresst, du kleine Schlampe!«

»Verpiss dich, du alte Fotze!«, schrie Emma der Alten entgegen und war völlig überwältigt von dem Hass, der wie Tausend Atombomben in ihr wütete.

»Ist recht so, mein Kind, ganz fein. Fleisch von meinem Fleisch, bist jetzt hier, ist gut so. Nach hundert Jahren sollen sie alle wieder brennen.« Das zerfurchte Frauengesicht schien nur eine Nasenspitze von ihr entfernt, und Emma konnte jede Furche, jeden Krater in der Haut der Alten, jedes geplatzte Äderchen, jeden Auswurf in ihren Augen sehen.

»Fahr zur Hölle, Fotze!«, schrie Emma und erschrak über ihre Wortwahl, aber sie konnte den Hass in ihr nicht mehr kontrollieren. Hass gepaart mit Furcht, denn sie hatte wahnsinnige Angst vor der Alten.

Die Alte lachte. »Ja, Kindchen, die Hölle! Da nehm ich sie alle mit hin. Die anderen und auch dich, wenn du nicht tust, was ich dir sage.«

»Ich hasse dich! Ich HASSE dich! ICH hasse dich! Ich hasse DICH! ICH HASSE DICH!« Emma schrie, brüllte, krümmte sich, warf sich auf den Boden, riss sich ihre Haare vom Kopf, trat gegen Tür und Wände, schlug mit ihrem Kopf dagegen, während die Alte lachte und lachte.

»Brennen! Du wirst sie alle brennen lassen!«, höhnte die Alte. Es schlugen Flammen aus ihrem Mund, *mit dem sie drei Schwänze gleichzeitig lutschen kann* tanzten in der Luft und *stinkt wie eine verwesende Fotze voller Geschwüre* fuhren auf Emma nieder und drangen *fick sie, fick sie, fick sie richtig durch, die tote, schleimige Fotze, aus der Maden wie kleine verschissene Säuglinge hervorbrechen* ihr in Mund und Nase ein. Sie taumelte zurück, drehte sich um und lief. Weg von der alten *FOTZE! FOTZE*.

Doch ihren Hass nahm sie mit, er brannte in ihrem Herzen, in ihrem Kopf und wurde genährt durch die Alte, die ihr folgte. Das spürte sie.

»Hau ab, du Biest, lass mich! Lass mich in Ruhe!« Emma schlug um sich, lief, strauchelte und taumelte, konnte nichts im Dunkeln sehen.

Nur ein schummriges Licht weit entfernt und dort ... stand jemand. »Helfen Sie mir! *Oder schießen Sie der Fotze die verdammten Titten weg!* Die Alte lachte, ihr Lachen hallte von den Wänden, durchdrang Emma, wie sich auch der Geruch von altem Fisch und verfaulenden Pilzen in ihr einnistete.

Weiter! Vielleicht war dort der Ausgang ... Die Gestalt drehte sich langsam zu ihr um. Es war Vincent. Er weinte und schüttelte den Kopf. »Ich habe es nicht geschafft, Emma. Es tut mir so unendlich leid.«

»Vincent, du Lappen, hilf mir, der Fotze die Fresse einzuschlagen!«, hörte Emma sich rufen und biss sich auf die Lippen, denn das hatte sie nicht sagen wollen. Das war nicht sie! Sie war so nicht!

»Doch, Kindchen, das bist du. Weil du ein böses Mädchen bist, aus dunklem Samen aus einem finsteren Bauch geschlüpft«, beruhigte die Alte, und es fühlte sich für Emma wie klebriger Honig an.

»Das bin ich nicht!«, schrie Emma die Alte an.

»Das bin ich nicht!«, wandte sie sich an Vincent.

Es tat gut, dass es raus war, und mit einem Mal war alles still. Die Alte war weg. Es roch nach altem, sehr altem Keller, und es war still. Außer Vincent, der schluchzte. »... nicht geschafft, Emma. Hab es einfach nicht geschafft. Das Haus will dich, Emma«, flüsterte er und sah zu Boden.

»Ich ... weiß nicht, wie ich hierherkomme, Vincent. Wie kommen wir hierher? Was ist passiert?«

Vincent antwortete nicht auf ihre Frage, beugte sich hinunter und kam wieder hoch. »Das soll ich dir geben, Emma«, antwortete er mit zitternder Stimme und hielt ihr einen Kanister und eine kleine Schachtel hin. Zündhölzer, erkannte sie. »Es tut mir so leid«, entschuldigte er sich wieder.

»Wir müssen hier raus«, flüsterte sie und nahm ihm den Kanister und die Zündhölzer ab. Als würde sie nur ein Passagier in ihrem Körper sein. »Hier raus, Vincent.« Als sie bereits zurücklief, sah sie, wie Vincent weinte und sich wieder zur Wand drehte.

KlopfKlopf.

Überall klopfte es. Schreie. Hände, die hinter den Wänden nach vorn drückten und das Mauerwerk verformten, als wäre es elastisch.

»Gutes Mädchen«, lobte die Alte. Emma hasste sie, und die Alte lachte, als würde ihr Hass sie nähren. Emma schrie. FOTZE!

Licht.

Dieter. Er lag vor ihren Füßen. Augen aufgerissen. Leblos. Seine rechte Hand auf die linke Brust gedrückt.

ELENDIGE FOTZE!

Schreie. Der Geruch brennenden Fleisches. Schwefel, ein kleines Flämmchen. Mein Flammenmädchen. Die Alte. *Klopfklopf*, die Toten. Sie warf das Zündholz zu Boden. Blaue Flammen, die an dem dort liegenden Kanister hochleckten. Kinderlärm vom Kindergarten. Wo früher die Munitionsfabrik stand. In der sie gearbeitet hatte.

»Gutes Mädchen!« Wieder die Alte.

Klopfklopf. Die Toten. All die Toten.

Emma lachte. Hass wich Freude. Linderte ihren Schmerz. *Klopfklopf*. Das Feuer erreichte die alten Pulverbestände. Die Lösungsmittel. Den Kindergarten. *Das Haus will dich!*

Ja!, sagte Emma. Ich bin zurück.

Über den Autor:
Ich habe selbst Spukhauserfahrung sammeln dürfen. Ich sollte ein Haus hüten, in dem der Bewohner im Innern!! Bewegungsmelder aufgestellt hatte (»falls meine Kinder schlafwandeln«) und in der Zeit,

während der Rest der Familie verreist war, im Garten in einem Zelt schlief. Ich sollte auf den Hund Blacky aufpassen und habe mit einem Freund ein Filmwochenende mit allem, was man dafür braucht, geplant. Nachts ist der Hund durchgedreht, die Anlage ging an und aus, Licht an und aus und die Lüftung im Badezimmer ebenso. Der Duschvorhang wehte bei geschlossenem Fenster, als würde jemand schnell daran vorbeihuschen ... Alter, das waren zwei unheimliche Nächte! Daher hatte ich einen brauchbaren Anker für diese Geschichte. Ansonsten bin ich ein ganz normaler Horrorautor, wohne im Moor und mag Schmetterlinge ...

Imaginarium

von Faye Hell

Nichts ist erquickender, als von unseren Wünschen zu reden, wenn sie schon in Erfüllung gehen.

– Novalis

eins

Der Tag ist noch zu jung, um überhaupt Tag genannt zu werden, aber der Tod ist bereits hellwach und bereit zu verurteilen.

Mary Jane sitzt mir beim Frühstück gegenüber und betrachtet argwöhnisch meinen spärlich gefüllten Teller, während sie ein herablassendes Schnauben ausstößt. Zumindest versucht sie es, aber aus dem Schnauben wird ein Schnäuzen. Ein fetter Klumpen, der zu gleichen Teilen aus Eiter und Blut besteht, schießt aus ihrer verstopften Nase und klatscht unmittelbar neben meinem Teller mit den gebackenen Bohnen auf die zerkratzte Tischplatte. Ich kann spitze weiße Teilchen darin schimmern sehen. Ganz offensichtlich lösen sich nach wie vor Splitter von ihrem zerschmetterten Schädelknochen ab, die von ihrem Körper gewissenhaft nach außen transportiert werden. Also direkt neben mein Frühstück.

»Was ist?«, frage ich genervt und beachte den Klumpen nicht weiter. Ich habe mich an die konstant voranschreitende Zersetzung gewöhnt, genauso wie ich mich an die Bildstörung des Röhrenfernsehers meines ⟨Va⟩ters gewöhnt habe. Es ist beides nicht, wie von

Gott oder dem Gott der Technik vorgesehen, aber es ist nun mal so.

»Was willst schon wieder?«, wiederhole ich genervt, weil sie mir Löcher ins Hirn starrt.

Mary Jane verdreht ihre einst strahlend blauen Augen, die nun eher den glanzlosen Nebelleuchten einer toten Forelle ähneln, und deutet auf meinen Teller. Ihre Hand baumelt dabei herum, als würden die Maden auf ihrem Handrücken diese als Hardcore-Hollywoodschaukel missbrauchen. Hin und her und hin und her. Kleine Blutssprengel zieren die Tischplatte, spritzen bei jedem Schwung durch die Gegend. Einzelne Maden, die sich auf dieser sehnigen Schiffschaukel nicht halten können, prasseln auf den Tisch. Schlagen auf wie fleischige, kleine Kieselsteine. Sie hat sich ihr Handgelenk gebrochen, und auch dieser Bruch ist nicht verheilt, sondern hat sich, seine organische Hässlichkeit betreffend, sogar monströs weiterentwickelt.

»Ohne Speck ist es kein Wunder, dass du so ein elender Schwächling bist«, antwortet sie. Eigentlich klingt es mehr nach *chooonne cheeeckk ichhh echhh* … aber ich kenne sie lange genug, um zu verstehen, was sie mir sagen will. Ich habe Monate meines noch jungen Lebens damit verbracht, ihre unvergleichliche Schönheit heimlich zu beobachten und ihrer Stimme zu lauschen. Ihrer ätzenden, spottenden Stimme, die an keinem Menschen auch nur ein gutes Haar gelassen hat. Von wegen Monate, wohl eher Jahre! Mein Wesen verfügt seit frühester Kindheit über eine grundlegende Bereitschaft zur exzessiven Besessenheit. Was einiges erklären könnte, nicht nur meine gegenwärtige … Befindlichkeit.

»Fleisch ist teuer. Ich esse, was ich mir leisten kann«, knurre ich und ernte das schallende Gelächter meines besten Freundes Ronny. *Bester Freund* mag jetzt den

Anschein erwecken, dass ich mehr als einen Freund hätte. Der Schein trügt! Genau genommen habe ich nicht mal *einen* Freund. Ich bin einfach vor ein paar Jahren dazu übergegangen, das Arschloch, das mich am wenigsten gequält hat, als meinen besten Freund zu bezeichnen. Quasi als ironische Selbstreferenz. Das denke ich zumindest gern, in Wahrheit ist es nur ein weiteres Zeichen meiner Armseligkeit.

»Was du dir leisten kannst? Dann wirst du bald ins Gras beißen!«, prustet Ronny vor sich hin. »Ins Gras beißen, wie eine verfickte Kuh ...«, grölt er und rülpst. Ein tosender Orkan, der den Gestank von verendetem Fisch durch meinen Trailer weht, strömt aus seinem weit aufgerissenen Maul. Aber was soll ich sagen, mein bester Freund hat schon immer Scheiße verzapft. Eine weiße Larve, die viel zu groß ist, um zu einer gemeinen Schmeißfliege zu gedeihen, gräbt sich aus seiner leeren, fleischigen Augenhöhle empor, reckt ihr spitzes rosa Köpfchen hoch in die Luft und landet schließlich ebenfalls auf meinem Tisch.

Nur zu, der Appetit ist mir ohnehin vor Wochen vergangen.

Der kleine Benny, der die Frösche im Tümpel hinter der Reifenfabrik immer mit Knallfröschen gefüttert und dann zum dumpfen Knallen und spritzenden Froschgedärm gewichst hat, kichert wie ein Irrer. Mit jedem fröhlichen Kreischen schwappt schwarzes Blut aus der tiefen Schnittwunde an seinem Hals, die gleich unter seinem fetten Doppelkinn ein weiteres Grinsen zaubert. Eigentlich ist der kleine Benny bereits knappe vierzig Jahre alt und älter wird er wohl auch nicht mehr werden.

Nana Mitchell, das verschrumpelte menschliche Amphib, das sich direkt neben mir auf einem Hocker niedergelassen hat, nickt. Im Takt des ab- und anschwellenden Fettwanstkicherns wackelt ihr verrunzelter Schildkrötenschädel zustimmend.

Jajaja, dieser Brian, der ist ein Rindsviech! Ein grasfressendes Rindsviech!

Grad als ich ihr meinen Ellbogen in die tote Fresse rammen will, hat sie einmal zu oft genickt und kann ihren schweren Schädel auf ihrem dürren Hals nicht mehr länger halten. Sie kippt mit ihrer Hexenvisage voran in meinen Suppenteller voll mit Milch und Cornflakes. Ihre spitze Nase knirscht, als der spröde Knochen bricht und die Milch spritzt über den Tisch. Rote Schlieren ziehen sich durch das strahlende Weiß, fast wie die mäandernden Flusstäler des *Canyonlands National Park* sich durch die Wildnis schlängeln.

Ich bin nie dort gewesen, aber ich habe Bilder gesehen.

Die Blutrotze in meiner Milch sieht unfassbar ähnlich aus. Ich will mir zwei Sekunden der Realitätsflucht gönnen, tauche ab in die Alltagsidylle des Blutstroms, doch nicht mal eine ganze Sekunde wird mir gewehrt.

»Die Not ist groß! Die ich rief die Geister ...«, intoniert die mir mittlerweile wohlvertraute, sonore Stimme und der Spott darin ist so dunkel wie ihre ureigene Klangfarbe.

Rabenschwarz.

Rasend vor Wut, die Fäuste geballt und mit flammendem Blick, springe ich vom Küchentisch auf. Die hohen Tonlagen entlangkrähend wie ein nestflüchtiger Schwarzrock, brülle ich quer durch den beengten Trailer meinen Hass hinaus in eine unmögliche Welt. Doch die wiehernde und kichernde Masse der toten Menschen, die mein Zuhause okkupiert, verschluckt meinen Hilfeschrei. Geister sind, nicht nur was die Schallisolation angeht, zuverlässiger als jeder Eierkarton. Nur ich kann es hören, mein selbstbestimmtes

Flehen: »Das kann und wird so nicht weitergehen! Zur Hölle mit euch.«

zwei

Was gibt es Großartiges über mich zu sagen, dass es nicht über jeden anderen, beliebigen Menschen – der nicht als verrottende Geistergestalt in meiner Küche sitzt, sondern nach wie vor durch sein Leben stolpert – zu sagen gäbe? Auf die Gefahr hin, redundant zu sein, möchte ich kurzentschlossen dem Banalen ebenso viel Raum gewähren wie dem Außergewöhnlichen.

Mein voller Name ist Brian George Fuller. Den zweiten Vornamen verdanke ich meinem Großvater, ebenso wie den heruntergekommenen Trailer, in dem ich lebe und die versiffte Werkstatt, in der ich den Beruf ausübe, der ihn ins Grab gebracht hat. Auch wenn ich nicht vorhabe, an einem Donnerstagabend von einem 67 Buick, der von der Hebebühne rutscht, erschlagen zu werden, habe ich viel mit ihm gemein. Ich habe sein störrisch blondes Haar und seine stechend blauen Augen geerbt. Genau wie er habe ich New Mexiko bisher nie verlassen und habe es auch nicht vor. Alles was ich brauche, finde ich in einem Umkreis von knapp zweihundert Meilen und was den Rest angeht, da bleiben mir meine Träume.

Im Jahr 1997, so kurz vor Thanksgiving, bin ich gerade mal 24 Jahre alt und dennoch schon seit Jahren auf mich allein gestellt. Ich habe zwar eine Mutter, aber ich bin mir nicht sicher, ob sie weiß, dass sie mich hat. Ich bin jedoch überzeugt davon, dass sie noch am Leben ist. Wäre sie tot, hätte sie sich gewiss an mich erinnert und würde nun ebenfalls in meiner Küche abhängen, den Gesetzen der Metaphysik trotzen und als eigentlich unvergängliche Seele vor sich hin faulen. Sie hat mich, gerade mal den Windeln entwachsen, bei meinem Großvater George abgesetzt, dessen Frau Rosita kurz davor das Zeitliche gesegnet hatte. Das Leben meines Großvaters war leer, ich brauchte einen Platz. Es war insgesamt schrecklich, aber es hätte kaum besser kommen können.

Mein Großvater ist vor zwei Jahren gestorben.

Jetzt lebe ich sein Leben.

Ich hause abseits der Stadt, am Rande der Wüste, umgeben von einem Schrottplatz, der mein bewehrtes Ersatzteillager darstellt. Manche Kunden kommen von weither. Ich bleibe immer hier. Es gibt nahezu immer Autos zu reparieren, ich muss nicht verhungern, aber gewiss an manchen Tagen Hunger leiden. Ich bin kein romantischer Mensch und habe keine Freundin, oder besser gesagt hatte keine, bis Mary Jane bei mir aufgeschlagen ist. Ich gehe sonntags zur Kirche … bin sonntags zur Kirche gegangen. Die letzten Sonntage habe ich wohl irgendwie das heilige Evangelium oder was auch sonst verschlafen. Mich beschleicht der Verdacht, dass ich dem Herrn Pfarrer ohnehin nie zugehört habe.

Samstagabend trinke ich mit meinen Freunden das eine und meist noch das andere Bier in der einzigen Kneipe am Platz, die bis einundzwanzig Uhr fettiges, mexikanisches Essen und lasche, italienische Salate serviert. Meine sogenannten Freunde zeichnen sich dadurch aus, dass sie nicht unbedingt meine Feinde sind. Trotzdem, wenn schon jemand in der Gruppe bespuckt oder getreten werden muss, dann bin das ich. Groll hege ich keinen, gegen niemanden. Ich würde eher helfen als spucken und zuhören als treten. Ich bin freundlich zu so gut wie jedem und ich kann mich deutlich daran erinnern, einmal war auch jemand freundlich zu mir. Aber der ist weggezogen.

Großartige Schulbildung habe ich keine. Wenn mich jemand nach meinem Abschlusszeugnis fragt, antworte ich, ich hätte es verloren. Nicht, dass tatsächlich schon mal wer danach gefragt hätte. Aber ich bin nicht dumm, ich lese viel. Eigentlich immer wieder die gleichen vier Bücher, dann kann ich mich besser auf die Wörter konzentrieren, weil ich den Inhalt doch schon kenne. Generell finde ich die Wörter viel bedeutender als die Geschichte. Weil ich aus diesen Wörtern meine eigene Geschichte formen kann. Immer wieder, jeden einzelnen austauschbaren Tag aufs Neue.

Mein Leben war nie außergewöhnlich.

Aber es war wenigstens nicht außergewöhnlich schlecht.

Dann kam der Jahrmarkt in die Stadt.

drei

Es geschah selten etwas in Woodsville, New Mexiko.

Was erwartete man auch von einer Stadt, die Wald schrie und dennoch mitten in der Wüste gelegen war? Die einzig noch größere Übertreibung wäre es gewesen, hätten unsere Stadtväter die Siedlung Woodshill genannt, denn die Stadt gedieh wie ein Karzinom auf einer knochentrockenen Ebene, die flach war wie der Ozean an einem windstillen Tag.

Es geschah selten etwas.

Aber wenn etwas geschah, waren alle Einwohner da.

Als Freddy McMurray auf der Hauptstraße dem Kojoten auswich und mit dem Auto in die Auslage von *Kurzwaren, Süßigkeiten und schweres Gerät* krachte.

Als eine New Yorker Brauerei einen Fernsehwerbespot in der *Rodeo-Ranch-Bar* an der Route 82 drehte. Cowboys, Pferde, Waffen. Und Spezialgebrautes. Geiler Scheiß.

Als die alte Karen Rogers auf dem Parkplatz vor *B&W Burgers* bei 42 Grad im Schatten nach einem letzten Röcheln tot zusammenbrach.
Gefühlt waren sie alle da.
Um zu gaffen und manchmal auch um zu beten.
Als der Jahrmarkt seine Zelte auf dem brachliegenden Feld der *Carmack Farm* aufschlug, trudelten sie in Strömen ein, um das zu tun, was sie am seltensten taten. Sie wollten sich eine schöne Zeit gönnen und den lauen Abend genießen, der einem Tag folgte, der endlos anmutete und dessen rote Strahlen sich am östlichen Horizont immer noch an Woodsville und Umgebung festklammerten.
Ich hingegen war da, um mich wieder einmal verspotten zu lassen.
»Der kann ja nicht mal wichsen. Der fürchtet sich sogar vor seinem eigenen Schwanz. Wenn er den sieht, pisst er sich an«, grölte Ronny und die anderen stimmten in seinen Brunftruf der Männlichkeit mit ein.
»Weil er eine scheiß Python ist«, knurrte ich so leise, dass es ohnehin niemand hören konnte. Zu meiner Verteidigung, ich war nicht wirklich bei der Sache. Und ich war es gewohnt, dass die derbsten Späße immer auf meine Kappe gingen. Besser gesagt alle Späße. Aber das hier, das war mehr als ungewöhnlich.
Es war verstörend.
Inmitten der bunt leuchtenden Kirmesstände, deren Lichter in ihrer zwanghaften Fröhlichkeit nur noch von den trällernden Melodien übertroffen wurden, stand ein Haus, das wohl die Hölle auf diesem Platz ausgeschissen haben musste. Auf den ersten Blick war es kaum mehr als ein schwarzes Loch inmitten einer Glitzerwelt, aber bei eingehender Betrachtung manifestierte sich die Gestalt eines viktorianischen Herrenhauses, entwuchsen dem Objekt nicht nur Erker und Türmchen, sondern auch Dämonen und allerlei

unmögliches Getier. Ich spürte einfach, dass die bunte Ausgelassenheit rund um dieses deplatzierte Gebäude die Illusion darstellte. Das Schwarz hingegen war die Wirklichkeit, selbst wenn über dem weitaufgerissenen Eingangsschlund das Wort *Imaginarium* prangte.

Plötzlich löste sich eine der widersinnigen Figuren von der vagen Form des dunklen Schlosses, glitt aus dem Schatten, als wäre sie der Schatten selbst und meine nach wie vor spottenden Freunde verstummten, als hätte es ihnen nicht bloß die Sprache, sondern gar den Überlebenswillen verschlagen.

»Wer von euch ist bereit für seinen Traum? Wer wagt es, sich seinem Ich zu stellen? Seiner von der Schöpfungskraft angedachten Urform und seinen wahrhaftigsten Wünschen?«, nuschelte die gebückte Gestalt und an einem anderen Tag, an einem anderen Ort, wäre es wohl komisch gewesen, dass der personifizierte und in Fetzen gehüllt Tod klang wie ein Schulbub, der vom Lehrer nicht beim Schwätzen erwischt werden wollte. Doch das hier war jenseits jeder Komik. Das hier kannte nur eines.

Angst!

Ich würde meinen Freunden zeigen, wer den Größten hatte.

Langsam machte ich einen Schritt vorwärts.

Mit bebender Stimme sagte ich das eine Wort, das mein Schicksal besiegeln sollte: »Ich.«

Durch den Schlund hinein glitt ich – das Herz panisch pochend, der Atem angehalten – in eine Welt, die mich mit ihrer filigranen Schönheit sofort für sich einnahm. Hatte ich vor dem Haus noch mit Fegefeuer und Schwefel gerechnet, so wurde ich nach dem Eintreten mit Kristallen, die wie Sterne an einem schwarzen Firmament funkelten und sich in Kaskaden von dieser weltenschaffenden Decke ergossen, und drei Meter hohen Spiegeln überrascht. Ich hatte mich todesmutig in die Hölle vorgewagt und fand mich in einem Wunschtraum wieder.

Gemächlich schritt ich durch den Raum, den die Spiegel ebenso unendlich anmuten ließen wie den Tag. Spielerisch glitten meine Fingerkuppen über das kühle Glas und ich lächelte, weil ich meinen Augen kaum trauen konnte und gerade deshalb endlich klar sah. Das war kein Spiegelkabinett, das mich zu einem dürren Riesen oder einem fassartigen Walross verzerrte. Es waren Spiegel, die meine emotionale Bandbreite einfingen, aber den Schmerz, den Hass und die Gleichgültigkeit aus meinem Gesicht und meinem Leben filterten, bis eine für mich bisher unfassbare Zufriedenheit meine Gesichtszüge formte. Verformte, bis ich selbst sah, wer ich wahrhaftig war: schön, frohgemut und frei von Furcht. Jeder weitere Spiegel zeigte mir ein weiteres Ideal meiner Selbst, eine weitere Facette meines vollkommenen Glücks.

»Gefällst du dir?«, erklang eine sonore Stimme in meinem Nacken und im Spiegel, über meine eigene Schulter hinweg, konnte ich einen mannshohen Raben erblicken, dessen Gefieder bis in die letzte Federspitze so weiß war wie frisch gefallener Schnee.

»Ich bewundere mich«, antwortete ich, völlig frei von Verwunderung. Es war ebenso normal, dass ein weißer Rabe mit menschlicher Stimme zu mir sprach, wie es normal war, dass ich glücklich war. In dieser fantastischen Welt begann das Mögliche dort, wo die Menschheit mit vor Ehrfurcht gesenkten Häuptern *unmöglich* hauchte.

»Willst du mehr sehen?«, fragte der Rabe.

»Ich will alles sehen«, antwortete ich.

Was ich schließlich sah, war meine Welt. Nichts Neues, nichts Grandioses. Bloß meine Welt, allerdings, wie ich sie mir erträumte. Mein Alltag gewordener Wunsch. Und meine Wünsche waren bescheiden. Genau das machte sie kostbar.

Ronny saß mit mir vor meinem Trailer, wir tranken Bier und sprachen über den Schmerz, den der Verlust meiner einzigen Bezugsperson in mir aufflammen hatte lassen. Er versicherte mir, dass er zwar nie meinen Großvater ersetzen könne, aber für immer mein Freund bleiben würde. Und ich wusste, er meinte es so. Im Supermarkt blieben beiläufige Gesichter stehen und unterhielten sich mit mir über das Wetter und meine Werkstatt, bis sie zu Bekannten wurden. Der kleine Benny lachte nicht darüber, dass ich sein Verhalten kritisierte, sondern versicherte, mit Tränen in den Augen, dass er nie wieder einem Tier etwas zuleide tun würde, da mein Vortrag ihn zutiefst berührt habe. Mary Jane offenbarte mir, während eine sinnliche Schamesröte ihr makelloses Gesicht überzog, wie sehr sie sich auf unser Date freute. Und die griesgrämige Nana Mitchell bedankte sich dafür, dass ich ein derart fröhlicher junger Mann war und ihr Leben immer mit einem Sonnenstrahl des Optimismus erleuchtete, während sie mir mit einem Zwinkern ein Karamellbonbon zusteckte.

Mit einem Wort, es war *banal*.

Und in genau dieser Einfachheit war es *perfekt*.

Als ich aus dieser Welt wieder auftauchen und meinen Wunschtraum loslassen musste, war mir einen Moment lang, als würde mein Herz brechen.

»Gefällt dir deine Welt?«, fragte der Rabe, der mit einem Mal so nah hinter mir stand, dass sein heißer Vogelatem meinen Nacken umfing und die steifen Federn seiner Flügel meine nackten Arme streiften.

Ich blickte in den Spiegel vor mir. Erst tief in meine, dann in die Augen des gefiederten Erlösers und antwortet mit einem gehauchten Ja, das alles Leid wie eine Atemwolke an einem frostigen Morgen aus meinem sehnsüchtigen Körper presste und das Strahlen meines Spiegelbildes auf mein Gesicht zauberte.

Das Gefieder des Raben raschelte, als er seine Schwingen um mich legte. Ich war das Kind, das geborgen in seinen gefiederten Armen ruhte. Er war die Allmutter, die das Geschick der Welt für mich als Einzelnen und für alle im Gemeinen zu lenken wusste. Und die Allmutter tat gut daran, weil das, was sie tat, gut war.

Da legte sich eine eisige Ernsthaftigkeit über das friedvolle Szenario. Mein Lächeln gefror, rutsche von meinem Gesicht, ging vor meinen Füßen klirrend zu Bruch. Eine einzelne Träne, starrgefroren wie eine eisige Perle, folgte dem Beispiel meines Lächelns, schlug aber auf, ohne zu zerbrechen, und rollte durch die Scherben meines Glückes hinweg und davon.

»Was würdest du mit den Menschen machen, die deine Welt beschmutzen und deinen Wunsch mit Füßen treten?«, wollte mein weißer Götze wissen und seine Stimme schnarrte, als würde ein weit entfernter Intellekt durch einen Lautsprecher, tief verborgen im Rachen des Tieres, zu mir sprechen.

»Ich würde ihnen wehtun«, antwortete ich und der gebieterische Rabenkopf nickte.

Wissend, wohlwollend und zustimmend.

vier

Als ich nach Hause kam, war es weit nach Mitternacht.

Meine Freunde hatten den Rest des Abends erstaunlicherweise den Spott bleibengelassen und mich stattdessen mit Fragen gelöchert. In das *Imaginarium* hineingetraut hatte sich außer mir keiner mehr. Sie alle hatten davorgestanden, wie die Jungfrau vor dem ersten Schwanz kniet, aber sie hatten im Gegensatz zu besagter Tusse nicht zugepackt. Dass ich ihnen versichert hatte, es wäre keineswegs unheimlich, sondern vielmehr schön auf eine eigentümliche Weise gewesen, hatte sie nur noch zusätzlich irritiert.

Das Schöne weiß einen unterdurchschnittlichen Menschen oft weit mehr zu belasten als das Schlechte, das von Kindesbeinen an seinen Weg pflastert, ohne ihn zu ebnen.

Immer, wenn ich mich nach Sonnenuntergang meinem Trailer näherte, konnte ich mich des Eindrucks nicht erwehren, er wäre von Monstern umgeben, die ihre Klauen und Zähne nach ihm ausstreckten wie Katzen nach einer Dose Katzenfutter. Und in diesem Vergleich war ich das Futter in der Trailer-Dose. Die aufgetürmten Autowracks des Schrottplatzes waren tagsüber schon kein erfreulicher, aber ein notwendiger Anblick. Nachts wuchsen den kantigen Schemen leuchtende Augen und die totgefahrenen Objekte mutierten zu unsterblichen Zwischenwesen.

So auch in dieser Nacht.

Der endlose Tag hatte sich geschlagen gegeben, die Hitze war nicht gewichen, was für die Wüste durchaus untypisch war. Mir rann der Schweiß über meine Stirn, mein Iron Maiden T-Shirt klebte an meinem Rücken fest und meine Achseln arbeiteten fieberhaft an der Problemlösung der alljährlichen Wasserknappheit. Wobei ich eher dabei war, New Mexiko einen Ozean zu schenken. Ein weiteres Totes Meer. Zumindest gemessen an dem Salzgehalt des Schweißes, den ich von meiner Oberlippe leckte.

Hier draußen waren die Lichter der Stadt so weit weg wie die Sterne am Himmel und der Bewegungsmelder, der die Außenbeleuchtung an meinem Trailer aktivierte, hatte vor einer Woche den Geist aufgegeben. Ein Problem, das niemand zeitnah behob. Ich stieg aus der hellerleuchteten Fahrerkabine meines 68 Mustangs, zögerte einen kurzen Augenblick, schlug aber gleich darauf die Tür zu und tauschte die vermeintliche Sicherheit des gelblichen Lichts gegen die Nacht, in der die Dämonen meiner Arbeit darauf lauerten, ihren Ausbeuter zu foltern und zu zerfetzen.

Die Schatten der Rostlauben griffen im schwachen Schein der dünnen Mondsichel nach mir, fuhren mir durchs Haar. Legten eine Hand auf mein Herz. Ein Schauer lief über meinen schweißnassen Rücken und wie mein Großvater immer zu sagen pflegte:

Jeder, dem einmal nach Mitternacht ein Schauer über den Rücken gelaufen ist, weiß, dass die Angst vor allem eines ist, nämlich eiskalt.

Da niemand da war, um mein memmenhaftes Verhalten zu bezeugen und zu verurteilen, wartete ich nicht, bis die über meinen Rücken kriechende Kälte auch noch meine Eier erreichte und sprintete auf den Trailer zu. Von den wenigen Metern außer Atem, weil die kalte Furcht sich um meinen Oberkörper gelegt hatte wie eine Bärenfalle, riss ich keuchend an der Wohnwagentür und ein panischer Schock, der mich durchfuhr wie ein Stromschlag, ließ meine Zähne aufeinander krachen.

Die Tür bewegte sich nicht.

Ich war der Nacht ausgeliefert.

Und dem Grauen, das die Nacht trug wie einen Mantel.

Das hysterische Lachen, das sich durch meine Kehle quetschte, als mir bewusst wurde, dass ich in meiner halsbrecherischen Eile einfach vergessen hatte, die Türe aufzusperren, trug nicht wirklich dazu bei, mein Bärenfallen-Nervenkorsett zu entspannen. Ich hatte nachts Katzen schreien und Kauze kreischen hören, die menschlicher geklungen hatten als dieses Lachen.

Es war nicht meines und ich tat mein Bestes, um möglichst schnell nach drinnen zu kommen und das heisere Lachen auszusperren.

Nach nur viermaligem Versuch traf mein Schlüssel das Schlüsselloch.

Ich riss die Tür nahezu aus den Angeln, stürmte in den Trailer, schmiss das dünne Wellblechbrett ins Schloss und sperrte ab. Zweimal. Ich hätte die nächsten Stunden damit verbracht, den Schlüssel im Schloss gegen den Uhrzeigersinn zu drehen, hätte ich es noch öfter tun können.

Die Unmöglichkeit ist der Gegner der Neurose.

Nachdem ich das Draußen erfolgreich sich selbst und den Autowrack-Monstern überlassen hatte, sank ich gegen die Tür und drehte das Licht an. Besser gesagt wollte das Licht andrehen, doch mein russischer Lüster tat es der Außenbeleuchtung gleich und blieb dunkel.

»Fuck, verdammte Scheiße, fuck«, schrie ich wutentbrannt, vor allem auch, damit meine Angst nicht wieder hochkochen konnte.

»Du solltest wirklich nicht fluchen«, kam unvermittelt die Antwort und ich stieß einen gellenden Schrei aus, der erst verklang, als ich das letzte bisschen Atem aus meiner Lunge gequetscht hatte.

»Alles easy, Kleiner, du kennst mich. Ich bin ein Freund«, setzte die Stimme fort, nachdem mein Schrei abgeschwollen war und wie um den guten Willen des Sprechers zu bezeugen, ging plötzlich das Licht im Trailer an.

An meinem Küchentisch saß ein etwa fünfzigjähriger Mann und rauchte genüsslich eine dicke Zigarre. Erst in diesem Moment fiel mir der Tabakgestank auf, der nur noch vom strengen Beißen einer Alkoholfahne übertroffen wurde, die einzig und allein auf harte

Getränke wie billigen Whiskey zurückzuführen war. Der Mann hatte schulterlanges, weißes Haar, ein wettergegerbtes Gesicht und war dürr wie die Bäume vor dem Rathaus. Er trug einen dreckigen, weißen Leinenanzug, der in Fetzen an seinem Leib hing.

Ich kniff die Augen zusammen.

Die Gestalt verschwand nicht.

Ich atmete durch.

Die Gestalt grinste mich an.

Erst, als sich mein Schreck gelegt hatte, erkannte ich, dass das, was ich für Streifen des Anzuggewebes gehalten hatte, in Wahrheit zerrupfte, weiße Vogelfedern waren. Um seinen Schädel hatte er darüber hinaus ein Band geschlungen und auch darin steckten Vogelfedern, die wirr von seinem Hinterkopf abstanden.

»Ganz genau, Kleiner«, krächzte der weiße Rabe. »Ich bin es. *Mama*. Und wir beide haben eine Mission.«

fünf

Ich ging die Hauptstraße entlang. Ich war kurzentschlossen in die Stadt gefahren, vor allem deshalb, weil ich versucht hatte, von daheim – und dem, was dieses Daheim als seinen neuen Aufenthaltsort auserkoren hatte – zu fliehen. Aber was Sam anging, gab es kein Entkommen.

Sam.

So hatte sich der menschgewordene Rabe vorgestellt.

Mama.

Als ich mich an einer Weggabelung fragte, wohin ich mich wenden sollte, überkam mich der Verdacht, dass nicht ich es war, der meine Schritte lenkte. Nicht der Rabe folgte mir, ich war es, der ihm hinterherlief, was meine Flucht endgültig absurd anmuten ließ.

»Wohin gehen wir?«, kam die Frage über meine Lippen, noch bevor ich die Worte mit Bedacht hatte wählen können. Mir wäre sonst niemals das Wort WIR ausgekommen.

Aber jetzt war es so.

Wir gingen irgendwo hin.

»*Wir* suchen nach einem Menschen, der deine perfekte Welt gefährdet ... und dann tun wir diesem Menschen weh«, antwortete der Rabe.

Und mit einem Mal ergab der Wahnsinn Sinn.

»Ist sie das?«, wollte Sam wissen, der auf einer der Parkbänke vor dem Rathaus saß. Seine löchrigen Lederschuhe hatte er ausgezogen. Seine nackten Zehen wackelten in der Sonne. Seine nackten Zehen, die von langen, gelben Zehennägeln gekrönt wurden.

Rabenkrallen.

»Das ist sie«, antwortete ich und eine trockene Erwartung ließ jedes weitere Wort an meinem Gaumen klebenbleiben.

Es wunderte mich nicht, dass wir uns auf die Suche nach Mary Jane gemacht hatten. Wir hätten nichts Naheliegenderes tun können.

»Dann frag sie«, erwiderte Sam und rülpste. Es klang wie ein Krächzen und stank nach Whiskey.

»Was soll ich sie fragen?«

»Stell dich nicht blöd«, keifte der Menschenrabe und furzte.

Auf diesen Geruch möchte ich nicht näher eingehen.

Mary Jane kam gerade aus dem Gemischtwarenladen, in dem sie an der Fleischtheke arbeitete. Ein guter Job für eine Frau. Sie trug ein blaues Sommerkleid, auf dem gelben Blumen blühten. Eine Blüte war genau dort, wo ihre rechte Brustwarze sein musste. Wie gerne hätte ich an dieser Blume gerochen. Mary Jane war unterwegs zu ihrem Wagen, doch ich versperrte ihr eben diesen Weg und brachte somit mehr

Selbstvertrauen auf, als mein gesamtes bisheriges Leben meinen Körper bevölkert hatte.

Aktivierte Reserven, die nicht meine waren.

Zumindest nicht vor gestern Nacht.

»Mary Jane«, sprach ich sie an und von der Macht ihres Namens gerufen, blieb sie stehen.

»Ja ...?«, erwiderte sie genervt und es war mehr als deutlich, dass sie meinen Namen nicht wusste, sich noch nicht mal die Mühe machte, sich daran zu erinnern.

»Ich wollte dich fragen, ob du nächstes Wochenende mit mir ausgehen willst. Erst Kino, dann eine Kleinigkeit essen?«, offenbarte ich meinen Wunsch, ohne lang Konversation zu betreiben, denn die Zeit blieb mir nicht. Mary Jane war auf dem Sprung, wie man so schön sagt.

In der Vision meiner perfekten Welt hatte eine Röte der freudigen Erregung ihr Gesicht geküsst, in der Wirklichkeit schlug mir ihr Lachen entgegen, das gar nicht mehr aufhören wollte. Und es war kein herzhaftes Lachen, obwohl es tief aus ihrem Körper kam. Ihr gehässiges Lachen war bitter wie Galle.

»Eher würde ich sterben«, erklärte sie.

Nun, das ließ sich einrichten.

In meiner selbstgerechten Rage griff ich nach dem Erstbesten, das meine Hand zu fassen bekam und das war ein Pflasterstein, der wie bereitgelegt an der Hauswand auf meine Rache gewartet hatte. Den ersten Schlag sah Mary Jane wohl kommen und deshalb zertrümmerte dieser bloß das Handgelenk ihrer in Abwehr erhobenen Hand. Vielleicht konnte sie auch den zweiten Schlag vorausahnen, zu dem ich noch weiter ausholte, aber in ihrem Schmerz fiel ihr bloß ein, sich um Gnade winselnd zusammenzukauern.

Mit einem satten Knacken, als würde man eine dünne Eisschicht durchschlagen, drang der Stein in ihren Hinterkopf ein und Mary Jane brach endgültig zusammen. Weil ich Freude an dem Geräusch und dem Schlagen gefunden hatte, schlug ich weiter und immer weiter zu, bis aus dem hohlen Knacken ein saftiges Matschen wurde. So saftig wie ihr Gehirn, das zwischen den Trümmern ihres Schädelknochens auftauchte und durch die klaffende Wunde Blut auf den heißen Asphalt kotzte. Dann hielt ich inne.

Keiner der Menschen, die an uns vorübergegangen waren, hatte mich aufgehalten oder auch nur bestürzt den Blick abgewendet.

»Wieso hat niemand etwas unternommen?«, fragte ich Sam, der auf bloßen Sohlen neben mich getreten war und zufrieden grinste.

»Weil es dein gutes Recht ist, diese Fotze zu töten!«, antwortete der Rabe.

Ich nickte.

Es fühlte sich richtig geil an, Rechte zu haben.

Als Sam und ich zurück in den Trailer kamen, saß ein neuer Gast an meinem Küchentisch. Es war Mary Jane, oder vielmehr ihr Geist, der von nun an mir gehören sollte. Offensichtlich konnte ich töten, wen immer ich wollte, aber ich konnte dessen Geist nicht wieder loswerden. So war das nun mal mit den paranormalen Besitzansprüchen.

Blut tropfte aus Mary Janes Wunde auf die Tischplatte. Gedankenverloren berührte sie die roten Tropfen mit ihrem Zeigefinger und malte mit ihrem Blut große rote Kreise auf meine weiße Tischplatte. Von ihrer Kopfwunde abgesehen, war sie schön wie eh und je. Die obersten Knöpfe ihres Sommerkleides hatten sich gelöst und ihre linke Titte hing aus ihrem ebenfalls hellblauen Spitzen-BH. Die Titte war, im Gegensatz zu ihrem sonnengebräunten Körper, blass wie Milch. Die Brustwarze war von einem dunklen Rosa und stand einladend ab.

»Was willst du jetzt tun?«, fragte Sam und die Untertöne seiner Stimme offenbarten ein lüsternes Lechzen.

»Ich weiß es nicht«, sagte ich zwar, spürte aber deutlich, wie mein Schwanz hart wurde.

»Es spricht nichts dagegen!«, erwiderte Sam.

»Aber ... sie ist ein Geist.«

»Sie ist dein Geist. Für dich ist sie habhaft. Du kannst sie anfassen ...«

»... und ich kann sie ficken.«

Was soll ich sagen? Ich hatte ihr solange nachgestellt, natürlich fickte ich sie, als ich endlich die Gelegenheit dazu hatte. Immerhin hatte sie mich mit ihrer Geistertitte geradezu dazu aufgefordert. Ich bog sie grob über den Küchentisch, schob ihren Rock hoch und ihr blaues Höschen runter und dann fickte ich sie in den Arsch. Fürs erste Mal hatte ich wohl doch zu viel Respekt vor ihrer Geisterfotze. Ich kam nach nicht mal einer Minute und schrie dabei jede Ungerechtigkeit, die mir jemals widerfahren war, in eine Welt hinaus, die von nun an mir gehörte. Mit einem Taschentuch wischte ich ihre Scheiße von meinem Schwanz, der gleich wieder hart wurde. Kein Thema, ich hatte ohnehin vor, sie noch ein paarmal zu ficken.

An diesem Nachmittag.

sechs

Wie die anderen Gäste, die derzeit in meinem Trailer abhängen, dorthin gekommen sind, könnt ihr euch sicherlich denken. Dafür braucht ihr keine Anleitung, kein Malen nach Zahlen. Das Morden ist, von der Vorgehensweise abgesehen, kaum anders abgelaufen.

Getroffen, gekränkt, getötet.

Gefickt habe ich aber nur Mary Jane, damit wir uns da nicht falsch verstehen, und auch darauf verzichte ich seit Wochen. Körperlich manifestierte Geister verrotten und das ist nun mal nicht besonders anziehend. Wenn das erste Mal Eiter an deinem Schwanz klebt ... lassen wir das.

Die Menschen sind übrigens wirklich tot.

Ich bilde mir das nicht ein, falls ihr an meinem mentalen Zustand zweifeln solltet.

Mary Jane, Ronny, der kleine Benny, Nana Mitchell und neuerdings auch der Tankwart und die Direktorin meiner ehemaligen Schule. Fragt nicht.

Es wird fieberhaft nach einem Mörder gesucht. Einem *Serienmörder*. Ich sag nur: FBI in der Stadt. Mich verdächtigt niemand. Ihr wisst, die Morde sind mein Recht. Mein Recht schützt mich, in erster Linie wohl vor der Strafverfolgung.

Der Entschluss, den ich vor Monaten beim Frühstück gefasst habe, steht nach wie vor fest. Es kann so tatsächlich nicht weitergehen und ich weiß nach nächtelangem Grübeln, wie ich vorgehen will. In einer Samstagnacht hatte ich gegen drei Uhr morgens nicht nur endlich den perfekten Stuhlgang, sondern darüber hinaus eine Erleuchtung. Deshalb habe ich eine konkrete Vorstellung, wie ich den Spuk abstellen und Sam endlich zum Schweigen bringen kann. Ich muss umkehren, was passiert ist, die perfekte Welt des *Imaginariums* entschieden zurückweisen und den weißen Raben, der säuft wie ein Loch, raucht wie ein Schlot und furzt wie ein alter Köter, im Spiegelkabinett zurücklassen.

Und ich muss sie mit Handkuss zurücknehmen, meine alte, beschissene Welt, in der ich wieder das Opfer bin, aber wenigstens niemand mehr zu meinem Opfer wird.

Ob das tatsächlich funktioniert, weiß ich nicht und das ist auch nicht mein größtes Problem. Das größte Problem ist, dass ich den beschissenen Jahrmarkt einfach nicht finden kann! Ich habe in den letzten Wochen mehr kandierte Äpfel gegessen und mehr Jahrmärkte besucht, als ein einzelner, erwachsener Mensch verkraften kann. Und all diese Jahrmärkte hatten wirklich alles – Kettenkarusselle, Würstelbuden, Schießstände – bloß kein *Imaginarium*.

Nun ist es aber eine Tatsache, dass die Dinge mit erschreckender Eigendynamik wiederkehren. Das Leben ist eine Kette aus unterschiedlich großen Endlosschleifen, die sich wiederholen und wiederholen, bis man die Wiederholungen satthat und ins Gras beißt.

In meinem Fall ist das meine Rettung.

Denn endlich ist der richtige Jahrmarkt wieder in der Stadt.

Das weiß ich.

Es ist nun auf den Tag genau ein Jahr her, dass ich einen weißen Menschenraben in mein Leben gelassen habe, der ebenso untrennbar mit mir verbunden ist wie meine Eier, aber für mein Umfeld unsichtbar bleibt. Geister selbstverständlich ausgenommen. Aber immerhin sind Rabe und Geister bloß unterschiedliche Komponenten desselben Problems.

Ihr zweifelt daran, dass es der *eine* Jahrmarkt ist?

Eure Zweifel sind unbegründet.

Warum ich mir da so sicher bin?

Weil ich vor dem *Imaginarium* stehe, mit einem Revolver in meiner Tasche.

Diesmal brauche ich keine Schattengestalt, die mich in das viktorianische Spukschloss lockt. *Ich bin bereit für meinen Traum.*

Und meine Waffe wird ihn zurück in die Hölle schicken, aus der er gekrochen ist.

Das Spiegelkabinett hat sich nicht verändert. Es entspricht genau meiner Erinnerung. Nun wissen wir, dass unsere Erinnerung dazu neigt, das Geschehene entweder weitestgehend zu vergessen oder auszuschmücken. Wie diese eine Szene aus diesem einen speziellen Film, die sich besonders gut im Gedächtnis eingebrannt hat. Und dann sieht man den Film noch einmal und erkennt die Szene gar nicht wieder, weil diese oberflächlich und blass erscheint. Genau genommen hat sich das Kabinett also in exakt diesem Maße verändert, in dem sich meine Erinnerung weiterentwickelt hat.

Ich bin diese Spiegel.

Und sie sind ich.

»Gefällst du dir?«, fragt Sam, wie er mich bereits vor einem Jahr gefragt hat.

»Ich finde mich schrecklich«, antworte ich.

Dann richte ich die Waffe auf mein Spiegelbild.

»Gefällst du dir?!«, wiederholt der Rabe eindringlich und wieder kommt er mir derart nahe, dass ich seinen Atem in meinem Nacken spüren kann.

Die Waffe zeigt auf meinen Doppelgänger, ist vernichtend auf ihr Ziel im Spiegel gerichtet, doch mein wahrhaftiger Körper ist wie eingefroren. Ich kann nicht mal zwinkern, geschweige denn meine Augen schließen und ich starre es an, mein Spiegelbild.

Starre es an, bis ich erkenne.

Und die Erkenntnis gibt meinen Körper frei.

Langsam – so langsam, wie der Sekundenzeiger auf der Uhr meines Großvaters über das vergilbte Zifferblatt kriecht – schwenke ich meinen ausgestreckten Arm, immer weiter von meinem Spiegelbild weg, das in seiner unerreichbaren Zufriedenheit gelassen lächelt.

»Ja, ich bewundere mich«, sage ich, beuge meinen Arm, presse den Lauf des Revolvers von unten gegen mein Kinn und drücke ab.

Perfekt.
Sei unbesorgt.
Der Jahrmarkt kommt auch in deine Stadt.

Über die Autorin:
Wer sich ins Licht stellen will, der sollte seinen Schatten kennen.

Seit ihrer frühesten Kindheit ist Faye vom Bösen fasziniert. Im Alter von elf Jahren schreibt sie ihre erste Horrorgeschichte. Eltern und Lehrer sind sich sicher: Das ist nur eine Phase, das vergeht. Doch es ist alles andere als eine Phase und vergeht erst recht nicht, viel eher verfeinert sich ihr Hang zum Diabolischen und nimmt professionelle Züge an. Seit 2007 ist die ehemalige Schauspielerin Redakteurin des VIRUS Magazins, dort verfasst sie vorrangig Rezensionen zu Horrorfilmen abseits des Mainstreams. In ihrer schriftstellerischen Arbeit verbindet sie subtiles Grauen mit expliziter Gewalt und Obszönität. Ein Leben ohne Horror, das ist für Faye undenkbar.

Ihr Debütroman »Keine Menschenseele« wurde 2016 mit dem Deutschen Phantastik-Preis ausgezeichnet. Ihre Kurzgeschichten »Cock Sucking Porno Vampires from Hell« und »Alma Mater« erhielten 2016 und 2017 den Vincent Preis.

In ihrem Sachbuch »The little Virus Book of Satan« beschäftigt sich die Autorin, die sich selbst als pagane Okkultistin mit einem ausgeprägten Hang zur altägyptischen Mythologie bezeichnet, mit der Figur des Teufels in der Populärkultur.

0900666

von Marc Hartkamp

»Hast du eigentlich schon das Bier kaltgestellt? Der Kampf beginnt jetzt, Grundgütiger!«, schrie Marc seinem Kumpel Stefan aus dem karg möblierten Wohnzimmer zu. Dieser hatte sich gerade das nächste Sixpack aus dem ansonsten nahezu leeren Kühlschrank geholt und entgegnete: »Du Penner hast schon drei Dosen gesoffen und noch nicht mal bemerkt, dass das Bier so kalt ist wie die gottverdammte Möse einer Inuit-Braut in ihrer verfickten Hochzeitsnacht? Typisch für dich, du gottverdammter Alki.« Damit schlurfte er zurück ins Wohnzimmer und ließ sich auf die löchrige, durchgesessene Couch neben seinen Freund fallen. Marc riss die Verpackung der Büchsen ab, warf die Pappe hinter das Sofa und reichte Stefan ein eiskaltes Bier. Zeitgleich öffneten sie die Laschen der Büchsen. Schaum quoll daraus hervor, der beim gierigen Trinken am Dosenboden herabtropfte und die ehemals weißen Unterhemden der beiden im Brustbereich erneut befleckte. Sie stellten die Dosen auf dem verschlissenen Kacheltisch ab und blickten gespannt auf den überdimensional großen, hochmodernen Flatscreen, der auf einer alten Kommode vor ihnen platziert war.

»Buffer hat schon das verfickte Mikro in der Hand. Warum machen die eigentlich so ne Schau und lassen das Mikro an nem beknackten Kabel herunter?«, lallte Marc.

»Keine Ahnung. Kommt jedenfalls gut rüber. Möchte wissen, wie viel Kohle dieser Drecksack für seinen Spruch kriegt. Das könnte ich auch.«

»Nein, könntest du nicht, weil du andauernd voll bist. Du würdest den heiligen Spruch so sehr verkacken, dass es der Weltkugel bei deinem dämlichen Gelaber die Eier zusammenziehen würde. So sieht's aus.«

»Kacke! Das sagt der, der nicht mal richtig schreiben kann. Würdest du netterweise jetzt mal deine Fresse halten? Mike Tyson betritt den Ring!«, konterte Stefan, und riss die Lasche einer weiteren Dose auf.

Marc tat es ihm gleich.

»Das lohnt doch wieder den ganzen Aufwand nicht, hier vor der Glotze zu hängen. Ein, zwei Schläge und das Ding ist durch. Wie üblich. Weißt du noch als Tyson dem Holyfield den halben Kopf weggebissen hat? Das war ne Schau, oder?«

»Ja, er hat ihm das Ohr anständig gelocht. Kranke Scheiße war das.«

Beide blickten träge auf den Bildschirm, als der Gong ertönte. Tyson stürmte auf seinen Gegner zu und bombardierte diesen mit vernichtenden Hieben. Sein Gegner fand sich zügig in einer Ecke des Rings wieder, chancenlos und sichtlich überfordert. Ein gewaltiger Aufwärtshaken Tysons beendete den ungleichen Kampf. Der Ringrichter stürmte auf den Geschlagenen zu und zählte diesen an. Sein linkes Bein zuckte während des Anzählens noch einige Male, aber ansonsten fehlte jegliche Reaktion. Der Kampf endete so nach geschlagenen fünfundvierzig Sekunden!

»Na toll!«, schrie Marc. »Und was machen wir jetzt? Ich hab mich auf nen gottverdammten Kampf gefreut und diese Lusche kneift jetzt schon den Arsch zu?«

»Ja, Iron Mike hat das Ding mal wieder gerockt, was?«

»Offensichtlich. Hoffentlich ist noch reichlich Sprit da, das wird ne lange und langweilige Nacht, das sag ich dir.«

»Wir könnten ja heute Abend mal zusammen ausgehen, Liebling«, flüsterte Stefan seinem Kumpel zu und leckte sich dabei lüstern über seine Lippen.

»Nee, lass mal. Die neue örtliche Nutte sieht aus, als hätte die nich mehr alle Tassen im Schrank. Außerdem stehen ihre Augen auch etwas weit auseinander, ist bestimmt Inzest oder so.«

»Als wenn dich das jucken würde, du Arsch! Wirst jetzt wählerisch, oder was? Gestern wolltest du noch das vollgekackte, dreibeinige Schaf von Bauer Miller vögeln.«

»Ganz recht, Bruder. Das kann nicht so schnell wegrennen wie die anderen. Prost!« Marc warf Stefan noch eine Dose zu.

Stefan griff nach der Fernbedienung. »Ich zappe mal durch, eventuell kriegen wir ja um die Zeit wenigstens ne anständige Muschi zu sehen.«

»Meinst du diese bescheuerten 0900-Werbeclips? Da bekommste doch nichts zu sehen außer n paar wippender Euter.« Marc exte noch eine Büchse und warf sie achtlos hinter sich.

Beide starrten gebannt auf den übergroßen Flachbildschirm vor ihnen auf dem Schrank. Stefan zappte einige Zeit durch die unzähligen Sender des Anbieters. Das dabei rasch wechselnde Ambilight des Fernsehers ließ den sonst dunklen Raum in einem zuckenden Farbenspiel erleuchten.

»Bei den haarigen Eiern Satans! Was war das denn gerade?«

»Ja, hab's auch gesehen! Zapp mal zurück, Alter!«, schrie Marc.

»Wow, Junge ist die gelenkig! Beide Beine hinter dem Kopf! Jetzt fehlt noch die passende Kameraeinstellung, und ich kann ihre gottverdammten Mandeln sehen!«, grölte Stefan begeistert.

Wie auf Kommando drehte sich das attraktive, lediglich mit transparenten, schwarzen Stümpfen bekleidete Mädchen mit den roten Haaren in einer akrobatischen Pose direkt zum Bildschirm und bot den Betrachtern freien Blick auf ihre weit geöffnete, feucht glänzende, rasierte Vagina.

»Halleluja, das ist doch mal hochkarätiges Bumsfleisch!«

»Jep ...«

Dann endete der Clip plötzlich. Der Bildschirm verfinsterte sich, und eine Nummer wurde eingeblendet: »0900666«. Diese Ziffernfolge waberte noch einige Male durch das Bild und verschwand schließlich.

»Kacke! Und nun?«, schrie Marc genervt und griff nervös nach einer weiteren Bierdose. »Das ist doch dieses hochmoderne Internetfernsehen, oder? Spul mal zurück, Alter! Ich will diese Pussy nochmal sehen! Was glotzt du so? Das geht doch irgendwie, oder?«

»Ich habe keine gottverdammte Ahnung, ob das funzt.«

Stefan betätigte die Rückspultaste der Fernbedienung, und nach einigen Sekunden verpixelter Bilder zeigte sich die gewünschte Schönheit erneut, jedoch nur in verzerrter Form.

»Heilige Kacke, was soll das denn jetzt? Ausgerechnet jetzt, wo ich endlich mal wieder einen halbwegs brauchbaren Ständer habe!«, fluchte Marc.

»Moment mal! Das ist in 3D! Ohne Brille geht jetzt nichts mehr, Junge!« Stefan rannte in Richtung des demolierten Wohnzimmerschranks, öffnete gezielt eine Schublade und klaubte zwei schwarze Brillen daraus hervor.

»Setz die auf!« Stefan warf seinem Freund eine der Brillen entgegen.

»Da tut sich nichts! Immer noch verzerrt, Mann!«

»Drück den winzigen Knopf über deiner Nase! Herrgott, bist du ein dämliches, unwissendes Arschloch!«

»Oh ja! Da ist sie! Total abgefahren! Fast so, als ob man sie wirklich berühren könnte.«

Das rechte Bein der Schönheit löste sich gemächlich aus der Kopfverrenkung und reckte sich begierig den Betrachtern entgegen. Das zarte Nylongeflecht ihres Strumpfes, schimmerte fast unscheinbar im Glanz des Lichts der gebotenen Szenerie. Der Fuß bog sich gleich einer Ballerina und stieß gegen Marcs Brust, wobei sein Körper sichtlich zurück federte.

»Das kann nicht real sein! Das sieht zu echt aus, Mann! Hat die dich gerade berührt, oder spielen mir meine verfickten Augen gerade einen Streich? Setz die Brille ab, Junge! Das hier ist zu beschissen real um wirklich zu sein!« Stefan begann auf die Tasten der Fernbedienung einzuhämmern. Ohne Erfolg.

Vor dem Bildschirm kniend, öffnete Marc seinen Mund weit und die Fußspitze drang in dessen Mundraum ein.

»Ist das geil!«, röchelte Marc. »Gieß Bier über ihr Bein! Los, mach schon!«

Fassungslos und mit der Situation völlig überfordert, goss Stefan mit zitternder Hand, den Rest seiner Bierdose über den göttlichen Schenkel. Gemächlich rann die Flüssigkeit daran herab und schließlich direkt über den Fußrücken in Marcs Mund.

»Ist das geil!«, wiederholte Marc und schluckte. »Wie in diesem bekackten Vampirfilm mit Clooney, nur viel besser!«

»Hör auf! Hier läuft gerade ein gottverdammter Film ab, der nicht wahr sein kann! Das hier kann nicht real sein, hörst du!?« Stefan stolperte zu der

Wandsteckdose und riss grob den Stecker heraus. Eine sinnlose Aktion, wie sich herausstellte.

Das zweite Bein der Schönheit drängte sich aus dem flimmernden Bildschirm. Der Fuß, der gerade noch in Marcs schlürfender Mundhöhle steckte, schnellte heraus und plötzlich umschlangen beide Beine seinen Oberkörper und zogen ihn in Richtung des fluoreszierenden Monitors.

»Marc, komm verdammt nochmal vom Fernseher weg!« ,schrie Stefan und riss sich die Brille von der Nase. Die sich ihm gebotene verzerrte Szenerie blieb jedoch unverändert. Die Beine der Frau, die sich innerhalb des Bildschirms lustvoll die üppigen Brüste rieb, umschlangen weiterhin Marcs Rücken. Langsam wurde der Oberkörper des benebelten, hilflosen Mannes in den Monitor hineingezogen und auf dem flimmernden Bildschirm zeigten sich erneut die wabernden Ziffern »0900666«.

Panisch begann Stefan an den strampelnden Beinen seines Freundes zu zerren, während aus dem Fernseher gedämpfte Schreie drangen. Aber er verlor das Gleichgewicht, fiel rücklings zu Boden und konnte nur noch hilflos auf die unglaubliche Szene vor ihm starren.

Die Schreie steigerten sich zu einem gequälten Kreischen.

Stefan spürte plötzlich, wie ihn etwas an der Brust traf. Als er vor sich auf den Boden blickte, sah er mehrere kleine blutige Teilchen. Mit zittrigen Fingern hob Stefan eines davon auf, nur um es gleich wieder angeekelt und ängstlich wegzuwerfen. Es war ein plombierter Backenzahn.

»Oh Gott!«, schrie Stefan dem flimmernden Fernseher entgegen, aus dem immer noch die strampelnden Beine seines Freundes ragten.

Den Zähnen folgten die Nase und die Ohren, die blutverschmiert auf dem Teppichboden landeten.

Die Schreie gingen in ein Röcheln über. Dann flog Marcs zerfetzte Zunge aus dem Bild und landete klatschend auf dem Fliesentisch. Das gurgelnde Röcheln verebbte schließlich vollends. Stefan hörte ein reißendes, rupfendes Geräusch und die zappelnden Beine seines Kumpels erschlafften. Die Kopf- und Gesichtshaut samt Haar, zu einem einzigen blutigen Klumpen zerquetscht, wurde herauskatapultiert, prallte gegen die Wand gegenüber dem Fernseher und hinterließ einen nass glänzenden Blutfleck auf der weißen Tapete. Marcs lebloser Körper rutschte aus dem Bildschirm heraus und kippte seitlich zu Boden. Der schmierig blutige und zahnlose Schädel glotze aus lidlosen, trüben Augen zur Zimmerdecke empor.

Stefan warf den Tisch um und brach eines der massiven Tischbeine ab.

»Komm da raus, du verdammte Fotze! Ich schlag dir deinen verfickten Schädel ein! Komm raus, Bitch, lass uns tanzen!«

Ein wohlgeformtes Bein in zerrissenen, schwarzen Strümpfen durchdrang die Zahlenfolge auf dem Bildschirm und reckte sich Stefan entgegen. Er schlug mit aller Kraft danach, traf aber lediglich den Zimmerboden vor ihm und das Tischbein zerbrach.

Der schöne Fuß hob und senkte sich winkend, und dann zog sich das Bein abrupt in den Monitor zurück.

Einen kurzen Moment noch erstrahlte die Nummer »0900666«, dann verdunkelte sich der Bildschirm.

Die beiden jungen, sichtlich überforderten Officers, hielten Stefan an den Armen gepackt und führten ihn aus seinem heruntergekommenen Farmhaus heraus. Nervös redeten sie beruhigend auf Stefan ein. »Sie müssen nichts mehr dazu sagen ...«

Einer der beiden Beamten wischte sich hastig Reste von Erbrochenem aus seinen Mundwinkeln.

»Dieses verfickte Ding aus dem Fernseher war's«, schrie Stefan weinend. »Diese Fotze aus dem Fernseher ...«

Aus der engen Zelle der örtlichen Polizeiwache blickte Stefan, immer noch sichtlich aufgewühlt, zu dem Beamten herüber, welcher, seinen fetten Hintern in einen Bürostuhl gepresst, auf den flirrenden Bildschirm des Fernsehers vor ihm starrte.
»Verdammt, was ist das denn jetzt für eine Scheiße? Bei den haarigen Eiern Satans, das Spiel beginnt gleich!«, schrie er dem Monitor entgegen und zappte genervt durch die gestörten Kanäle. Plötzlich hielt er inne.
»Na wer sagt's denn! Gott, ist das ein geiles Stück!«
Auf den Bildschirm waberte die Zahlenfolge 0900666.
Stefan begann zu schreien ...

Über den Autor:
Marc Hartkamp erblickte am 17.01.1973 das Licht der Welt. Die Lust am Lesen weckte seine Oma, die ihm ein spezielles Buch schenkte: *Die Unendliche Geschichte* von Michael Ende. Doch allein die düsteren Gestalten dieser Erzählung schafften es ihn zu begeistern. Später begann er Kurzgeschichten zu schreiben, um so vielleicht ein kleiner Teil der dunklen und faszinierenden Welt des Horrors sein zu dürfen. Seine Geschichten wurden bereits in einigen Anthologien veröffentlicht.

Spiel um dein Leben

von Jacqueline Mayerhofer

Liz befand sich in der Mensa des Toi Ohomai Instituts der Technologie, das gleichzeitig ihr Zuhause darstellte. Es war schön auf der neuseeländischen Nordinsel, direkt an der Küstenregion Bay of Plenty, mit dem kristallklaren Wasser, dem sauberen Strand und der Stadt Whakatāne, die im Rücken des Meeres lag – dazu das herrlich subtropische Klima.

Gedankenverloren schob sie sich einen Schokoriegel in den Mund, während das Tablett mit dem Essen unangetastet blieb und sie sich gerade über das von ihr beantragte Ergebnis der letzten Prüfung beugte. Ihre Noten waren gut, lohnten den Umzug von Edinburgh nach Neuseeland.

Sie schluckte die zerkaute Schokolade hinunter, zerknüllte die Verpackung, als sich eine Hand auf die Prüfung legte, sie beiseiteschob und stattdessen einen Flyer auf den Tisch knallte. Irritiert sah Liz auf. Jeremy, natürlich.

»Lizzy. Immer nur am Büffeln!«

Sie lehnte sich zurück. »Was ist das?«, fragte sie und blickte auf das Stück Papier. In fetten Buchstaben stand darauf: *Das ultimative Horrorerlebnis! Begib dich zusammen mit deinen Freunden ein Wochenende lang in ein verlassenes Geisterhaus und durchlebe die spannendsten Stunden deines Lebens.*

Jeremy grinste abwartend. In diesem Moment löste sich ausgerechnet die Blondine, die sie am wenigsten sehen wollte, aus einer Traube von Studenten: Cindy, das Möchtegern-Model. Sie blieb vor ihnen stehen, stützte sich mit beiden Händen auf dem Tisch ab und lenkte dadurch die Aufmerksamkeit auf ihren freizügigen Ausschnitt. Liz glaubte, Cindys Brüste würden ihr gleich ins Gesicht springen.

»Jerry, wieso gibst du dich mit dieser Langweilerin ab?«

»Ebenfalls Hallo, Cindy.« Liz ignorierte sie wieder und nahm den Flyer in die Finger.

»Da müssen wir hin! Drew ist schon mit an Bord. Ebenso unsere Hübsche, nicht wahr?«, schnurrte Jeremy liebestoll, schlang einen Arm um sie und drückte sie an sich. Cindy kicherte und tippte ihm auf die Nasenspitze.

Bevor Liz deshalb noch das Bedürfnis verspürte, auf den Tisch zu kotzen, konzentrierte sie sich lieber auf die restlichen Zeilen.

Freitag Mitternacht schließen die Türen – bis Sonntag um dieselbe Zeit müssen alle Rätsel des Escape-the-Room-Erlebnisses gelöst sein. Habt ihr den Mut, euch der Herausforderung zu stellen?

Zweifelnd sah sie wieder auf. »Ernsthaft?«

Jeremy nickte begeistert. »Jap. Das wird lustig! Lies mal das Kleingedruckte.«

Liz tat wie geheißen und blies etwas genervt die angehaltene Luft aus.

Doch seid gewarnt, eure Mitspieler können ausscheiden. Wer übrigbleibt, ist der Gewinner und wird mit dem Wertvollstem aller Dinge belohnt: dem Leben.

»Sehr interessant«, sagte sie und warf den Flyer zurück über den Tisch zu Jeremy. Der nahm ihn wieder an sich. In dem Moment setzte sich jemand neben Liz.

Kay! Nun war es an ihr, zu strahlen. Ihr Bruder nickte ihr zu und sah dann zu Jeremy und Cindy. Im

Hintergrund tummelten sich etliche der Studenten an der Essensausgabe. Dort war es laut, voller Menschen und roch nach kaltem Fett.

»Was ist das?«, fragte Kay.

»Endlich einer von euch McGrays, der zu gebrauchen ist«, stichelte Jeremy.

Kay wartete unbeeindruckt darauf, dass seine Frage beantwortet wurde, also erbarmte sich Liz. »Irgendeine dämliche Marketingkampagne, die sich nicht gerade professionell um Mitspieler bemüht.«

»Na ja, so ähnlich jedenfalls. Der neuste Schrei am Markt.« Jeremy ließ den Flyer erneut über den Tisch zu Kay wandern, der ihn an sich nahm und las.

»Das wär doch was für uns. Solche experimentellen Games sind spannend.«

Kay hob den Kopf. »Klingt mal nach etwas anderem.«

»Wir haben nicht Halloween«, warf Liz ein, aber ihr Bruder zuckte bloß mit den Schultern. »Ich weiß, du und Horrorzeug, kleiner Schisser. Was soll denn schon passieren?«

»Ja, Mann! Wir müssen unbedingt einen Termin buchen«, pflichtete Jeremy ihm bei. Cindy kaute gerade an einem ihrer manikürten Fingernägel und bedachte Kay mit Schlafzimmerblicken, wofür Liz ihr am liebsten die unbenutzte Gabel ihres Essenstabletts ins Auge gestochen hätte.

»Ich bin raus. Das könnt ihr schön ohne mich machen.«

»Nein, das bist du nicht. Ist ja nur für ein Wochenende«, versuchte es ihr Bruder erneut. Irgendwie fühlte sie sich von den Blicken, die allesamt auf sie gerichtet waren, unter Druck gesetzt. Also resignierte sie.

»Meinetwegen. Auch wenn ich das sicher noch bereuen werde.«

Jeremy klatschte in die Hände, Cindy schmunzelte und Kay schenkte ihr ein gutgemeintes Lächeln.

Die Fahrt in das Stadtgebiet Rotorua dauerte nicht lange, auch nicht ihr Weg nach Whakarewarewa, die Māorigemeinde mit den vielen unterschiedlichen Geysiren. Dank ihrer Tickets für diese ominöse Wochenendattraktion hatten sie keinen Eintritt auf dem Gelände bezahlen müssen – ganz im Gegenteil: Zwei der Männer des bekannten Tuhourangi\Ngati Wahiao-Stamms, der das Gebiet verwaltete, schienen es fast schon eilig zu haben, die Gruppe von Studenten passieren zu lassen.

Liz hätte unter anderen Umständen ihren schon lange überfälligen Ausflug nach Whakarewarewa begrüßt, doch als sie begriff, wohin ihre Reise führte, wollte sie am liebsten umdrehen und zu Fuß zurück zum Campus laufen.

Sie näherten sich geradewegs dem alten Māori-Friedhof, der sich auf einer eigentlich nicht öffentlich zugänglichen Anhöhe befand und dafür bekannt war, aufgrund seiner Bodentemperaturen nicht für Bestattungen geeignet zu sein. Die Toten wurden stattdessen oberirdisch in Grabmälern beigesetzt. Genau diesen weißen Gebilden, die wie stumpfe Zahnreihen aus einer vergessenen Zeit wirkten, begegnete die Gruppe. Die kleinen Figuren, die überall auf niedrigen Steinmauern saßen, stierten mit runden und weit aufgerissenen Augen – wie leuchtende Kugeln im Nichts – zu ihnen. Manche von ihnen verschwammen aufgrund ihrer braunen Farbe im Hintergrund.

Liz jagte ein Schauer über den Rücken.

»Also, der Karte nach müssen wir den Friedhof durchqueren. Dahinter soll sich das alte Haus befinden.« Drew runzelte die Stirn und schob seine Brille zurecht. In dem Moment stapfte ein älterer Māori hinter ihnen den Pfad entlang, schenkte ihnen ein Lächeln und steuerte auf die Gruppe zu.

»Seid ihr die Spieler für dieses Wochenende?«, fragte er.

Jeremy mimte wieder einmal charaktertypisch den Anführer. »Ja, sind wir.«

»Super. Ich bin Rangi Takimoana.«

Eine Hand nach der anderen wurde geschüttelt, dann zeigte er nach oben. »Folgt mir, ich bringe euch zum Haus.«

Kay befand sich mit Cindy an Jeremys Seite neben Takimoana; Liz und Drew bildeten das Schlusslicht. Ganz und gar nicht ermutigt, warf sie ihrem Kommilitonen einen Blick zu. Er fing ihn auf und grinste. »Das wird cool, richtig?«

Liz runzelte zweifelnd die Stirn. »Hoffentlich.«

Sie verfielen in Schweigen und folgten der Friedhofsmauer immer weiter nach oben. Schon bald wurden sie in einen angrenzenden Wald geführt. Die Erde roch leicht modrig und nach aufgeheiztem Holz.

Der Māori brachte sie schließlich zu einer großen Lichtung. In ihrem Rücken lag noch immer sichtbar der Friedhof, doch Liz hatte nur Augen für das vor ihnen: Wie ein schlummernder Riese thronte dort die alte Hütte; kein einziger Baum kam im Umkreis von fünfzehn Metern Abstand in ihre Nähe.

Takimoana grinste, als er ihre Reaktionen sah. Er blieb direkt vor einer weißen Linie stehen, die im trockenen Waldboden fest eingeritzt war und sich rings um die gesamte Hütte zog.

»Auf der Friedhofserde innerhalb des Bannkreises wächst und gedeiht nichts«, begann er seinen marketingbedingten Gruselquatsch. Liz hörte ihm gar nicht weiter zu, obwohl tatsächlich kein einziges Blatt das Innere des Kreises zierte – nur fruchtlose und abgestorbene Erde. Am Rand entdeckte sie sogar Tierkadaver: vier Fuchskusus – diese niedliche Tierart, die wie eine Mischung aus Opossum und Mausmaki aussah. Steif und in eine Ferne blickend, in die sie ihnen nicht mehr folgen konnte, lagen sie entweder innerhalb oder außerhalb des Bannkreises. Manche verwesten bereits, aber kein einziger Kadaver lag *auf* der Linie. Das war ja schon mal vielversprechend … Marketingkampagnen ließen sich allerhand Zeug einfallen, um authentisch zu wirken.

»Das wäre alles«, beendete Takimoana seine Ausführungen. »In wenigen Stunden schließen die Ausgänge, dann habt ihr ganze zwei Tage Zeit, die Rätsel zu lösen.« Er zog einen Schlüssel aus seiner Tasche und stieg über den Bannkreis. Liz' Studienkollegen folgten ihm bis nach vorne zur Tür. Sie jedoch blieb neben Drew stehen und sah ihn zweifelnd an.

»Wozu dient dieser Bannkreis?«

»Er hält die Geister fern.«

»Handelt es sich bei diesem Spiel nicht eben *um* eine Haunted-House-Geschichte, bei der wir bis Sonntag unseren inneren Sherlock testen sollen?«

Drew lachte. »Dann dient er wohl eher dazu, die Geister *im* Kreis gefangen zu halten.«

Nach diesen Worten folgte er den anderen. Liz blickte auf die Bannlinie.

»Hoffen wir mal nicht«, murmelte sie, ehe sie den Kreis betrat. Eine üble Gänsehaut ergriff sie, als hätte sie soeben eine unsichtbare Barriere durchbrochen. Einen Moment lang verschwamm ihr Sichtfeld, aber Liz machte ihre überstrapazierten Nerven dafür verantwortlich, schließlich wollten die Spielleiter wohl genau solche Unsicherheiten bei den Teilnehmern erzeugen.

Die anderen waren bereits im Inneren des Hauses verschwunden, Liz aber blieb vor diesem stehen und beäugte es kritisch. Die vorhanglosen Fenster starrten ihr wie blinde Augen entgegen, die offene Tür wirkte wie ein klaffendes Maul, das nur darauf wartete, dass sie eintrat. Einige Krähen krächzten ihr Klagelied in der Ferne, was die Szene nicht besser machte. Selbst die Bäume um sie herum schienen sich seltsamerweise so zu neigen, als würden sie sich nach vorne beugen, um den Himmel mit ihren Kronen zu verdecken.

»Das ist alles nur inszeniert«, murmelte Liz sich selbst Mut zu. Danach näherte sie sich der alten Hütte, die auch schon mal bessere Zeiten gesehen hatte. Einige Holzstücke standen lose ab und Dachziegel waren zerbrochen, als hätte sie jemand mit einem Hammer zertrümmert. Schimmel wucherte an den Wänden und die mit dem obligatorischen Schaukelstuhl ausgestattete Veranda wirkte brüchig.

Bevor Liz ihr Ziel betreten konnte, kam ihr Takimoana entgegen. Er grinste bei ihrem Anblick und deutete zum Eingang. »Viel Spaß! Die anderen sind bereits aufgeklärt.«

»Danke«, murmelte sie, während er wartete, bis sie eintrat. Nachdem er die Tür zugedrückt hatte, hörte sie, wie sich ein Schlüssel im Schloss drehte.

»Sperrt der uns echt ein?«, fragte Cindy zweifelnd.

»Nicht zugehört? Der ganze Spaß geht doch bis Sonntag Mitternacht. Kommt, lasst uns bis zum Spielstart Zimmer suchen«, antwortete Kay. Liz beobachtete, wie die Meute auseinanderströmte und damit begann, das Haus zu durchforsten.

»Ein Wahnsinnsbett!«, jubelte Cindy irgendwann.

»Hier auch. Wow! Habt ihr mal das Badezimmer gesehen?«, fragte Jeremy.

»Krass, hier gibt es ein Spielzimmer mit Billardtisch!«, freute sich Drew.

Kay blieb bei Liz stehen, legte ihr eine Hand auf die Schulter und lächelte zufrieden. »Was sagst du?«, fragte er hoffnungsvoll. Sie tastete gerade das Wohnzimmer mit Blicken ab: ein Kamin, ein Schreibtisch, kein Fernseher, dafür ein großer Tisch vor einer breiten Couch. Ausgestopfte Hirschköpfe sowie alte Gemälde mit dämonenhaften Fratzen, Geistererscheinungen und düsteren Wäldern hingen an den Wänden. Über dem Kamin befand sich ein präparierter Wolfskopf mit aufgerissenem Maul. Überall waren Spinnweben zu sehen und tote Käfer lagen auf dem Boden verstreut. Es roch alt und staubig. Die Wände knarzten, wenn der Wind sich draußen zu stark an sie schmiegte.

»Spooky.« Sie fühlte sich gar nicht wohl. Ihr war, als ob sie beobachtet werden würde, doch außer ihr war da nur Kay, der gerade seinen Rucksack in eine Ecke des Zimmers warf und meinte: »Dann warten wir mal bis Mitternacht.«

Freitag, 23:55 Uhr
»Also, wir haben vier Schlafzimmer, ein Wohnzimmer, zwei Badezimmer, einen noch nicht gänzlich erforschten zweiten Stock, ein Spielzimmer und einen verschlossenen Raum«, ging Kay durch, während er auf einem Stuhl saß und die anderen ihm gegenüber auf der Couch verweilten und zuhörten.

»Ein Schlafzimmer zu wenig«, bemerkte Cindy, die Kay dabei verheißungsvolle Blicke zuwarf. Zu Liz' Ärger ging er diesmal darauf ein und lächelte einen Moment lang schief. Danach fuhr er fort. »Der Kühlschrank ist voll mit ...«

»Alkohol!«, warf Jeremy ein.

Liz verdrehte die Augen. »Wieso sollten die uns bitte mit Alkohol verköstigen?«

Er stand auf, umrundete die Couch und blieb direkt hinter Liz stehen. Anschließend legte er seine Hände an ihre Schultern und begann sie zu massieren. Sie versteifte sich und versuchte ihn abzuschütteln, aber er dachte nicht einmal daran, von ihr abzulassen.

»Weil wir, liebste verbohrte Lizzy, für Bier gesorgt haben.«

Sie murrte. »Na schön. Konzentriert euch lieber aufs Spiel. Wie läuft das überhaupt?«

Endlich ließ er von ihr ab und setzte sich neben sie auf die Lehne. »Um Mitternacht geht das verschlossene Zimmer auf, wo wir die ersten Hinweise für unsere Rätsel finden. Wir arbeiten uns durch und wenn wir sie lösen, öffnet sich die Tür.«

»Sie wurde abgeschlossen.«

»Ja, aber die Spielleiter beobachten uns bestimmt. Irgendwie wird das alles schon mit ihrer Zentrale verkabelt sein.«

»Gibt es hier Kameras?« Liz sah sich skeptisch um, entdeckte aber nichts.

»Wenn, sicher nur außen«, mutmaßte nun auch Kay.

»Okay.«

»Ich hol mir mal ein kühles Bier. Wer noch?«, fragte Drew in dem Moment, als die alte Uhr Mitternacht schlug. Mit einem lauten *Gong* begann sie zwölfmal zu läuten. Jeder Schlag durchflutete den Raum, echote an den Wänden wider. Liz graute es. Dann begann es laut zu krachen – all ihre Blicke schossen zu den Fenstern. Stahlbewährte Flächen wanderten nach unten und schirmten sie von der Außenwelt ab. Etwas klickte im Schloss des Eingangs.

Plötzlich knallte die morsche Tür des verschlossenen Raums gegenüber der Treppe auf.

»Es geht los!«, ereiferte sich Jeremy und stürmte los. Sogar Kay war ihm auf den Fersen, gefolgt von Drew.

Cindy stand etwas unsicher im Raum und warf einen Blick zurück zu Liz. Als ihr bewusst wurde, dass sie nun mit ihr allein war, verzog sie das Gesicht und folgte den Jungs. Liz drehte sich genervt um – und blickte direkt in ein Paar Augen. Eine nebelige Gestalt riss den Mund weit auf und stieß einen lautlosen Schrei aus.

»Scheiße!«, schimpfte Liz und drückte sich in die Couch. Das Gesicht war verschwunden, doch ihr Herz schlug ihr bis zur Kehle. Hektisch blickte sie sich um, aber niemand war mehr zu sehen. Wie auch immer die Spielleiter das angestellt hatten, dieses Geistergesicht hatte verdammt real ausgesehen.

Mit zittrigen Bewegungen stand sie auf und folgte nun doch lieber der Gruppe. Um nichts in der Welt wollte sie hier länger allein bleiben. Sogar der zähnefletschende Wolfskopf ängstigte sie gerade.

Im Inneren des kleinen Zimmers befand sich ein offener Wandschrank, vor dem die anderen standen. Liz' Bruder hielt eine Karte in Händen, die ihm Jeremy eben aus den Fingern riss.

Liz schloss neugierig zu ihnen auf. »Was steht drauf?«

»Schaut zum Bildschirm«, las Jeremy vor und grinste aufgeregt.

»Was?«, fragte diesmal Cindy. Da klappte ein verstecktes Fach in der Wand auf und ein flackernder, laut rauschender Bildschirm erschien. Eine Sekunde verging, dann folgte ein kreischender Schrei, und ein nebeliges Gesicht starrte sie mit weit aufgerissenen Augen sowie einem zahnlosen Grinsen vom Monitor aus an. Alle fünf Spieler zuckten zusammen.

»Was zur Hölle!«, fiepte Cindy und versteckte sich hinter Jeremy. Danach klärte sich das Bild. Eine wabernde, wie aus Neonbuchstaben geformte Schrift erschien.

»Findet die drei Sechsen«, las diesmal Kay vor. Danach drehte er sich zu den anderen um. »Am besten teilen wir uns auf und …«

»Moment mal«, warf wieder Cindy ein, die sich nun zwischen Kay und Jeremy stellte. »Aufteilen? Schon mal Horrorfilme gesehen? Das ist die dümmste Idee!«

»Hey, Babe. Wir spielen im Grunde gegeneinander und noch haben wir nicht rausgefunden, wie man gewinnt«, antwortete Jeremy. Da hob sogar Drew in Klugscheißer-Pose den Zeigefinger. »Nun, es gewinnt, wer bis zum Ende durchhält. Die Frage lautet eher, wie man ausscheidet.«

Liz schüttelte den Kopf. »Das gefällt mir gar nicht.«

»Dir gefällt ja nie was, Lizzy«, warf Jeremy ein, woraufhin sie die Augen verdrehte. »Lasst uns einfach diese Zahlen suchen, damit wir das schnell hinter uns bringen.«, entgegnete sie.

»Wahre Worte, Schwesterherz.« Kay schmunzelte und ging dann den Raum ab. Anschließend machten sich auch die anderen daran, die Hütte zu durchsuchen. Liz beschloss, bei ihrem Bruder zu bleiben, und gemeinsam wanderten sie zurück ins Wohnzimmer Richtung Treppe. Das alte Holz knarzte bei jedem Schritt.

In der Sekunde erklang ein krachendes Poltern.

»Was war das?«, fragte Liz erschrocken.

»Das kam aus einem der Zimmer. War wohl irgendeiner von uns.«

»Ja, vermutlich.« Wenig beruhigt setzten sie sich in Bewegung und sahen wieder nach vorne – wo mit einem Mal ein großer Mann am Treppenansatz stand. Zu erkennen war lediglich seine schwarze, schattenhafte Silhouette, deren Umrisse flackerten, als könne er sich nicht ihm Diesseits halten.

Liz hielt den Atem an, doch der Blickkontakt mit der schattenhaften Gestalt war nicht von langer Dauer, denn mit einem Mal raste diese auf sie zu. Beide stolperten die Treppen rückwärts, als die Erscheinung durch sie hindurchsauste. Schreiend knickte Liz ein und fiel die Stufen nach unten. Eine davon bohrte sich hart in ihre Rippen, ehe sie wieder im Wohnzimmer auf dem Teppich landete.

»Liz!« Kay hetzte ihr hinterher.

»Ich hasse das alles!«, raunte sie und richtete sich wieder auf, hielt sich zischend die dumpf pochende Seite. Eingeschüchtert sah sie sich um, doch der Geist war verschwunden.

»Wie zur Hölle machen die das?«

Kay beäugte sie besorgt. »Es muss Projektoren und Sensoren geben, die auf Bewegungen reagieren.«

»Aber den anderen ist das nicht passiert, sollte einer von ihnen raufgegangen sein. Das hätten wir ja gehört.«

»Wäre langweilig, wenn das immer geschieht. Komm.« Kay drückte in einer gut gemeinten Geste ihre Hand. Danach gingen sie wieder nach oben. Nichts geschah. Liz drehte sich einen Moment lang um und lugte dann nach unten zum Treppenansatz. Dort stand er wieder, dieser schemenhafte Geist mit ebenfalls roten Augen. Er grinste und löste sich anschließend in Luft auf. Liz wandte sich beklommen ab und erkannte, dass Kay dem schmalen Gang entlang zu einer offenen Tür folgte. Rasch eilte sie ihm hinterher. Gerade als er im Inneren des Zimmers verschwand, knallte die Tür vor ihrer Nase zu.

Erschrocken versuchte sie diese zu öffnen, aber sie blieb verschlossen.

»Kay!« Liz hämmerte gegen das Türblatt, als die dumpfe Stimme ihres Bruders hindurch erklang. »Alles gut, ich hab hier irgendein Rätsel. Wenn ich das löse, komm ich wieder raus. Außerdem – hey! Ich hab eine Sechs an der Wand gefunden. Dort ... das ist ein

Fach. Ein Stück Pergament, auf dem was steht. Sieht aus wie ein Teil eines Ganzen. Geh mal zu den anderen, ich komm schon klar.«

Liz blickte einige Sekunden lang auf die Klinke, zwang sich allerdings zur Ruhe. »Okay. Wir sehen uns im Wohnzimmer.«

»Bis dann.«

Besorgt setzte sie sich wieder in Bewegung und begann, die anderen Räume abzusuchen.

Samstag, 01:27 Uhr

Jeremy befand sich im größten der vier Schlafzimmer. Cindy tappte ihm nach, egal wohin er ging. Dass sie neuerdings Augen für McGray zu haben schien, störte ihn, aber sie war ja nun hier bei ihm.

»Hast du was gefunden?«, fragte sie, als Jeremy sich bückte und unter dem Bett nachsah. Nichts. Er stand wieder auf. »Nein, sonst hätte ich schon was gesagt. Such doch bitte auch.«

Sie lächelte keck, während er seinen Gedanken nachhing. Zugegeben, die Schnepfe war verdammt heiß, man verbrannte sich regelrecht die Finger an ihr, doch intelligent war sie nicht. Wie sie so weit in ihrem Studium gekommen war, wollte er gar nicht erst wissen.

»Alles klar.«

Jeremy wandte sich wieder ab und ging zu einer Kommode, die dem Bett gegenüberstand. Er öffnete die Schubladen und durchsuchte sie. Nichts. Gelassen schlenderte er hinüber zum Kleiderschrank und inspizierte ihn. Nichts, vollkommen leer. Er seufzte.

In dem Moment donnerte es. Erschrocken fuhren beide herum. Cindy starrte mit weit aufgerissenen Augen zur geschlossenen Tür.

»Die ging einfach zu! Da war niemand!«, begann sie, während ihre Stimmlage sich um einige Oktaven erhöhte.

Jeremy lachte. »Bleib ruhig, das gehört zum Spiel.« Er wandte sich ab, ging an ihr vorbei und betrachtete das Türblatt. Nichts.

Jeeereeemyy ...

Der wehklagende und raunende Ruf klang, als würde jemand in eine Blechdose sprechen. Jeremy runzelte die Stirn. »Hast du das gehört?«

Cindy riss panisch die Augen auf. »Was?«

»Nichts weiter.« Er räusperte sich und schritt wieder an ihr vorbei zum Fenster, während Cindy einstweilen hörbar die Tür zu öffnen versuchte. »Sie geht nicht auf!«

»Es muss einen Schalter oder so geben. Das ist alles geplant.«

Drew befand sich im Spielzimmer. Seine Finger glitten über den rauen Stoff des Billardtisches. Er grinste, wanderte zu den Kugeln und entfernte das Dreieck, in dem sie gefangen waren.

»Nice!« Erfreut griff er bereits nach dem Queue, als hinter ihm etwas pfeifend vorbeischoss. Heftig zusammenzuckend wirbelte er herum und bemerkte gerade noch, wie ein Dartpfeil neben ihm auf dem Boden landete. Irritiert blickte er zur Scheibe. Drei Pfeile steckten noch darin. Bevor er der Sache jedoch richtig nachgehen konnte, löste sich einer gemächlich aus der Dartscheibe und wendete in der Luft, als würde ihn jemand halten – doch da war niemand.

»Was zur Hölle?«, fragte er irritiert und machte einen Schritt auf den schwebenden Pfeil zu. Neben ihm polterte eine Kugel vom Billardtisch zu Boden. Drew fuhr abermals herum und verfolgte, wie sie unter den Heizkörper rollte. Als er sich wieder auf den fliegenden Pfeil konzentrierte, schoss dieser auf ihn zu. Drew blieb keine Zeit zu reagieren. Quälend langsam kam es ihm vor, als sich der Pfeil in seine Brust bohrte.

»Heilige Scheiße!«, schrie er und stolperte zurück. Stechender Schmerz explodierte in ihm. Zwei weitere Kugeln fielen vom Tisch, rollten unter seine Füße. Drew glitt aus und landete auf dem Hintern, wodurch ihm die Brille von der Nase rutschte. Panisch griff er nach dem Dartpfeil und zog daran, während sich seine Brust hektisch hob und senkte. Dunkles Blut besudelte sein weißes Shirt.

»Fuck!«

Wieder hörte er eine pfeifende Bewegung. Drew wandte sich ängstlich um, als ihm der Billardstock geradewegs ins Gesicht knallte. Geführt wurde er von … niemandem. Er stöhnte benommen, als er zur Seite fiel. Da rasten zwei weitere Dartpfeile auf ihn zu. Den Arm zum Schutz erhoben, war er jedoch abermals zu langsam. Eine Spitze bohrte sich durch seine Handfläche, die zweite direkt in seine Wange und heißglühende Pein durchfuhr ihn.

Drew schrie vor Schmerzen. Instinktiv ergriff er nun auch den Pfeil in seinem Gesicht und riss ihn mit einem glitschigen Geräusch heraus. Panisch beobachtete er, wie sich sein Shirt weiter rot färbte. Ein Schwall Blut sickerte mit jedem seiner Herzschläge aus den Wunden. Verzweifelt und benebelt vor stechendem, brennendem Leid, presste er sich die Hand gegen die Wange, während er aus dem Augenwinkel sah, wie sich der Queue erneut zu regen begann.

»Scheiße, nein!«, hauchte er erstickt, als er sah, dass der Billardstock von einer schattenhaften und flackernden Gestalt geführt wurde. Die dünne, schmächtige Erscheinung wirkte, als würde sie sich jeden Augenblick auflösen.

Plötzlich explodierte das Fensterglas hinter Drew in tausend Stücke und Splitter regneten auf ihn nieder. Erschrocken schrie er auf und sprang auf die Beine. Er glaubte, an den Qualen vergehen zu müssen.

»Geh weg! Was zur Hölle?!« Er sah sich um. Neben der Dartscheibe befand sich ein Bücherregal. Der Geist folgte seinem Blick. Weitere Billardkugeln fielen von unsichtbarer Hand gesteuert zu Boden und rollten auf Drew zu.

»Nein!«

Bücher wurden aus den Regalen gerissen und gegen ihn geschleudert. Er wehrte sie ab – so gut es ging – und blickte zurück zu dem Geist, doch dieser war verschwunden. Nur der Queue schwebte immer noch an Ort und Stelle.

»Scheiße, wie machen die das? Das ist unmöglich!«

Der Stock schoss vor und wurde ihm ins Gesicht gedroschen, brachte ihn erneut zu Fall. Drews Nase knackte laut, sandte eine Flut von Schmerzen in seinen Kopf. Er schrie, drückte sich hoch und robbte auf allen vieren zur Tür, während er eine lange Blutspur hinter sich herzog.

Ihr wolltet spielen. Spielt!

Die Stimme schien von überall gleichzeitig zu kommen.

»Nein! Bitte nicht!«, wimmerte er, als er zwei Hände an sich fühlte. Eine packte ihn im Nacken, die andere an der Schulter. Drew wurde von unsichtbaren Kräften nach hinten gerissen. Was er dann sah, war zu viel für ihn; sein Herz begann zu stechen. Drei körperlose Köpfe schwebten über ihm und grinsten sardonisch. Unter ihnen befanden sich drei Gegenstände: ein Dartpfeil, eine Billardkugel und der dazugehörige Queue.

Drew schrie wie von Sinnen, als der Pfeil auf ihn zuschoss. Er drang direkt durch sein geschlossenes Lid. Sein Auge platzte mit einem hohlen *Popp*.

Samstag, 03:45 Uhr
»Hast du schon was gefunden?«, fragte Cindy zum gefühlt hundertsten Mal.

»Nein.« Jeremy machte sich gar nicht mehr die Mühe, freundlich zu klingen. Sogar Cindy bemerkte seine üble Laune. Lasziv blinzelnd kam sie auf ihn zu.

»Was machst du da?«

»Nun, ich dachte, da wir nichts finden und dort so ein großes Bett steht ... Du weißt schon. Ein bisschen die Zeit vertreiben?«, säuselte sie. Jeremy runzelte die Stirn. »Ist das dein Ernst?«

Eine schnelle Nummer mit Cindy? Er wäre der Letzte, der sich beschweren würde. Aber ausgerechnet jetzt? War es, weil sie bei McGray nicht landen konnte?

»Was, wenn jemand reinkommt?«

»Wir sind eingeschlossen, Dummerchen«, sagte sie und strich ihm über die Brust. »Komm schon. Oder kriegst du ihn nicht hoch?«

Das nahm Jeremy als persönlichen Angriff. »Hey, was glaubst du denn?«

Cindy grinste und fasste ihm in den Schritt. »Beweis es doch, du starker Junge.«

»Und wie ich dir gleich was beweisen werde.« Angespornt machte er einen Schritt auf sie zu, packte sie grober als angebracht an den Haaren, drückte ihren Kopf in den Nacken und küsste sie. Cindy vergrub ihre Fingernägel in seinem Bauch. Okay, das war fair.

Danach führte eines zum anderen. Zwei Minuten später, lag Jeremy auf dem Bett und Cindy saß auf ihm, die Augen geschlossen, während sie ihn ritt und laut keuchte. Ihre Brüste wippten bei jeder Bewegung, als hinter ihr plötzlich eine Gestalt erschien. Eine nebelhafte Geisterfrau beugte sich interessiert an Cindy vorbei. Sie blickte Jeremy direkt in die Augen.

»Scheiße!«, entwich es ihm. Cindy begann zu stöhnen. »Ja!«

Panisch richtete er sich auf und stieß sie von sich. Irritiert blinzelte sie ihn an und schien die Welt nicht zu verstehen. »Was zur Hölle läuft bei dir falsch?«, fragte sie. In dem Moment begann das Bett heftig zu wackeln und hob sich schließlich knarrend in die Höhe. Erschrocken blickten Jeremy und Cindy auf, als sie durchgeschüttelt wurden und das Holz hörbar zu brechen begann.

»Was ist hier los!?«, kreischte Cindy, doch Jeremy reagierte geistesgegenwärtiger. Er sprang vom Bett und robbte rücklings davon. Dann sah er es: Vier Geister hoben die Schlafstätte hoch und rissen an den Pfosten. Die schattenhaften Gestalten flackerten, drehten allesamt gleichzeitig ihre Köpfe zu ihm und starrten ihn an, nur um dann einfach zu verblassen.

Das Bett donnerte zu Boden, aber Cindy schwebte immer noch. Wie ein waidwundes Tier kreischte und wehrte sie sich.

»Jeremy! Hilfe, fuck! Jerry!«, schrie sie mit überschlagener Stimme. Mit ausgetrockneter Kehle beobachtete er, wie Vasen, die kleine Kommode und mehrere Bücher der Hängeregale lärmend durch den Raum schossen. Jeremy erkannte panisch, wie Cindys Haut an Oberarmen, Beinen und Hals aufzureißen begann.

Mit einem brechenden Geräusch und einem ekelhaften Schmatzen, als würde man klebrige Wurst aus der Packung zerren, wurde sie in Einzelteile zerfetzt. Blut spritzte in Fontänen zu Boden und tränkte die Laken. Cindys Kopf rollte quer durch den Raum und ihre Beine landeten auf dem Bett, während ihr Torso auf der anderen Seite zu Boden rutschte. Lediglich Cindys Arme schwebten noch von ihren unsichtbaren Trägern gehalten in der Luft. Ein Augenblick verging, dann schossen sie auf ihn zu, als würden sie nach ihm greifen.

Jeremy konnte keinen klaren Gedanken mehr fassen. Wimmernd sprang er auf. Er stürmte zur Tür, die sich wenige Sekunden zuvor quietschend von selbst geöffnet hatte, und rannte splitterfasernackt nach draußen.

»Hilfe!«, brüllte er.

»Jeremy?«, erklang Liz' Stimme von oben.

»Lizzy! Das hier ist kein Fake! Cindy ist tot!«

»Was?«, hörte er sie noch fragen, bevor er keuchend ins Badezimmer hetzte, die Tür zuknallte und absperrte.

Samstag, 04:30 Uhr

Liz erreichte das Wohnzimmer, doch niemand war zu sehen. Wo war Jeremy hingelaufen? Und was war das mit Cindy?

Irritiert trat sie durch eine der offenen Türen. Sie befand sich nun im Spielzimmer, das chaotisch aussah. Das Bücherregal war umgeworfen und sämtliche Gegenstände quer durch den Raum geschleudert. Neben dem Billardtisch entdeckte sie Füße.

»Jeremy?«, fragte Liz unsicher und näherte sich der Person auf den Dielen. Pures Entsetzen packte sie, als sie auf Drews reglosen Körper blickte. Wie mit unsichtbaren Fingern legte sich das Grauen um ihre Kehle und schnürte sie zu.

Drew lag in einer Blutlache auf dem Boden. Ein Dartpfeil steckte in einer eingefallenen Augenhöhle und ein abgebrochener Queue ragte aus seiner Brust, wodurch er den Rücken krümmte. Sein Mund war in den Winkeln aufgerissen und formte ein rundes O. Die von Grün gesäumte Sechs einer Billardkugel war in der Öffnung zu sehen.

Liz schlug eine Hand vor den Mund und wich zurück. Tränen schossen in ihre Augen. »Oh mein Gott ...«

Jeremy keuchte wild und stützte sich am Waschbeckenrand ab. Außer sich blickte er in den Spiegel. »Beruhige dich, Jerry. Alles wird gut.«

Plötzlich erschien jemand neben ihm darin – die Frau von zuvor. Ihr Haar wehte in unsichtbarem Wind, ihre Lippen waren zu einer grinsenden Fratze verzogen. Aus rot leuchtenden Augen sah sie Jeremy an.

Ja, alles wird gut, Jerry-Schatz.

Dieses Schreckensgespenst sprach tatsächlich mit der Stimme seiner Mutter. Bevor er reagieren oder gar panisch das Weite suchen konnte, packte ihn die Frau jedoch schon an den Haaren und donnerte sein Gesicht gegen den Spiegel.

Das magst du doch. Nicht wahr, Schatz? Zumindest packst du gern andere an den Haaren.

Er schrie, als sein Gesicht immer und immer wieder gegen das Glas geschlagen wurde. Unzählige Scherben hatten sich bereits in seine Haut gefressen. Blut lief in dünnen Rinnsalen den Abfluss des Waschbeckens hinab.

Jeremy versuchte, sich zu wehren, doch seine Kraft reichte nicht mehr aus. Ihn schwindelte es und die Schmerzen vernebelten sein Bewusstsein. Die Gestalt der Geisterfrau verblasste, doch ihr Griff blieb eisern. Grob schliff sie ihn über die Fliesen zur Toilette.

Du warst unartig, Jerry! Hättest du mal lieber ein Kondom benutzt.

Benommen hob er seine Hand, hustete Blut.

»Verf-fickte Dreckssscheiße«, war das Letzte, das er noch sagte, bevor er so heftig gegen die Kloschüssel gedonnert wurde, dass diese zusammen mit seinem Schädelknochen zerbarst.

Samstag, 05:00 Uhr
Endlich!

Die Tür ging mit einem Klicken auf. Kay hatte die Farben an den Wänden in die richtige Reihenfolge gebracht. Immer, wenn er eine Palette verschoben hatte, hatten sich drei weitere ebenso bewegt.

Erleichtert lief er aus dem Raum, begegnete aber niemandem. Wo waren sie denn alle? Er beschloss, ins Wohnzimmer zu laufen, als ihm beim Treppenabsatz ein kleiner Junge entgegenkam. Das Kind flackerte stetig und war vollkommen farblos; die Luft um ihn herum schien seltsam verzerrt.

So real wie er war, konnte das doch keine Projektion sein, oder?

»Kannst du sprechen?«, fragte Kay. Der Knabe schüttelte den Kopf und fuhr sich zweimal quer über die Kehle, als würde er sie aufschneiden, deutete dann nach unten. Was wollte er?

Kay machte einige Schritte auf ihn zu und der Junge tat es ihm gleich. Mit ausgestrecktem Arm hielt er ihn auf und deutete wieder nach unten. Erneut fuhr er sich quer über den Hals.

Kay lachte unsicher. »Ja, netter Trick.« Er ging an ihm vorbei und gelangte zur Treppe. Genau vor ihm poppte das Kind jedoch wieder aus dem Nichts auf. Es schüttelte heftig den Kopf und deutete an Kay vorbei. Wollte er ihn warnen?

Irritiert schritt Kay geradewegs durch den Jungen hindurch nach unten. In dem Moment stürmte Liz aus dem Spielzimmer. Ihre Hände waren blutig und ihr Haar stand wild in alle Richtungen ab.

»Liz?«, fragte er.

Liz schwindelte. Getrieben von körperlosen Stimmen hatte sie Drew unter größter Überwindung die Kugel aus dem Mund genommen, sie aufgeschraubt und darin ein Pergament gefunden, doch dann hatte Jeremy plötzlich wie von Sinnen geschrien. Und nun stand auf einmal Kay vor ihr.

Quietschend ging mit einem Mal die Tür zum Badezimmer auf. Für einen Moment war niemand zu sehen, dann allerdings erblickten die Geschwister ein Meer aus Rot, das das Weiß der Fliesen im gesamten Raum verunstaltete. Jeremy lag mit zertrümmertem Kopf vor einer zerbrochenen Toilette.

Das war zu viel für Liz, sie kreischte und begann zu weinen. Kay wurde offenbar von ihrem Schrei aus seinem eigenen Schock gerissen, war sofort bei ihr und nahm seine Schwester in die Arme.

»Ich wusste es! Das ist alles kein Spiel!«, wimmerte sie an seiner Brust.

»Wir müssen hier raus.« Er drückte sie bestimmt wieder von sich.

»Drew und Cindy sind auch tot!«

Kay reagierte nicht, ließ stattdessen seine Rationalität obsiegen. Er ging zur Tür und riss daran. Natürlich war sie auch mit Gewalt nicht zu öffnen – selbst dann nicht, als er sich zweimal dagegen warf und sie einzutreten versuchte.

»Verdammt!« Er drehte sich zu Liz herum, die ihm zitternd das Pergament reichte. »Vielleicht hilft uns das.«

Er nahm es an sich und fischte seinen Teil aus der Hosentasche. Danach legte er die beiden Stücke zusammen und runzelte die Stirn. »Eure Opfer werden nicht …«, las er vor. »Mehr steht da nicht. Wir brauchen die dritte Sechs.«

Liz schüttelte den Kopf. »Ich halt das nicht länger aus, Kay.«

»Beruhige dich.« Bestimmt wandte er sich wieder ab und begann das Wohnzimmer zu durchsuchen.

Samstag, 05:45 Uhr
»Ich hab was!« Kay befand sich gerade mit einem Arm tief im Kamin. Etwas klickte.

»Ein Schalter.«

Liz beobachtete, wie sich das Maul des Wolfskopfes über dem Sims ruckartig schloss und er von seiner Halterung direkt in Kays Gesicht und dann zu Boden fiel.

»Scheißdreck!«, knurrte ihr Bruder. Liz eilte sofort zu ihm, nahm das Tierhaupt in ihre Hände und drehte es. Eine Sechs war auf der Rückseite abgebildet.

»Woher soll man das bitte wissen?«, fragte sie, während sie einen Knopf darauf betätigte. Ein kleines Plastikfach klappte auf, worin der dritte Teil lag. Liz starrte fassungslos auf das Pergamentstück in ihrer Hand.

»Die wollten nie, dass wir überleben.«

Kay legte das Fundstück neben die anderen und las die Botschaft vor. »Eure Opfer werden nicht vergebens sein.«

Ehe sie dieses indirekte Todesurteil begreifen konnten, sprang die Eingangstür auf. Liz schöpfte bereits Hoffnung, dass sie doch nicht alle würden sterben müssen. »Haben wir es geschafft?«

»Keine Ahnung.« Zügig ergriff Kay ihre Hand. Danach stürmten sie nach draußen ins Freie. Ein Raunen wurde vom Wind an ihre Ohren getragen. Panisch ließen sie das Haus zurück, rannten zum Bannkreis. Drei Schritte von der rettenden Grenze entfernt, versperrten ihnen aber plötzlich dutzende Geister den Weg. Allesamt taxierten sie das Geschwisterpaar.

»Was wollt ihr?«, fragte Liz, die vollkommen am Ende ihrer Nerven war. Die Geisterhände hoben sich im Einklang, deuteten auf sie. Liz schüttelte verzweifelt den Kopf. »Nein! Wir haben gewonnen. Das Rätsel ist gelöst!«

Es kann nur einen Gewinner geben.

»Das ist doch Unsinn!«

Das ist kein Spiel.

Kay stellte sich mit einem Mal schützend vor sie. »Nehmt mich.«

»Was?!«, entwich es Liz entsetzt. »Nein, hör auf!«

Kay hörte nicht auf. Er drückte sie weiter zurück und machte dann einen Schritt auf die paranormalen Erscheinungen zu. »Verschont meine Schwester.«

»Kay, bitte ...«, flehte diese weinend. Traurig sah Kay sie an und lächelte. »Lauf, Liz.«

»Nein! Ich gehe nicht ohne dich, du ...« Mit einem Mal wurde Liz so hart vor die Brust gestoßen, dass sie das Gleichgewicht verlor. Ihr Bruder hatte sie tatsächlich aus dem Bannkreis befördert. Kurz darauf schossen die Geister auf ihn zu – alle auf einmal. Das Brechen von Knochen erklang, dazu irre, gutturale Schreie und das Reißen von Fleisch.

Ihr Bruder war ... tot. Kay war ...

Ehe sie diesen Gedanken überhaupt richtig begreifen konnte, übernahmen ihre Instinkte die Kontrolle und sie hetzte davon.

Samstag, 6 Uhr, 6 Minuten, 6 Sekunden
Rangi Takimoana blickte auf seine Armbanduhr. Neben ihm saßen drei Kollegen. Alle starrten wie gebannt auf die Monitore vor ihnen, die sämtliche Tote des alten Hauses im Wald des Māori-Friedhofs zeigten.

Die neue Angestellte wandte sich an ihn. »Das Mädchen ist entkommen. Sollen wir sie einfangen?«

Takimoana schüttelte den Kopf und beobachtete via installierter Kameras die restlichen Räume des Geisterhauses. »Nein, lass sie. Ihr glaubt ohnehin niemand.«

»Ich weiß nicht ...«

»Mach dir keine Sorgen, das ist unser Job. Wir bringen den Geistern Opfer, sie lassen uns dafür in Ruhe.« Takimoana zuckte mit den Schultern.

»Lange haben sie nicht durchgehalten.«

»Haben sie nicht, nein«, antwortete er und drehte sich wieder zum Monitor. Ein grinsendes Gesicht erschien und starrte ihm bis in die Seele hinab. Beim nächsten Blinzeln war es verschwunden. Das Bild rauschte einen Moment lang.

»Ich *hasse* es, wenn sie das tun.« Takimoanas Herz klopfte vor Schreck. Aber damit musste er leben. Von irgendjemandem musste der Friedenspakt mit den alten, rachsüchtigen Māori-Geistern immerhin aufrechterhalten werden – und sie forderten *immer* neue Opfer.

Über die Autorin:
Jacqueline Mayerhofer, Autorin und Lektorin, ist 1992 in Wien geboren. 2012 hat sie ihre Schulausbildung erfolgreich mit der Matura (Abitur) des HAK-Aufbaulehrgangs mit dem Schwerpunkt »Internationale Geschäftstätigkeit mit Marketing« abgeschlossen. Seit 2015 studiert sie Deutsche Philologie (Germanistik) an der Universität Wien, betätigt sich überwiegend mit dem Schreiben von Büchern und wirkt bei diversen Anthologien mit Kurzgeschichten mit. Zusätzlich lektoriert sie regelmäßig für Kunden und Kollegen.

Eigene Bücher und Kurzgeschichten werden seit 2008 publiziert und daher gibt es schon etliche Veröffentlichungen bei verschiedenen Verlagen. Zu den jüngsten Romanveröffentlichungen zählen der 2016 beim Verlag ohneohren erschienene Roman »Mondschatten« sowie die Science-Fiction-Novelle »Hunting Hope: Teil 1 – Zerbrochene Herkunft« beim Verlag in Farbe und Bunt.

Weitere Informationen finden Sie unter www.jacquelinemayerhofer.at oder auf ihrer FB-Autorenseite.

Wicked Game

von M. H. Steinmetz

»*It's strange what desire will make foolish people do.*«
– Lyrics aus Wicked Game von Chris Isaak

Der Fahrtwind rauschte durch die offenen Fenster des Dodge Charger, dessen röhrender Motor den rostschwarzen Wagen viel zu schnell über die Landstraße nach Norden trieb. Eine vage Ahnung von Abendrot schimmerte zart am Horizont. Hinter ihnen durchzuckten Blitze die noch junge Nacht. Die Luft war schwül und schwer, der Wind teigig und zäh, vermochte nicht den Schweiß auf Ivys Haut zu kühlen. Chris Isaak mühte sich im Radio mit weinerlicher Stimme durch sein »Wicked Game«.

Ivy räkelte sich wohlig im roten Leder des Beifahrersitzes. Den Kopf nach hinten gelehnt, spielte der Wind mit ihrem langen, blonden Haar, verdrehte es zu dünnen, widerspenstigen Strähnen. »Wär ich'n verdammter Hund, würd ich meinen Kopf aus dem Fenster strecken und hecheln.«

Das Leder klebte an ihrer sonnengebräunten Haut, schmiegte sich an ihren schlanken Körper, als wolle es sie nie wieder loslassen. Ihr Jeansmini war noch oben gerutscht, ein Hauch von Rot lockte zwischen ihren geöffneten Beinen. Träge hing ihre Hand aus dem Fenster. »Mr. Seth Parris, wie lang noch bis zur Hölle?«

Seth spannte knackend seine muskulösen Schultern. Trotz der Hitze trug er die alte, vergammelte

Lederjacke mit den Racingsteifen auf den Ärmeln. Das tat er immer, wenn er einen Job erledigte. Seth behauptete, dass ihm die Jacke Glück brachte, weil in ihr der Geist des Siegers wohnte.

Ivy sah darin nur weiteres Männerritual und ließ ihn in dem Glauben. Nach all dem, was die letzten Wochen geschehen war, hatten sie Glück bitter nötig. Und zudem war die Jacke ohne Frage ziemlich cool.

»Nicht mehr lange, Mrs. Ivy Good«, antwortete er grinsend und strich sich mit der Hand den Schweiß aus den Haarstoppeln auf seinem Kopf.

Seth drosselte die Geschwindigkeit. Die Scheinwerfer zeichneten helle Finger auf die schnurgerade Landstraße. Eine Stinktierfamilie zog den Wagen ignorierend am Fahrbahnrand entlang. Ivy sah ihnen fasziniert hinterher. »Sieh dir diese verrückten Viecher an.«

»Hier muss es sein«, brummte Seth. Er zog eine Visitenkarte aus dem Schlitz neben dem überquellenden Aschenbecher. »Blood House Inn, Paullina, Iowa ... Gem of the Prairie.«

Ivy zog sich eine Zigarette aus der zerknautschten Packung auf dem Armaturenbrett und öffnete das silberne, mit einem Totenkopf verzierte Zippo. Prickelnd entzündeten sich Papier und Tabak. Sie stöhnte leise, als sie den Rauch einsog und durch das offene Fenster blies. »Edelstein der Prairie? Ohne Scheiß?«

»So steht's auf der Karte«, brummte Seth und beugte sich nach vorne, als könnte er dadurch mehr sehen.

»Nichts als beschissene Maisfelder ... und ich muss pinkeln«, maulte Ivy und streckte ihre langen Beine, die in ausgelatschten Cowboystiefeln steckten.

Seth schmunzelte. Zwischen ihm und Ivy hatte es direkt gefunkt. Sie tanzte damals in einer heruntergekommenen Bar im Herzen Louisianas. Er war ein abgerissener Loser gewesen, der kaum genug Geld hatte, um seine Drinks zu bezahlen. Schon zu dieser Zeit trug sie die Stiefel und behauptete, eines Tages auch darin zu sterben.

Seth konnte sich nur vage daran erinnern, wie er an die Visitenkarte gekommen war. Vor dem Job in der Bank hatte er mit Ivy Kansas City unsicher gemacht. Sie hatten eine Menge Whiskey getrunken. Es war schon nach Mitternacht gewesen und er bereits angeschlagen, als Ivy aufs Klo verschwand. Das schwarzhaarige Mädchen musste nur auf diesen Augenblick gewartet haben. Sie lehnte sich neben ihm an die Bar und schob ihm eine Bloody Mary zu, an deren Strohhalm eine Visitenkarte steckte.

»Eine Karte aus rotem, samtigem Papier ... beschrieben mit einer schön geschwungenen Schrift ... das Papier gewellt, als wäre sie feucht geworden und wieder getrocknet ...«

»Wenn du mal was Außergewöhnliches erleben willst, Sweetheart ... «, hauchte sie ihm ins Ohr. Für einen Moment konnte er ihre Zähne an seinem Ohrläppchen spüren. Ein schmerzhafter, kurzer Biss, der ihm direkt in die Lenden fuhr, und sie war bereits wieder im Gewühl der knallvollen Bar verschwunden. Heute wusste Seth nicht mehr, ob er sich das alles nur eingebildet hatte. Nur die Karte war geblieben.

»Massier mir mal den Nacken, Baby, der ist schon ganz steif.«

Ivy kicherte albern. »Würd dir lieber was anderes massieren, Honey.« Ihre schlanken Finger verschränkten sich sanft in Seths Nacken. »Oh, Honey, du warst so geil heute in der Bank. Wie du auf dem Tresen standst, die Schrotflinte in der Hand ... bin jetzt noch ganz feucht«, schnurrte Ivy verführerisch.

Seth drückte sich ihren fordernden Fingern entgegen. »Ich steh voll drauf, wenn du die Schweinsmaske trägst.«

Ivy beugte sich zu ihm und leckte Seth übers Ohr. »Für dich trag ich, was immer du willst«, hauchte sie. Ihr Atem strich verführerisch über seinen Hals.

Seth versteifte sich. »Da isses!«

Ivy richtete sich in ihrem Sitz auf, schnippte die Zigarette aus dem Fenster. »Yeah, die scheiß Honeymoonsuite!«

Seth lenkte den Wagen nach rechts auf eine geschotterte Straße, die laut einem durchlöcherten Schild nach Paulina führte. Nur noch eine verdammte Meile bis zum Ziel. Und dann ...

»Dreihundertfünfzig Meilen seit Kansas City ...

Dreihundertfünfzigtausend Dollar in kleinen Scheinen ...

Dreihundertfünfzig gute Gründe, in Paulina nen Stopp einzulegen und sich die Seele aus dem Leib zu vögeln ...«

Paulina präsentierte sich im gelblichen Licht windschiefer Straßenlaternen. Das Gras war gemäht, aber trocken. An den Holzhäusern nagte der Zahn der Zeit, fraß in seiner unaufhaltsamen Beharrlichkeit die ausgeblichene Farbe von den Fassaden, bohrte sich mit winzigen Beißwerkzeugen in die spröden Bretter. Selbst die allgegenwärtigen Sternenbanner waren fransig und hingen schlaff an windschiefen Masten. Der morbide Charme der armen, länglichen Regionen, den Seth im Süden lieben gelernt hatte. Er nannte es gerne die Seele der Staaten oder das müde schlagende Herz.

Weiter die Main Street hinab lockten zwei Taverns mit bunt blinkenden Reklametafeln und wirkten dabei wie Relikte einer längst vergangenen Zeit. Hier und da parkten Trucks und vereinzelt brannte auch Licht hinter den schmierigen Scheiben. Dennoch wirkte das Kaff wie ausgestorben, weil irgendetwas die Menschen in ihren Häusern zu halten schien. Als versteckten sie sich vor etwas, das nicht ausgesprochen werden sollte.

Ivy zog spöttisch die Mundwinkel nach oben. »Nett ...«

Das Blood House Inn hockte wie ein düsteres Monster auf der Ecke South Main Street, Grand Avenue. Ein großes, viktorianisches Haus, das der Addams Family alle Ehre gemacht hätte. Die weiße Farbe war abgeblättert wie eine alte Haut und rollte sich zu kleinen, grauen Würmchen zusammen. Das mürbe, vom Wetter gegerbte Holz darunter erzählte von heißen Sommern und eiskalten Winterstürmen. Auf der überdachten Veranda brannte schwach eine Lampe und warf ihr Licht auf stockfleckige Korbmöbel und eine Fliegentür, in deren Gewebe der Staub von Jahrhunderten einen klebrig-fettigen Film bildete. Die Fenster wirkten wie schwarze, über die Jahre erblindete Augen, undurchsichtig und geheimnisvoll.

»Edelstein, hm?!«, murmelte Seth und lenkte den Dodge auf den mit weißen Steinen bedeckten Parkplatz vor dem Haus. Mit einem letzten Schütteln erstarb der Motor. Er stieg aus und streckte seine müden Knochen. »Duschen und n Bett ... das ist alles, was ich will.«

Ein lauwarmer Wind ließ die dürren Blätter an den Bäumen rascheln. In den Büschen zirpten Grillen, ansonsten war es totenstill. Ivy stieß die Beifahrertür auf und kletterte aus dem Wagen. Sie zog einen Schmollmund. »Hey, und was ist mit mir?«

Seth ging zum Kofferraum und zwinkerte ihr zu. »Was soll'n sein?«

Ivy schnalzte mit der Zunge und zeigte Seth den Finger. Über ihren Brüsten spannte sich das schwarze Shirt mit dem Rodeoreiter. Ihre Nippel drückten sich steif durch den dünnen Stoff. Sie wusste genau, wie sie Seth zu nehmen hatte.

Und Seth wusste, dass es keine gute Idee war, Ivy warten zu lassen, wenn sie geil war. Er zog die schwarze Nylontasche aus dem Kofferraum, knallte ihn zu und ging mit ihr die Stufen zur Veranda hinauf.

Sie beugte sich vor und lass den mit krakeligen Buchstaben beschriebenen Zettel an der Fliegentür. Ihr Röckchen rutschte dabei etwas nach oben und zeigte Seth die Rundungen ihres Hinterns. »Honeymoon Suite, Treppe hoch, Erste links. Habt Spaß! Mary« Ivy runzelte die Stirn. »Sagt man so in Iowa Willkommen?«

Anstelle einer Antwort fand sich Seth' Hand auf ihrem Hintern wieder. Mit sanftem Druck schob er sie durch die Tür. Drinnen empfing sie ein Sammelsurium aus der Gründerzeit. Vollgestopfte Vitrinen mit handbemaltem, fettstaubigem Porzellan. Regalen voll mit vergilbten Büchern. Darüber Bilder, die ernst dreinblickende Gesichter mit kalt starrenden Augen zeigten.

»Totenbilder«, flüsterte Ivy ehrfürchtig und rieb sich fröstelnd die Arme. »Frisch Verstorbene werden für eine letzte Erinnerung wie Lebende in Pose gesetzt. Gruselig ...«

»Wer zur Hölle hängt sich diesen Scheiß auf?«, knurrte Seth und stieg die schmale Holztreppe nach oben. Die Luft im Haus wirkte alt und verbraucht, was Ivy mit einem entschlossenem »Hier stinkt's!« auf den Punkt brachte. Im faden Schein der mit Spinnweben behangenen Lampe schob sie sich an Kinderbildern vorbei, ohne in ihre bleichen, eingefallenen Gesichter zu sehen.

Oben gab es einen langen Flur mit einer Menge Türen. Alle standen offen und hinter jeder war nichts als Finsternis. Seth stieß mit der Schulter die Honeymoon

Suite auf und suchte mit dem Ellbogen den Lichtschalter. Ivy hatte währenddessen etwas in der Dunkelheit des gegenüberliegenden Zimmers ausgemacht, was ihr einen spitzen Schrei entfahren ließ. Etwas Fahles, Bleiches mit den vagen Umrissen eines Menschen, schälte sich dort aus den Schatten und beugte sich ihr in einem aberwitzigen Winkel entgegen. Die wurmartigen Auswüchse auf seinem Schädel reckten sich nach ihr, wollten sie greifen, ins Dunkel zerren.

Seth war sofort bei Ivy, bereit, dem Unding zu begegnen. Die Faust bereits zum Schlag erhoben, griff er durch die Tür an den Lichtschalter, betätigte diesen und kicherte. Was sich vom Licht der Suite schwach erleuchtet aus den Schatten wandte, war nichts anderes als ein weißes Kleid auf einem Kleiderständer, gekrönt von einem cremefarbenen Hut mit seidig-langen, staubigen Federn, die sich in der Zugluft bewegten.

Ivy keuchte. »Scheiße nochmal, was soll das denn?« Sie beruhigte sich erst wieder, als die Tür der Suite hinter ihr ins Schloss krachte. Das Zimmer war geräumig, hatte einen Zugang zum Balkon und ein Himmelbett, das geradezu zum Vögeln einlud. Der Holzboden knarrte unter ihren Füßen, schien bei jedem Schritt eine seltsam knarzige Art zu kommunizieren.

Seth stieß einen begeisterten Pfiff aus und warf die Nylontasche neben das Bett auf einen Sessel. »Genau, was ich brauche, Baby!«

Was er meinte, stand auf dem Beistelltisch im Bürgerkriegsstiel. Eine Karaffe, gefüllt mit goldschimmernder Flüssigkeit, daneben zwei edel geschliffene Gläser. »Willkommen in der Honeymoon Suite, ihr Süßen ... auf ewig verbunden!«, las er den beiliegenden Zettel vor. Es war die gleiche, geschwungene Handschrift wie auf der Visitenkarte.

Seth füllte die Gläser und reichte Ivy augenzwinkernd eines davon. »Auf ewig, Baby!«

Ivy leerte das Glas mit einem einzigen Schluck, knallte es auf den Tisch und warf den Kopf in den Nacken, um ihr blondes Haar zu schütteln. »Wir sind Bonnie und Clyde, Honey!«

Seth lachte und nahm sie in seine Arme. »Yeah! Bis zum Tod und darüber hinaus!«

Das Zeug lief runter wie Öl und war verdammt stark. Er spürte, wie Hitze seinen Magen flutete und seinen Puls nach oben trieb. Durch die Jalousien des halbrunden Vorbaus zuckten die Blitze eines nahenden Unwetters. Das herannahende Grummeln des Gewitters beschleunigte nun auch Ivys Puls. Sie schlang ihre Hände um Seths muskulösen Nacken. »Ich bin klatschnass, Honey!«

Seth verpasste ihr einen Stoß, dass sie erst gegen das Bett taumelte und dann rücklings darauf zu liegen kam. Was sich an Adrenalin seit dem Raub aufgestaut hatte, brachte sein Blut zum Kochen, trieb seinen Schwanz schmerzhaft hart gegen den rauen Stoff der Jeans. Ivy strömte den animalischen Geruch einer gehetzten Raubkatze aus, die erfolgreich gejagt hatte. Seth öffnete die Knöpfe seiner Hose, packte Ivys Beine und zog sie an den Rand, um sie im Stehen zu ficken. Einer Eingebung folgend zog er lässig die Schweinsmaske aus der Nylontasche und stülpte sie Ivy über den Kopf. Die Bohlen ächzten gequält unter seinen Stiefeln, als er in sie eindrang. Wind drückte gegen das Haus und ließ es wie im Takt zu Ivys heißeren Schreien lustvoll ächzen. Als endlich der von Blitzen durchzuckte Regen gegen die Scheiben prasselte, ließ das aufgeheizte Innere des Zimmers die Haut der Liebenden längst vor Schweiß tropfend übereinander gleiten. Kurz bevor Seth kam, stieß Ivy ihn weg. Sie wusste genau, was sie wollte, als sie ihre Lippen um Seth' bebenden Schwanz schloss und daran saugte, wie nur sie es konnte. Das schwarzhaarige Mädchen hatte nicht übertrieben. Dies war wahrhaftig eine außergewöhnliche Nacht.

Seth schreckte hoch. Ein Donnerschlag hatte ihn geweckt. Ein Blitz, der direkt neben dem Haus in einen Baum eingeschlagen war und ihn mit lautem Bersten gespalten hatte. Das Bett neben ihm war zerwühlt und leer. Es war noch Nacht.

»*Ivy* ...«

Es war nicht ungewöhnlich, dass sie aufstand und nach draußen ging, um zu rauchen. Dennoch zählte er innerlich die Sekunden bis zu ihrer Rückkehr. Seth drehte sich auf den Rücken und musterte die Zimmerdecke. Der weiße Anstrich war grob und hatte in den Ecken dunkle Flecken.

»*Wie eine Haut, mit Poren und schwitzigen, in diesem Fall schwarzfauligen Stellen in den Falten ...*«

Die Lucke zum Dach war übersät mit pechschwarzen Fingerabdrücken, als hätte sich erst kürzlich ein Schornsteinfeger nach oben gezwängt.

»*Oder etwas ist vom Dachboden nach unten gekrochen ...*«

Ein mit Farbe übermalter Ring schien darauf zu drängen, benutzt zu werden, um das Rätsel zu lösen.

Müde rieb sich Seth übers Gesicht. Seine Haut fühlte sich klebrig an. Sie hatten beim Sex geschwitzt, aber das hier war anders.

»*Sirup?*«

Seth fuhr sich über die Haut und leckte an seinem Finger. Anstelle des typisch salzigen Geschmacks von Schweiß schmeckte es süßlich. Ihm kamen Ameisen in den Sinn, die sich ein Sekret, bestehend aus Zuckerwasser, Honigtau genannt, aus dem Hinterteil drückten. Warum er ausgerechnet daran dachte, wusste er nicht, denn es gab in dem Zimmer keine Ameisen und selbst wenn, wären es nicht genug, um seinen Körper damit zu bedecken.

Vor den Fenstern zuckten stumme Blitze. Das Gewitter zog weiter. Dennoch ächzte das Haus, obgleich nur ein schwacher Wind durch die Bäume rauschte. Seth leckte sich nervös über die Lippen, sah auf seine Armbanduhr.

»02:07 ... *Über fünf Minuten ... das ist eindeutig zu lang!*«

Seth setzte sich auf, weil er sich mittlerweile um Ivy sorgte. Mit einem überraschten Aufschrei zuckte keuchend er zurück, weil er anstelle des harten Holzbodens in etwas weiches, pulsierendes trat, das sich anfühlte wie dünnes Leder oder Haut. Schmierig Eitriges an seinen Fußsohlen, dass aus fiebrig geschwollenen Poren quoll, wenn man sie drückte. Hitzig fauliges Fleisch.

Er blinzelte. Was er sah, war der abgenutzte Holzboden, trocken und narbig. Nichts anderes.

»Ich dachte für einen Augenblick, es sei ...«

Er wusste nicht mehr, was er denken sollte, schob es den vorherigen feuchten Phantasien zu. Wie der vom Schweiß quietschenden Schweinsmaske auf ihrem Kopf ...

»Fiebrige Träume ...«

Müde angelte er sich die Shorts vom Boden, schlüpfte hinein und stand auf, um nach Ivy zu sehen. Seth öffnete die Tür zum winzigen Badezimmer, das zur Honeymoon Suite gehörte. Es sah zusammengezimmert aus und bot kaum genug Platz, um sich darin umzudrehen. Waschbecken und Dusche waren trocken. Der Duschkopf war mit irgendetwas rotem verklebt, Schimmel vielleicht.

Als nächstes ging er zur Balkontür. Über seine Stiefel stolpernd, stellte er fest, dass sie verschlossen war.

Als er beiläufig in Jeans und Stiefel schlüpfte, überkam ihn ein finsterer Verdacht.

»*Ivys Klamotten sind noch da, nur ihre heiligen Stiefel fehlen ... und die beschissene Nylontasche mit dem Geld!*«

Seth taumelte rückwärts, sank in den stockfleckigen Polstersessel, und schüttelte fassungslos den Kopf. Ivy und ihn verband eine perfekte Liebe, die man nur einmal im Leben fand. Es war vollkommen ausgeschlossen, dass sie sich davongemacht hatte. Trotzdem war die Tasche mit ihrer Beute verschwunden.

»*Und die Schweinsmaske ...*«

Irgendetwas stimmte nicht.

»*Abgesehen von ihrer roten Unterwäsche ist noch alles da ...*«

Der Zündschlüssel des Dodge lag auch noch genau dort auf der Kommode, wo er ihn zurückgelassen hatte. Sein Blick wanderte zur Dachluke und wieder zurück zum Boden darunter. Dort lag schwarzer Staub, der ihn an Ruß erinnerte. Seth beschlich ein ungutes Gefühl. »Was zur Hölle geht hier vor ...«

Er sprang auf die Füße, lief zum Bett und zog die Automatik unter dem Kopfkissen hervor. Hitzewelle durchliefen seinen muskulösen Körper und ihm brauch abermals der Schweiß aus. Die Sorge, Ivy könnte etwas zugestoßen sein, hämmerte schmerzhaft in seinen Kopf und wühlte, nach einer rationalen Erklärung suchend, darin herum. Er stürzte zur Tür, riss sie auf und fand sich in einem Albtraum wieder.

Der Flur empfing ihn mit einem breiig-heißen Hauch, der wie Kupfer schmeckte, ihn aber auch an Ivy erinnerte, wenn sie nass war.

Anstelle des Flurs fand er sich in einer von Adern und faulfleckigen Linien durchzogenen, hautnassen Röhre wieder. Türen und Fenster hatten sich in monströse Vaginas verwandelt, die sich dem Rhythmus der

Blitze folgend öffneten und wieder schlossen, um ihm ihr fleischiges Inneres zu offenbaren.

Der Boden schien fester, war fasrig und nass und hatte offensichtlich dieselbe Verwandlung hinter sich. In Seth keimte die Furcht, er könne einfach in diesem feucht pulsierenden Schlitz versinken..

Die Wände wölbten sich Seth in obszön gieriger Weise entgegen, verspritzten einen süßlichen Saft, der sich mit dem auf seiner Haut verband und ebenfalls schrecklich vertraut nach Ivy roch, wenn sie geil war. Feucht glänzende Tentakeln drangen aus Steckdosen, Schaltern und Ritzen hervor, umschlangen peitschend, aber auch zärtlich fordernd seinen vor Schreck starren Körper. Sie zerrten ihn in die Röhre hinein und auf die monströse Vagina zu, die sich schmatzend öffnete, um ihn zu verschlingen ...

Hart krachte er auf die Bodendielen des Flurs. Ein intensiver Schmerz durchfuhr seine Schulter und ließ ihn schreien. Wild um sich schlagend zappelte Seth auf dem Boden herum, trat gegen eine wacklige Kommode. Eine Vase zerschellte auf dem Boden und brachte Seth wieder zur Besinnung.

»Gott, verdammt ...« Seth sprang auf die Beine, kreiselte mit ausgestreckter Waffe um sich selbst. Sein Herz schlug schnell, sein Atem ging stoßweise. Das eben war intensiv gewesen, hatte sich verdammt echt angefühlt. Schließlich ließ er die Pistole sinken, zwang seinen Puls durch ruhiges Atmen nach unten und sah sich das erste Mal bewusst um. Die Decke war voller Stockflecken. Schwarz-sporige Inseln in helleren, feuchten Höfen, aus denen es milchig-weiß tropfte. Die Wände erschienen ihm mit ihrer ausgeblichenen Stofftapete normal und zeigten keinerlei Spuren des Alptraums, den er vor wenigen Sekunden noch durchlitten hatte. Den Boden bedachte er mit einem skeptischen Blick. Zögerlich tat er einen Schritt auf die hölzernen Dielen, verlagerte sein Gewicht nur langsam auf den vorderen Fuß. Das Holz war feucht und ächzte wie eine alte Frau, war aber stabil. Überhaupt schien alles im Bloodhouse Inn klamm, wenn nicht sogar nass zu sein. Wie der Teppich, der auf die Stufen genagelt nach unten führte. Wasser quoll aus seinen Fasern, als er ihn betrat. Seth beugte sich nach unten, nahm mit der Fingerspitze etwas davon auf und roch daran.

»Feucht und süßlich, wie ...«

Allein der Gedanke daran ließ sein Herz verkrampfen.

»... Ivy!«

Seth polterte immer zwei Stufen gleichzeitig nehmend die Treppe nach unten. »IVY!« Sein Schrei verklang ungehört im alten Gemäuer. Um die Treppenkehre mehr schlitternd als laufend, knallte Seth gegen die Wand und das daran drapierte mottenzerfressene Kinderkleidchen. Mürber Stoff flog auf und bildete einen zähen Schleim auf seiner Zunge, während er panisch die Arme zur Seite schlug, die sich ihm wie zur Umarmung entgegenstreckten. Hustend und den Dreck ausspeiend erreichte er den unteren Flur mit den gläsernen Vitrinen und den starrenden Totenbildern.

Dort fand er auch Ivy. Sie stand unterhalb der Treppe. Das winzige rote Höschen vermochte kaum ihre rasierte Scham zu verdecken. Auch sie war von dieser allgegenwärtigen sirupartigen Substanz bedeckte, die die Schweinemaske, auf ihrem Gesicht glänzen ließ.

Seth strauchelte, als er versuchte, sie in seinem Eifer nicht über den Haufen zu rennen. Ivy hob ihre Hand und führte sie zum Mund. Es sah aus, als würde sie Tropfen der seltsamen Substanz in ihrer Handfläche sammeln. Ihr flacher Bauch spannte sich, die bloßen

Brüste hoben sich, die steif hervorstehenden Nippel zeigten anklagend auf ihren Liebhaber. Dann pustete sie ihm ein schwarzes Pulver ins Gesicht, das Seth an den Dreck unter der Dachluke erinnerte. An die sporigen Flecken in den Ecken und an der Decke. An den allgegenwärtigen Zerfall.

Er kassierte die volle Ladung, rannte an Ivy vorbei, die einen Schritt zur Seite machte, und donnerte in eine Glasvitrine, die unter seinem Ansturm zerbarst. Scherben zerschlitzen seine Arme, die er reflexartig nach oben gerissen hatte. Etwas drang Seth in Mund und Nase, das ihn an Sporen erinnerte. Einer Infektion gleich, haftete es sich brennend auf seine Augen. Wie mit glühenden Zangen bohrte es sich in sein Hirn.

Ivy stand jetzt über ihm. »Wehr dich nicht Seth ... du wurdest auserwählt!« Sie lachte in Stimmen. »Wir wurden auserwählt!«

»Nen Scheiß wurden wir«, keuchte Seth und kroch rückwärts von ihr weg. Und obwohl er wusste, dass er nie auf Ivy schießen könnte und sich die Hand an den Scherben zerschnitt, tastete Seth nach seiner Waffe. Aber war das noch seine Ivy oder verwandelte sie sich in ... irgendetwas?

Die Frau, die mit bloßen Füßen die scharfen Kanten ignorierend über die Scherben schritt, hatte mit seiner Geliebten nur noch wenig gemeinsam. Ihre Stimme klang fremd und ihre Worte hallten dumpf schmerzend in seinem Kopf wieder. »Ivy, verdammt! Ich bin es, Seth!«

Ivy reckte ihre Arme nach oben, lachte hämisch. Ihre Brüste hüpften unter ihren Atemzügen. Sie schüttelte sich so schnell, dass ihre Konturen verschwammen. Es waren nur abgehackte, bruchstückhafte Bilder, die Seth erkennen, aber nicht begreifen konnte.

Er wimmerte, als er plötzlich die Veränderung bei seiner geliebten Ivy einsetzte. Da kroch etwas aus ihr heraus, etwas das schwarz war und schmutzig. Das waberte und sich in derselben abstoßenden, zuckenden Art wie sie wand. Es quoll wie Teer aus ihren Poren, drang aus jeder nur erdenklichen Körperöffnung hervor. Ihr rotes Höschen wurde davon durchnässt, bis der dünne Stoff unter dem Druck riss. Ungehemmt ergoss sich der schwarze Teer in einem platschenden Schwall auf den Boden. Einige der Spritzer landeten auf Seths Haut und fraßen sich dampfend hindurch. Instinktiv wischte er das Zeug mit der Hand ab und jaulte wie ein getretener Hund. Mit aufgerissenen Augen kroch er davon, kam auf die Knie, dann auf die Beine. Seine Gedanken drehten sich um die Schrotflinte oben im Zimmer. Um die Wagenschlüssel.

»Ich kann es schaffen, bin ein schneller Läufer ...«
Doch er konnte nicht einfach fliehen.
»Nicht ohne Ivy ...
Auf ewig ...«
Er brauchte einen Plan, aber seine Gedanken rasten. Denn was da vor seinen Augen entstand, lag einfach zu weit jenseits seiner Vorstellungskraft.

Die teerartige Flüssigkeit hatte eine brodelnde Lache zwischen Ivys gespreizten Beinen gebildet und erinnerte Seth an erstarrende Lava. Sie selbst reagierte überhaupt nicht auf die dampfende, zentimeterhohe Pfütze. Im Gegenteil, es schien sie sogar noch anzutörnen.

Seth prallte rückwärtsstolpernd gegen eine Wand, stieß eine Vase von einem Regal. Porzellan zersplitterte mit hellem Klirren. Getrocknete Rosen zerfielen zu Staub. Er klammerte sich an einen Türrahmen und wimmerte.

Ein Zittern durchlief die glänzende Oberfläche des Teers. Sie wölbte sich nach oben, als würde sich etwas von innen gegen die erstarrende Haut stemmen. Finger zeichneten sich ab, dann Hände und etwas dazwischen, das an einen Kopf erinnerte. An Schultern und Armen, als es sich weiter emporschob und die Haut sich immer weiter dehnte.

Seth schmeckte Blut, weil er sich unbewusst auf den Knöchel seiner Hand biss. Alles drängte ihn darauf, fortzulaufen, doch zugleich bannte ihn die Faszination des Unmöglichen.

Ivy stand noch immer mit gespreizten Beinen da. Ihre Vagina klaffte feucht und tropfend über dem sich erhebenden Monster, als hätte sie es soeben geboren.

»*Sie hat es geboren* ...«

Kichernd beugte sie sich hinab, grub ihre Finger in die gespannte Haut. Die rosa lackierten Fingernägel zerschlitzten das schwarze Zeug wie das Plastik einer Zigarettenschachtel.

Wie Haut auf gekochter Milch glitt es an einem schwarzen Kopf hinab, offenbarte schmale Schultern und öliges Haar. Hände schoben sich durch die enge Öffnung, gefolgt von dünnen Armen, um sie zu weiten. Zu beiden Seiten stützten sie sich auf und zogen einen schlanken Körper aus dem Teer. Unter den schwarzen Schlieren hoben sich feste, aber kleine Brüste, ein flacher Bauch, Hüften, die erregt geschwollene Scham.

Als das Ding ein Bein aus der Masse zog, um es in gebückter, aufgestützter Haltung wie eine Spinne angewinkelt vor sich abzusetzen, zerbrach der Bann der abstoßenden Faszination, der Seth gefangen hielt. Er warf sich herum und floh in die finstere Unendlichkeit des langgezogenen Hauses. Er hoffte inständig, dass es die Treppe am rückwärtigen Ende tatsächlich gab und er sie sich nicht nur eingebildet hatte.

Er stolperte durch eine Schwingtür, prallte gegen eine Küchenzeile und rannte eine blutige Spur hinterlassend weiter. Auf seiner Flucht passierte er ein Zimmer, welches mit indianischem Kram vollgestopft war. Aber er hatte dafür keinen Gedanken übrig, denn endlich war er auf die schmale, gewundene Treppe gestoßen. Mehrere Stufen auf einmal nehmend, stürmte er hinauf, weg von Ivys meckerndem Gelächter. Weg von den würgenden Geräuschen der aus dem Teer geborenen Kreatur.

Das Bloodhouse Inn bestand aus einer Ansammlung illustrer Räume, die mit ihrem morbiden Charme den verwahrlosten Zerfall zelebrierten. Seth stockte und besah sich den Holzboden, aus Angst, er könnte sich wieder in eine alles verschlingende fleischig blühende Vagina verwandeln. Als nichts dergleichen geschah, lief er weiter.

Er passierte ein Zimmer, dessen Wände in einem moosigen Grün gestrichen waren. Über dem Kopfende des zerwühlten Himmelbettes schwebte die Heilige Jungfrau Maria, die eine Art schwarzen, wurzelartigen Geflechts aus einem länglichen Spalt in den Raum, das Seth in seiner Form ebenfalls sehr vertraut vorkam. Er trat in etwas Weiches, knickte ein und stürzte.

Noch während er fiel, sah er, wie sich die Jungfrau Maria in das schwarzhäutige Albtraumweib verwandelte, das unten aus dem Teer gekrochen war. Begleitet vom widerwärtigen Kreischen rostiger Nägel auf dünnem Glas schob es sich aus der Wand und über das Bett auf Seth zu. Wo es den Stoff berührte, zerlief dieser dampfend wie geschmolzenes Wachs. Augen wie glühende, von erkalteten Linien durchzogene Kohlestücke richteten sich auf ihn.

Anstatt auf den harten Boden zu knallen, fiel er in Ivys ausgestreckte Arme. »Ich liebe dich, Honey!« Ihre Stimme klang dumpf unter der Maske. Sie riss seine fünfundachtzig Kilo mühelos nach oben, knallte ihn erst gegen den Türrahmen und schleuderte ihn dann ans Fußende des Bettes, auf dem die schwarzteerige Höllenkreatur hockte und meckerte wie eine Ziege.

»Seth Parris, willkommen in der Hölle«, schrie ihn die Kreatur triumphierend an. Schwarzer Speichel spritzte dabei von ihren Lippen, brannte sich durch Seths Shirt und versengte seine Haut. Er schrie.

Schon war Ivy über ihm, riss ihn an den hilflos nach oben gestreckten Armen auf die Beine. Hinter ihm stehend schlang sie ihren schlanken Arm um seinen Hals und bog ihm den rechten Arm auf den Rücken, dass es in der Schulter knackte. Seth keuchte vor Schmerz, schwitzte, bäumte sich auf, doch Ivy war stärker. »Ivy, Himmel ... was tust du denn?«, wimmerte er verzweifelt.

Die drückte ihn auf die Knie, damit er dem schwarzen Höllenweib ins Gesicht sehen konnte. Sie verströmte einen betörend süßlichen Duft, den Seth nur zu gut kannte.

»*Honigtau* ...«

Sie legte den Kopf schräg, entblößte schwarz verfärbte Zähne. »Erinnerst du dich nicht mehr an mich? Hast du Abigail Williams vergessen?«

»Scheiße nein, ich kenn dich nicht«, stöhnte Seth gequält und wandte sich in Ivys Griff. »Das ist doch alles n beschissener Albtraum!«

Die teerschwarze Abigail leckte sich über die Lippen. Selbst ihre Zunge war schwarz. Dennoch verströmte sie einen unglaublich starken sexuellen Reiz, wie sie auf dem Bett hockte. Ihre in Dreck gehüllten Brüste waren fest, die Nippel hart und lang. »Samuel Parris hat in Salem die Falschen verbrannt ... alles ehrbare, anständige Fotzen, nicht wie wir von Satans Schwanz geküsst.«

Ivys griff wurde stärker, zwang ihn an Abigails Gesicht. »Ich versteh's nicht«, stammelte er verzweifelt.

Anstelle einer Antwort beugte sie sich nach vorne und presste ihre Lippen auf seinen Mund. Seth wehrte sich vehement, doch Abigail packte mit beiden Händen seinen Kopf. »Halt still, Prediger!«

Ihr Speichel öffnete süßlich fordernd in einer Mischung aus Lakritz und Zucker seinen Mund.

Abigails Zunge schob sich wie eine Schlange zwischen seinen Zähnen hindurch, spendete ihm ihren betörenden Honig. Er konnte ihr nicht widerstehen. Seths Blick verschleierte sich. Verschwommen nahm er wahr, wie die Tapeten von den Wänden schmorten, um blutnasses Fleisch zu offenbaren. Wie sich die Zimmerdecke in narbig-nässende Haut verwandelte und der Boden weich wurde wie feuchtes, dünnes Leder.

Die Luft war dampfend heiß und schmeckte nass. Ivy entließ ihn aus ihrem eisernen Griff. Vom Honigtau betört schwankte Seth wie eine willenlose Puppe, sank rücklings in den nassen Spalt, der sich willig öffnete. Ivy kroch über ihn und riss Seth das Shirt vom Leib. Wie sie auf seinen Beinen hockte, wusste er, was sie wollte. Weil sie es auf diese Art schon oft getan hatte. Nur eben ohne Schweinemaske, Blut, Honigtau und dämonischen Frauen, die aus Teer erstanden. Seine Hose war kein Hindernis für ihre geschickten Hände. Mit Fingernägeln, scharf wie Krallen, schnitt sie ihm den Stoff einfach vom Leib. Die rosa Spitzen schlitzten seine Haut. Es lief Blut, doch Seth verspürte nichts als wohligen Schauer. Ihre Lippen umschlossen saugend seinen Schwanz, der ihr aus dem zerfetzten Stoff entgegensprang. Ivys Zunge kostete den ersten, erregten Tropfen.

»Du schuldest uns ein Kind, Samuel Parris! Du hast es uns auf Satans Bibel geschworen, auf dem Hügel, wo der Galgen stand!« Abigail kroch wie eine läufige Katze vom Bett und blickte sabbernd auf Ivys sich rhythmisch und schmatzend bewegenden Kopf.

»Du hast uns nach Salem befohlen«, keuchte sie heißer, bettete ihren schlanken Körper an Seth gepresst in die nasse Spalte und biss in seinen Hals, was Seth kehlig stöhnen ließ. »Doch die Hölle vergisst nie und vergibt niemals, Samuel Parris. Du wirst deine Schuld mit deinem Samen begleichen.« Ihr Mund war jetzt an Seths Ohr. Sie biss ihm so fest in den Hals, dass er es in seinem Kopf knirschen hörte. Anstelle von Schmerz stahl sich Erregung, die sich hart in Ivys saugenden Mund drängte.

Der teerbehaftete, sich ergießende Prozess von Abigails Entstehung kehrte sich unter Seths verschleierten Blick auf wesentlich obszönere Weise um. Abigail löste sich von ihm, kroch unter Ivys arbeitenden Körper und züngelte über ihre tropfende Scham. Mit beiden Händen teilte sie Ivys Vagina und schob ihre Zunge tief in sie hinein. Dann folgten ihre Lippen, ihr Mund, der sich zu Teer zerfließend als schwarzer Sud in sie eindrang, um gänzlich in ihr zu verschwinden.

Die Vernunft schrie nein, doch seine Erregung wischte den Gedanken beiseite wie unnötiger Ballast. Er wollte Ivy. Hier und jetzt, inmitten der gigantischen Scham, in Schleim gebettet, angefüllt mit Abigail. Er packte Ivys Schultern und zog sie nach oben. Ploppend lösten sich ihre Lippen, als sie seiner Aufforderung willig nachkam und sich auf ihn setzte.

In ihrem wilden Ritt war sie mal Ivy und mal Abigail. Schwarzes Haar verwob sich mit Blond. Ivys füllige Brüste schrumpften in Abigails handliche Größe, nur um sich erneut aufzublähen. Für Seth war es, als hätte er Sex mit zwei Frauen zugleich. Seine Hände packten Ivys weiche Hüften und gleich darauf Abigails schmales, fast knochiges Becken. Es versetzte ihn in einen Rausch, jenseits aller Vorstellungskraft.

Ivys Fingernägel schnitten ihm die Haut in Streifen von der Brust und Seth versank in einem finsteren

Rausch, bei dem es keine Rolle spielte, ob die sich windenden Körperteile aus menschlichen Gliedmaßen oder Tentakeln bestanden. Eingebettet in ein Geschmiere aus Teer, Blut und Körperflüssigkeiten peitschten sie sich dem ultimativen Höhepunkt entgegen. Seth stieß einen gellenden Schrei aus und rammte tief in sie hinein, als er sich in Ivys ergoss, sie regelrecht überschwemmte. Ivy verfiel in spastische Zuckungen, zog sich fast schmerzhaft um Seths harten Schwanz zusammen, so als wollte sie ihn auf ewig in sich halten.

Abigail warf den Kopf in den Nacken und stöhnte mit dunkler, vibrierender Stimme. Ivy krallte sich in seine wunde Brust, grub ihre rosa lackierten Fingernägel ins Fleisch, bis sie Rippen spürte. Sie züngelte dabei durch den Mundschlitz der Schweinsmaske, keuchte auf eine geile Weise, das Seth ganz anders wurde.

Sie ritt ihn noch immer, machte ihn hart, als sie ihm die Rippen brach und mit ihren Händen tief in ihn hinein bis zu seinem Herzen tauchte. Ivys Hüften gepackt, sah er den zuckenden Muskel in ihren triefenden Händen, die sie weit nach oben reckte, damit sie sein Herzblut trinken konnte, das Maske und Brüste übergoss. Langsam sackte er in den gierigen Spalt, rutschte ins heiße, aufgewühlte Fleisch, versank, einen Hauch von Honigtau auf den Lippen und ergoss sich ein letztes Mal.

Seth schnellte hoch, holte röchelnd Luft, riss die Augen auf. Grelles Licht blendete ihn. Eine angenehm kühle Brise strich über seine von altem Schweiß bedeckte Haut.

Blinzelnd setzte er sich auf. Ein Teufel saß in seinem Kopf und schlug einen schweren Hammer auf einen Amboss. Sein Schwanz brannte, weil sie es wild getrieben hatten.

»*Die Honeymoon Suite. Die Fenster im halbrunden Vorbau. Durch die Schlitze der Jalousien fällt Sonnenlicht. Das Himmelbett* ...«

Keine Ivy.

»*Ivy* ...«

Fahrig betastete er seine Brust. Da waren keine Wunden, kein Blut.

»*Ivy?*«

Seth suchte die Nylontasche und fand sie nicht. Zusammen mit Ivy und ihren heiligen Stiefeln war sie verschwunden. Die Flasche auf dem Beistelltisch war leer, die Gläser klebrig. »Scheiße ...«

Im Zimmer umherstolpernd zwängte er sich in seine Sachen, schlüpfte in die Stiefel und griff sich die Autoschlüssel von der Kommode.

»*Ivy!*«

Als er das Zimmer verließ, empfing ihn ein muffiger, aber lichtdurchfluteter Flur. Ein Hauch von Honig hing in der Luft. Staub kitzelte in seiner Nase. Anstelle nach unten zu laufen, ging Seth zu dem Zimmer auf der Mitte des Flurs. Er atmete durch und stieß zögerlich die Tür auf. Quietschend zeigte sie ihm einen dunkelgrün gestrichenen Raum. Über dem Himmelbett eine Madonna mit strahlendem Heiligenschein. Das Lacken glatt und nach Veilchen duftend. Seth massierte sich seinen schmerzenden Nacken und dachte an die leere Flasche. Endlich fiel ihm der Name des Mädchens aus der Bar wieder ein.

»*Abigail* ...«

Seth zog sich die Sonnenbrille aus der Gesäßtasche und ging nach unten.

Ivy erwartete ihn am Charger. An den Wagen gelehnt hatte sie ein Bein hochgestellt. Sie trug den Jeansmini und ein pinkfarbenes Trägertop. Seth konnte die hellen Ränder ihrer Brüste sehen, wo der knappe Stoff endete. Ihre schlanken, sonnengebräunten Beine staken in ihren ausgelatschten Cowboystiefeln, die sie so sehr liebte. Daneben lag die schwarze Nylontasche im Staub.

Mit der Zunge schnalzend stieß sie sich vom Wagen ab und lief Seth lächelnd entgegen. Ihr Bewegungen wirkten steif.

Seth sah sie mit der Schweinsmaske auf dem Kopf vor sich und stockte, doch da war Ivy schon bei ihm, schlang ihre schlanken Arme um seinen Hals und schob ihre Zunge in Seth' Mund, der diesen willig öffnete. Ihr Kuss hatte den Geschmack von wilden Kirschen mit einem zarten Hauch Honig.

»Du hast mich wund gefickt heut Nacht ... mich gestoßen wie'n verdammt geiler Stier, Honey«, raunte sie ihm ins Ohr.

Seth konnte ihre harten Nippel spüren, wie sie sich durch den Stoff bohrten. Seine Hände wanderten ihren langen Rücken nach unten, legten sich auf die runden Wölbungen ihres Hinterns und drückten das feste Fleisch. »Das macht man nun mal in der Honeymoon Suite, Baby ...«

Der Autoschlüssel klimperte in seiner Hand. »Lass uns von hier abhauen ...« Seth verstaute die Nylontasche im Kofferraum, warf einen letzten Blick auf das Bloodhouse Inn und schwang sich hinter das Lenkrad.

Ivy schlenderte mit aufreizendem Hüftschwung um den Dodge herum, einen Finger auf dem rostmatten Lack. Als sie die Beifahrertür aufzog, erwachte der Motor mit lautem Brüllen zum Leben. Seth konnte den Schimmer von Schwarz nicht sehen, den ihre Gestalt für einen Moment umgab, als sie sich auf den Sitz schwang. Ein Hauch von Teer, der im lauen Morgenwind verflog.

Ivy legte sich in einer beschützenden Geste eine Hand auf den Bauch und lächelte. »Dann lass uns die Sonne küssen, Honey!«

Über den Autor:
M.H.Steinmetz, Jahrgang 1965, lebt und arbeitet in Rheinland-Pfalz, wo er neben dem Schreiben mittelalterliches Reenactment betreibt, mit dem Messer fechtet und endzeitlich rollenspielt. Man munkelt, dass seine zombiehaft-dämonische Inspiration einer Séance entspringt, bei der er einem Succubus begegnete, und sein Faible für Backwoodstorys aus der endlosen Weite der Plains. Seine düsteren und oft blutigen Geschichten finden sich bei verschiedenen Verlagen und in diversen Anthologien.

Newport, Rhode Island

von Simona Turini

Vor vier Wochen waren sie eingezogen. Nach so langer Zeit konnte doch nichts mehr passieren, oder?

Atticus war es leid, mit seinen Eltern von Staat zu Staat zu ziehen, wann immer sein Dad einen neuen Job bekam. Schließlich wusste man nie, was in so einem Haus vor sich ging. Atticus kannte sich da aus, er war bestens informiert, was Geister anging.

Seine Mom sagte immer, er solle sich doch freuen, so viel von ihrer schönen Heimat zu sehen, acht der 50 Bundesstaaten kannte er bereits. Acht! Das bedeutete, im Schnitt war er bisher alle 16,5 Monate umgezogen, oder alle 1,375 Jahre. Atticus spähte auf den Kalender; es war der 21. Juli. Grob überschlagen also ... alle 542 Tage.

Wie sollte man in nicht mal anderthalb Jahren auch nur die *Stadt* kennenlernen, in der man lebte, geschweige denn den *Staat*, in dem diese Stadt lag? Atticus wollte sich nicht mal die Namen der Orte merken, an denen sie im Laufe seines Lebens gestrandet waren. Leider war ihm das unmöglich: Atticus merkte sich vieles. Wenn nicht sogar alles, da war er sich nicht sicher. Woher sollte man schließlich wissen, was man mal gewusst, dann aber vergessen hatte?

Geboren worden war er in Michigan, aber da waren sie nicht lange geblieben. Auch an die Zeit in Georgia und Virginia erinnerte er sich nicht richtig. Wohl aber an North Carolina, Delaware, Nevada und Maine.

Jetzt waren sie in Newport, Rhode Island und auch hier würde er sich nicht eingewöhnen.

Atticus war zu dem Entschluss gekommen, dass es schlauer war, keine engen Freundschaften einzugehen. Es war einfach den Schmerz nicht wert, wenn man dann doch wieder gehen musste. Manchmal hatten er und seine Schulfreunde sich noch Briefe oder Karten geschrieben, aber niemals besonders lang.

Bibliotheken gab es zum Glück überall, auch im kleinsten Kaff. Bücher waren Atticus' Freunde. Bücher und Pflanzen.

Er war ein Sammler. In einem halben Dutzend dicker Alben hatte er zahllose Blüten und Blätter gepresst, sorgfältig beschriftet und datiert. Diese Herbarien waren sein größter Schatz. Deshalb freute er sich auch am meisten über den riesigen Garten, der ihr neues Haus umgab. Noch bevor seine Eltern alle Kisten auspacken konnten, hatte er bereits eine Karte des labyrinthischen Parks angelegt, der das Haus umgab und plante, sie stetig zu erweitern – das neue Grundstück war gigantisch. Laut seinem Dad gab es irgendwo im westlichen Teil sogar einen See!

Jetzt, nach vier Wochen, kannte er bereits zahlreiche Wege und Lichtungen zwischen den mächtigen Hickorys, die teils vereinzelt und teils in dichten Gruppen hier standen.

Die Hände hinter dem Kopf verschränkt, lag Atticus auf dem Rücken. Auf seiner aktuellen Lieblingslichtung hatte er sich eine Art Liege gebaut: Ein platter Felsen an der Ostseite, leicht beschattet von den nahen Bäumen, bildete die Basis. Darauf hatte er Blätter verteilt und mit Zweigen fixiert. Dieses federnde Gestell wurde mit Moos gepolstert und voilà: ein bequemer Ruheplatz.

Er hatte Brombeerblätter für sein Herbarium gesammelt und bei der Gelegenheit auch einen kleinen

Haufen Früchte neben sich aufgeschichtet. Über ihm pfiffen Eichelhäher.

Um die Lichtung herum war der Wald dicht und dunkel und fast ein wenig unheimlich, aber Atticus weigerte sich, Angst vor den Bäumen zu haben – oder dem, was in ihrem Schatten lauern mochte. Lauern und warten, dass er unvorsichtig wurde und sich zu weit hinein wagte ...

Kribbelnd zog sich eine Gänsehaut über seine nackten Arme und wanderte an seinem Rücken gleichzeitig nach oben und unten. Seine Haare schienen sich aufzustellen. Er fühlte sich auf einmal wie in den einsamen Nächten in seinem Zimmer, wenn Mom und Dad unten fernsahen. Das konnte er nur hören, wenn er die Tür einen Spalt breit geöffnet ließ, denn er wohnte im einzigen vollständig ausgebauten Zimmer unter dem Dach, während der Fernseher im Erdgeschoss stand.

Es wäre ihm lieber, Mom und Dad würden im Schlafzimmer im ersten Stock fernsehen, näher bei ihm, aber er traute sich nicht, ihnen das vorzuschlagen. Sie machten sich sowieso schon so viele Sorgen um ihn, weil er keine Freunde mehr mitbringen wollte, schlecht einschlief und sich kaum wie ein »normales« Kind benahm. Das hatte er zumindest gehört, als sie gerade eingezogen waren und er nachts auf Patrouille gegangen war, um sicherzustellen, dass es auch wirklich nicht spukte.

Die leeren Dachbodenkammern neben seinem Zimmer hatte er noch nicht durchsucht – das war einfach zu unheimlich. Aber nach der Schlafenszeit durch den ersten Stock zu streifen, wo seine Eltern immer einige Nachtlichter im Flur brennen ließen, das hatte er sich durchaus getraut. Obwohl dieses merkwürdige Halbdunkel, das die Nachtlichter erzeugten, fast schlimmer war als vollkommene Finsternis. Überall lauerten Schatten und merkwürdige Formen, überall schienen Bewegungen aufzublitzen – Atticus war mehr als einmal, einen mädchenhaften Schrei unterdrückend, zurück in sein Zimmer gerannt, um sich in seinem Bett zu verstecken. Aber es half ja nichts. Wenn er in diesem Haus wohnen und schlafen sollte, musste er sicherstellen, dass es nicht spukte. Für den ersten Stock hatte er fast neun Nächte gebraucht, aber dann hatte er alles abgesucht und keine Geister oder Monster gefunden.

Und natürlich hatte er auch das Erdgeschoss kontrolliert, aber nur, solange seine Eltern noch wach waren und im Wohnzimmer Licht brannte.

Da hatte er sie reden hören. Sie sorgten sich.

Atticus war das nur recht; vielleicht sorgten sie sich ja genug, dass sie endlich diese blöde Umzieherei lassen und hierbleiben würden. Das Haus war so gut wie jedes andere – und ziemlich sicher geisterfrei. Genau wie der Wald.

Er wollte seine düsteren Gedanken mitsamt der Gänsehaut abschütteln, doch das unheimliche Gefühl klebte hartnäckig an ihm, also spähte er misstrauisch in die Dunkelheit hinter der Baumgrenze und rief sich dann in Erinnerung, was *wirklich* im Wald vor sich ging: Vögel sangen, kleine Tiere raschelten im Unterholz, Beeren und Blumen wuchsen und gediehen und verströmten ihren erstickenden Duft. Oh, und erstickenden *Gestank* gab es auch: Vor einigen Tagen hatte er einen Fuchsbau gefunden, der elend gerochen hatte. Und vor einer Woche war ein Reh auf genau diese Lichtung gekommen.

Vollkommen entspannt war es aus dem Wald getreten, hatte sich kurz umgesehen und dann ein wenig Gras gerupft. Atticus hatte auf seinem Stein stocksteif dagesessen, sich kaum zu atmen getraut und dem Tier zugesehen. Nach etwa zehn Minuten hatte das Reh plötzlich aufgeblickt, den schlanken Hals gereckt, die langen Ohren aufgestellt und war dann elegant federnden Schrittes über die Wiese zurück in den Wald gesprungen.

Die Erinnerung an die geschmeidigen Bewegungen des Tieres, an seine Eleganz und ursprüngliche Schönheit, an den Frieden, den es ausgestrahlt hatte und der unweigerlich auf Atticus abgefärbt hatte, vertrieb nun endlich seine Furcht.

Die Dunkelheit zwischen den Bäumen war *gute* Dunkelheit.

Plötzlich fiel ein Schatten über ihn. Erschrocken richtete er sich auf und sah vor sich ein kleines Mädchen stehen.

Na ja, klein, sie mochte kaum jünger sein als er.

Breit grinsend kletterte sie auf den Stein, schubste ihn ein Stück beiseite und setzte sich neben ihn.

»Schick«, sagte sie und machte es sich bequem, die kurzen Beine überkreuzt und die knubbeligen Hände auf den Knien. »Hi!« Sie lächelte ihn an.

Auch Atticus hatte sich aufgesetzt. »Hi«, antwortete er zögerlich.

Sie war zweifellos ein merkwürdiges Mädchen. Klein und pummelig, mit kurzen Armen und Beinen, die leicht gebräunte Haut übersät mit Sommersprossen. Sie trug ein buntes Sommerkleid, das vorne geknöpft war, und war barfuß. Ihr halblanges Haar kräuselte sich um das runde Gesicht – und es war so grün wie ihre Augen.

Instinktiv verspürte Atticus einen tiefen Widerwillen gegenüber diesem seltsamen Geschöpf. Doch schon einen Augenblick später fühlte er sich regelrecht zu der Fremden hingezogen – und merkte, dass er einer optischen Täuschung erlegen sein musste: Das Mädchen hatte natürlich *keine* grünen Haare. Sie war blond.

»Dich hab ich hier noch nie gesehen«, plapperte sie drauflos, »Wie heißt du? Ich bin Ruby. Du musst neu hier sein. Habt ihr das alte Johnson-Anwesen gekauft? Die Johnsons waren echt nett. In welche Schule gehst du?«

Der Wortschwall verwirrte Atticus nur noch mehr. »A... Atticus«, stotterte er. Dann riss er sich zusammen und fügte hinzu: »Das ist unser Garten!«

Ruby runzelte die Stirn. »Das ist ein Wald. Der ist frei. Der gehört doch niemandem.«

Sofort schämte Atticus sich. Sie hatte recht; nur, weil der Wald auf dem neuen Grundstück seiner Eltern lag, gehörte er ja nicht ihnen allein. Oder? Er wusste auch gar nicht, warum er das überhaupt gesagt hatte, denn vertreiben wollte er Ruby ja gar nicht.

»Willst du spielen?«, fragte das Mädchen dann, als sei nichts gewesen.

Atticus strengte sich an, nicht wieder etwas Dummes zu sagen. »Da ist ein alter Hochsitz, gar nicht weit weg und echt cool. Willst du den sehen?«, schlug er vor.

»Klar, den kenn ich doch. Der ist wirklich cool«, sagte sie und hüpfte von dem Felsen.

Die beiden Kinder rannten um die Wette zu dem Hochsitz. Es fiel Atticus schwer, mit Ruby Schritt zu halten, sie war ganz schön fix. Als er den Hochsitz erreichte, wollte sie schon die alte Holzleiter erklimmen, also packte er einem Impuls folgend ihren Arm und zog sie von der Leiter weg. Ruby strauchelte kurz und sah ihn überrascht an.

Auch jetzt wirkte ihr Haar wieder grünlich, ihre Augen wurden seltsam dunkel und die Luft um sie herum schien zu flirren. Ihr überraschter Blick wurde wütend. Atticus machte erschrocken einen halben Schritt zurück, ließ sie aber nicht los. Dann lachte sie hell und der Eindruck war verflogen.

Sie wollte sich an ihm vorbei zurück an die Leiter drängeln, aber er hielt sie mit einem Arm ab und zog sich mit dem anderen auf die erste Stufe. Rangelnd und lachend kämpften sie so um die Vorherrschaft auf der Leiter – ein Kampf, den letzten Endes Atticus für sich entscheiden konnte. Das Gleichgewicht der Kräfte war wiederhergestellt und einträchtig nebeneinandersitzend ließen sie die Beine über den Rand der Plattform baumeln und teilten sich die restlichen zermatschten Beeren aus Atticus' Hosentasche.

»Heute wird es schon wieder so heiß«, stöhnte seine Mom, als Atticus am nächsten Tag zum Frühstück in die Küche kam.

»Eigentlich ist das für diese Gegend ungewöhnlich«, kommentierte sein Dad.

»Klasse, das bringt mich bestimmt ohne Schweißausbrüche durch den Tag«, gab seine Mom zurück.

»Schwitzen ist gesund«, sagte sein Vater und senkte die Zeitung. »Und es steht dir.« Übertrieben anzüglich zwinkerte er seiner Frau zu, dann hielt er Atticus die Hand für ein High Five hin.

Atticus verstand zwar den Witz nicht, aber da sie ebenso übertrieben kokett einen kleinen Hüftschwung zeigte, musste er doch lachen und belohnte seinen Dad für den Scherz, indem er einschlug.

»Bämm!«, sagte Dad, wie immer, wenn die beiden »Männer des Hauses« dieses kleine Ritual durchzogen.

»Bämm!«, antwortete Atticus und setzte sich.

»Willst du Rühr- oder Spiegeleier, Schatz?«, fragte ihn seine Mom und nahm die Eier aus dem Kühlschrank.

»Spiegeleier, bitte. Und den Toast schön dunkel. Darf ich die Orangen auspressen?«

»Ich würde es nie wagen, die Orangen auch nur anzufassen, bevor du runtergekommen bist. Bedien dich.« Damit zeigte seine Mutter auf die Obstschale auf dem Küchentresen.

Atticus kam seiner Aufgabe mit der elektrischen Saftpresse nach und balancierte dann zwei große Gläser Saft zum Esstisch. Als er seinem Dad eines hinstellte, schnüffelte der an ihm und verzog mit großer Geste das Gesicht.

»Bäh! Junge, du müffelst!«, sagte er und hielt sich die Nase zu.

Atticus kicherte. »Es ist so heiß unterm Dach! Ich kann nix dafür, dass ich schwitze! Ich hab nix gemacht, nur geschlafen!«

»Duschen hilft, mein Sohn, duschen hilft.«

Atticus setzte sich und trank seinen Saft, während seine Mom ihm einen Teller mit Eiern und Toast hinstellte.

»Wolltet ihr nicht schwimmen gehen?«, fragte sie.

Atticus strahlte. »Au ja, du wolltest doch mit mir an den See!«

Sein Dad schüttelte bedauernd den Kopf. »Tut mir leid, das wird heute nichts. Ich muss noch ins Büro. Es gibt mehr zu tun, als ich erwartet hätte.«

»Oh, Jack«, sagte Atticus' Mutter, als sie seinen enttäuschten Gesichtsausdruck sah.

»Es tut mir ja leid, aber was soll ich machen? Ich bin der Neue, ich hab gefälligst zu tun, was der Boss verlangt.«

»Ist schon okay«, murmelte Atticus und stocherte in seinem Frühstück herum. »Wir können ja ein anderes Mal gehen.«

Die fröhliche Stimmung war verflogen. Jetzt lag eine Spannung in der Luft, die Atticus die Luft abschnürte. Er hasste das! Sein Dad musste immer arbeiten, nie hatte er Zeit. Und wann immer er ein Versprechen brach, das er seinem Sohn gegeben hatte, begannen seine Eltern zu streiten. Atticus wollte nicht der Grund dafür sein. Da zog er doch lieber weiterhin allein durch den Wald. Hauptsache, seine Eltern wurden wieder friedlich.

»Ich wollte heute sowieso lieber nach Waldmeister suchen. Der fehlt mir noch. Ich glaube, ich weiß, wo ich welchen finden kann.«

»Pass aber auf und geh nicht zu weit weg«, mahnte seine Mom und setzte sich nun selbst an den Tisch.

»Klar!«, murmelte Atticus.

Nach dem Essen fuhr sein Dad ins Büro und seine Mom zog sich in ihr Atelier zurück, um an ihrem neusten Bild zu arbeiten. Atticus wusste, dass sie nun für ein paar Stunden nicht ansprechbar war, also verabschiedete er sich kurz, ließ sich nochmals ermahnen, auf dem Grundstück zu bleiben und keinen Blödsinn anzustellen, und lief dann hinaus in die Hitze des Julitags.

Wenn Dad keine Zeit hatte, dann würde er diesen See eben allein suchen. Er lag auf ihrem Grundstück. Was sollte da schon passieren?

Doch zuerst wollte er zu seiner Lichtung und nachsehen, ob Ruby vielleicht wieder auftauchte. Es wäre viel lustiger, mit ihr zusammen den See zu suchen.

Als sich Atticus der Lichtung näherte, raste sein Herz. Vielleicht war es die Sehnsucht eines einsamen Kindes nach Gesellschaft, vielleicht lag es an ihrer offenen und lustigen Art oder der geheimnisvollen Aura, die sie umgab ... Doch im Grunde dachte Atticus nicht in solchen Kategorien. Für ihn stand nur fest, dass er gerade dabei war, seinen ehernen Vorsatz, sich von anderen Kindern fernzuhalten, zu brechen. Er fühlte sich zu Ruby hingezogen und wollte Zeit mit ihr verbringen, spielen ... ja, er wollte sich mit ihr anfreunden, so sehr das auch später wehtun würde, wenn sie Rhode Island verließen.

Aber vielleicht konnten sie ja dieses Mal auch hierbleiben ...

Vor ihm erstreckte sich die Lichtung, strahlend hell und grün – und vollkommen leer. Enttäuschung breitete sich in ihm aus und plötzlich fühlte er sich sehr, sehr allein. Auch die Aussicht auf ein Bad im kühlen See erschien ihm nicht mehr reizvoll. Er kletterte auf seinen gepolsterten Felsen und wartete.

Nach ein paar Minuten tropfte ihm der Schweiß von der Stirn und nach einer halben Stunde wurde es ihm endgültig zu heiß. Er beschloss, nun doch endlich diesen See zu suchen.

Sollte Ruby doch bleiben, wo der Pfeffer wächst!

Wütend kickte er einen Tannenzapfen vor sich her. Wenn die Beschreibung seines Dads stimmte, musste er nicht sehr weit laufen, bis er das Wasser erreichte und sich abkühlen konnte.

Tatsächlich, nur eine Viertelstunde von seiner Lichtung entfernt am westlichen Rand des Grundstücks, malerisch zwischen den majestätischen Bäumen gelegen, erstreckte sich ein großer, blau-grün schillernder See und lud Atticus regelrecht ein, sich in ihm zu versenken. Was er auch unverzüglich tat: Rasch warf er seine Flip-Flops, die kurze Hose und sein T-Shirt von sich und rannte nur in Unterhose zum Ufer.

Das Wasser war kühl, fast kalt gegen die Außentemperatur, aber herrlich klar und wunderbar erfrischend. Atticus tauchte unter und schwamm dann mit kräftigen Zügen los. Erst jetzt bemerkte er, dass links von ihm gar nicht das Ufer lag, sondern eine kleine Insel. Sie schien nicht allzu weit entfernt zu sein, also steuerte er sie an.

Als geübter Schwimmer hatte er sein Ziel rasch erreicht, erklomm das sanft ansteigende Ufer und sah sich um. Überall blühte und summte es – die Insel war ein unberührtes Paradies für Insekten aller Art, voller Blumen und blühender Sträucher. Der Anblick erinnerte Atticus an eine Dokumentation über die Tropen, die er mal mit seinen Eltern gesehen hatte. Das hier war noch besser als seine Lichtung!

»Hi!«, erklang eine Stimme hinter ihm.

Atticus zuckte zusammen und fuhr herum. Vor ihm stand die strahlende Ruby. Schauer liefen ihm über den Rücken, ihm wurde heiß und kalt in schnellem Wechsel.

»H-hi«, stotterte er. Warum nur klang er immer wie ein Idiot, wenn er »Hi« sagte?

Plötzlich war ihm nur allzu bewusst, dass er lediglich eine Unterhose anhatte. Beschämt hielt er sich die Hände vor den Schritt. Ruby schien solch eine Verklemmtheit nicht zu kennen. Mit einer raschen Bewegung streifte sie sich ihr Sommerkleid über den Kopf – es war dasselbe, das sie gestern getragen hatte.

Und es war trocken. Kurz fragte sich Atticus, wie sie das wohl gemacht hatte, aber dann wurden alle Gedanken von dem einen, alles Beherrschenden abgelöst, nämlich, dass sie so gut wie nackt vor ihm stand.

»Wer zuerst am Ufer ist!«, rief sie und rannte auch schon los. Das Wasser spritzte auf, als sie sich hineinwarf und mit schnellen, gleichmäßigen Bewegungen schwamm.

Atticus blieb einige Sekunden wie angewurzelt stehen. Er hatte noch nie ein nacktes Mädchen gesehen. Das Bild ihrer kleinen, festen Brüste mit den winzigen, vorstehenden Brustwarzen hing ihm noch vor Augen. Mit einem Schlag baute sich eine ungewohnte Hitze in seinen kindlichen Lenden auf und sein Geschlecht pochte auf eine Art, die er nicht kannte. Die Kühle des Wassers ließ die unbekannte Erregung sofort wieder abklingen und löschte auch die komische Hitze, die die des ungewöhnlich heißen Sommertages noch überstiegen hatte.

Er beeilte sich, Ruby einzuholen, hatte aber keine Chance. Sie lag bereits lachend auf dem feuchten Kies, als er bei ihr ankam.

»Lahme Schnecke!«, rief sie und schüttete sich schier aus vor Lachen.

Atticus konnte nicht anders, ihre Freude riss ihn mit. Alle Enttäuschung dieses Morgens, alle Angst und Einsamkeit lösten sich in dem Lachen auf und er wälzte sich ausgelassen am Boden herum.

Der Nachmittag übertraf selbst den davor. Ruby zeigte Atticus einen kleinen Uferabschnitt jenseits der Insel, an dem es einen richtigen Sandstrand gab. Ihre Nacktheit war auf einmal kein Problem mehr, die Sandburg, die sie gemeinsam bauten, hatte viel höhere Priorität.

Sie hoben um die Burg herum einen Graben aus, verbanden ihn mit dem See und sahen zu, wie er langsam volllief.

Als ihr Werk vollbracht war, setzten sie sich nebeneinander vor die Burg und vertieften den Wassergraben mit den Füßen. Atticus erzählte von den vielen Umzügen, den ständigen Jobwechseln seines Vaters und wie sehr er es hasste, andauernd von einem Ort zum anderen geschleift zu werden. Ruby hörte ihm aufmerksam zu, stellte die richtigen Fragen, zeigte Mitleid.

Zum ersten Mal hatte Atticus das Gefühl, sich jemandem wirklich anvertrauen zu können, endlich offen sein zu dürfen. Er erzählte von seiner Angst im Dunkeln, die ihn so oft nicht schlafen ließ, seinen

Exkursionen durch das nächtliche Haus, um sicherzustellen, dass es keine ihm auflauernden Geister, Ghoule oder Dämonen gab, von den Sorgen seiner Eltern und dem Streit, der immer dann besonders heftig wurde, wenn sein Dad mal wieder für sie alle entschied, dass ein Ortswechsel nötig wurde. Er erzählte vom Wald, den er so liebte, und seinen Herbarien.

Irgendwann spürte er, dass ihm Tränen in die Augen stiegen und verstummte. Vor einem Mädchen weinen, das wollte er dann doch nicht – auch wenn es Ruby war. Sie nahm seine Hand und drückte sie kurz.

»Ich will deine Freundin sein«, sagte sie. Nur das.

Atticus blickte auf. Ihre Augen waren groß und ernst und er erkannte, dass sie meinte, was sie sagte. Er erkannte, dass sie genauso einsam war wie er und dass sie ihn ebenso brauchte, wie er sie. Er drückte zurück, dann ließ er ihre Hand wieder los.

Die paar Stunden, die sie gestern und heute miteinander verbracht hatten, hatten sie bereits zusammengeschweißt. Sie hatten so schnell Freundschaft geschlossen, wie es nur Kinder können, die sonst niemanden haben.

»Lass uns noch mal zur Insel schwimmen«, schlug Atticus vor. Er wollte diese merkwürdige Spannung abbauen, die er zwischen ihnen spürte.

»Klar.« Wie immer war Ruby schon auf den Beinen, kaum dass er ausgesprochen hatte.

Auf der Insel angekommen suchte Ruby ihre Sachen zusammen und zog ihr Kleid wieder an. Dass sie nass war, schien ihr nichts auszumachen. Warum auch, es war immer noch sehr heiß.

»Und nun?«, fragte er. »Wollen wir Pflanzen suchen? Ich will noch Waldmeister für mein Album.«

»Du, ich glaub, ich sollte langsam nach Hause gehen«, sagte Ruby. »Es wird spät.«

»Oh, klar. Ich sollte wohl auch gehen, es gibt bestimmt bald Essen. Wollen wir morgen wieder spielen?«

»Klar! Komm einfach raus. Ich finde dich schon.«

Am Abend erzählte Atticus aufgeregt von dem See und von Ruby und wie viel Spaß es machte, mit ihr das Grundstück zu erkunden. Hungrig stopfte er sich mit dem Hackbraten voll, den seine Mom gemacht hatte und plapperte dabei die ganze Zeit vor sich hin.

Die Erlebnisse des Tages hatten ihn so aufgewühlt, dass er nicht bemerkte, wie bedrückt sie wirkte und wie still sein Dad war. Keine Scherze auf seine Kosten, keine Neckereien der Erwachsenen untereinander. Erst, als der Tisch abgeräumt war und seine Mutter sich wieder hingesetzt hatte, wurde Atticus klar, dass etwas nicht stimmte.

Sein Dad räusperte sich. »Mein Sohn, wir müssen dir was sagen.«

Atticus ahnte, was nun folgen würde. So begann sein Dad immer, wenn es um einen Umzug ging.

»Nein!«, schrie er sofort aufgebracht. »Nein, Dad, das kannst du nicht machen. Wir sind gerade erst hergekommen und das Haus ist sicher und der Wald so toll und … überhaupt!«

»Junge, ich habe darauf keinen Einfluss. Ich wurde schneller versetzt, als abzusehen war. Eigentlich hätte das Projekt ein Jahr lang laufen sollen, aber …«

»Das ist mir egal! Das ist mir egal, egal, egal!«, brüllte Atticus und sprang von seinem Stuhl.

Seine ganze Frustration und Enttäuschung entlud sich in diesem Wutausbruch; Frustration über all die Umzüge und die Einsamkeit, Enttäuschung ob der Hilflosigkeit eines Kindes, das viel zu lange Spielball der Erwachsenen gewesen war. Er stampfte mit dem Fuß auf.

Auch sein Dad hatte sich erhoben. Mit ausgestreckten Armen ging er auf seinen Sohn zu. »Junge, hör doch, bitte ...«

»Nein!« Atticus wollte nichts hören, wollte gar nicht wissen, wie sich sein Dad rausredete. »Nein! Mir gefällt's hier, ich will bleiben. Bald geht die Schule los, ich bin doch schon angemeldet. Ich will hier nicht weg. Und Mom auch nicht!« Er blickte hilfesuchend zu seiner Mutter. »Stimmt's, Mom? Du willst doch auch lieber hierbleiben?«

Seine Mutter senkte den Blick und schwieg. Sein Dad stand jetzt vor ihm, ging ein wenig in die Knie, um mit Atticus auf Augenhöhe zu sein.

»Junge ...«

»NEIN!«, brüllte Atticus aus Leibeskräften und wich einen Schritt zurück.

Ein heftiger Schmerz durchzuckte ihn, ein Brennen fuhr über seine Wange und mit Schrecken stellte er fest, dass sein Dad ihm eine Ohrfeige verpasst hatte. Atticus hob die Hand an sein Gesicht. Tränen tropften von seinem Kinn. Sein Dad wirkte genauso erschüttert wie er selbst. Langsam richtete er sich auf.

»Es tut mir leid, Sohn«, murmelte er. »Tut mir leid ...«

Damit drehte er sich um und ging.

Atticus stand wie erstarrt. Seine Mom wollte ihn in den Arm nehmen. Er merkte, dass auch sie weinte. Trotzdem riss er sich los und lief die Treppe hinauf in sein Zimmer.

Beim Frühstück am nächsten Morgen fragte seine Mom Atticus immer wieder, auf was er Lust hätte. »Pfannkuchen, vielleicht? Ich kann dir welche machen.

Oder lieber Eier auf Toast? Oder Waffeln? Ich kann das Waffeleisen auspacken und wir machen eine kleine Teigparty.«

Atticus schüttelte nur den Kopf.

Sein Dad trank stumm eine Tasse Kaffee und zog sich dann in sein Arbeitszimmer zurück. Er schien zu spüren, dass Atticus noch nicht zu einem vernünftigen Gespräch bereit war. *Wenn der wüsste,* dachte Atticus. Er hatte längst das Ende der Vernunft erreicht. Jetzt regierten Auflehnung und Trotz.

Seine Mutter setzte sich zu ihm und nahm seine Hand. »Es tut mir so leid, mein Schatz. Aber du weißt doch, wie das mit Dads Arbeit ist. Manchmal muss er eben schnell woanders hin, dahin, wo er gebraucht wird.«

»Aber wir brauchen ihn doch auch«, murmelte Atticus, so leise, dass sie es kaum hören mochte. Lauter fügte er hinzu: »Können wir nicht einfach hierbleiben, nur du und ich? Soll er doch gehen.«

Sie seufzte. »Das geht nicht, mein Schatz. Er muss weit weg. Wir würden ihn überhaupt nicht mehr zu sehen kriegen. Das willst du doch nicht, oder?«

Atticus reagierte nicht. Natürlich wollte er nicht auf seinen Dad verzichten. Aber schon wieder umziehen? Gerade jetzt, wo er sich endlich mal wohlfühlte? Er wollte es seinen Eltern erklären, wollte ihnen sagen, dass er sich nicht von Ruby trennen konnte.

Er wusste nur nicht, wie. Also sagte er nichts, ließ seine Mom ihre Plattitüden runterleiern und schmiedete insgeheim einen Plan.

Wenn *er* nicht bei ihnen war, wenn sie umzogen, dann konnten sie nicht gehen. Verschwinden, das war die Lösung.

Und das tat er dann auch.

Lange stand er am Ufer des Sees und überlegte, wie er seinen Schlafsack, die Comics und die Essensvorräte, die er in der Küche geklaut hatte, trocken auf die Insel bekommen sollte. Er kam zu keiner Lösung, also beschloss er, es darauf ankommen zu lassen: Sollten die Sachen doch nass werden, es war heute wieder so heiß, dass er sie bestimmt vor Anbruch der Nacht trocknen konnte.

Rasch wickelte er alles in den Schlafsack und band ihn sich mit seinem Gürtel auf den Rücken. Die Turnschuhe machte er ebenfalls am Gürtel fest. Dann ging er langsam ins Wasser und probierte ein paar Schwimmzüge. Es würde länger dauern als gestern, aber es ging. Atticus schwamm mit seinem Gepäck zu der Insel. Als er ankam, war er erschöpft – das Bündel aus Stoff hatte sich vollgesogen und war schwer geworden. Aber er hatte es geschafft.

Nun musste er nur alles ausbreiten und warten, bis es trocknete. Derweil würde er seinen Schlafplatz für die nächsten Nächte auskundschaften. Atticus versorgte sein Gepäck, auch sein durchweichtes T-Shirt breitete er am Ufer aus. Die Taschenlampe hatte das Wasser nicht überlebt. Er konnte nur hoffen, dass sie vielleicht doch wieder anging, wenn sie erst trocken war. Langsam dämmerte ihm, auf was er sich eingelassen hatte ... Aber jetzt zurückzugehen kam nicht infrage.

Er setzte sich ans Ufer und blickte auf den See. Still und blau lag das Gewässer vor ihm und lud ihn ein, die Hitze hinter sich zu lassen. Aber er war noch erschöpft von seinem Weg zur Insel und wollte jetzt nicht schwimmen. Wenn doch Ruby nur endlich käme! Er versuchte, eins seiner Comichefte zu lesen, aber die durchnässten Seiten lösten sich nicht voneinander. Er wartete weiter.

Als Ruby am Nachmittag endlich auftauchte, brach Atticus – allem männlichen Stolz zum Trotz – in Tränen aus. Seine Freundin nahm ihn sofort in den Arm. Sie tätschelte seinen Rücken, während er sich ausweinte und ihr stockend und schluchzend erzählte, dass er bald umziehen musste.

Als er geendet hatte, sah sie ihn wieder mit diesem merkwürdig ernsten Blick aus dunklen Augen an. »Meinst du das ernst?«, fragte sie. »Dass du hierbleiben willst? Ist es *dein größter Wunsch*, hier bei mir zu bleiben?«

»Ja«, schluchzte er, »auf jeden Fall. Ich hab genug, Ruby, ich mag nicht mehr umziehen.«

»Wenn das wirklich dein Ernst ist, dann kann ich dir vielleicht helfen«, sagte sie verschwörerisch.

Atticus wischte sich die Tränen ab. »Okay«, erwiderte er leise. »Wie denn?«

Sie ging nicht weiter darauf ein.

Am Abend waren seine Sachen tatsächlich trocken und sie hatten Atticus ein Lager neben einem großen Brombeerbusch hergerichtet. »Du schläfst heute in der Speisekammer«, witzelte sie und pflückte eine Handvoll der dicken Beeren.

Gemeinsam aßen sie sich am Obst und Atticus' mitgebrachten Vorräten satt – die Äpfel und auch eines der Sandwiches hatten die Tour durchs Wasser gut überstanden. Das zweite Sandwich war leider nass geworden, denn die Plastiktüte, in die es eingewickelt war, hatte sich gelöst.

Nicht lange nach ihrem gemeinsamen Mahl musste Ruby nach Hause.

»Kann ... na ja, kann ich vielleicht doch mitgehen?«, fragte Atticus. Die einsetzende Dunkelheit machte ihn nervös.

Ruby schüttelte bedauernd den Kopf. »Das geht nicht. Meine Eltern ... mögen keinen Besuch. Weil ...

weil meine Grandma krank ist. Wir dürfen sie nicht stören, dann wird sie ... sauer«, erklärte sie stockend.

Atticus konnte sich nicht helfen, aber er hatte das Gefühl, dass sie log. Wenn Ruby ihn nicht mitnehmen wollte, musste er das eben akzeptieren. Vielleicht waren ihre Eltern ja besonders streng und mochten es nicht, wenn sie mit einem Jungen spielte. Er ließ es dabei bewenden und kuschelte sich schweigend in seinen Schlafsack.

»Tut mir echt leid«, sagte Ruby noch. Kurz zögerte sie, als würde sie es sich anders überlegen. Atticus schöpfte schon Hoffnung, die Nacht vielleicht doch nicht allein draußen verbringen zu müssen. Aber dann winkte seine Freundin verhalten. »Bye.«

»Bye. Schlaf gut«, verabschiedete er sich.

Dann war sie weg.

Die Dunkelheit nahm zu und mit ihr wuchs die Angst. Er hätte es sich denken können – wie sollte er denn draußen schlafen, wenn er sich schon im Haus immer so sehr fürchtete? Ein bisschen hatte er gehofft, dass die Nähe des Waldes und das Licht des Mondes ihn trösten würden, aber nun musste er zugeben, dass die Schatten der Bäume und der fahle Schein des Halbmondes ihm eher unheimlich vorkamen. Und die Geräusche überforderten ihn vollends – überall Rascheln und Knacken, im See plätscherte es, hinter ihm und vor ihm und überall um ihn herum regte sich ein Leben, das er in der Nacht nicht erwartet hätte.

Ängstlich kuschelte er sich tiefer in seinen Schlafsack und versuchte, nicht hinter jedem Plätschern einen Tentakel zu vermuten, der durch die Wasseroberfläche brach, um ihn zu sich in die düsteren, kalten Tiefen zu ziehen. Er wollte auch nicht jedes Knacken für die Schritte eines gigantischen Monstrums halten, das sich durch das Gebüsch schlug und ihn jeden Moment packen konnte, um ihn fortzuschleppen und zu mästen, bis der Tag gekommen war, an dem er dick und rund war und bereit, in den Kochtopf geworfen zu werden. Oder jedes Knistern über ihm für ein prähistorisches Flugungeheuer, das mit mystischer Nachtsicht, den messerscharfen Schnabel gierig geöffnet, Nahrung für seine Jungen suchte ... Junge, die pfeifend und piepend und kreischend in einem riesigen Nest darauf warteten, Atticus die Augen auszuhacken und ihm die Haut von Körper zu ziehen, ehe sie ihn ganz auffraßen ...

Das Ganze war eine wirklich, wirklich schlechte Idee gewesen!

Aber ein Rückzug – der ihm am Tag utopisch erschienen war, weil er seinen Eltern auf keinen Fall unter die Augen treten wollte – war mittlerweile vollends unmöglich: Sobald er aus dem Schlafsack kroch, würde der Tentakel seinen Knöchel umwinden, das Monstrum ihn am Arm packen und der Flugsaurier seine spitzen Krallen in seinen Kopf schlagen. Und selbst wenn nicht, selbst, wenn er es zum Ufer auf der anderen Seite der Insel schaffen sollte: Durch den pechschwarzen See zu schwimmen, das würde er niemals wagen! Zu intensiv hatte er bereits über die Dinge nachgedacht, die in der Tiefe lauern konnten. Die Dinge, die das enervierende Plätschern verursachten.

Schließlich zog er trotz der immer noch herrschenden Hitze den Schlafsack über seinen Kopf und schloss angestrengt die Augen. Vielleicht würde er ja irgendwann einschlafen und nicht merken, wie er zerfetzt wurde ...

Ruby weckte ihn. Sie hatte frisches Obst und weitere Sandwiches dabei. Dankbar schälte Atticus sich aus seinem verschwitzten Schlafsack und blinzelte erschöpft in die Morgensonne. Offensichtlich hatte er überlebt – Heureka! Dann war alles möglich, das wusste er. Dann konnte er alles schaffen.

Vielleicht auch seinen Eltern sagen, dass er unbedingt hierbleiben musste.

»Guten Morgen, Schlafmütze«, sagte Ruby und hielt ihm eine Plastiktüte mit einem ungeschickt belegten Schinken-Käse-Sandwich hin.

»Morgen«, sagte er und nahm die Tüte. »Danke!«

Sie aßen schweigend, dann erklärte Atticus, dass er wohl doch nach Hause musste. Ruby sah enttäuscht aus.

»Ich dachte, du wolltest hier bei mir bleiben?«, sagte sie.

»Schon, aber meine Eltern machen sich bestimmt Sorgen.« Eine plötzliche Eingebung ließ ihn auflachen. »Weißt du was? Mom und Dad machen sich doch immer Sorgen, dass ich keine Freunde habe und so. Wenn du mit mir nach Hause kommst und sie sehen, dass *wir zwei* Freunde sind, dann sind sie bestimmt so erleichtert, dass sie mich hierbleiben lassen.«

»Hm. Vielleicht«, murmelte Ruby. Sie wirkte nicht gerade begeistert von der Idee.

Atticus fiel ihre Zurückhaltung kaum auf. Er war so überzeugt von seinem Plan, dass er ihn sofort in die Tat umsetzen wollte.

»Komm schon«, sagte er und stand auf. Er nahm Rubys Hand und zog sie hinter sich her über die Insel.

Widerwillig kam sie mit.

Als die beiden das Haus von Atticus' Eltern erreichten, sprang er zur Tür und riss sie auf. »Mom, Dad«, rief er. »Ich bin wieder da. Es tut mir leid, wenn ich euch erschreckt habe, ehrlich, bitte seid nicht böse.«

Er stand im Flur und sah sich um, halb in Erwartung eines Donnerwetters, halb hoffend, dass seine Eltern freudig-erleichtert auf ihn zustürmen würden. Das Haus blieb still.

»Mom?«, rief er. »Dad?«

Wo waren sie nur? Atticus lief in die Küche, die wie ein Schlachtfeld aussah. Überall lagen Brotkrümel, Einwickelpapier von Käsescheiben und Plastiktütchen herum. Eine angebrochene Packung Schinken schwitzte auf dem Küchentresen. Atticus runzelte die Stirn. Was war denn hier passiert?

Er durchquerte Küche und Essbereich und ging ins Wohnzimmer, das ebenfalls verwaist, aber aufgeräumt war. Dasselbe Bild bot sich im Gästebad und dem Gästeschlafzimmer im Erdgeschoss. Auch im ersten Stock waren alle Räume leer, im Schlafzimmer seiner Eltern war es so ordentlich, dass ihn die merkwürdige Ahnung überkam, hier könnte womöglich niemand geschlafen haben.

Sein Zimmer war leer.

Blieben nur die übrigen Speicherräume. Atticus machte sich zwar mittlerweile durchaus Sorgen um seine Eltern, aber die Angst vor dem, was auf dem Speicher lauern mochte, überwog diese Sorge bei Weitem.

»Ruby?«, rief er nach unten.

»Ja?«, erklang es direkt hinter ihm. Er fuhr herum. Sie war ihm gefolgt und stand vor seinem Bett, ein Comicheft in der Hand.

»Kannst du bitte … na ja, kannst du vielleicht mitkommen, wenn ich hier reingucke?«, fragte er kleinlaut.

»Da musst du nicht reingucken«, sagte sie gelassen. »Deine Eltern sind nicht hier.«

Atticus runzelte die Stirn. »Woher weißt du das?«

Sie zuckte die Achseln. »Ich weiß es eben. Bestimmt sind sie losgefahren, um dich zu suchen. Machen Eltern so was nicht?«

»Die Autos sind beide da. Hast du das nicht gesehen? Meine Eltern sind nicht weggefahren.«

Ruby ließ das Comicheft sinken und sah ihn schweigend an. Sie wirkte wieder so merkwürdig, so *bedrohlich*. Nicht ihr grün erscheinendes Haar machte ihm Angst, nicht ihre dunklen Augen, nein, es lag etwas in ihrem Ausdruck, das Atticus wie eine *Prüfung* vorkam. Sie maß ihn mit ihrem Blick, sah in ihn hinein und kontrollierte, ob ihr gefiel, was sie dort fand. Atticus erschauderte. Schließlich nickte sie.

»Komm mit«, sagte sie, warf das Comicheft aufs Bett und ging zur Treppe.

Atticus folgte ihr mit wackligen Knien. Was war hier los?

Ruby verließ schnurstracks das Haus, überquerte den Rasen und tauchte in den schattigen Wald ein. Sie ging zu Atticus' Lieblingslichtung und als er hinter ihr ins Licht der Mittagssonne trat, stockte ihm der Atem: Mitten auf der Lichtung standen zwei große, kräftige Hickorys. Die Stämme strebten kerzengerade zum Himmel und die Kronen verflochten sich, als hielten die Bäume einander an den Händen.

Ruby blieb neben dem dickeren der beiden Stämme stehen und legte sanft eine Hand darauf. Dann wandte sie sich an Atticus.

»Du hast doch gesagt, dass du hierbleiben willst. Bei mir. Du hast gesagt, dass du hier glücklich bist und dass es dein größter Wunsch ist, zu bleiben.«

Atticus nickte verwirrt. »Aber ... was ist hier ...«

Ruby ignorierte sein Gestammel. »Wir können hierbleiben. Wir beide. Auf genau dieser Lichtung, bei deinen Eltern. Hier ist es immer schön, immer warm und sonnig. Wir können Beeren und Wurzeln essen und den Tau trinken und uns an den Blüten erfreuen und die Vögel singen nur für uns und wir werden auf ewig glücklich sein. Wir werden wachsen und altern, aber langsam, und wir werden ewig schön sein. Du kannst hierbleiben, bei mir, und deine Eltern auch.«

Damit strich sie zärtlich über den Baumstamm und sah ihn dann auffordernd an.

»Und?«, fragte sie. »Willst du bleiben?«

Atticus wusste nicht, was er von all dem halten sollte. Ruby, seine Freundin Ruby, die lebensfrohe, lustige, geschickte Ruby, schien auf einmal so merkwürdig ernst und ... *alt*. Er wollte nicht mehr hier sein und diese komischen Bäume anstarren, die überhaupt nicht hier sein durften, weil es sie doch gestern noch nicht gegeben hatte.

»Ich will zu meiner Mom«, sagte er und spürte, wie schon wieder Tränen in seinen Augen brannten.

Ruby seufzte. »Du verstehst es nicht, oder?«

Jetzt weinte er richtig. »Ich will zu meiner Mom!«, fuhr er sie an.

Ruby sah auf einmal sehr traurig aus. Ihre grünen Augen schienen nun fast schwarz, ihr Haar schillerte in allen Grüntönen und auch ihre Haut schien einen leichten Grünton anzunehmen. Die Luft um sie herum flimmerte.

»Wenn in Wahrheit *das* dein größter Wunsch ist, mein lieber, lieber Atticus, dann bin ich machtlos. Sag, ist es dein *größter Wunsch*, zu deiner Mutter zu gehen? Zu deinen Eltern?«

Atticus schluchzte heftig, Tränen rannen über sein Gesicht und tränkten sein schmutziges T-Shirt. Er konnte nicht reagieren, war nicht fähig, etwas zu sagen. Verzweifelt blickte er sich um, sah die beiden unwahrscheinlichen Bäume an. Ruby stand wartend vor ihm, die Trauer noch ins Gesicht geschrieben. Atticus ahnte, was hier passiert sein könnte, aber erfassen konnte er es nicht.

»Was hast du gemacht?«, fragte er tonlos. »Was hast du *angerichtet*, Ruby?«

Ob der Anschuldigung gewann ihr hitziges Temperament die Oberhand, ihre Trauer wandelte sich mit einer Geschwindigkeit in Wut, die Atticus nicht erwartet hätte. Ihre Locken stoben wild um ihren Kopf, jetzt ganz eindeutig grasgrün strahlend, ihre Augen schienen Blitze zu verschießen, das runde Gesicht war verzerrt und auf einmal gar nicht mehr so freundlich rund, sondern merkwürdig lang und spitz – und sie sah irgendwie *größer* aus als sonst ...

Drohend ragte sie vor ihm auf, mit grün schillernder Haut, die nicht mehr glatt und weich schien, sondern knotig und hart. Sie hob die Hände an sein Gesicht, lange, spitze Finger griffen nach ihm, und er wich schreiend zurück.

»IST ES DEIN GRÖSSTER WUNSCH, ZU DEINER MUTTER ZU GEHEN? ANTWORTE, ATTICUS!« Ihre Stimme donnerte in seinen Ohren, tief und volltönend und irgendwie ... herrisch. Das war nicht mehr seine Freundin Ruby, das war jemand ... *etwas* ... anderes.

»Ja«, rief er, kreischte es fast. Eine solche Angst hatte er noch nie empfunden, nicht in seinem dunklen Zimmer, nicht auf dem unheimlichen Speicher, nicht einmal letzte Nacht am See. Die Angst war allumfassend, packte seine Kehle und schnürte sie zu, drückte mehr und mehr Tränen aus seinen Augen, ließ ihn am ganzen Körper zittern.

»JA!«

Das Wort hallte im Wald wieder, die Bäume schienen es aufzunehmen, schienen ehrfürchtig zu raunen und miteinander zu flüstern. Blätter rauschten, Äste knackten und Stämme ächzten. Auch die beiden Bäume auf der Lichtung wurden von der Aufregung angesteckt. Sie schienen sich in Atticus' Richtung zu biegen, als wollten sie sich zu ihm beugen, ihn hochheben und mit ihren Kronen umschließen.

Das Ruby-Ding legte den Kopf schief und sah ihn wild an. Ihre schwarzen Augen waren riesig und das Flimmern um sie herum breitete sich aus. Es umfasste ihn, die Bäume hinter ihr, die gesamte Lichtung, vielleicht gar den gesamten Wald? Atticus wusste nicht, was hier geschah.

Wieder streckte das Ruby-Ding die Hand aus, die nun weder spitz noch bedrohlich wirkte. Fasziniert verfolgte er, wie sie zeitlupenhaft auf ihn zukam, diese Hand, Rubys Hand, und blickte dann in ein Gesicht, das ebenfalls wieder das vertraute Antlitz seiner Freundin war. Nur nicht lächelnd, nicht fröhlich, sondern unglücklich. Resigniert.

Seine Angst war noch immer da, ließ sein Herz hämmern und den Schweiß über seinen Rücken fließen. Dann aber berührten ihn Rubys sanfte Finger und eine Ruhe überkam ihn, wie er sie noch nie gespürt hatte.

Er fühlte sich seltsam leicht, doch dann, als sie ihm einen Kuss auf die Lippen drückte – seinen ersten Kuss, seinen letzten Kuss – wich die Leichtigkeit einer unbeschreiblichen Schwere.

Ihre Lippen lagen auf seinen, ihr Duft drang in seine Nase, er spürte ihre Hand federleicht auf seiner Haut – und dann löste sie sich von ihm und ihn überkam ein Gefühl von Verlust. Er blickte sie an, ihre schwarzen Augen waren jetzt seine ganze Welt. Als sie sie niederschlug, brach der Bann.

Atticus sah sich um, sah die beiden neuen Bäume, die sich immer weiter zu ihm bogen und immer lauter raunten und klagten. Er sah die Lichtung, auf der sich neugierige Tiere versammelt hatten, die ihn wie ein neues Familienmitglied musterten. Dann blickte er an sich herunter und sah, dass seine Beine nicht mehr seine Beine waren, sondern ein Stamm. Fest in der Erde seiner Lieblingslichtung verwurzelt stand dort ein hölzerner Baumstamm, und er sah, dass das Holz an ihm hinaufkroch, seinen Bauch verhärtete, seine Brust. Er spürte, wie seine Arme nach oben gezogen wurden, sah, wie seine Finger länger und länger wurden und an ihren Spitzen zarte Blättchen sprossen.

Bevor das Holz seinen Kopf erreichte und ihm die Sicht, den Verstand, das Menschsein nehmen konnte, blickte er nochmals Ruby an.

»Mach es gut«, sagte sie leise. »Mein lieber Atticus, mach es gut!«

Über die Autorin:
Simona Turini.
Filme, Bücher, Platten, Menschenhass.
Jahrgang 1981, Sommerkind.
Schreibt über Zombies (»Trümmer«), gestörte Familien (»Der Blaue Tanz« in »Horror Legionen 3«) & emotionale Abfallprodukte (»›Kopf hoch‹, sagte der Silberfisch in meiner Badewanne«).
Mehr? Gibt's unter www.simonaturini.de

Haus aus Lust und Schmerz

von Anja Hansen

»Wie sehr hasst ihr uns eigentlich, dass ihr uns das antut?«

»Von was redest du eigentlich?« Markus betrachtete seine ältere Tochter Saskia im Innenspiegel. Sie waren jetzt seit fast zwei Stunden unterwegs und es waren die ersten Worte, die sie an ihn richtete. Er hatte ja nicht mit Jubelschreien gerechnet, aber auch nicht mit dieser Eiseskälte.

»Ein Umzug ist nicht dein Todesurteil«, kommentierte Lena. Seine jüngere Tochter verdrehte genervt die Augen und widmete sich dann wieder dem Roman in ihrer Hand.

»Vollkommen richtig. Ihr werdet schon sehen, dass ein Tapetenwechsel immer etwas Positives ist.« Johanna klappte den Spiegel in ihrer Sonnenblende auf und zog den roten Lippenstift nach.

»Für meinen Sozialstatus ist das sehr wohl das Todesurteil!«, beklagte Saskia sich.

»Du bist gerade einmal zwanzig. Was für einen Status willst du denn haben?«, fragte Markus ungläubig.

»Du hast doch sowieso keine Ahnung!«, erwiderte Saskia trotzig. Zu allem Überfluss verschränkte sie auch noch trotzig die Arme vor der Brust.

Lena fragte sich oft, wer hier die Erwachsenere war. Sie selbst war erst frische achtzehn und gerade mit dem

Abitur fertig. Ihre Schwester hatte es gar nicht erst so weit geschafft, sondern jobbte, seit sie siebzehn war. Bis jetzt hatte sie es nirgendwo lange ausgehalten und da sie keine abgeschlossene Ausbildung vorzuweisen hatte, war sie noch auf ihren Vater angewiesen. Lena befürchtete, dass sich an der Situation auch so schnell nichts ändern würde. Ihre einzige Hoffnung war, dass sie bald einen weit entfernten Studienplatz bekam.

Sie würde ihren Vater zwar vermissen, aber Johanna und Saskia nicht besonders. Zu ihrer Stiefmutter hatte sie noch nie einen wirklichen Draht gehabt und die Wege der Schwestern hatten sich auch schon vor langer Zeit getrennt. Die eine lebte für Partys und die andere in der Welt der Bücher. Lena interessierte sich für alles Okkulte und Unerklärliche, Saskia für Leuchtkondome und Sex on the Beach. Und sie meinte dabei nur selten den Drink!

»Wir sind gleich da. Benehmt euch erstmal und versucht es, bevor ihr euch beschwert«, sagte Johanna. Ihr strenger Blick im Innenspiegel heftete sich dabei auf Saskia.

Lena konnte nie so recht einschätzen, ob ihre Stiefmutter eifersüchtig auf ihre Schwester war. In Saskias Alter war sie garantiert auch so ein Partyflittchen gewesen. Ihre beste Zeit war jetzt mit Anfang vierzig allerdings vorbei. Lena vermutete, sie habe sich wohl deshalb häuslich niedergelassen und war nun sogar dazu bereit, ihrem neuen Mann aufs Land zu folgen. Markus behandelte sie gut. Ihr mangelte es an nichts. Und solange das Internet funktionierte, brauchte Johanna auch keine Designerläden.

Lena verstand nicht, was ihr Vater an solch einer Frau fand. Musste wohl die Midlifecrisis sein. Sie war jedenfalls das genaue Gegenteil ihrer verstorbenen

Mutter, die Lena auch nach zehn Jahren noch an jedem einzelnen Tag vermisste.

Markus fuhr die Auffahrt entlang. Lena hatte sich wieder so in ihr Buch vertieft, dass sie gar nicht mitbekommen hatte, dass sie ihr Ziel bereits erreicht hatten.

Das alte Herrenhaus ragte bedrohlich vor ihnen auf.

Lena hatte sich bei der Besichtigung unwohl gefühlt, aber Johanna hatte sich sofort darin verliebt und so wurde es natürlich gekauft. Ihre Schwester hingegen sah das Haus zum ersten Mal und blickte staunend auf ihr neues Zuhause.

»Wie viele Schlafzimmer hast du nochmal gesagt?«, fragte sie aufgeregt.

»Sieben«, antworte Johanna verzückt. »Und vier Badezimmer.«

»Vielleicht wird es ja doch nicht ganz so schlimm«, überlegte Saskia laut.

»Das ist mein Mädchen!«, rief ihr Vater amüsiert. »Warte nur, bis du dein Ankleidezimmer siehst. Dann hast du deinen alten Herrn wieder lieb.« Markus brachte den Wagen lachend zum Stehen.

Saskia quiekte neben ihrer Schwester fröhlich auf, während Lena misstrauisch zu den oberen Fenstern sah. Für einen Moment hatte sie geglaubt dort jemanden stehen gesehen zu haben, aber das einfallende Abendlicht hatte ihr wohl einen Streich gespielt.

»Wie wäre es, wenn wir uns heute Abend eine Pizza bestellen und es uns zusammen gemütlich machen? Nur für den Einzug, keine Sorge.« Markus drehte sich im Sitz zu seinen Töchtern um.

Saskia hatte bereits ihre Tür geöffnet und war mit einem Fuß ausgestiegen. Sie zuckte nur gleichgültig mit den Schultern.

»Eine gute Idee, Liebling. Ich sehe gleich nach, was ich finden kann.« Johanna zückte ihr Smartphone und ging ihrer Lieblingsbeschäftigung nach: Etwas bestellen!

»Wunderbar!« Markus schwang sich euphorisch aus dem nagelneuen Mercedes.

Lena vermisste den klapprigen blauen Polo ihrer Mutter. Mit gemischten Gefühlen stieg sie als Letzte aus dem Wagen aus.

»Wollt ihr dasselbe wie immer, Mädchen?« Johanna sah nur kurz von ihrem Smartphone auf, als sie die breiten Steinstufen hinaufstiegen.

Saskia und Lena nickten zustimmend, während Markus einen Arm um die Taille seiner Frau legte.

»Bestell uns noch eine Flasche Wein mit.«

Johannas Kichern brachte Saskia dazu, sich zu ihrer kleinen Schwester umzudrehen und den Finger angedeutet in den Hals zu stecken. Lena grinste und war froh, dass sie sich wenigstens in dieser Sache einig waren.

Die Möbelpacker waren bereits am frühen Mittag hier gewesen und alles stand an dem Platz, den Johanna dafür vorgesehen hatte. Nur noch die Kartons mit den persönlichen Gegenständen mussten ausgepackt werden.

Markus gab dem Drängen seiner Tochter nach und zeigte Saskia als erstes ihr Zimmer. Lena konnte ihren Freudenschrei bis ins Erdgeschoss hören.

Sie hatten auch zuvor nicht schlecht gewohnt, aber das Herrenhaus war mit nichts vergleichbar, was sie vorher gekannt hatten. Es war das ultimative Traumhaus für Barbies wie Saskia und Johanna.

Lena war da schwieriger zu überzeugen. Sie hatte den Preis gehört, den ihr Vater dafür gezahlt hatte und irgendwie kam der ihr ziemlich gering vor. Ein paar Kleinigkeiten waren natürlich am Haus zu machen, aber das erklärte nicht den Schleuderpreis.

Zu den Vorbesitzern konnte oder wollte die Maklerin auch keine Angaben machen und sich mit einer Datenschutzverordnung herausgeredet.

Natürlich konnte es für alles eine logische Erklärung geben, aber Lena hinterfragte gerne alles.

Während ihre Schwester sich gerne blindlings ins Abenteuer stürzte, wog Lena stets das Für und Wider ab, bevor sie eine Entscheidung traf.

»Du wirst schon sehen, es wird uns hier gut gehen«, erklärte Johanna abermals, als sie die unschlüssig im Gang stehende Lena sah.

»Ja. Natürlich.« Lena nickte mechanisch und stellte ihre Ohren auf Durchzug. Ihre Stiefmutter erzählte etwas von der Architektur des Hauses und welch unglaubliches Glück sie hatten, den Zuschlag dafür zu bekommen. Natürlich war alles nur ihr Verdienst gewesen. Sie hatte zwar keinen Penny beigesteuert, aber dennoch hatten sie schließlich alles ihr zu verdanken. Als Lena es nicht mehr aushielt, ließ sie sie einfach stehen und machte sich auf den Weg nach oben, um ihr Zimmer in Augenschein zu nehmen.

Markus hatte ihr den Wunsch nach neuen Bücherregalen gewährt. Sie staunte nicht schlecht, als sie anstatt eines Ankleidezimmers, eine kleine Bibliothek vorfand. Ihr Vater hätte den Nebenraum ihres Zimmers wirklich nicht besser nutzen können. Ihr Lächeln wurde noch breiter, als sie das einsame Buch in einem der schwarzen Regale zur Hand nahm. *Rituelle Menschenopfer* stand auf dem ebenfalls schwarzen Buchcover. Zugegeben, es ist vielleicht nicht das, was sich normale Achtzehnjährige von ihrem Vater wünschen, aber bei Lena traf er genau ins Schwarze. Mit dem Raum und mit dem Geschenk.

»Kommt ihr runter und helft mir beim Einräumen der Küche? Ich kann die Teller nicht finden.«

Johannes Ruf ließ sie vom Einband des Buches aufblicken und sie stellte es zurück ins Regal. Sie konnte es kaum erwarten, ihre anderen Schätze dazu zu stellen. Im Stillen versprach Lena ihrem Vater, sich zusammen zu reißen und Johanna wenigstens zu ignorieren, wenn sie sie schon nicht wirklich ertragen konnte.

Nacht eins

»Hey Lena!«

Verschlafen rieb sie sich über die Augen und sah in ein verschwommenes Puppengesicht. Erst als sich ihr Blick langsam klärte und ihre Augen sich dem Licht der Nachttischlampe angepasst hatten, erkannte sie ihre ältere Schwester.

»Was ist denn los? Es ist mitten in der Nacht.« Lena überprüfte ihre Aussage durch einen kurzen Blick auf die leuchtenden LEDs ihres Weckers. Es war kurz nach Mitternacht.

»Natürlich ist es das. Und es ist Freitag. Du weißt, was das heißt.« Saskia grinste und erhob sich von ihrer Bettkante.

Nur schwerfällig und mit einem Seufzen richtete Lena sich in ihrem Bett auf. »Wie willst du denn hinkommen ohne Auto?« Sie wusste genau, was ihre Schwester vorhatte.

Saskia winkte ab. »Ich nehme mir einfach Dads. Weißt du zufällig, wo er die Schlüssel hat?«

Lena hob eine Augenbraue und sah ihre große Schwester missbilligend an. »Und du glaubst, dass ihm das nicht auffällt? Hältst du es nicht einmal ein Wochenende mit deiner Familie aus? Wir sind doch gerade erst eingezogen. Du kannst auch nächste Woche noch Party machen.«

»Das ist nicht meine Familie. Nicht jeder davon zumindest ...«

Saskia hatte sie damit am Haken und Lena hasste es, dass ihre Schwester das auch genau wusste. Nach einem Kopfschütteln und einem strafenden Blick stand sie jedoch auf und schlüpfte in ihre Hausschuhe. »Sie sind vermutlich irgendwo unten im Flur.«

»Du bist die Beste, Schwesterchen!« Saskia hüpfte mit den High Heels in der Hand hinter ihr her und Lena fragte sich zum wiederholten Male, wie die beiden nur verwandt sein konnten.

Zusammen stiegen sie leise die Treppenstufen herab. Das Schleichen kam noch von ganz allein, obwohl das in ihrem neuen Heim nicht nötig gewesen wäre. Ihr Vater und Johanna schliefen in einem anderen Gang, als die beiden jungen Frauen. Ihre Stiefmutter wollte wohl endlich ungestört sein.

Unten angekommen griff Lena in die Glasschale, die direkt neben der schweren Eingangstür auf der Kommode stand und hielt Saskia die Autoschlüssel entgegen. »Und dafür hast du mich geweckt?«

»Das war ja einfach.« Saskia entriss ihr die Schlüssel ohne ein Wort des Danks. Diese Stimmungsschwankungen waren typisch für sie. Sie überstiegen das normale Maß an Egoismus bei weitem. »Dann bis später.«

»Bis später«, grummelte Lena und wandte sich wieder der Treppe zu. Das Rütteln an der Tür ließ sie jedoch innehalten.

»Seit wann sperrt Dad ab?« Saskia zog und zerrte daran, aber die Holztür mit den Eisenverschlägen gab keinen Millimeter nach.

»Vielleicht hat er ja Angst vor der Nachbarschaft.« Lena zuckte grinsend mit den Schultern, als der böse Blick ihrer Schwester sie traf.

»Das kann doch jetzt nicht euer Ernst sein«, fluchte sie. Nacheinander schob Saskia jeden Schlüssel vom Bund ihres Vaters ins Schloss. Ihre Versuche blieben jedoch erfolglos.

»Vielleicht hat die Tür sich nur verzogen.« Lena trat wieder zu ihr, aber auch mit gemeinsamen Kräften konnten sie die Tür nicht bewegen.

»War das sein hinterhältiger Plan? Falls die Entfernung zu meinen Freunden noch nicht reicht, sperrt er mich sicherheitshalber auch noch ein?!«

»Sei nicht lächerlich.« Lena stellte ihre Versuche seufzend ein, während ihre Schwester schnaubend auf dem Absatz kehrtmachte und die Schlüssel wütend in die Schale warf.

»Ich bin doch in der Hölle!« Mit den Worten verschwand Saskia die Treppe nach oben und ließ ihre Schwester im Dunkeln allein zurück.

Kopfschüttelnd setzte Lena sich ebenfalls in Bewegung. Auf dem mittleren Treppenabsatz warf sie noch einen letzten Blick zurück zur Tür. Sie hatte selbst die Pizza entgegengenommen und später waren sie alle vier gemeinsam nach oben gegangen. Wann hätte ihr Vater also abschließen sollen, ohne dass sie es bemerkt hätten?

Nacht zwei

Lena erwachte schweißgebadet. Ihr Herz raste, als hätte sie gerade einen Marathon gelaufen. Das Fenster stand offen und blies angenehm kühle Nachtluft über ihren erhitzten Körper. Sie zog die dünne Steppdecke höher und verdeckte damit ihre hart aufgerichteten Brustwarzen. Sie spürte eine vollkommene Erregung in ihrem Körper. Langsam ließ sie die Hand unter der Bettdecke hinab wandern. Ihre Perle war so gereizt, dass sie bei der Berührung zurückschreckte. Was sie zunächst für Schweiß gehalten hatte, entpuppte sich als andere Körperflüssigkeiten.

Obwohl niemand sie sehen konnte, errötete Lena beschämt. Sie masturbierte zwar öfter, aber im Schlaf war ihr das bisher noch nicht passiert. Vor allem nicht in dieser Heftigkeit! Möglicherweise wollte ihr Körper ihr damit sagen, dass er genug von der Jungfräulichkeit hatte. In ihrem Alter war sie diesbezüglich sowieso eine Rarität.

Der Wind ließ sie frösteln und die Gedanken an den Morgen verstärkten das Zittern noch weiter. Als ihr Vater zum Bäcker aufgebrochen war, hatte er die Tür problemlos geöffnet. Ohne sie vorher aufzuschließen.

Nacht sechs

Lena war erschöpft. Sie hatten die letzten Nächte kaum ein Auge zugetan. Jedes Mal, wenn sie gerade kurz vorm Einschlafen war, begannen die Geräusche. Johannas Stöhnen erfüllte das alte Gemäuer und Lena war plötzlich froh darüber, dass sie keine direkten Nachbarn hatten. Ihr Vater und ihre Stiefmutter rammelten wie die Karnickel. Ihr kam es vor, als hätte das Haus sie in frisch verliebte Teenager verwandelt. Natürlich gönnte sie ihnen ihren Spaß, aber sahen sie nicht, dass der Lärm die Mädchen in übermüdete Zombies verwandelte?

Nacht sieben

Lena saß wie die Nächte zuvor am offenen Fenster und hatte ein aufgeschlagenes Buch auf ihren angewinkelten Knien abgelegt. Nur eine Lichterkette erhellte den Raum, aber das spärliche Licht erfüllte seinen Zweck.

Das Klopfen an der Tür ließ sie zusammenzucken. Saskia war schon hineingeschlüpft, bevor sie sie hereingebeten hatte.

»Ich werde hier noch wahnsinnig«, beklagte sie sich zur Begrüßung.

»Was ist denn los?« Mit einem wehmütigen Blick trennte Lena sich von ihrer aktuellen Lektüre.

»Hörst du das nicht? Die beiden machen ja nichts anderes mehr. Wann hast du Dad zum letzten Mal gesehen?«

Lena neigte nachdenklich den Kopf zur Seite. »Beim Abendessen gestern?«

»Das war vorgestern!«

»Wirklich?« Lena fiel es irgendwie schwer zu glauben, dass gerade ihrer Schwester so etwas auffiel. Normal kümmerte sie sich um niemanden außer sich selbst. Beim näheren Betrachten bemerkte Lena auch das äußerliche Bröckeln ihrer Fassade. Augenringe und kleine Fältchen zierten ihre sonst ebenmäßige Haut. Das Haar hing ihr stumpf und glanzlos über die Schultern.

Unweigerlich fragte sie sich, ob sie genauso aussah. Sie konnte sich nicht erinnern, wann sie zuletzt einen Blick in den Spiegel geworfen hatte. Geschweige denn das Haus verlassen.

Eine Gänsehaut breitete sich bei der Erkenntnis über ihre Arme aus.

»Irgendetwas stimmt hier nicht! Ich verbringe mehr Zeit mit meinem Duschkopf, als mit dem Handy.«

»Ist das wirklich etwas Neues?«, scherzte Lena.

»Das ist nicht lustig. Ich bin tot müde, aber kann die Finger nicht von mir lassen. Langsam aber sicher drehe ich noch durch.«

»Du glaubst also, dass euch etwas dazu treibt? Du?«, fragte Lena ungläubig.

»Mach dich nicht über mich lustig«, schmollte Saskia und ließ sich auf die Bettkante sinken. »Das ist eine ernste Sache.«

»Schon gut.« Lena hob beschwichtigend die Hände, auch wenn sie sich ein Grinsen nicht verkneifen konnte. Triumphierend hielt sie ihr Buch in die Höhe. »Ich glaube aber, dass ich weiß, was hier vor sich geht.«

»Das hat dir eins deiner schlauen Bücher gesagt oder wie?« Skeptisch hob Saskia eine Augenbraue.

Lena verdrehte die Augen und ignorierte den spitzen Kommentar. »Schonmal etwas von Incubi gehört?«

Saskia verzog angewidert das Gesicht. »Sind das etwa Krabbeltiere?«

»Nein.« Lena schüttelte seufzend den Kopf. »Das sind Dämonen. Kurz gesagt erwecken sie Lust. Bis der Körper auslaugt und schließlich stirbt.«

»Würde plausibel klingen, wenn es denn Dämonen gäbe.«

Lena war es gewohnt für ihren Glauben an das Übernatürliche belächelt zu werden. Saskias Reaktion ließ sie also kalt, obwohl doch die Fakten für ihre Theorie sprachen. »Kannst du deine Bedenken nicht wenigstens einmal zur Seite schieben?«

»Okay. Okay. Nehmen wir also an, dass ein Dämon«, bei dem Wort zeichnete sie Anführungszeichen in die Luft, »etwas damit zu tun hat. Was machen wir dann? Den Exorzisten rufen?«

»Exorzismus funktioniert nur bei Besessenheit und davon gehe ich nicht aus.«

»Also, was dann? Was sagt dein Dämonenbuch?«

»Nichts …« Lena biss sich auf die Unterlippe und senkte ihren Blick. »Da stehen nur Beschreibungen, aber nicht, wie man damit umgeht.«

»Das ist ja extrem hilfreich.« Saskia seufzte und stemmte sich mit einem Ruck in die Höhe.

»Dann bringt uns dieser Schwachsinn auch nicht weiter.«

»Das ist kein Schwachsinn«, murmelte Lena.

»Wie auch immer.« Saskia zuckte mit den Schultern und drehte sich in Richtung Tür. Bevor sie den Griff in die Hand nahm, hielt sie jedoch noch einmal inne. »Weißt du eigentlich, was im Keller ist?«

»Wie kommst du jetzt darauf?«

»Dad hat erwähnt, dass er ihn noch räumen muss.«

»Dein Abenteuersinn ist wohl immer noch stärker, als dein Sextrieb.« Lena lachte und stand ebenfalls auf.

»Ich bin jetzt schon wund und muss mich ablenken, also auf.«

Lena hob eine Augenbraue und war sich nicht sicher, ob ihre Schwester scherzte. Sie selbst war zwar auch erregter als üblich, aber es hielt sich in Grenzen. Von den feuchten Träumen abgesehen. Mittlerweile konnte sie sich nach dem Aufwachen wenigstens ein paar Details erinnern. An Hände, die sie zärtlich berührten. An Lippen, die ihr süße Worte ins Ohr wisperten. Schnell schüttelte sie die Erinnerungen ab und beeilte sich ihrer Schwester zu folgen, die bereits auf den Flur hinaus war.

»Was glaubst du dort zu finden? Spannende Sachen von den Vorbesitzern?«, fragte sie, als sie zu Saskia aufgeschlossen hatte.

»Vollkommen egal. Hauptsache es ist mehr als Staub. Vielleicht hast du ja Glück und wir finden sogar ein paar Bücher.«

Lena beschleunigte bei dem letzten Wort ihren Schritt. Es fiel ihr erstaunlich leicht Saskia, zu überholen. Ihr Gang wirkte irgendwie abgehackt. Auf dem Weg ins Erdgeschoss wurden sie von Schreien und Seufzern begleitet. Für die Schwestern war das nichts Neues mehr, aber trotzdem musste Lena dabei an ihre Mutter denken. Sie wusste, dass ihr Vater sie nicht vergessen hatte, aber trotzdem schmerzte es.

»Kommst du endlich?« Saskia war wieder vor ihr und wartete am Ende der Treppe. Lena hatte gar nicht bemerkt, dass sie stehen geblieben war. Sie nickte und nahm zwei Stufen auf einmal.

Nur wenige Augenblicke später schaltete Saskia das Licht im Keller an. Der großzügige Raum wurde von mehreren nackten Glühbirnen erhellt. Saskia stieß einen enttäuschten Seufzer aus, als sie die Treppen hinabstieg.

»Das hätte ich jetzt nicht erwartet.« Lena ließ ihren Blick über den leeren Raum schweifen und folgte ihrer Schwester.

»Hier muss aber etwas sein.« Unten angekommen drehte Saskia sich einmal im Kreis, um sich einen Überblick zu verschaffen. Jeweils zwei Türen befanden sich auf den Seiten des Raumes.

»Ich hätte mit mehr Unrat gerechnet. So groß können die anderen Räume ja gar nicht mehr sein.«

»Vermutlich nur die Heizungskeller.« Saskia trat vor die erste Tür auf der linken Seite und wechselte einen Blick mit ihrer Schwester, ehe sie sie öffnete.

Lena blieb ein gutes Stück zurück und spähte ihr über die Schulter. Weiße Linnen verdeckten Gegenstände, bei denen es sich offensichtlich um Möbelstücke handelte. Nichts, was man in einem Keller nicht erwarten würde.

Saskia zog eine Schnute und knallte die Tür zu. »Ich habe das Gefühl, dass wir hinter der nächsten etwas finden werden.«

Lena sah ihrer Schwester nach, die mit neuem Elan zur zweiten Tür eilte.

»Glückwunsch! Du hast den mystischen Schaltkasten gefunden«, kommentierte sie wenige Sekunden später trocken den Fund.

»Das ist doch Scheiße hier!«, fluchte Saskia.

»Wir haben doch erst die Hälfte«, versuchte Lena sie aufzumuntern und ging selbst zur gegenüberliegenden Tür.

»Ich habe keine Lust mehr. Lass uns wieder gehen.«

Lena verdrehte die Augen und legte die Hand auf den Türgriff. »Du hast mich mitten in der Nacht hergeschleppt, dann ziehen wir das jetzt auch durch!«

»Dann aber schnell. Mir ist kalt.« Saskia schlang die Arme um sich und rieb mit den Händen über ihre Oberarme. Lena kroch die Kälte langsam ebenfalls in die Knochen. Sie hätte schwören können, dass es vor ein paar Minuten noch wärmer gewesen war.

»Dann mach gleichzeitig die andere auf.«

Saskia nickte und trat an ihr vorbei zur hinteren Tür. »Auf drei?«

»Mach sie einfach auf.« Lena runzelte die Stirn und sah in das enttäuschte Gesicht ihrer großen Schwester. Offenbar vermisste sie ihre Spielfreunde.

»Wie du willst«, erwiderte sie zickig und riss die Tür auf.

Lena öffnete ihre ebenfalls und versuchte etwas im spärlichen Licht zu erkennen. Sie sah reflektierendes Metall und Umrisse eines großen Stuhls. Was auch immer es war, es bescherte ihr eine Gänsehaut.

Als sie Schritte hinter sich hörte, schlug sie schnell die Tür zu und tauschte einen Blick mit ihrer Schwester, die es ihr gleichgetan hatte.»Was macht ihr denn hier unten?« Johanna band ihren Bademantel zu, als sie die Treppen hinabstieg.

»Wir waren nur neugierig.« Saskia hakte sich bei Lena unter und zog sie in Richtung Treppe. »Und du?«

»Euer Vater hat Hunger. Ich wollte ihm ein Sandwich machen, als ich hier Licht sah.«

»Es ist zwei Uhr nachts.« Lena hob verwirrt eine Augenbraue.

»Wirklich? Ich dachte, es wäre noch früher.« Ihre Stiefmutter wirkte erschöpft. »Dann ab ins Bett mit euch.«

»Sind schon weg.« Saskia zerrte Lena die restlichen Stufen nach oben und Johanna verschwand aus ihrem Blickfeld.

»Diese Gören.«, murmelte Johanna und wollte ebenfalls wieder umdrehen, als ihr Blick auf eine der Türen fiel. Eins der Mädchen hatte sie scheinbar nicht richtig geschlossen. Seufzend stieg sie die Stufen hinab und näherte sich langsam. Ihre Brustwarzen stellten sich bei der Kälte auf und rieben unsanft an dem rauen Stoff. Dennoch reagierte ihr Körper und schickte elektrische Stöße in ihren Schoß.

Eigentlich wollte sie nichts lieber, als zurück zu Martin, aber die weibliche Neugier ließ sie einen Blick in die Dunkelheit werfen. Das Glitzern des Chroms zog sie magisch an. Johanna warf einen Blick über die Schulter, ob die Mädchen auch wirklich weg waren, ehe sie den Raum betrat. Ihre Hand tastete nach einem Lichtschalter, aber wurde nicht fündig. Sie ignorierte ihren flauen Magen und überließ sich ganz der Aufregung. Langsam tastete sie sich zu dem mittig im Raum stehenden Gegenstand vor. Das wenige Licht aus dem großen Kellerraum in ihrem Rücken half ihr dabei nur wenig.

Zögerlich und fasziniert zugleich strichen ihre Fingerspitzen über die Fußstützen. Das kalte Metall ließ sie erschaudern. Der Stuhl erinnerte sie an den bei ihrem Frauenarzt. Jede Frau hasste diese, sie schutzlos entblößende Position, aber gleichzeitig vermochte sie auch es durchaus zu erregen.

Noch als sie sich zum Gehen wandte, fragte sie sich, was dieses Ding in ihrem Keller zu suchen hatte. War er von ihren Vorbesitzern übrig geblieben oder hatte gar Markus ihn besorgt?

Nacht acht

Lena saß plötzlich aufrecht im Bett. Im ersten Augenblick wusste sie nicht, was sie geweckt hatte, aber dann hörte sie die Schreie.

Hastig schlug sie die Bettdecke zurück und schlüpfte in ihre Hausschuhe. Als sie die Zimmertür öffnete, rannte gerade ihr Vater vorbei und stieß Saskias

Zimmertür auf. In dem kurzen Augenblick registrierte Lena, dass er nicht gut aussah. Seine Haare wurden von deutlich mehr grauen Strähnen durchzogen, als noch vor ein paar Tagen. Die Boxershorts hingen tief auf seinen Hüften, als hätte er ein paar Kilos verloren.

Saskia schrie immer noch panisch. Johanna hatte mittlerweile zu Lena aufgeschlossen und wirkte eher genervt als besorgt. Ihr Gang war bei weitem nicht mehr so elegant wie früher. Lena wunderte sich eigentlich, dass ihre Stiefmutter überhaupt noch laufen konnte.

»Was ist denn hier los?«

»Ich weiß es nicht.« Lena sah in die Richtung von Saskias Zimmer und wurde den Kloß im Hals nicht los. Die Schreie gingen ihr immer noch durch Mark und Bein, auch wenn sie langsam zu Schluchzern abgeebbt waren.

Die Stimme ihres Vaters drang beruhigend zu ihr herüber und gab Lena seit langem mal wieder ein vertrautes Gefühl von Zuhause. Trotzdem konnte sie sich nur langsam dem Zimmer ihrer älteren Schwester nähern.

Saskia hatte sich am Kopfende des Bettes zusammengekauert und wog den Oberkörper langsam vor und zurück. Markus saß auf der Bettkante und redete leise auf sie ein.

Auf Lena wirkte Saskia jedoch so, als würde sie nicht viel davon mitbekommen. Ihr Blick war starr geradeaus gerichtet.

»Was ist los?« Johanna drängte sich an Lena vorbei ins Zimmer. Vor dem Bett blieb sie stehen und verschränkte die Arme vor der Brust.

»Ich weiß es nicht genau.« Markus hob kurz den Blick zu seiner Frau. »Sie sagt nur, dass jemand hier war.«

»Offensichtlich nicht. Lass uns wieder ins Bett gehen.«

Lena sah Johanna entgeistert an. Ihre Stiefmutter war nie sehr fürsorglich gewesen, aber diese Reaktion hätte sie ihr nicht zugetraut.

»Du hast recht, Liebling.« Markus stand auf und warf keinen einzigen Blick mehr zurück, als er gemeinsam mit Johanna hinausging.

Fassungslos konnte Lena nicht anders tun, als ihnen ein paar Augenblicke verblüfft und enttäuscht nachzusehen. Ihr Herz zerbrach in dieser Nacht. Gemeinsam mit dem ihrer Schwester.

Nacht neun

Lena hatte die vergangene Nacht und den Tag bei Saskia verbracht. Ihre Schwester hatte noch nicht viel gesprochen, aber dass sie ihr vorlas, schien sie zu beruhigen.

Etwas anderes konnte sie ohnehin nicht für sie tun. Sie fand keine eigenen Worte, um sie zu trösten, also nahm sie sich die von anderen. Zum Glück standen auch ein paar Romane in ihrer Sammlung.

Es war schon spät in der Nacht, als Lena langsam die Augen zufielen und sie das Buch weglegen musste.

»Nur noch ein Kapitel«, bat Saskia sie plötzlich.

»Ich dachte, du magst keine Bücher.«

»Nur nicht, wenn ich sie selbst lesen muss.«

»Sag mir erst endlich, was gestern passiert ist.«

Saskia setzte sich aufrecht ins Bett und sah sie eindringlich an. »Es war jemand hier. In meinem Zimmer.«

»Und da bist du dir sicher?«, fragte Lena vorsichtig.

»Ich weiß, was ich gesehen habe! Und gespürt.« Der letzte Satz kam leise und beschämt über ihre Lippen.

»Wie meinst du das?« Lena rollte sich zur Seite und stützte sich auf einem Arm ab, um ihre Schwester ansehen zu können.

»Er war bei mir. In mir.« Erneut liefen Tränen über ihre Wangen.

Zur gleichen Zeit schlich Johanna in den Kellerraum. Den ganzen Tag hatte sie diesen mysteriösen Stuhl nicht aus dem Kopf bekommen. Sie gierte danach zu erfahren, wie ihre nackte Haut sich darauf anfühlte.

Ihr Bademantel fiel schnell davor zu Boden. Fast schon behutsam spreizte sie die Fußstützen zur Seite. Genau so weit, dass sie dazwischen passte.

Ehrfürchtig betasteten ihre Finger das kalte Metall. Es fühlte sich gut an. Hauchte ihr neue Energie ein. Gerade als sie sich auf den Stuhl setzen wollte, spürte sie jemanden hinter sich. Sie hatte es gewusst! Endlich hatte Markus sie erhört und wollte mehr Spannung in ihr Liebesleben bringen.

Ein Stück Stoff legte sich um ihre Augen und nahm ihr auch den letzten winzigen Rest des Lichts. Der Körper drängte sie weiter nach vorne und somit hatte sie keine andere Wahl mehr, als sich auf den Stuhl zu setzen. Freudige Erwartung paarte sich mit der angenehmen Kälte. Ihr ganzer Körper stand unter Spannung.

Ein fester Stoff schlang sich um ihre Hand- und Fußgelenke. Die Fesseln waren ihr zuvor gar nicht aufgefallen. Schon jetzt spürte sie die Nässe zwischen ihren Schenkeln. Das hier war genau das, worauf sie so lange gewartet hatte!

»Mach schon. Nimm mich endlich.« Ihre Stimme bebte vor Erregung.

Markus ließ sich jedoch offenbar Zeit. Sie spürte sein Geschlecht an ihrer Klitoris. Ganz langsam reizte er sie damit, bis ihr Stöhnen immer lauter wurde und schließlich den ganzen Raum erfüllte. Erst dann drang er unerwartet und mit voller Härte in sie ein.

»Schneller! Nimm mich härter!«, flehte und befahl Johanna zugleich.

Sie spürte Hände an sich. Überall. Sie glitten über ihre Brüste, zwischen ihre Lippen und drangen auch in ihren Hintern ein. Jede Öffnung ihres Körpers wurde ausgefüllt und erstickte ihre Schreie.

»Wen meinst du mit ›ER‹?« Lenas Herz raste. Sie war kurz davor ihre Schwester an den Schultern zu packen und zu schütteln.

»Ich glaube, sein Name war Jason oder Jackson.«

»Du kanntest denjenigen, der hier war?«

»Natürlich nicht! Aber ich habe von ihm gelesen.«

Lena schüttelte verwirrt den Kopf. Saskias Worte ergaben keinerlei Sinn für sie. »Und was? Wo?«

»Nach unserem Gespräch über diese Incubi. Ich habe gegoogelt. Wusstest du, dass eine Sekte hier lebte? Sie beteten Dämonen an und feierten Sexorgien. Nachdem ein paar Reisende und Dorfbewohner verschwunden waren, fand hier eine Razzia statt. Die meisten Mitglieder sind geflohen, nur ihr Anführer blieb und wurde erschossen. Seine Leiche wurde jedoch nie gefunden. Genauso wenig die der verschwunden Menschen.«

Saskias Erzählung ließ ihre Schwester eine Gänsehaut bekommen. »Ich muss gehen.« Abrupt stand Lena auf.

»Was? Du kannst mich doch jetzt nicht alleine lassen.« Saskia wollte ihre Schwester noch festhalten, aber ihr Griff ging ins Leere.

»Ich bin gleich zurück! Ich will nur etwas überprüfen.« Lena verschwand so schnell zur Tür hinaus, dass Saskia ihr nicht mehr folgen konnte.

Sie flog förmlich die Treppen nach unten. Es war nur ein winziges Detail gewesen, dem sie gestern keine Beachtung geschenkt hatte. Jetzt könnte sie sich selbst dafür ohrfeigen. Fluchend stolperte sie die letzten Stufen in den Keller. Ihr Ziel war die hinterste Tür. Mit wild schlagendem Herzen riss sie das Linnen vom ersten Möbelstück. Zum Vorschein kam ein schwarzer Altar, der mit frischem Blut beschmiert war. Lena würgte, als sie das abgetrennte Glied und das Herz darauf liegen sah.

Sie taumelte zurück und presste die Hand auf den Mund. Ihr Blick wanderte zu dem kleinen umgedrehten Pentagramm, welches in die Tür geritzt war.

In aufkommender Panik wollte Lena nur noch weg aus diesem Keller und zurück zu ihrer Schwester. Aber noch im Umdrehen bemerkte sie die offenstehende Tür auf der anderen Seite des Raumes.

Sie wusste, was sich dahinter befand und stieß sie daher mit einem unguten Gefühl weiter auf. Das Bild brannte sich nicht nur in ihre Netzhaut, sondern auch in ihre Seele ein.

Johannas Brustkorb war so weit aufgerissen, dass sie die Rippenbögen deutlich sehen konnte. Eine weiße Flüssigkeit bedeckte ihren zerschlagenen Körper, über deren Natur sich Lena lieber nicht den Kopf zerbrechen wollte.

Ihre Beine begannen zu zittern und es brauchte all ihre Kraft, um sich von diesem Bild abzuwenden. Ekel und Faszination rangen in ihr um die Vorherrschaft.

Schließlich kehrte sie der nackten Leiche den Rücken und rannte nach oben. Ihr Fund konnte es nur eines bedeuten und sie brauchte Gewissheit. Schreckliche Gewissheit.

Die Tür des Schlafzimmers stand offen, als sie dort ankam. Ihre Lippen bebten, denn sie konnte die Tränen nur noch mühsam zurückhalten. »Dad?«

Das ganze Haus schien den Atem anzuhalten. Lena war noch nicht bereit, auch noch ihren Vater zu verlieren, also zögerte sie den Moment hinaus. Ihr rationales Denken befahl ihr, die Tür zu öffnen, aber sie konnte sich keinen Millimeter bewegen.

Erst ein Geräusch aus dem anderen Korridor ließ sie in die Wirklichkeit zurückfinden. »Saskia«, flüsterte sie panisch und rannte los. Im Angesicht des Todes hatte sie für einen Moment die Gefahr vergessen, in der sie sich beide noch befanden.

Sie wich von der Schlafzimmertür zurück und lief ihrer Schwester entgegen. Ein entsetztes Keuchen entwich ihren Lippen, als sie Saskia sah. Sie war auf den Beinen, aber taumelte mehr, als das sie ging. Ihr Körper war über und über mit Schnittwunden versehen.

»Saskia!« Lena packte ihre Schwester vorsichtig an den Schultern und drängte sie sanft zum Hinsetzen. Beide rutschten an der Tapete entlang und Saskias Wunden hinterließen blutige Streifen darauf.

»Du wolltest doch wiederkommen«, hielt sie Lena leise vor.

»Ich war doch nur ein paar Minuten weg.« Lena konnte die Tränen nicht mehr zurückhalten. Der Verlust und die Vorwürfe holten sie auf einen Schlag ein.

»Jackson ... du musst hier weg«, hauchte sie.

»Ich gehe nicht ohne dich.« Vehement schüttelte Lena den Kopf, obwohl es offensichtlich war, dass ihre Schwester nirgendwo mehr hingehen würde. Ihre Wunden waren zu tief und überall war Blut. So unendlich viel Blut. Bei dem Anblick musste sie an Marquis de Sade denken. Lena wunderte sich noch, wie merkwürdig ein Gehirn manchmal funktionierte, als Saskias Atem immer rasselnder ging.

»Er ist ... dir hier.«

»Pssssst. Alles wird wieder gut.« Lena wog sie in ihren Armen und überlegte fieberhaft, was sie jetzt machen sollte. Es war doch nur ein Umzug gewesen. Es war nur Sex. Wieso gerade ihre Familie? Hatten sie alle nur etwas verborgen, dass der Dämon ans Licht brachte? Der Mensch ... und das beschmutzte Haus, korrigierte sie sich selbst.

Sie saß noch Minuten später da, als Saskia sich bereits eine Weile nicht mehr rührte. Ihr Blut hatte eine Pfütze gebildet, die sie beide wie ein Kreis einschloss. Es kostete sie Überwindung, ihre Schwester loszulassen, aber sie hatte keine andere Wahl.

Lena musste sich an der Wand abstützen, um nicht auf der Blutlache auszurutschen. Ihre eigene Zimmertür stand offen und sie sah den Schein der Lichterkette.

Wie eine Motte ging sie darauf zu und schritt durch sie hindurch. Jackson wartete auf sie.

Nacht 333

Nachdem Lena als einzige Überlebende des grauenhaften Mordes an ihrer Familie aufgefunden worden war, hatte man sie in eine geschützte Anstalt geschafft. Sie hatte mit niemandem über die Ereignisse in dieser Nacht gesprochen. Im Grunde hatte sie gar nicht mehr gesprochen.

Sie blickte an dem Gebäude hoch und blieb an dem Fenster ihres ehemaligen Zimmers hängen. Sie glaubte, jemanden hinter dem Fenster stehen zu sehen.

»Daddy wartet auf uns«, flüsterte sie leise mit heiserer Stimme und hob die Babyschale hoch. Man hatte ihr gesagt, dass ihre Tochter blind sei, aber Lena wusste es besser. Elora sah vielleicht nicht ihre Welt, aber dafür eine andere, viel wichtigere.

Das alte Gemäuer war ihr immer noch unheimlich, aber es war ihr Zuhause. Als sie die Stufen nach oben ging, öffnete sich bereits die große Holztür.

Über die Autorin:
Anja Hansen wurde im Juni 1985 im Saarland geboren. Sie neigt zu typischen Zwillingseigenschaften und ist daher auch in mehreren Genres zu Hause. Erotik und Horror sind nur zwei ihrer Steckenpferde. Die Liebe zu Büchern ist schon früh bei ihr entflammt. Als Leserin ist sie überwiegend im Fantasygenre unterwegs. Beruflich befasst sie sich mit einem spannenden Thema: Buchhaltung. Mittelaltermärkte und Gothic Konzerte sind ihr Ausgleich. Ihre Wohnung teilt sie sich mit zwei Stubentigern und verdammt vielen Katzenhaaren.

Tohagwasa, der
Silberreiher

von Claudia Rapp

»Also tun wir es?«

Der Blick, mit dem Livia ihre Freundin ansieht, ist ernst und entschlossen. Dennoch wartet sie auf Imalas Zustimmung. Schließlich ist es Paiute-Land, das hier entweiht und zum Schauplatz einer lächerlichen Auseinandersetzung gemacht wird. Erneut. Das gleiche Theater wie vor drei Jahren? Livias neu erwachter Zorn und ihr nunmehr geschärftes Verständnis für politische Zusammenhänge und menschliche Gewissenlosigkeit lassen sie aufbegehren, wo sie als Teenager noch kopfschüttelnd zugeschaut hat. Vor allem aber hat sie in ihrem ersten Jahr am College in Portland noch etwas anderes gelernt und will nun wissen, wie viel Macht sie tatsächlich besitzt.

Die beiden jungen Frauen sitzen im Schneidersitz auf Livias Bett, der Tee dampft auf dem kleinen Tisch am Kopfende und verströmt seinen betörenden Duft. Wildkräuter von zu Hause, eine Verbindung zur Hochebene, die nun dreihundert Meilen weit entfernt ist.

Als Imala nicht antwortet, sondern nur forschend ihren Blick erwidert, wendet Livia sich leicht verunsichert ab und gießt zwei Tassen Tee ein. Durch den Schwaden duftiger Hitze sieht sie Imala lächeln.

»Ja. Wir tun es!«

Das Haus ächzt unter dem Ansturm des Windes. Von Osten her werden die Schneeflocken herangetrieben, wirbeln um das Gebäude und sammeln sich zu großen, nassen Klumpen auf dem vereisten Boden. Wäre jemand draußen, um sich das Naturschauspiel dieses Sturms anzusehen, vielleicht hätte ihn dieser eine, flüchtige Moment an den Zauberstab der guten Fee in Disneys Cinderella erinnert, wenn weißes Glitzern um den Kürbis herumwirbelt und er dann in eine Kutsche verwandelt wird. *Bibbidi. Bobbidi. Boo.*

Aber es ist niemand draußen, die Männer hocken alle im Wohngebäude des Naturschutzgebiets zusammen, trinken Whiskey aus roten Plastikbechern, kauen auf billigem Trockenfleisch herum und frieren sich trotz mehrerer Schichten Jeans, Flanellhemden, Pullovern in Tarnmuster und Daunenjacken den Arsch ab.

Die Heizung ist ausgefallen, aber keiner von ihnen hat herausfinden können, woran das liegt. Der Schneesturm hat sie im wahrsten Sinne des Wortes eiskalt erwischt. Keiner würde vor den anderen zugeben, dass er von der Lage überfordert ist, in die sie sich mit ihrer glorreichen Besetzungsaktion selbst gebracht haben. Nein, es war keine Schnapsidee, es ist ein wichtiger Schritt im Kampf gegen den Feind! Die Regierung, den Sumpf in Washington. Die liberale Elite, New York und die verdammte Westküste. Die Hippies und Hipster in Portland, wo Männlein Weiblein sein wollen und die Feminazis das Sagen haben. Politische Korrektheit. Gutmenschen. Linke Bazillen, die am liebsten alle Mexikaner legal ins Land lassen wollen, damit nächste Woche an jeder Ecke ein Taco-Truck steht. Scheiß auf Tacos, Quaid bekommt von der scharfen Sauce immer höllischen Durchfall. Scheiß auf die Schwulen, denn Lamar fühlt sich keineswegs zu den hübschen, gut gepflegten Jungs hingezogen, die er damals in San Francisco so schamlos-verschämt angestarrt hat.

Scheiß auf die Weiber, Brody ist immer noch Jungfrau und würde seinen Mitverschwörern ganz sicher keine der peinlichen Geschichten seiner Misserfolge anvertrauen. Manchmal träumt er von Reese Witherspoon und stellt sie sich als sittsames Südstaatenmädel vor, manchmal träumt er von Eliott Rodger und stellt sich jede einzelne Schlampe vor, die ihn abgewiesen hat. Er würde ihnen allen die Köpfe wegblasen und sein Foto in den Zeitungen würde an das Filmposter zu Rambo erinnern. Brody ist keine 1,70 groß und ziemlich schmächtig, aber das vergisst er in solchen Träumen gern. Reese Witherspoon ist immerhin nur 1,56 groß. Die Inkarnation, die ihm vorschwebt, ist selbstverständlich die junge Reese, die unschuldig blickende zweiundzwanzigjährige Mary Sue Parker aus *Pleasantville* – bevor sie anfängt, herumzuschlafen und die heile Welt mit grellen Farben zerstört.

Immerhin, Brody machte die Affenkälte wegen seiner Träume am wenigsten aus. Ob Amoklauf oder unbeholfene Romanze, beides wärmt ihn von innen. Quaid, Lamar und Cephus haben dagegen keinen imaginären Ort, an den sie sich flüchten könnten. Wenn du immer hungrig bist und der Duft von heißem, würzigen Essen dich schier um den Verstand bringt, dein Verdauungstrakt aber in Flammen aufgeht, sobald du der Versuchung nachgibst, wovon willst du da träumen? Weißbrot verursacht bei ihm Blähungen, und selbst die Mayonnaise auf den Hamburgern brennt so merkwürdig in seinem Rachen.

Lamar plagen ganz andere Probleme als ein unruhiger Magen. Wenn deine Träume dir griechische Statuen und *Brokeback Mountain* vorgaukeln, dann weigerst du dich, zu träumen, denn es kann nicht sein, was nicht sein darf. Und die Männer um ihn herum wären nicht länger seine Freunde. Sie würden Lamar verachten, wahrscheinlich zusammenschlagen, in den

Schneesturm hinausjagen, damit die Schwuchtel verreckt.

Wenn ... Keiner von ihnen hat einen Schimmer, was in Cephus vorgeht, ob er von irgendetwas träumt, unter Allergien leidet oder überhaupt bis drei zählen kann. Cephus ist wie ein Stein, wie eines der Gesichter des Mount Rushmore. Er ist der Älteste der Verschwörer und zu ihm sehen sie auf. Er war schon in die Sache damals verwickelt, hat mit Ammon und Cliven getrunken. Viel mehr wissen sie nicht, aber es braucht einen Anführer für ein solches Unterfangen, besonders diesmal, wo sie nur so wenige sind. Ursprünglich hatten mehrere Organisationen ihre Unterstützung zugesagt, Männer, Waffen und Propaganda versprochen, aber nichts davon hat sich bewahrheitet. Die »Aufrechten Patrioten«, »Lumberjacks for Trump«, die »Soja-Skeptiker«, die »Lilienkrieger«, die »Paleo-Konservativen« und selbst die neu gegründete »Pepe-Partei«, am Ende hat keiner ihre E-Mails beantwortet, es herrschte Schweigen in der Leitung oder man wurde mit fadenscheinigen Ausreden in letzter Minute abgespeist.

Zu viert hätten sie die Anlage rund um das Hauptquartier des Naturschutzgebiets niemals besetzen können. Gut, in den ersten paar Tagen waren sie noch zu fünft, aber dieses kleine Wiesel Aaron ist desertiert, nachdem der Strom in den anderen Gebäuden ausgefallen war. Auch dafür haben sie keinerlei Erklärung oder Ursache finden können, und der Schneesturm war bis gestern doch gar nicht abzusehen. Aaron hat von Anfang an die Hosen vollgehabt, und Quaid konnte ihn gleich nicht leiden, denn er hatte einen Rucksack voller Sandwiches dabei, zig Scheiben Weißbrot, dick mit Mayonnaise bestrichen. Ein persönlicher Affront, ein gemeiner Seitenhieb, dabei kannte der kleine Vielfraß ihn überhaupt nicht. Quaid verzieht das Gesicht, denn beim bloßen Gedanken an den dürren Kerl aus dem benachbarten County steigt ihm das Sodbrennen die Speiseröhre hinauf.

Cephus hat die Dinge in die Hand genommen, als immer klarer wurde, dass sie auf sich allein gestellt waren. Er kennt sich mit Sprengstoff aus, hat das Zeug besorgt, ihnen gezeigt, wie sie die Sprengfallen zusammenbauen und positionieren müssen, und zuletzt ist er das gesamte Gelände abgelaufen, um sicherzustellen, dass sich niemand nähern kann, ohne den Fernalarm auszulösen oder gleich in die Luft zu fliegen. Der Gedanke an all dieses explosive Material auf dem Gelände macht Quaid ziemlich nervös. Was, wenn das Sheriff Department Verstärkung anfordert und die Nationalgarde mit schwerem Geschütz anrückt? Am Ende werden sie alle in die Luft gesprengt und alles, was vom Hauptquartier, dem alten Grassodenhaus und den anderen indianischen Artefakten übrigbleibt, ist ein gigantischer Krater, der sich mit dem Wasser aus den beiden Seen nördlich der Anlage füllt. Und er und seine Kollegen liegen als zerfetzte Wasserleichen irgendwo darunter, die auf ewig blicklos in den unbarmherzigen Himmel hinaufstarren.

Sein Magen rumort, während er sich das Bild ausmalt. Er stellt sich das Ganze wie eine Collage vor, schmutzig-blauer Grund aus Wasserfarben auf vergilbtem Papier, mehrere Kopien von Munchs »Schrei«, die ausgemergelte Gestalt hastig ausgeschnitten und mit zu viel Flüssigkleber auf dem Papier verteilt, eine schlecht benotete Arbeit im Kunstunterricht. Gott, er hat die Schule immer gehasst. Immer meilenweit im Hintertreffen, während seine Mitschüler in allen Fächern mit Leichtigkeit vorauspreschten. Ihn auslachten. Und auch sein Lunchpaket, denn schon damals hat er Probleme mit dem Weißbrot gehabt. Der Gedanke an die Schule verursacht ihm womöglich noch stärkeres Sodbrennen als die Vorstellung, in Einzelteilen auf dem Grund eines Sees zu enden. Dennoch macht der Sprengstoff ihn nervös. Er fragt sich, ob die anderen das ebenso empfinden, aber sie scheinen so viel gelassener und gefestigter als er. Männer. Niemals würde er sie fragen, ob sie auch die Hosen voll hatten.

Auch Lamar denkt über den Sprengstoff nach, der jetzt unter Schneeverwehungen verborgen ist. Reagiert das Zeug irgendwie mit der Kälte? Oder mit Feuchtigkeit? Was, wenn der Schnee schmilzt? Was, wenn er vereist und die weißkalte Decke so schwer wird, dass sie eine Sprengfalle zum Explodieren bringt? Er hat keine Ahnung, ob das möglich ist, und ärgert sich, dass er keine Fragen gestellt hat, obwohl er sich mit solchen Dingen nicht auskennt. Ein schöner Verschwörer ist er. *Remember, remember, the fifth of November. Gunpowder treason and plot.* Er wird sich hüten, den anderen Männern irgendwie zu zeigen, wie planlos und unwissend er ist. Im Grunde nutzlos für dieses Unterfangen. Er wollte ein Held sein und ein Patriot, seine allzu hübschen Dämonen austreiben, indem er etwas wirklich Männliches tat. Ein Outlaw sein. Alle in die Knie zwingen. Das Bild eines Soldaten in voller Montur, der vor ihm kniet und zu ihm aufschaut, schiebt sich ungefragt in seine Gedanken. Der Kerl zwinkert, er weiß genau, was Lamar will. Gottverdammt! Er fährt sich verzweifelt durchs Haar. Vielleicht wäre es besser, der ganze Laden hier würde hochgehen und sein armseliges Leben unter Trümmern und Schnee begraben.

Brodys Gedanken sind ganz ähnlich, nur weniger konkret. Auch seine Furcht ist kleiner, sein Verstand dreht sich immer nur um Mädchen, Sex und Gewalt. Er will nicht als Jungfrau sterben, das ist alles, woran er denkt. Und wenn er doch als Jungfrau sterben muss, dann will er wenigstens viele andere Menschen mitnehmen, sonst ist das alles nicht fair.

Cephus ... denkt im Grunde an gar nichts. Solange es etwas zu tun gibt, gelingt es ihm ganz gut, wie ein normal funktionierender Mensch zu erscheinen. Aber nun sind seine Hände und Füße sind zum Stillstand gezwungen, und wenn er nicht in Bewegung bleiben kann, schaltet er ab. Sein Verstand, der von Echsenmenschen bevölkert wird, sackt in sich zusammen und schaltet auf Pause. Er wartet. Keine Ängste, keine Spekulationen, keine Träume. Eine Echokammer fremder Sprachen, die er ignoriert.

Beim letzten Mal hat er am Rand gestanden, in den Medienberichten zu der Sache mit den Bundys wurde er mit keinem Wort erwähnt. Und jetzt hockt er hier mit diesen jungen Kerlen, alle noch grün hinter den Ohren, aber sie glauben tatsächlich, sie können etwas ausrichten gegen die Echsenmenschen. Das ist der Grund, weshalb er sich ihnen angeschlossen hat und automatisch zum Anführer ihres Bataillons aufgerückt ist. Natürlich hat keiner der jungen Männer je das Wort »Echsenmenschen« in den Mund genommen, aber er hat sie schon verstanden. Wenn es eine Sache gibt, die er versteht, dann ist das diese eine, echte, von Medien und Staat verschwiegene Bedrohung. Die tatsächliche Verschwörung. Er weiß genau, dass all das andere Gezeter nur der Ablenkung dient. Pizzagate, Kennedy, die Juden. Nichts davon ist wahr. Aber die Regierung streut diese Gerüchte gezielt, um von den Echsenmenschen abzulenken. Wie viele der Fatzken in Washington, Hollywood und an der Börse in Manhattan wohl selbst welche sind?

Nichts davon geht jetzt durch seinen Kopf, denn er ist im Wartemodus, aber wenn je etwas durch seinen Kopf geht, dann sind es doch nur endlose Variationen dieser Gedanken. Eine Echokammer.

»Ist noch Whiskey da?«, fragt Quaid.

Auch der brennt in seinem Rachen, aber es kommt ihm so vor, als würde er die Magenschmerzen dämpfen, die ihm seine Sorgen und Ängste bereiten.

»Letzte Flasche.« Mit mürrischem Gesicht zerrt Brody den Jim Beam aus dem Karton. Auch Lamar ist wenig begeistert, dass die Trinkerei weitergeht. Ihm ist schon seit dem vorletzten Becher schlecht, aber wenn das wirklich die letzte Flasche ist, dann ist danach wenigstens Ruhe. Vor den anderen zu kotzen wäre allerdings peinlich.

Er hält seinen Becher hin, als Brody nach der Reihe allen einschenkt. Draußen lässt der Schneesturm nicht nach.

Imala wartet an der Bank. Ein freundlicher Dezembertag, nach einer Woche Dauerregen endlich wieder blauer Himmel. Die Winter in Portland sind nass, aber mild. Livia kommt aus der Cafeteria, ihr langer, schwarzer Rock schwingt bei jedem Schritt um ihre Füße, die in rostroten Stiefeletten stecken. Die Grobstrickjacke ist hellgrau, mit rostroten Bündchen am Hals und den Handgelenken. Der Anblick erinnert sie an die Sandhügelkraniche zu Hause auf der Hochebene, an das blasse Grau ihres Gefieders und den roten Oberkopf. Livias Haar ist mit Henna gefärbt. Mit einem nachsichtigen Lächeln denkt Imala, die selbst in Jeans und einen grünen Kapuzenpulli mit dem Logo der Uni gekleidet ist, dass ihre Freundin das neu gefundene Sein ein wenig zu sehr nach außen trägt.

»Hunger?« Livia hält ihr eine Scheibe Bananenbrot hin, beißt selbst bereits in ihr eigenes Stück. Imala nimmt den saftigen Kuchen, reicht Livia im Austausch einen der beiden Kaffeebecher. Frühstück zwischen zwei Kursen.

»Du hast auch nichts Neues gehört, oder?«

Mit vollem Mund schüttelt Imala den Kopf, schluckt, spült mit Kaffee nach. »Solange der Schneesturm nicht nachlässt, passiert ja auch nichts. Schweres Gerät können sie wegen der Sprengfallen nicht einsetzen. Und die werden kaum Bombenentschärfer hinschicken. Nicht bei diesem Wetter.«

Livia blinzelt in den sonnigen Himmel. »Verrückt, oder? Haben wir das getan?«

Imala atmet tief ein, dann wieder aus. »Nein. Das geht weit über unsere Kräfte hinaus, denke ich.« Sie schaut ihre Freundin abwägend an. »Silberreiher«, sagt sie dann. »*Tohagwasa.*«

»Wird schon wieder dunkel.« Lamar sieht nervös in das unnachlässige Gestöber hinaus. Ohne Strom und Licht wird es allmählich mehr als nur ungemütlich. Der Whiskey ist alle, nur ein paar Dosen Cola haben sie noch und selbst das Wasser ist knapp, denn die Leitungen scheinen zugefroren zu sein. Es kommt kein Tropfen aus dem Hahn im Waschraum, nur ein hohles Geräusch wie ein Ächzen dringt noch heraus. Sie stecken in ihren Schlafsäcken, Brody liegt in seinem wie ein schlafendes Baby, aber seine Augen sind weit offen, fast wie in Panik. Cephus sitzt mit dem Rücken gegen die Wand gelehnt, der dickliche Quaid zusammengesackt nahe der Tür. Sein Gesicht wirkt blass und aufgequollen. Lamar dagegen fühlt sich vor Durst wie eine vertrocknete Mumie. Aber seine Nerven liegen auch so schon blank, er kämpft gegen ein Zittern an, das er auf Nachfrage der Kälte zuschreiben würde. Niemand muss wissen, dass es das Grauen ist, das ihn zittern lässt. Niemand muss wissen, dass er fürchtet, wahnsinnig zu werden, dass seine Augen ihm Streiche spielen. Die Wände scheinen sich unter seinem Blick nach innen zu wölben und immer näher zu rücken.

Das ist kein verdammtes Spukhaus, denkt er, dafür ist das Gebäude gar nicht alt genug. Hier gibt es keine knarzenden Treppen, keine düsteren Kellergewölbe, Geheimgänge, Tapetentüren, nichts von dem viktorianischen Zierrat, der auf den ersten Blick verrät, dass etwas Unheimliches hinter den Vorhängen, in den Kaminen, unter den Bodendielen haust.

Alles ist nüchtern, Büroschränke aus grauem Metall, ein Schreibtisch mit zerkratztem Furnier und den dunklen Ringen, die unzählige Kaffeetassen hinterlassen haben. Im Nebenraum befindet sich das Museum, ausgestopfte Vögel auf bemaltem Pappmaché, das Hügel und Soden, Felsen und Seeufer darstellen soll. Indianische Artefakte, verstaubter, vergilbter Schnickschnack, nutzloses Zeug.

Lamar starrt erneut aus dem Fenster, weil der wirbelnde Schnee weniger beängstigend ist als die wabernden Wände, die sich zäh wie die Flüssigkeit einer Lavalampe auf ihn zu wölben. Entweder hat ihn der Alkohol um den Verstand gebracht, oder seine eigenen, quälenden Gedanken.

Man könnte einander jetzt wärmen. Trost spenden, Nähe, Vergessen, Erlösung. Aber Cephus ist eine grob gehauene Statue, kalt und hart wie Stein. Quaid ist ein gärender Hefeteig, dem man sich nur mit geschlossenen Augen nähern kann. Man müsste das angewiderte Schaudern unterdrücken, wenn man um jeden Preis einen Körper spüren will.

Lamar kneift die Augen zusammen. Hunger und Durst werden immer schlimmer. Die Wände recken sich ihm entgegen wie schlaffe Hintern und vor wenigen Stunden auch die Beule in Brodys Hose. Brody muss an etwas gedacht haben, das ihn spontan und heftig erregt hat. Die anderen haben gar nichts bemerkt, aber Lamar hat die plötzliche Wölbung deutlich gesehen.

Brody wirkt unerfahren, aber arrogant. Das reizt ihn am meisten, außerdem sieht der Junge gut aus. Macht einen auf Macker, aber sein Mund ist weich und nachgiebig. Wenn sie allein wären, ohne den Mann aus Stein und den Hefeteig, wären sie dann jetzt bereits zusammengerückt? Könnte er dann seine Hand über diese Beule streichen lassen, dem schwarzhaarigen Brody die Hose aufknöpfen, sich ficken lassen?

Mit einem Ruck steht er auf, stolpert fast aus dem Schlafsack heraus, schüttelt sich kurz. Nein, er hat sich im Griff, er zeigt seine Verzweiflung nicht.

»Ich geh mal rüber. Füße eingeschlafen. Muss mir die Beine vertreten, bevor sie abfrieren.« Schiefes Lächeln, die anderen starren ihn an. Brodys Augen sind immer noch viel zu groß, wie in Panik. Quaids Blick ist der eines Mannes, der auf dem Klo sitzt und nicht kann. Bei Cephus blickt man ins Leere, wenn man seinen Blick erwidert.

Komm runter, denk an was anderes, das kannst du, hör auf mit dem Scheiß, die jagen dich raus in den Schnee. Vögel, ja gute Idee, lies dir die Texte auf den kleinen Tafeln neben den ausgetopften Viechern durch, schau in ihre toten, glasigen Augen. Vögel, alles klar.

Säbelschnäbler. Zwergschwan. Riesentafelente. Sandhügelkranich. Ringschnabelmöwe. Gründelente. Die Namen sind beruhigend albern, sie hallen leise nach in seinem Kopf. *Silberreiher.* Er schaut auf, beinahe geblendet vom schneeweißen, glänzenden Gefieder des Reihers mit dem unnatürlich langen Hals. Sicher ein Fehler des Präparators, oder sehen diese Viecher etwa tatsächlich so aus? Ein schwarzer Schnabel, der rötlich schimmert, wenn er sein Gewicht verlagert und ihn aus einem leicht versetzten Winkel betrachtet. Im Grunde ein schönes Tier, zart und grausam.

Diese Augen. Klein und allwissend, starr, unbarmherzig. Er weiß, dass es nur bemalte Glaskugeln sind, aber sie scheinen tief in seine Seele zu blicken, direkt auf den Grund seiner Scham.

Er kann den Blick nicht abwenden. Der Reiher scheint seinen Hals zu recken, den Kopf ganz leicht zu neigen, ein Rascheln geht durch das Gefieder der Möwe gleich daneben. Lamar starrt dem Reiher in die toten Augen, aber er spürt, dass sich hinter ihm etwas träge bewegt. Wölben sich auch in diesem Raum die Wände nach innen? Aus dem Augenwinkel sieht er die Möwe. Sie hat den Kopf schiefgelegt und er könnte schwören, dass sie ein Stück zur Seite gestakst ist. Sie beobachtet ihn ... hungrig. Gierig, abwartend. Wieder raschelt ihr Gefieder.

Als er den Fokus erneut auf den hypnotischen Silberreiher legt, ist dessen Hals noch länger, sein Blick noch verschlagener. *Ich muss verrückt sein, ich sehe ausgestopfte Tiere lebendig werden und Wände auf mich zu kommen, in meinem Kopf ist irgendwas verschoben. Ist es die Lust auf Schwänze, sind es diese verdammten, heißen Träume, die meine Sicherungen durchgebrannt haben? Scheiße, ich bin verloren, ich kann das nicht mehr abstellen, kann das nicht mehr verbergen, und bald werden es alle wissen. Ich bin am Arsch.*

Der Reiher verharrt reglos, Lamar zwingt sich dazu, den Blick zu senken.

Dann schnellt der lange Hals vor und der schimmernde Schnabel findet sein Ziel.

Cephus hustet einmal, ein tiefes Bellen. »Was ist mit dem Dürren?«

Quaid schreckt aus seinen trüben, verstopften Gedanken auf und sieht zu dem Älteren hinüber. Er zuckt die Achseln. Schaut Brody an, dessen Augen nun schon seit einer Stunde unnatürlich geweitet wirken. Dieser Gesichtsausdruck ist unheimlich, deswegen hat er den Blickkontakt zuletzt vermieden, aber nun scheint auch der Schwarzhaarige aus seiner Trance gerissen. Quaid kann Brody nicht leiden, der hat ihm zwar nichts getan, aber er sieht beleidigend gut aus. Neben ihm fühlt sich Quaid noch unzulänglicher, nichtssagender, fetter als sonst. Wie ein billiger Hamburger, aus dem der Ketchup trieft, neben einem knackigen T-Bone-Steak. Schlank und kräftig.

Was sollen diese idiotischen Gedanken? Sein stets gereizter Magen knurrt, aber er ist im Grunde nicht hungrig. Das viele Trockenfleisch ist in seinem Bauch aufgequollen, so fühlt es sich jedenfalls an. Mühsam streckt er sich, kämpft sich dann ungeschickt aus dem Schlafsack. »Ich geh mal rüber und schau nach, was mit ihm ist, oder?«

Cephus nickt. Brody verzieht das hübsche Gesicht.

Inzwischen ist es ziemlich dunkel, deswegen stolpert Quaid fast über die am Boden liegende Gestalt, bevor er sie erspäht. Er bleibt abrupt stehen, beugt sich hinunter, will Lamar an der Schulter berühren. Dann sieht er das Blut.

Unter und neben dem verkrümmt daliegenden Körper hat sich eine dunkle Lache gebildet. Sie schimmert ganz leicht. So viel Blut, so viel ... *was zum Teufel ist das?* Sein Verstand ist wie Honig, er braucht viel zu lange, um zu erfassen, was er vor sich hat. Dieser dürre, sehnige Irre mit den zu langen Haaren hat sich selbst den Bauch aufgeschlitzt. Was da herausquillt und im Zwielicht unförmig und weich wirkt, ist ein Klumpen aus Blut, Gedärmen, Fleisch und großen Stücken von Haut. Lamar muss regelrecht auf seinen eigenen Bauch eingehackt haben. Das Gemetzel eines Wahnsinnigen.

Quaid findet keine Stimme, kann nicht schreien. Sein entsetzter Blick wandert langsam über den reglosen Körper. Die linke Hand des Toten hält immer noch verkrampft ein Kampfmesser. Auch die gezahnte Klinge ist voller Blut, roter Schimmer auf schwarzem Stahl.

Er sollte sich abwenden, sich umdrehen und aus dem Museum rennen. Aber seine Glieder gehorchen ihm nicht. Sein Blick lastet immer noch auf dem verschmierten Messer, auf der zusammengekrampften Hand. Wie die Klaue einer Mumie, die jeden Moment erwachen und ihre leeren Augen auf den Eindringling richten kann.

Schon wieder so ein idiotischer Gedanke. *Raus hier, lauf doch.* Aber er kann nicht. Dann kriecht ihm die Kälte nadelscharf den Rücken hinauf. Jemand beobachtet ihn, das spürt er ganz genau.

Langsam hebt er den Kopf und starrt über den Toten hinweg zu den Vögeln, die seinen Blick stumm erwidern. Die Möwe hat den Kopf schiefgelegt, so als wäge sie ab. Er würde sich kaum noch wundern, wenn sie jetzt einen Schrei ausstoßen würde. Aber der Raum ist totenstill. Dann entgleitet der plötzlich erschlafften Hand das Messer und landet mit einem gedämpften Klappern auf dem blutnassen Boden.

Erschrocken starrt Quaid auf die Hand. Immer noch verweigern seine Beine den Dienst. Die Mumie wird ihn packen und zu sich hinabziehen. Sie wird ihm das blutige Messer in den Bauch rammen und ihn ebenso zurichten, wie sie sich selbst gerichtet hat.

Quaid sinkt auf die Knie. Sein Schrei hallt von den Wänden wider wie das Kreischen einer Möwe. Der Schnabel des Silberreihers schimmert im Zwielicht.

»Was war denn das?« Brodys Augen sind sofort wieder riesengroß. Dabei kam da lediglich ein Fiepen aus dem angrenzenden Museumsraum, wahrscheinlich nichts weiter als eine Maus. Er ärgert sich, dass er schreckhaft und nervös ist wie ein kleines Kind.

Aber Cephus muss es auch gehört haben, er wirkt zum ersten Mal beunruhigt, seit sie sich begegnet sind. Er hebt eine Hand, als Brody den Mund öffnet, um vorzuschlagen, dass sie gemeinsam rübergehen und nachschauen, wo die anderen bleiben.

»Du bleibst hier«, sagt der Mann mit dem Felsgesicht. Die Furchen sind mit einem Mal viel tiefer eingegraben, oder vielleicht spielt auch nur das schwindende Licht Brodys Augen einen Streich.

Cephus erhebt sich und verschwindet steifbeinig im Flur, eine Hand an der Tarnweste, die er über dem doppelten Flanellhemd trägt.

Brody lässt die Schultern sinken und lehnt sich zurück an die Wand. Sicher nur eine Maus.

Sie sind hier, um ihn zu holen. Er hat es immer gewusst. Seine Hand tastet nach der Waffe, die er in der Innentasche seiner Weste trägt. Die großen Kaliber sind im Büroraum geblieben, wo sich die Verschwörer aufhalten, aber diese handlich kompakte Sig Sauer P229 ist mit ganz besonderer Munition geladen. Er hat die Patronen selbst aufgesägt, entleert, neu befüllt und neu versiegelt. Er bezweifelt, dass er sie alle erledigen kann, aber er wird so viele von ihnen mitnehmen, wie er kann. Cephus Marigold Malone wird sich nicht kampflos ergeben.

Mit gestrafften Schultern betritt er den Museumsraum. Es ist dunkel, aber er sieht den Echsenmenschen sofort. Das Ding ist groß, es hockt flach auf dem Boden, beinahe wie ein Alligator mit breit gespreizten Vorderläufen, ein massiger Schatten vor den ausgestellten, ausgestopften Vögeln. Wenn sich das Monster vom Boden erhebt, wird es ihn sicher um mindestens einen Kopf überragen. Aber noch liegt es reglos auf der Lauer, sieht beinahe aus wie zwei achtlos übereinander geworfene Leichen.

Einen Wimpernschlag lang erinnert sich Cephus daran, dass zwei seiner jüngeren Kameraden fehlen.

Aber dann erspähen seine hellwachen Augen eine Bewegung, und der Gedanke verhallt in der Leere seines begrenzten Verstands. Da muss noch ein Echsenmensch sein, irgendwo hinter den Vögeln, denn er könnte schwören, dass der große, weiße sich gerade bewegt hat, so als wäre er nach vorn gekippt. Er späht angestrengt in die Schatten, kann hinter den gefiederten Biestern aber nichts erkennen. Gleichzeitig muss er den großen Alligator am Boden im Auge behalten, bevor der einen Ausfall macht und ihn zu Boden reißt.

Er zieht langsam die Waffe aus der Weste, zielt auf die bulligen Schatten am Boden, während sein Blick weiterhin zwischen den Vögeln umherirrt. Da war es wieder, der Vogel mit dem langen Hals hat sich bewegt. Er zielt auf das ausgetopfte Tier, denn dahinter muss sich der zweite Echsenmensch verstecken. Ein Schimmern, ein Rascheln wie von Gefieder. Er hält die Waffe im Anschlag, macht einen Schritt nach vorn. Wenn er nur schnell genug ist, kann er sie womöglich beide erledigen, dann wäre er morgen ein Held und berühmt, keiner könnte je wieder über ihn lachen.

Ein ausgestopfter Echsenmensch als Trophäe. Nicht der große, unförmige, der am Boden lauert – er will das kleine, schimmernde Ding, den Meister der Tarnung, der sich hinter den Vögeln versteckt. Noch ein Schritt nach vorn, nichts regt sich. Er kommt dem weißen Vogel immer näher, diese Echsen sind langsam, sind Kaltblüter, wie ihre tierischen Verwandten. Ein letzter Schritt ...

Er gleitet auf dem glitschigen Boden aus, landet überraschend weich auf dem massigen Schatten, starrt fassungslos in zwei menschliche, tote Augen in einem teigigen, blassen Gesicht.

Cephus will sich hochrappeln, aber seine Füße finden keinen Halt auf der riesigen Blutlache, seine freie Hand greift in nachgiebige Weichteile und dann höher in den offenen Bauchraum eines Menschen. Er reißt sie zurück, kippt seitlich weg und liegt jetzt halb auf den beiden Leichen. Seine Hand mit der Waffe ist unter ihm eingeklemmt und dann trifft sein Blick auf den des weißen Vogels. Der lange Hals schnellt mit einem Ruck auf ihn zu. Ein Schuss löst sich, aber sein Bauch dämpft das Geräusch.

Brody zuckt heftig zusammen. Das ist kein Fiepen gewesen. Es klang eher wie ein Schmatzen, wie das Beil eines Metzgers, das die Speckseite zerteilt. Die Explosion eines geblähten Magens, das Platzen einer prallen Wurst.

Aber Brody springt nicht auf. Er bleibt an der Wand sitzen, den Schlafsack bis zu seinen Hüften hinabgerollt, und sieht dem Schicksal in die Augen. Sein Traum von einer blonden Schönheit, die nur ihm gehört, von einem Amoklauf, der ihn über all seine Vorgänger stellt, von Ruhm oder Liebe oder Gewalt oder seinem Bild, das durch die Medien geistert, tausendfach reproduziert, viral: der letzte, der ultimative unverstandene junge Mann ... Nichts davon wird passieren. Stattdessen schiebt sich das Bild einer blendend weißen, langgliedrigen Gestalt mit einem scharfen, schwarzen Schnabel vor sein inneres Auge, wie das Negativ einer Radierung, die er einmal in einem Geschichtsbuch gesehen hat. Ein Pestdoktor der alten Welt, ein hungriger, hagerer Mann in einem speckigen, schwarzen Mantel, die weiße Maske vor dem ausgemergelten Gesicht. Nur die Farben sind ausgetauscht und die Gestalt vor ihm stakst mehr wie ein Vogel auf ihn zu.

Der personifizierte Tod, der ihn holen kommt, der seine Sense hebt und damit ausholt, um ihn niederzumähen. Brody schließt die Augen, atmet tief ein. Es gibt nur einen Ausweg, er muss es selbst in die Hand nehmen. Seine Hände zittern, als er die Augen wieder öffnet und nach einem der Gewehre greift. Der Tod nickt ihm mit langem Hals zu, und er richtet die Waffe auf sein eigenes Gesicht, starrt in den Lauf.

Draußen fällt längst schon kein Schnee mehr, der Wind hält den Atem an.

»Wie wäre es mit einer Tasse Tee?«

Imala nickt. Tee gehört zum Ritual. Livia gießt zwei Tassen ein, und der Duft bringt die wohlige Wärme der Heimat mit sich.

Sie haben es getan. Ihre gemeinsamen Kräfte reichen aus, um ein Haus zum Leben zu erwecken. Als Waffe zu nutzen und den Tod zu bringen. »Aber wie?«, flüstert Livia. Sie versteht diese Macht noch nicht ganz.

»Meine Ahnen sind stets bei mir, und *Tohagwasa* ist der Seelenfänger. Er blickt den Menschen bis auf den Grund ihrer Ängste und Wünsche. Die wenigsten können oder wollen sich dem stellen, was in ihrem Innern verborgen liegt, aber er stößt mit seinem Schnabel zu und zupft es heraus an die Oberfläche. Um seinen Beistand habe ich gebeten für deinen Zauber.«

Livia runzelt die Stirn. »Das heißt, seine Macht verstärkt den Bann einer Hexe?«

Imala lächelt und pustet schweigend in ihren Tee. Sie wartet, bis Livia ihren Gedanken bis zum logischen Ende verfolgt hat. Dann sieht sie das Schimmern im Blick ihrer Freundin.

»Wer ist als nächstes dran?«

Über die Autorin:
Claudia Rapp ist ständig auf der Suche. Nach Inspiration, guter Musik, dem grüneren Gras, neuen Orten und alten Mythen. Im Rheinland geboren und aufgewachsen, am Bodensee studiert, promoviert und Kinder in die idyllische Welt gesetzt, in Hawaii das Paradies gefunden und wieder verloren, lebt sie nun vorerst in Berlin und verdingt sich als Übersetzerin (u.a. Clive Barker, Allen Eskens, Poppy J. Anderson). Wann immer Zeit und Geld es erlauben, geht sie auf Reisen oder besucht Festivals.

Bisherige Veröffentlichungen:
Zweiundvierzig (Wohin gehst du, wenn es keinen Ausweg gibt?)
Summer Symphony (Ein Trip mit Sex, Zeitreisen und Rock'n'Roll)
Der weiße Duft der Inseln (Ein Hawaii-Roman, der dringend überarbeitet werden will)
Als Herausgeberin: *Lückenfüller. Eine Tentakelporn-Anthologie*

Webseite: www.claudiarapp.de
Twitter: @ClaudiaRappDE

Am Anfang vom Ende

von Thomas Williams

Der plötzliche Lärm bewahrte mich davor einzuschlafen. Wenn du stundenlang durch ein Fenster schaust und nichts anderes siehst als Dunkelheit, fallen dir irgendwann die Augen zu. Schon eine ganze Weile hatte ich gegen die Müdigkeit angekämpft, aber dann übermannte sie mich doch. In dem Moment, als ich praktisch wegsackte, begann das Hämmern. Da ich noch nicht wieder ganz bei mir war, warf ich das an den Stuhl gelehnte Gewehr zuerst um und wäre beim Versuch, es aufzuheben, auch noch fast mit zu Boden gefallen.

Um die Hände frei zu haben, trug ich eine Stirnlampe, die ich aber nicht einschaltete. Der Störenfried hätte mich sonst zu früh bemerkt.

Obwohl das Hämmern jedes andere Geräusch in seiner Nähe übertönte, schlich ich lautlos zur offenstehenden Wohnzimmertür. Sogar im Dunkeln fand ich mich inzwischen in diesem fremden Haus zurecht.

Mir war sofort klar, woher das Geräusch kam. Irgendjemand schlug auf die Kellertür ein. Sie bestand aus schwarzem Metall und war die einzige im Gebäude, die wir nicht hatten öffnen können. George, unser selbsternannter Anführer, vermutete, dass dahinter eine wahre Schatzgrube aus Lebensmitteln versteckt sein musste. Warum sonst sollte dieser Raum so gut geschützt sein? Proviant und Munition waren derzeit überlebenswichtig.

Mit dem Gewehr im Anschlag trat ich in den Flur und erkannte trotz der Dunkelheit einen Schemen, der etwas Großes in den Händen hielt. Der Form nach zu urteilen, handelte es sich um einen Vorschlaghammer. Ich musste nicht einmal näher rangehen, um die Person zu erkennen, die nur noch entkräftet auf die Tür einschlug. Sein lautes Atmen verriet ihn.

»George, was machst du da?«, fragte ich, ohne das Gewehr sinken zu lassen. Ich kannte ihn seit wenigen Wochen. Er hatte mir mehr als einmal das Leben gerettet und war immer gut zu mir gewesen. Aber in dieser neuen Welt gab es ein paar Regeln zu beachten. Und eine lautete: Vertraue niemandem!

Als er meine Stimme hörte, stellte George den Hammer beiseite und lehnte sich stöhnend gegen die Wand neben der Tür.

»Christina. Ich hab dich gar nicht kommen hören.«

Ich hielt das Gewehr weiterhin im Anschlag. »Dafür hat dich halb Wisconsin gehört. Willst du diese Biester da draußen daran erinnern, dass wir hier sind?«

George schluckte, holte ein paar Mal Luft und zeigte schließlich mit dem Daumen auf die Tür.

»Ich hab Schreie gehört.«

Er ließ das so im Raum stehen.

Mit ruhiger Stimme sagte ich: »Wir sind schon vier Tage hier drin und ich hab bisher nie etwas von hier unten gehört. Du musst geträumt haben.«

»Ich schlafe seit Wochen nicht mehr. Wie soll ich denn da träumen?«

»Okay, dann hast du dir was eingebildet.« Mir fiel die Stirnlampe ein, doch ich wollte sie nicht anschalten. Einerseits wollte ich George nicht blenden. Und andererseits, weil er einen schrecklichen Anblick bot. Das taten wir zwar alle, aber George erinnerte mich immer mehr an die Zombies aus den Filmen, die ich früher heimlich mit meiner Schwester geguckt hatte.

Schon ironisch, dass ich mit sechzehn Jahren zu jung für viele Horrorfilme gewesen war und jetzt praktisch in einem lebte.

Schließlich nahm ich das Gewehr doch runter und sprach weiter.

»Ruh dich aus. Hier drinnen sind wir sicher. Ich bring dich nach oben, damit du …«

»Nein, geh auf deinen Posten. Wenn sie angreifen …«

»Niemand wird angreifen. Seit wir dieses Grundstück betreten haben, halten sie sich fern von uns. Weiß der Geier warum, aber es ist so.«

Tatsächlich zweifelte ich selbst an meinen Worten. Die Monster dort draußen hatten ganze Kontinente ausgelöscht. Meine drei Begleiter und ich hätten die letzten Überlebenden sein können, ohne es zu wissen. Doch irgendetwas hielt die Kreaturen davon ab, hier über uns herzufallen.

Todd, der Witzbold in unserer Gruppe, sagte, dass wir wohl ein Betreten-Verboten-Schild übersehen hatten. Rund um die Erde hatten sich Krater aufgetan, aus denen diese Ungeheuer gekommen waren. Der Großteil der Menschheit ist ihnen zum Opfer gefallen, doch ausgerechnet dieses Haus war vollkommen verschont geblieben. Den Grund dafür kannten wir nicht, aber es bereitete mir tatsächlich Sorgen. Denn wenn die Wesen es fürchteten, musste es noch viel schlimmer als sie selbst sein.

George hielt sein Ohr an die Kellertür. »Sie haben jetzt aufgehört, aber ich weiß, dass ich sie gehört habe.«

Ich stellte das Gewehr an die Seite und ging langsam auf ihn zu.

»Du hast bestimmt etwas gehört, aber es werden keine Schreie im Keller gewesen sein. Lass uns nach oben gehen. Du kannst ein paar Stunden schlafen, denn das hast du offensichtlich dringend nötig.«

Ganz allmählich fragte ich mich, warum Todd und Amber noch nicht herbeigeeilt waren. Den Lärm konnten sie unmöglich überhört haben. Andererseits schlief Todd wie ein Stein, und Amber saß vermutlich in einem der oberen Schlafzimmer, die Pistole auf die Tür gerichtet, bereit, alles und jeden zu erschießen, der ihr zu nahekam.

Ich überlegte, nach ihnen zu rufen, ließ es dann aber bleiben und legte Georges Arm um meine Schultern. Dabei spürte ich die Knochen unter seiner Haut. Er war so schrecklich dünn geworden. Und das in kürzester Zeit. Noch fanden wir genug zu essen und brauchten nicht zu hungern, aber George gönnte sich weder Proviant noch Ruhe. Unser Anführer war zu einem Wrack geworden.

Da ich einen Kopf kleiner war als er, musste es komisch wirken, wie ich ihn durch den Flur führte. Aber wir erreichten ohne Probleme die nach oben führende Treppe, an deren Fuß ich Amber zurief: »Amber, wir kommen jetzt rauf, erschieß uns nicht.«

Zwar erhielten wir keine Antwort, aber ich ging davon aus, dass Amber mich gehört hatte und wir gefahrlos hinaufgehen konnten.

Auf dem Weg nach oben passierten wir zwei an der Wand hängende Bilder, die im Dunkeln kaum zu erkennen waren. Aber ich wusste, was auf ihnen zu sehen war. Ein Mann mit Glatze und langem, weißem Bart, der in einer Art endlosem Garten mit Blumen in allen Farben stand. Todd hatte gemeint, dass er von dem Anblick blind werden würde.

Zu seinem Leid hingen im ganzen Gebäude solche Bilder und sie alle zeigten denselben Mann in unterschiedlichen Roben, immer in einem anderen Teil des Gartens. Ich ging davon aus, dass es sich dabei um den selbstverliebten Hausherrn handelte.

Oben angekommen rief ich noch einmal nach Amber.

»Ich bring George ins Bett. Er braucht Ruhe. Wäre nett, wenn du mir helfen könntest, aber es reicht schon, dass du uns nicht über den Haufen knallst.«

In einem der vier Schlafzimmer ließ ich George auf das große Doppelbett sinken. Er wirkte zu erschöpft, um sich dagegen zu wehren, brachte aber noch genug Kraft auf, damit er sagen konnte: »Ich hab sie gehört. Sie haben so schrecklich geschrien. Wieso ist das denn bloß keinem von euch aufgefallen?«

Wir alle redeten nur wenig über unsere Vergangenheit, weswegen ich auch nicht allzu viel über George wusste. Aber ich vermutete, dass er früher mal beruflich etwas mit hilfsbedürftigen Menschen zu tun gehabt haben musste und sich nun ihre Schreie einbildete.

Ich weiß, wovon ich rede, denn jedes Mal wenn ich schlafe, wecken mich die Schreie meiner Familie.

Vielleicht ging es George ähnlich. Vielleicht waren es seine Schutzbefohlenen gewesen, die er gehört hatte. Ich konnte ihn mir als Rettungsassistent, Arzt oder Krankenpfleger vorstellen, da er sich sehr gut mit Medikamenten und in der Heilkunde auskannte.

Ich wollte ihn nicht mit Fragen löchern, sondern ihm seine Ruhe gönnen. Noch lag er mit geöffneten Augen da. Doch sehen tat er weder mich noch seine Umgebung. Er stammelte etwas, das ich nicht verstehen konnte.

»Versuch zu schlafen«, riet ich ihm noch einmal und ging zum Fenster. Im Dunkeln waren die vielen, ums Haus herumstehenden Zelte nur zu erahnen. Wie das Haus selbst wirkten sie, als hätten ihre Besitzer sich irgendwann einfach dazu entschlossen fortzugehen.

Dabei hatten sie all ihr Hab und Gut zurückgelassen. Schlafsäcke, Pfannen, Bücher, Kleidung, Fotos. Vielleicht waren sie vor dem Auftauchen der Dämonen zu einem Spaziergang aufgebrochen und überrascht worden. Vielleicht steckte aber auch etwas ganz anderes dahinter.

In Georges Schlafzimmer hing ein weiteres Bild des merkwürdigen Gurus, wie ich ihn inzwischen nannte. In mehreren Vasen standen vertrocknete Blumen und eine dicke Staubschicht lag auf den Möbeln.

Als ich George hinter mir gleichmäßig atmen hören konnte, entschloss ich mich, wieder auf meinen Posten zu gehen. Für den Fall, dass die Wesen doch noch angriffen.

In dem Moment, als ich mich umdrehte, sah ich die über das Bett gebeugte Gestalt und suchte instinktiv nach meinem Gewehr. Doch diesmal stand es nicht wie gewohnt neben mir, sondern unten im Flur.

Und gebraucht hätte ich es auch nicht.

»Amber«, sagte ich erleichtert und wütend zugleich. Sie leuchtete George mit ihrer Stirnlampe an und blendete mich, als sie in meine Richtung schaute.

»Entschuldige, dass ich nicht nach unten gekommen bin, aber ich dachte ... Na ja ... Was auch immer da ist, würde früher oder später sowieso zu mir kommen, oder?«

Ich versuchte meinen Zorn hinunterzuschlucken. Amber war zehn Jahre älter als ich und eine, zumindest in meinen Augen sehr attraktive Frau. Ausgerechnet während der Apokalypse musste ich meine Zuneigung zum eigenen Geschlecht entdecken. Verdammt schlechter Zeitpunkt.

Weil ich Amber mochte und irgendwie auch Mitleid mit ihr hatte, hielt ich ihr keinen Vortrag. Es war komisch, denn eigentlich hätte sie die Erwachsene von uns beiden sein sollen und nicht ich.

»Lass ihn schlafen«, sagte ich und ging zurück in den Flur. Amber folgte mir. Wir ließen die Tür weit geöffnet und blieben am oberen Treppenabsatz stehen.

»Wo steckt eigentlich Todd?«, fragte Amber.

Ich hob die Schultern. »Wahrscheinlich schläft er.«
»Bei dem Lärm gerade eben?«
»Du kennst ihn ja.«
Amber schmunzelte. Nach ein paar Sekunden wollte sie wissen: »Was hat George da unten überhaupt gemacht?«
»Er glaubte, Schreie zu hören, und wollte die Kellertür aufbrechen. Kein Wunder, dass er allmählich durchdreht, so wenig, wie er schläft. Und nach allem, was passiert ist ...«
Ich dachte an die Nachrichten, in denen Luftaufnahmen von Kratern zu sehen gewesen waren. Mitten in Großstädten wie New York, Berlin und London. Und aus den Kratern stiegen diese Dinger, die ohne Vorwarnung über uns herfielen. Kleine Städte und sogar ganze Landstriche waren einfach verschlungen worden. Meine Familie und ich versuchten, über die mit Autos verstopften Straßen zu flüchten, aber wir kamen nicht weit. Diese Monster kamen aus allen Richtungen.
Amber riss mich aus meinen dunklen Gedanken. »Wir sind nicht alleine in diesem Haus.«
Erst wollte ich ihr sagen, sie solle nicht auch noch so anfangen, aber das hatte ja sowieso keinen Sinn. Dass Amber und George ganz langsam durchdrehten, wusste ich schon seit Tagen. Ausgerechnet Todd musste normal bleiben. Und der war nun wirklich keine Hilfe.
»Du solltest auch etwas schlafen«, schlug ich Amber vor. »Ich bin mir sicher, dass wir längst angegriffen worden wären, wenn ...«
Amber unterbrach mich. »Ich habe einen Mann und eine Frau in den Zimmern gesehen und sie gefragt, was sie hier machen. Aber sie haben mir nicht geantwortet, sondern mich einfach nur angesehen, als wären sie überrascht, mich hier vorzufinden. Und dann sind

sie gegangen. Ich wollte ihnen hinterher, aber ... Ich befürchte, es waren Geister.«

Ich bekam eine Gänsehaut. Sie wurde allmählich wirklich verrückt. Meine Augen suchten nach ihrer Pistole und ich erschrak ein wenig, als ich sie in ihrer Hand entdeckte.

»Wenn George sagt, dass er etwas gehört hat, dann glaub ich ihm das«, fuhr Amber fort.

»Klar«, sagte ich und hätte beinahe hinzugefügt: »Weil ihr beide einen an der Klatsche habt.«

Aber stattdessen entschied ich mich, wieder nach unten zu gehen und meinen Posten zu beziehen.

Es mochte ja so wirken, dass wir hier drinnen in Sicherheit waren, aber ich traute der Ruhe nicht.

»Versuch zu schlafen«, riet ich Amber noch einmal und ging die Treppe hinab. Unten angekommen warf ich einen Blick in das Esszimmer, das gegenüber des Wohnraums lag. Und es überraschte mich kaum, dass auch Todd nicht auf seinem Posten war.

Wütend schlich ich in Richtung Küche, weil ich ahnte, dass Todd schon wieder auf der Suche nach einem Mitternachtssnack war. Noch reichten die Vorräte für mindestens zwei Wochen, doch wenn er so weitermachte, würden wir schon in wenigen Tagen auf dem Trockenen sitzen.

In der Küchentür blieb ich stehen, zischte Todds Namen und schaltete die Stirnlampe ein, als er nicht antwortete.

Der Raum war verlassen.

Es gab so viele Zimmer in diesem alten Gemäuer, und ich hatte wirklich keine Lust, nach Todd zu suchen. Doch was blieb mir anderes übrig? In meiner Vorstellung entdeckte ich ihn in den Klauen eines dieser Wesen mit feuerroter Haut und den langen, schwarzen Haaren. Ich stellte mir bereits die schmatzenden Geräusche vor, mit denen es Todds Kehle zerriss.

Wenigstens würde er dabei die Klappe halten. Todds Humor war wie billiger Kaffee. Schwarz und unerträglich.

Ich ging durch die Küche zurück in den Flur und entdeckte ihn an der Kellertür, vor der ich auch George gefunden hatte.

Der Lichtkegel auf meiner Stirn ließ ihn in meine Richtung blicken.

»Hey, Chris«, sagte er, hielt eine Hand schützend vor die Augen.

Ich wollte ihn zurechtweisen, dass er nicht Wache hielt, unterließ es aber und blieb wortlos neben ihm stehen.

»Was hat George hier gemacht?«, fragte Todd.

»Er hört Schreie und Amber sieht Gespenster. Hast du auch so etwas auf Lager?«

»Nein, aber ich kann das verstehen. Das Haus erinnert mich an einen Film, den ich mal gesehen habe. Ging nicht gut aus.«

»Wie beruhigend.«

Ich erschrak, als Todd plötzlich die Hände zusammenschlug und mit lauter Stimme fragte: »Also, was machen wir mit dem angebrochenen Abend?«

»Wir kehren auf unsere Posten zurück und passen auf«, knurrte ich ihn an.

Aber Todd winkte ab. »Komm schon. Willst du nicht auch wissen, was hier losgewesen ist? Was es mit diesem Kerl auf den Bildern und den vielen Zelten ums Haus herum auf sich hat? Bis vor ein paar Wochen müssen hier über hundert Menschen gelebt haben. Interessiert es dich denn kein bisschen, was sie hier wollten oder wo sie jetzt sind?«

»Ich gehe davon aus, dass sie Schutz gesucht haben und getötet wurden, weil niemand von ihnen Wache hielt.«

»Es gibt aber keine Kampfspuren. Geschweige denn einen einzigen Tropfen Blut. Hinzu kommt das hier«. Todd klopfte gegen die Kellertür. »Warum ist ausgerechnet diese Tür so stabil, wenn jede andere im Haus aus Holz besteht? Soll da etwas ein- oder ausgesperrt werden?«

»Ich weiß es nicht«, erwiderte ich genervt und wollte auf meinen Platz im Wohnzimmer zurückzukehren, als mir mein an die Wand gelehntes Gewehr einfiel. Ich blickte zu der Stelle, aber es war fort.

»Todd, hast du mein Gewehr genommen?«, fragte ich.

»Nein, was soll ich denn damit? Ich bin ein lausiger Schütze, wie ihr ja alle inzwischen wisst.«

Das stimmte. Todds Talent bestand darin, eine Mauer zu verfehlen, wenn er genau vor ihr stand. Meine Fähigkeiten als Schütze waren nun auch nicht die besten, aber immer noch besser als seine. Er verteidigte sich mit einer Spaltaxt, die er auch jetzt in der rechten Hand hielt.

»Ich weiß, dass es hier gestanden hat«, sagte ich, und deutete auf die Stelle, wo mein Gewehr hätte sein sollen. Bestimmt wollte Todd gerade eine neunmalkluge Antwort geben, als wir beide die Schreie hinter der Tür hörten. Erschrocken machten wir sogar einen Satz zurück, und während ich mir an die Brust fasste, riss Todd im Stolpern eine Blumenvase von einem Tisch. Die Schreie waren nur gedämpft hinter der Tür zu hören, aber laut genug und so voller Qualen, dass sie mir eine Gänsehaut bereiteten. Wer auch immer sich dort aufhielt, musste schrecklich leiden. Ich vernahm gleichermaßen die Stimmen von Männern, Frauen und Kindern.

»Verdammt schlechter Zeitpunkt, um sein Gewehr zu verlieren«, rief Todd.

Dann bemerkten wir den Rauch, der unter der Tür emporstieg und den beißenden Geruch von verbranntem Fleisch mit sich brachte.

»Riecht, als wäre da unten ein Barbecue aus dem Ruder gelaufen«, sagte Todd.

Ich konnte daran überhaupt nichts Lustiges finden und sah bereits vor mir, wie sich die Flammen durch die Bodendielen unter unseren Füßen fraßen.

»Wir müssen hier raus, bevor sich das Feuer ausbreitet«, schrie ich Todd an.

Doch bevor wir losgehen konnten, erklang das mir wohlbekannte Geräusch, das mein Gewehr machte, wenn man die Sicherung löste. Jemand schob mir den Lauf der Waffe ins Kreuz und riss die Stirnlampe von meinem Kopf, ehe eine weibliche Stimme zischte: »Vorwärts!«

Durch einen weiteren Flur entfernten wir uns von Kellertür und Küche, bis die Frau uns befahl, nach links zu gehen. Das dort liegende Zimmer hatten meine Begleiter und ich bisher kaum beachtet. Es war voller Notizbücher, die in den Regalen und in großen Stapeln auf dem Schreibtisch und dem Teppich verteilt lagen. Von George wusste ich, dass sie nichts außer leeren Seiten beinhalteten, was ihre hohe Anzahl noch merkwürdiger machte. Da es hier aber auch nichts für uns zu holen gab, hatte ich das Zimmer schon wieder vergessen.

Todd und ich blieben mitten im Raum stehen. Der Druck in meinem Rücken verschwand.

»Wer seid ihr? Und was habt ihr hier zu suchen?«, fragte die Frau.

Als ich mich zu ihr umdrehte, ging eine zweite Person an uns vorbei und entzündete die altmodische Petroleumlampe auf dem Schreibtisch. In dem Licht erkannte ich eine Frau mit roten, langsam ergrauenden Haaren. Am Schreibtisch sah ich einen jungen Mann, der etwa Mitte zwanzig und wohl mexikanischer Herkunft sein musste.

Als er sprach, bestätigte mir das sein starker Akzent.

»Antwortet gefälligst!«, drohte er.

»Wir sind auf der Suche nach Schutz«, erklärte ich. Eigentlich hätte das reichen sollen, denn schließlich ging es jedem so wie uns. Aber die Frau wollte mehr hören.

»Und da seid ihr ausgerechnet hierhergekommen? Oder hat euch jemand von diesem Ort erzählt?«

»Nein, es war reiner Zufall. Wir sind vor einer Horde Dämonen geflüchtet, und als wir merkten, dass sie uns nicht länger folgten, haben wir entschlossen, erst einmal hierzubleiben.«

»Ihr vier«, fügte der junge Mann hinzu, wie um mir klarzumachen, dass ich ihnen nichts verheimlichen konnte. Sie wussten von Amber und George. Vermutlich waren sie es gewesen, die Amber gesehen hatte.

Ich nickte. »Wir vier.«

»Und habt ihr euch gar nicht gewundert, dass euch die Dämonen zufriedenlassen?«, hakte der Kerl nach.

Ich setzte zu einer Antwort an, aber Todd kam mir zuvor.

»Ich hab schon gesagt, dass wir wohl ein Betreten-Verboten-Schild übersehen haben.« Er lachte als einziger über seinen Witz, wurde aber schnell wieder still, als keiner darauf reagierte.

Die Frau und ihr junger Freund wandten sich einander zu.

»Ich glaube ihnen«, sagte er.

Ich atmete auf, als sie nickte und mein Gewehr senkte. Dann begann sie zu erzählen. »Mein Name ist Hilary und das ist Marco. Wir sind nicht hier, um euch etwas zu tun, aber es wäre besser für euch, wenn ihr verschwindet. Wir waren schon einmal in diesem Haus. Bevor die Dämonen dagewesen und all diese Dinge passiert sind. Sicherlich wollt ihr wissen, warum sie euch hier verschonen, und das werde ich euch sagen. Sie haben Angst vor dem, was unter diesen Bodendielen lauert.«

»Na, danke. So weit waren wir auch schon«, fiel Todd ihr ins Wort.

Ich stieß ihn mit meinem Ellbogen an.

Hilary fuhr ungerührt fort. »Sind euch diese Bilder aufgefallen? Sie zeigen alle den gleichen Mann. Er heißt Jonathan. Seinen vollen Namen habe ich nie erfahren und das, obwohl ich ihm zwanzig Jahre lang treu gedient habe.«

»Haben Sie nie gefragt?«, wollte Todd wissen und bekam einen weiteren Ellbogenstoß von mir.

Hilary bewies Geduld und ignorierte ihn erneut.

»Uns bleibt nicht allzu viel Zeit, also versuche ich mich so kurz wie möglich zu fassen. Dann ist euch hoffentlich klar, weswegen ihr gehen solltet. Jonathan war der Anführer einer Sekte. Anfangs waren wir nur wenige, aber mit der Zeit kamen immer mehr dazu. Jonathans Ansicht nach, sollte die Menschheit vernichtet werden, damit die Erde neu aufblühen kann. Es gab eine ganze Menge Menschen, die alles für ihn aufgaben. Zeitweise besaß er mehrere hundert Anhänger auf der ganzen Welt. Sie schickten ihm Geld, Geschenke, kamen persönlich vorbei, um bei ihm zu bleiben. Zuerst schickte er sie wieder weg und sagte ihnen, sie sollen auf das Zeichen warten. Er hätte einen Plan, um die Erde zu reinigen. Und sie glaubten ihm. Doch irgendwann zog er sich immer mehr zurück. Ich war so etwas wie seine rechte Hand und sogar mit mir redete er nicht mehr. Stattdessen blieb er hier in diesem Zimmer. Tag und Nacht. Und er schrieb in diese Notizbücher. Eintreten durfte man nur, um ihm weitere zu bringen. Es mag lächerlich klingen, aber ich bin mir sicher, dass er mehrere Wochen nur in diesem Raum saß, ohne zu essen oder zu schlafen. Doch seine

Anhänger hielten ihm die Treue und niemand wurde mehr fortgeschickt. Wie auch, wenn er sich hier drinnen einschloss? Wir ließen sie in Zelten rund ums Haus und in den Wäldern leben. Es mussten über hundert gewesen sein. Frauen, Männer und Kinder. Sie alle wollten ihn kennenlernen, und als er endlich auf die Veranda trat, strömten alle gleichzeitig zu ihm, und er empfing sie mit offenen Armen. Ich dachte, er hätte sich wieder gefangen, machte mir aber Sorgen um seine Gesundheit. Er war so abgemagert. Als ich ihn kennenlernte, hatte er noch gut dreißig Kilogramm mehr gewogen. Und ich glaubte, dass er wirklich einen Weg wüsste, wie man den Planeten retten kann. Ich war verzweifelt gewesen. In den Nachrichten hörten wir immer wieder von aussterbenden Tierarten, verschmutzten Meeren, dem Klimawandel, wie ihr sicher selbst noch wisst. Ich war damals sehr engagiert, was unsere Umwelt betrifft und naiv genug, um zu glauben, dass ein Mann uns alle retten könnte. Jonathan hatte diese Art, Menschen für sich zu gewinnen. Wenn er mit dir redete, hörtest du ihm zu und widersprachst kein einziges Mal. Er nahm jeden mit seinen Worten gefangen. Sie alle glaubten, dass er uns in den Garten Eden führen könnte. Er versprach, dass er einen Weg wüsste, verriet aber nie, wie dieser aussehen sollte. Bis zu dem Tag, an dem er sich nach all den Wochen endlich wieder zeigte. Während er seine Anhänger ins Haus holte und in den Keller führte, ging ich in dieses Zimmer und warf einen Blick in seine Bücher. Habt ihr schon mal hineingesehen?«

»Sie sind leer«, sagte ich, doch das schien Hilary nicht zu reichen.

»Und so geht es immer weiter«, sagte diesmal Marco. »Er hat die ganze Zeit geschrieben. Wir haben es gesehen, als wir versucht haben, ihn zum Aufhören zu bewegen. Aber alles ist spurlos verschwunden. Als hätte es die Wörter nie gegeben. Hilary und ich wollten ihn fragen, was es damit auf sich hat, und folgten ihm und den anderen in den Keller. Was er dort wollte, wussten wir nicht. Er weihte ja niemanden mehr in seine Pläne ein. Jedenfalls glaubten wir das. In den Tagen, als er sich zurückzog, hatte es immer wieder Veränderungen im Haus gegeben. Die Kellertür zum Beispiel wurde gegen eine Stahltür ausgetauscht. Und auch im Keller selbst fanden Arbeiten statt. Wir wissen nicht, wann und mit wem er geplant hat. Die Leute, die seine Wünsche umsetzten, redeten nicht mit uns, wir ließen es geschehen, weil wir glaubten, dass es Teil von Jonathans Plan war. Nichts geschah ohne sein Einverständnis. Nun, was es damit auf sich hatte, erfuhren wir, als wir unten ankamen. Jonathan versprach, uns alle zu erlösen. Dass jetzt ein neues Zeitalter anbrechen würde, aber vorher mussten wir beweisen, dass wir dessen würdig sind. Es sollten qualvolle, schreckliche Jahre zu überstehen sein. Solange sollten wir im Keller ausharren. Während er redete, bemerkten Hilary und ich ein Sprinklersystem an der Decke, das vorher nicht dagewesen war. Und den Geruch von Benzin.«

»Jetzt bekomm ich ein schlechtes Gewissen, wegen meines Barbecuespruchs«, sagte Todd neben mir, aber diesmal gab ich ihm keinen Stoß. Zu sehr hatte mich die Erzählung in ihren Bann gezogen.

Marco fuhr fort. »Jonathan hatte die Idee, sich mit allen anderen in Brand zu stecken und ließ Benzin auf uns herabregnen. Vermutlich bereitete ihr Leid den Weg in das von ihm versprochene Zeitalter.«

Damit streckte Marco seine Hände aus. Die Haut an den Handflächen war geschmolzen und hellrosafarben. Ein Wunder, dass er seine Finger überhaupt noch bewegen konnte. Und ich ahnte, dass das nicht die einzigen Wunden an seinem Körper waren.

Hilary verzichtete darauf, uns irgendetwas zu zeigen, übernahm aber wieder das Reden.

»Ein paar seiner Anhänger waren eingeweiht und versuchten die Kellertür von innen zu verriegeln. Wir entkamen knapp, aber nicht unverletzt. Als wir das Krankenhaus erreichten, fielen schon die Dämonen über die Erde her. Wir wissen nicht in allen Einzelheiten, was passiert ist, aber es ist möglich, dass Jonathan mit Hilfe irgendeiner Macht das Ende der Menschheit heraufbeschworen hat und er nun mit den anderen im Keller darauf wartet, die Welt betreten zu können, die er haben wollte. Ob dann die Dämonen immer noch hier sein werden oder es einen Garten Eden geben wird, wissen wir ebenfalls nicht.«

»Und warum seid ihr dann zurückgekommen?« Endlich hatte ich meine Stimme wiedergefunden.

»Weil wir hoffen, dass wir die Dämonen zu ihrem Ursprungsort zurückschicken und die armen Menschen dort unten erlösen können.«

Ich dachte an die Schreie hinter der Tür, brauchte aber ein paar Sekunden, um zu begreifen, was Hilary da sagte. Dann sprach ich es aus: »Sie brennen immer noch.«

»Ganz genau. Sie sind nicht lebendig, aber auch nicht tot. Solange das Feuer brennt, werden die Dämonen bleiben. Sie fürchten das Haus, weil sie wissen, dass ihre Einmischung das Ende ihrer Herrschaft bedeuten könnte.«

Nach allem, was passiert war, glaubte ich diese Geschichte sogar. Ich hatte Monster gesehen, die ganze Wolkenkratzer umwarfen. Gigantische Tentakel, die aus den Kratern ragten, welche sich überall auf der Erde öffneten. Die Geschichte um Jonathan und die anderen klang zwar verrückt, aber was war in der heutigen Zeit noch normal?

»Wir werden dort runtergehen und sie alle töten«, sagte Marco, wie beiläufig.

»Sie alle erlösen«, verbesserte Hilary ihn daraufhin in einem ruhigen Tonfall. »Was passiert ist, wird dadurch nicht ungeschehen gemacht, jedoch werden wir unsere Welt zurückbekommen.«

Als Todd sich räusperte, ahnte ich bereits, dass er jetzt wieder etwas Falsches sagen würde.

»Ja, aber … Ist es denn so verkehrt, was Jonathan will? Die Welt ist hinüber, okay, aber wenn es stimmt, was ihr sagt, wird sie in ein paar Jahren ein besserer Ort sein.«

»Ohne jemanden, der sie erleben kann. Oder hast du sonst noch wen außer Jonathan auf den Gemälden gesehen?«, fragte Hilary.

»Es könnten neue Rassen entstehen. Eine völlig andere Tierwelt, wie wir sie kennen, und ohne Menschen, die sie zerstören. Kann ja sein, dass ich mich jetzt wie ein Ökofreak anhöre, aber ich finde, dass dieser zweite Versuch gar nicht so verkehrt klingt. Natürlich ist der Weg dorthin ziemlich beschissen, versteht mich bitte nicht falsch. Doch schließlich seid ihr Jonathan aus diesem Grund gefolgt. Weil ihr wolltet, dass er euch in diese neue Welt führt. Und euch muss doch klar gewesen sein, dass es Opfer verlangen wird.«

Ich erwartete, dass Hilary und Marco wütend wurden, aber sie lächelten nur.

Marco war es, der das Wort ergriff: »Hilary und ich waren auf der Suche nach einer Ersatzfamilie und fanden sie bei Jonathan. So kamen alle zu ihm, indem sie Leute suchten, bei denen sie bleiben konnten. Erst waren es nur Einzelgänger wie wir beide, dann auch Familien, die nicht mehr für sich sorgen konnten. Viele sind ihm blind bis zum Ende gefolgt, aber einige wachten auch rechtzeitig auf.«

Hilary schien die Geduld zu verlieren und sagte barsch: »Lasst uns endlich anfangen.«

In dem Moment, als sie sich zur Tür umdrehte, kam Amber herein und schoss Hilary, ohne zu zögern, in die Brust. Noch bevor die Frau zu Boden gefallen war, richtete Amber ihre Pistole auf Marco. Der reagierte jedoch blitzschnell und warf sich zur Seite, dass die Kugel in einen der Stapel Notizbücher einschlug und Papierfetzen durch die Luft segeln ließ.

»Amber, hör auf!«, schrie ich, aber sie war wie im Wahn, folgte Marco mit ihrer Pistole, während er hinter dem Schreibtisch Schutz suchte. Eine weitere Kugel riss noch mehr Notizbücher auseinander. In dem Moment, als ich Amber die Waffe aus den Händen reißen wollte, fiel auch schon der nächste Schuss. Diesmal aus Marcos Richtung. Ich sah Amber noch zusammenzucken und einen roten Fleck auf ihrer Stirn, bevor sie nach hinten kippte.

»NEIN!«, hörte ich mich selber schreien, aber meine Stimme klang wie weit entfernt. Ich erinnere mich nicht mehr, wie ich neben Amber auf die Knie ging oder ihre Hand nahm. Es ist, als würde ein Teil meiner Erinnerung hier einfach fehlen. Das nächste, was ich weiß, ist, dass Marco an meiner Schulter zerrte und mich auf Mexikanisch anschrie.

Todd rief, er solle mich in Ruhe lassen, und schrie im nächsten Moment vor Schmerzen auf. Marco musste ihm eine verpasst haben.

»Das hab ich nicht gewollt«, schrie der Mexikaner.

Ich überlegte, Ambers Waffe zu nehmen und ihn einfach zu erschießen. Aber wahrscheinlich wäre er schneller gewesen. Die Pistole schob ich dennoch unter meinen Pullover.

»Vorwärts. Ich will euch beide im Auge behalten. Das mit eurer Freundin tut mir leid, aber ich hab mich nur verteidigt. Wir wollten euch nicht angreifen, ihr solltet einfach nur verschwinden. Jetzt ändert sich der Plan«, sagte Marco, während er Todd und mich wieder in den Flur führte.

Längst hatten sich Rauch und beißender Gestank ausgebreitet. Mit jedem Schritt, den wir taten, wurden die gedämpften Schreie lauter.

Mit meinem Gewehr zeigte Marco auf eine Stelle vor der Tür. Er brauchte nicht zu sagen, dass wir uns dort hinstellen sollten.

»Ihr beide werdet vorgehen und mir Deckung geben. Ich muss nur Jonathan töten, aber seine Diener werden versuchen, ihn zu beschützen. Indem ihr sie ablenkt, habe ich vielleicht eine Chance, ihn zu erledigen.«

»Können wir über den Plan noch einmal reden?«, fragte Todd.

Natürlich ging Marco nicht darauf ein. Und es überraschte mich auch nicht zu sehen, dass er einen Weg kannte, die Kellertür zu öffnen. Alles, was er dafür tun musste, war einen Lichtschalter neben ihr zu betätigen. Da es keinen Strom gab, hatten wir ihm keine Beachtung geschenkt. Die geheime Vorrichtung schien keinen zu brauchen. Langsam und lautlos schwang die schwarze Eisentür auf. Der herausströmende Rauch raubte uns die Luft, ließ Todd und mich hustend die Hände vors Gesicht halten. Meine Augen brannten so sehr, dass ich kaum etwas sehen konnte. Aber dennoch erkannte ich die rotgelben Lichter, die sich in dem Qualm bewegten.

Ich wollte Todd warnen, konnte aber nur weiterhusten. Es war, als würde der Rauch ein Eigenleben führen und sich extra um uns legen, damit wir die Gefahr nicht kommen sahen.

Und tatsächlich waren Jonathans Anhänger bereits viel näher als erwartet. Ein in Flammen liegendes, schreiendes Gesicht tauchte so plötzlich vor mir auf, dass ich keine Zeit hatte, darauf zu zielen. Brennende

Hände griffen in meine Kleidung, woraufhin das Feuer sofort übersprang, doch es gelang mir, mich loszureißen und die Flammen auszuklopfen. Gleichzeitig wurde ich zur Seite gestoßen und sah eine Gestalt mit Gasmaske an uns vorbeistürmen. Marco hatte sich bestens vorbereitet. Er schoss auf meinen Gegner, der sofort zu Boden ging. Normale Munition konnte Jonathans Anhänger offensichtlich töten. Und zwei weitere kamen uns bereits entgegen. Marco zerrte mich mit sich. Da er derjenige mit einer sichtbaren Waffe war, konzentrierten sie sich zuerst auf ihn.

Ich konnte nicht einmal sagen, ob es sich um Männer oder Frauen handelte. In den Flammen sah ich nur verbrannte Körper mit weit aufgerissenen Augen und Mündern. Es gab keine Konturen oder Haare mehr, an denen ich ihr Geschlecht hätte einschätzen können. Und ehrlich gesagt war es mir auch scheißegal. Durch ihren Angriff musste Marco mich loslassen, und ich versuchte mich schnell von ihm zu entfernen. Ambers Pistole holte ich unter meinem Pullover hervor, zielte blind in den Rauch hinein, schoss auf einen undeutlich auszumachenden, brennenden Körper und lief weiter. Als hinter mir ebenfalls zwei Schüsse fielen, ahnte ich, dass Marco sich weiter vorarbeitete.

Todd erschien so plötzlich vor mir, dass ich ihn schon abknallen wollte, aber er schien das nicht mal zu bemerken.

»Lass uns George holen und dann nichts wie raus hier«, sagte er und begann sofort wieder zu husten.

Ich schüttelte den Kopf. »Wir müssen Marco helfen.«

»Spinnst du?«

»Wenn es stimmt, was die beiden uns gesagt haben, könnten wir alles verändern.«

»Oder sterben.«

»Das passiert früher oder später sowieso. Und wenn ich dran denke, was dort draußen auf uns wartet, dann eher früher.«

Todds Blick sagte mir, ich solle jetzt bloß keine Dummheit begehen. Aber alleine würde Marco keine Chance haben. Und ganz gleich, was zwischen uns passiert war, Jonathan aufzuhalten, war ganz klar wichtiger.

Ich konnte nur vermuten, dass Todd die Augen verdrehte, bevor er krächzend sagte: »Dann pass wenigstens auf dich auf.«

Damit verschwand er im Rauch und ich lief zurück in das Arbeitszimmer, wo ich wie erhofft an Hilarys Gürtel eine weitere Gasmaske entdeckte. Mit ihr vor dem Gesicht und mit den Pistolen von Amber und Hilary in den Händen, kehrte ich zur Kellertür zurück.

Die Maske erleichterte mir zwar das Atmen, behinderte aber meine Sicht eher, als sie zu verbessern. Außerdem hatte ich schon zu viel Rauch in die Lunge bekommen und musste immer wieder husten, als ich mich vorsichtig die Treppe hinunterbewegte. Fast blind setzte ich einen Fuß vor den anderen, zielte mit beiden Pistolen nach unten, in der Hoffnung, meine Angreifer wegen des Feuers rechtzeitig sehen zu können.

Ich wusste weder, wie viele Stufen es gab, noch wie groß das unter mir liegende Gewölbe war. Doch als ich ankam, erkannte ich leere Türbögen in den Rauschwaden, die den Keller eher wie ein Verlies wirken ließen. Und irgendwie war es ja auch zu einem geworden.

Von Marco fehlte jede Spur. Dass keine Schüsse mehr fielen, beunruhigte mich. Ich überlegte, nach ihm zu rufen, damit er nicht versehentlich auf mich schoss, wollte aber gleichzeitig Jonathans Fanatiker nicht wissen lassen, dass ich hier unten war.

Wie sich herausstellte, musste ich das auch gar nicht. Gleich mehrere von ihnen drängten sich durch einen der Bögen und kamen schreiend, mit ausgestreckten Händen auf mich zu.

Um Munition zu sparen, ergriff ich vorerst die Flucht.

Der Keller war viel größer als gedacht und bestand aus lauter Räumen, die mehrere Ausgänge hatten. Ich verlor die Orientierung und geriet in Panik. Ich dachte an meine Eltern und meine Schwester, die von den Dämonen getötet worden waren. Sie würden nie wieder zurückkommen, ganz gleich, was ich tat. Aber ich konnte es diesen Monstern heimzahlen, und nur darauf kam es mir noch an. Der Gedanke beruhigte und fokussierte meinen Blick wieder auf das Ziel. Die Anspannung blieb, denn ich fühlte mich von allen Seiten beobachtet. Wie auf dem Silbertablett serviert und bereit, von Jonathans Leuten zerfleischt zu werden.

Mit beiden Waffen im Anschlag blieb ich in einem der Räume stehen. Wie bei vielen anderen lagen zwischen schwarzgrauen Wänden vier Ausgänge. An der Decke konnte ich die teils geschmolzene Sprinkleranlage erkennen. Jonathan war auf Nummer sicher gegangen, dass alle seine Anhänger etwas von dem Benzin abbekamen.

Umso mehr überraschte es mich, ihn selber plötzlich völlig unversehrt durch den Qualm auf mich zuschreiten zu sehen. Freundlich lächelnd, als wollte er mich begrüßen. Ich richtete beide Waffen auf ihn, doch im selben Moment erreichte er mich und riss meine Arme mit solch einer Wucht nach unten, dass ich glaubte, sie würden aus den Gelenken springen. Gleich darauf schleuderte er mich wie eine Puppe durch die Luft. Beim Aufprall verlor ich die Pistolen, sah sie noch in unterschiedliche Richtungen davonrutschen, bevor sie vom Rauch verschluckt wurden. Viel schneller als erwartet war Jonathan wieder bei mir, griff nach meiner Kleidung und riss mich hoch.

»Eine Abtrünnige«, sagte er geradezu fröhlich.

Ich schlug ihm mit der Faust ins Gesicht, doch er zeigte keine Reaktion.

»Wieso versuchst du, mich aufzuhalten? Willst du nicht ins Paradies?«, fragte er weiterhin lächelnd. Anstatt ihm zu antworten, schlug ich ein zweites Mal zu. Diesmal stoppte er meine Faust mit einer Hand, während er mich mit der anderen immer noch mehrere Zentimeter über dem Boden hielt. Ich schrie unter meiner Maske, als er meine Faust zu zerquetschen begann und die Knochen in meinen Fingern brachen. Dass er mich absetzte, merkte ich erst, als er bereits beide Hände um meinen Kopf legte und zudrückte.

Der Schmerz ließ mich fast bewusstlos werden. Ich sah weiße Punkte vor meinen Augen explodieren und glaubte, jeden Moment sterben zu müssen. Etwas knackte sogar bereits in meine Ohren, als Jonathan plötzlich von mir abließ. Stöhnend fasste ich mir an die Schläfen. Irgendetwas passierte genau vor mir, aber ich musste mich erstmal darauf konzentrieren, nicht in meine Maske zu kotzen. So konnte ich zuerst nur schnelle Bewegungen erkennen. Der Raum drehte sich. Links und rechts brannte etwas und ich ahnte, dass Jonathans Gefolgsleute ihrem Anführer zu Hilfe eilen würden. Endlich gelang es mir, meinen Blick auf den Guru zu fokussieren. Gerade rechtzeitig, um mit anzusehen, wie er Marco einen Arm vom Körper riss, denn fast gleichzeitig spritzte sein Blut an mein Visier und nahm mir die Sicht. Mit meiner unversehrten, rechten Hand, versuchte ich, das Blut abzuwischen, verschmierte es aber so nur noch mehr. Durch einen rotschwarzen Film sah ich Marco vor Jonathan knien. Der Guru legte eine Hand auf seine blutende Schulter, wie um ihn zu beruhigen.

Doch sein Blick galt mir.

Seine Anhänger blieben auf Abstand, während er sagte: »Alles, was ich euch geben wollte, war ein besseres Leben. Mit genug Platz und Nahrung für uns alle. Niemand muss hungern. Es wird euch an nichts mangeln. Und doch versucht ihr, es zu verhindern. Wieso?«

Er machte noch einen Schritt auf mich zu.

»Wir leiden für euch. Je länger sie leiden, desto größer der Garten«, fuhr er fort.

Ängstlich, mit pochenden Schmerzen in der linken Hand, stand ich auf und wollte fliehen, doch in diesem Labyrinth würde ich keine Chance haben, ihm zu entkommen.

Er kam mit ausgebreiteten Augen auf mich zu.

»Ich bringe euch Frieden, und ja, das fordert Opfer, aber seht doch den höheren Zweck. Er ist größer als wir alle. Als alles andere auf der Welt. Wenn wir lange genug warten und für die Sünden der Menschen büßen, wird der Garten Eden neu gedeihen. Wir können …«

Von hinten legte Marco ihm seinen verbliebenen Arm um den Hals und schnitt ihm das Wort ab, doch der Guru riss ihn mit Leichtigkeit von seinem Rücken.

»Elender Narr. Wieso …« Jonathan und ich sahen etwas zu Boden fallen, und als es aufprallte, lichtete sich der Rauch einen Moment drum herum. Ich erkannte einen schwarzen Gurt mit mehreren Handgranaten. Die herausgezogenen Stifte prasselten auf sie herab, Jonathans Augen weiteten sich.

Ich wirbelte herum und rannte drauflos, kam aber nur ein paar Schritte weit, ehe die Granaten explodierten und die Druckwelle mich wie eine gigantische Faust erwischte.

Abermals kann ich mich nicht besonders gut an den Ablauf der folgenden Minuten erinnern. Ich bezweifle aber, dass ich das Bewusstsein verlor, denn ich kann mich gut an die schrillen Schreie erinnern. Sie kamen von allen Seiten, obwohl niemand zu sehen war.

Auf dem Rücken liegend starrte ich durch mein verschmiertes Visier zur Decke und versuchte aufzustehen. Außer meiner Hand schien zum Glück nichts gebrochen zu sein.

Mit trägen Bewegungen torkelte ich durch den Keller und hoffte, die Treppe wiederzufinden, bis mehrere, brennende Gestalten in meine Richtung kamen. Es mussten fünfzig, sechzig oder gar siebzig sein. Selbst mit einer Waffe hätte ich nichts gegen sie ausrichten können. Doch anstatt sich auf mich zu stürzen, bogen sie plötzlich durch einen der Türbögen ab. Ihre Schreie klangen immer noch qualvoll, aber irgendwie anders.

Als die meisten von ihnen verschwunden waren, ging ich weiter. Und plötzlich nahm der Rauch ab, während die Stimmen hinter mir nacheinander verstummten. Ich erkannte den Umriss der Kellertreppe sowie mehrere, verbrannte Körper am Boden und auf den Stufen.

Keiner von ihnen stand noch in Flammen. Sie bewegten sich nicht, als ich an ihnen vorbei und nach oben ging. Auch im Haus lagen verkohlte Leichen. Sie hatten Fußabdrücke in den Teppich und die Dielen gebrannt, ohne dass es zu größeren Schäden gekommen war.

Mir fiel auf, dass die Haustür offen stand und etwas Licht durch sie hereinfiel. Draußen saß George auf den Stufen der Veranda, während Todd ein paar Schritte entfernt stand und sich etwas ansah. Der Anblick überrumpelte mich geradezu.

Zwischen all den Zelten waren Blumen in allen Farben und grünes Gras gewachsen. Noch konnte ich nicht alles erkennen, weil die Sonne gerade erst aufging, aber ich bezweifelte, dass es außerhalb des Geländes aussehen würde wie hier.

»Desto länger sie leiden, desto größer der Garten«, gingen mir Jonathans Worte durch den Kopf. Hätten wir sie nicht gestört, hätte sich dieses kleine Reich noch weiter entfalten und daraus eine neue, friedliche Welt entstehen können. So wie Jonathan sie seinen Gefolgsleuten versprochen hatte. Aber dank unseres Eingreifens sollte es niemals dazu kommen.

Mit einer Blume in der Hand drehte Todd sich zu mir um.

»Ist das zu fassen? Dieser ganze Blödsinn hat tatsächlich gestimmt.«

Noch während er sprach, hielt ich nach Dämonen Ausschau, konnte aber keine entdecken. Jonathan hatte sie gerufen und mit ihm waren sie verschwunden. Doch überall auf der Welt hinterließen sie ihre Spuren durch Chaos und Vernichtung. Nur nicht hier, wo wir standen.

Als George mich bemerkte, hob er den Blick und fragte: »Was ist denn überhaupt passiert?«

Ich nahm die Gasmaske ab, ließ sie zu Boden fallen. Jonathans Worte wiederholten sich immer und immer wieder in meinem Kopf, als ich antwortete: »Ich glaube, die Welt ist gerade zum zweiten Mal untergegangen.«

Über den Autor:
Thomas Williams wurde 1982 unter dem Namen Rüter in Bad Oeynhausen geboren. Er begann früh zu schreiben und sich für Horrorfilme, Heavy Metal und Comichefte zu begeistern. Er liebt Horror in allen Formen und Farben. Vom seichten Grusel bis zum harten Splatter.

Inzwischen wurde er in über 20 Anthologien veröffentlicht.

2017 wurde seine Kurzgeschichte »Clown-Syndrom« beim Vincent Preis mit dem zweiten Platz ausgezeichnet.

Der Autor lebt mit seiner Frau in Bielefeld.

Bonusgeschichte:
Heteronomie

von Benjamin Verwold

Aus den Aufzeichnungen des Dr. Jacob Froboess am 17. März 1349

»Abergläubisches Waschweibergeschwätz!« So habe ich die Warnungen der simplen Gemüter genannt, die mich vor diesem Domizil warnten. Die einfachen Leute, Gott habe sie selig, brauchen einfache Erklärungen für Dinge, die sie nicht verstehen und verwirren. Ich hingegen bin ein Mann der Wissenschaft und akzeptiere keine Ausflüchte in den Aberglauben! Sind bisherige Bewohner dieses schönen, kleinen Anwesens verschwunden und, wenn überhaupt, mit deutlich veränderten Charakterzügen wieder aufgetaucht? Ja, schon bei meinem Einzug vor wenigen Monaten ließ sich das nicht leugnen. Zugegeben, es waren unterhaltsame Schauergeschichten, die mir seinerzeit zugetragen worden sind.

Da war die Rede von einem alten Soldaten, der unter Karl von Valois im Krieg von Saint-Sardos gekämpft und seine Vaterlandstreue mit dem Leben seiner drei Söhne bezahlte hatte. Die alte Vettel vom Wochenmarkt schwor mir im Namen des Herrn, dieser Mann wäre in der kurzen Zeit hier um Jahrzehnte gealtert. Er sei ergraut, und wäre unter dem Plappern wirrer Worte aufgebrochen, um »mit seinen Söhnen die Engländer aus Aquitanien zu vertreiben«. Ohne Zweifel wird die arme Seele aufgrund ihrer traumatischen Erlebnisse einen irreparablen Schaden an seiner Psyche davongetragen haben, aber diese Erklärung schmetterte die Alte sofort ab. Es sei dieses Haus. Mehr konnte ich ihr nicht entlocken und fortan verhielt sie sich mir gegenüber nur noch äußerst wortkarg. Gut, dachte ich mir, um Freunde zu finden, bin ich auch nicht in dieses kleine Nest gekommen.

Aber meine Neugier war geweckt, denn schon als kleiner Junge hatte ich nicht genug von den Gespenstersagen meines verehrten Großvaters bekommen können. Sollten mir die Bauern, die Handwerker und die Waschweiber doch die Abende mit ihren vergnüglichen Erzählungen versüßen und mich mit großen Augen beschwören, hier wieder zu verschwinden! Dies taten sie mitunter äußerst brüsk und ungehobelt, aber für mein Geld waren sie sich natürlich nie zu schade. Wie so häufig hörte dort die stets hastig vorgeschoben christliche Besorgnis um mein Wohlergehen auf und die Zungen wurden locker. Ich hörte von einer alten Jungfer, deren lotterhafter Lebenswandel sie ans Messer eines Mannes geführt hatte, der mehr an ihren Wertsachen als an ihrem Schlafgemach interessiert war. Einem Mädchen, das der Schwester die Puppe neidete und sie deshalb mit Mutters Nähnadel schwer und dauerhaft im Gesicht verletzte. Und natürlich von meinem Vormieter, der ein talentierter Dichter gewesen war oder sich zumindest für einen gehalten hatte. Ganz vernarrt in die alten Sagen aus dem Süden sei er gewesen, wusste der Wirt zu berichten. Sein Leben habe ein besonders tragisches Ende gefunden, da er sich vom Dach dieses Hauses stürzte und zu allem Überfluss im Brunnen des Vorgartens landete. Seine Bücher sind damals in meinen Besitz übergegangen, anscheinend betritt nicht mal der Grundbesitzer dieses Anwesen öfter, als es nötig ist. Wenn ich bedenke, wie abgegriffen das Buch über die griechische Mythologie ist, hat sich der arme Tor womöglich für eine Reinkarnation des Ikarus selbst gehalten. Nur gab es für ihn nicht einmal einen Dädalus, der seinen Tod betrauerte.

Ich will aber betonen, dass ich keines dieser Vorkommnisse einer übernatürlichen Quelle zuschreibe. Wir leben in dunklen Zeiten, und schwache Gemüter zerbrechen daran! Europa steht vor einer Zerreißprobe, der Konflikt der Engländer und der Franzosen könnte uns in den Abgrund reißen. Ich hoffe und bete, dass dem nicht so ist. Ja richtig, ich bete. Keinesfalls leugne ich die Existenz Gottes, ich bin vielmehr vollkommen davon überzeugt, vor allem seit ich hier in dieser Abgeschiedenheit meinen Forschungen nachgehen kann. Wissenschaft und Glaube sind keine Widersprüche, dem Geschwätz des Pöbels zum Trotz! Wer wenn nicht Gott gab mir diese erstaunlichen Fähigkeiten? Durch sie und seine Gnade werde ich Großes vollbringen und in die Geschichte eingehen. Zuerst schreckte ich vor meinen sich stets vergrößernden Talenten zurück, aber seit der Herr im Schlaf zu mir sprach, ist mir alles klar geworden. War es überhaupt im Schlaf? Gewährt er mir gar die Gnade einer Kommunikation im Wachsein? Es ist einerlei, ebenso wie die Blicke des einfachen Volkes dort draußen. Alles folgt einem Plan, und wenn ich dafür in einem ausgemergelten Zustand leben soll, dann soll sein Wille geschehen.

Sie, werter Leser, der Sie dieses Schriftstück gefunden haben und bald der Nachwelt zur Verfügung stellen, dürfen nun Zeuge werden, wie Dr. Jacob Froboess seinen ersten Schritt zum Bestehen von Gottes größter Prüfung geht. Im letzten Jahr hörte ich die ersten Berichte von einer furchtbaren Seuche, die in Italien ganze Dörfer entvölkerte. Mittlerweile wütet sie in Frankreich und steht auch vor unseren Toren. Die Ärzte verzweifeln, der Klerus betet und der Adel verschanzt sich in seinen Schlössern. Auch ich gelangte an den Rand meiner Fähigkeiten, aber inzwischen weiß ich, was ich zu tun habe. Denn Gott selbst sprach zu mir!

Ich werde heute Abend die nahe Grenze überqueren und einen der sogenannten Pestfriedhöfe oder gar eines der Dörfer aufsuchen. Dies sollte kein Problem darstellen, die Kontrollen sind nahezu nicht mehr existent, und ein wenig Geld öffnet zur Not alle Türen. Ich werde den schwarzen Tod zu mir holen und ihn endlich besiegen! Mein Mitgefühl gilt den armen Tölpeln in diesem Ort, die ich mit dem Erreger anstecken muss. Aber nur so werde ich meine Arbeit abschließen können. Gottes Wille geschehe!

Dr. Jacob Froboess, 17. März 1349

Mitschrift des Geständnisses von Niclaus Kuhn am 17. Oktober 1651

Ich habe kein gottesfürchtiges Leben geführt, meine Herren. Von Politik verstehe ich nichts, meine Kumpane und ich haben uns nur an denen durch Krieg schutzlos gewordenen Menschen bereichern wollen. Zu sechst haben wir begonnen, übrig geblieben sind nur zwei von uns. Die anderen fristen ihr Dasein in irgendwelchen Kerkern oder mussten dem Henker gegenübertreten. Ich weiß es nicht, aber wenn ihr nur einen Funken Gnade in euch habt, dann lasst ihr auch mich diesen Gang bald antreten. Damit die Erinnerungen mich endlich nicht mehr quälen können ...

(Schweigen, erst nach mehrmaliger Aufforderung führt der Angeklagte seine Aussage fort)

Ich gestehe alles, was mir zur Last gelegt wird. Die Raubzüge aus Habgier, die Brandstiftungen und schließlich auch den Mord an diesem Landwirt, der sich partout nicht von seinem Geld trennen wollte. Es war nicht unsere Absicht, aber es ist im Handgemenge passiert, dass mein Freund Georg den Mann in einem seiner Wutanfälle den Hang hinabstürzte und dieser sich den Schädel einschlug. Seinem Sohn gelang es in Raserei, sich loszuwinden, mich niederzuschlagen und mit einem unserer Pferde zu entwischen. Der alte Mann hatte nicht einmal viel Geld dabei, für ein paar läppische Taler ist er gestorben ...

Wir sind zunächst geflohen und haben uns tief in dem nahegelegenen, großen Wald versteckt. Dort wollten wir warten, bis wir unbemerkt diesen Landstrich verlassen konnten. Nein, trotz meiner Scham über den Tod des Alten habe ich da noch nicht über den Lebenswandel nachgedacht, das gebe ich zu. Das kam erst, als wir in der zweiten Nacht das Dorf im Wald entdeckten und dort Unterschlupf suchten ...

Ich sehe Ihre Blicke, aber es stehen dort wirklich Häuser tief im Wald, das schwöre ich bei meinem Leben, so wenig es noch wert sein mag! Bitte glauben Sie mir und sorgen Sie dafür, dass sich dorthin niemals wieder jemand verirrt! Ich beschwöre sie ...

(Der Angeklagte wirkt stark angespannt und ist nur mit Mühe wieder zur Raison zu bringen. Nach einer Unterbrechung und bemerkenswerterweise auch auf seinen Wunsch hin wird die Vernehmung fortgesetzt.)

Es stehen dort ungefähr zehn Häuser, alle wirkten, als wären sie verlassen worden. Dinge von Wert steckten wir ein, Essen oder gar Menschen fanden wir nicht. Wir suchten aber vor allem Schutz vor der Kälte, die wir uns in dem am besten erhaltenen Haus erhofften, einem schönen Anwesen am Rande dieser gottverdammten Geisterstadt ... Wären wir doch nur nie hineingegangen ...

Wir Narren jubelten, als wir das Haus betraten. Überall fanden sich alte Gemälde, Schmuck, Geschirr, Bücher und seltsame Apparaturen, deren Sinn ich immer noch nicht begreife. In Gedanken schwelgten wir schon im Reichtum und waren auf dem Weg in ein fernes Land, in dem niemand unsere Namen und Gesichter kennen würde. Wären unsere knurrenden Mägen nicht gewesen, es hätte der vielleicht glücklichste Moment unseres Lebens sein können. So mussten wir uns auf den nächsten Tag vertrösten und hoffen, dass wir irgendwo Waffen oder Hilfsmittel für die Jagd finden würden. Wir befanden uns ja schließlich tief im Wald, da sollte man doch ein verdammtes Reh oder zumindest einen Hasen finden können.

(Der Angeklagte wird jäh unterbrochen und gefragt, warum er sich dann doch selbst dem Gesetz stellte.)

Entschuldigt, ich bitte um Vergebung. Ich ... (lange Pause) ... ich bin nachts aufgewacht, als der Mond noch hoch am Himmel stand. Wahrscheinlich war es der Hunger, laut genug klang mein Bauch jedenfalls. Georg konnte ich nirgends entdecken, aber er hatte sich ohnehin im Obergeschoss ein Lager suchen wollen. »Irgendwo wird die feine Dame des Hauses doch sicher ihr blaublütiges Haupt zur Ruhe gebettet haben!«, hatte er spöttisch gesagt. Mir genügte die kleine Lagerstatt im Arbeitszimmer, von der ich mich erhob und wider aller Logik doch nach etwas Essbarem suchte. Als ob es das unter dieser dicken Staubschicht überhaupt geben konnte, aber so weit dachte ich nicht. Die Küche bot ein trauriges Bild, der Vorratsraum war nicht besser, also blieb nur der Keller. Aber dort befand sich nichts außer noch mehr dieser seltsamen Apparaturen und einem großen Arbeitstisch voll mit alten, brüchigen Zetteln. Vergebt mir, meine Herren, aber ich weiß nicht, was darauf stand, aber ich habe nie lesen gelernt.

(Anmerkung: Von den Beschreibungen her scheint es sich bei den »seltsamen Apparaturen« um veraltete ärztliche Untersuchungsinstrumente zu handeln.)

Vielleicht war darauf ein Geständnis von einem Verbrechen zu finden, das unendlich größer als das meinige ist. Verstehen Sie, der Raum war größtenteils dunkel und wurde nur vom Mondlicht durch die kleinen Kellerfenster erhellt. Aber während ich fasziniert vor diesen komischen Gegenständen stand, es mögen zehn Minuten oder mehr gewesen sein, wanderte das Licht und vertrieb den gnädigen Schleier der Dunkelheit. Als ich mich schließlich umdrehte und mich oben wieder zur Ruhe begeben wollte, offenbarte mir der Keller dann doch sein Geheimnis. Ich weiß nicht, wie viele es sind, aber dort stehen notdürftig zusammengezimmerte Betten, an denen mit Riemen ... Gebeine von Menschen angebunden sind. Welches gottlose Werk auch immer dort verübt worden ist, will ich nicht wissen. Ich schrie nach Georg und stürzte die Treppe wieder hinauf. Aber er antwortete nicht, bei Gott, er antwortete nicht!

(Ab hier wird die Erzählung immer wieder von hysterischen Anfällen des Angeklagten unterbrochen, die zum besseren Verständnis nicht weiter erwähnt werden).

Ich fand ihn schließlich in einem großen Raum am Ende des Flurs im Obergeschoss. Er lag vor sich hinmurmelnd in einem großen Bett. Alles was ich verstand, waren die Worte »Geld«, »... für mich allein« und meinen Namen. An ein Fieber glaubend stürzte ich zu ihm. Sein Anblick aber ließ mich innehalten! Mein Freund hatte die Augen weit aufgerissen, die Adern traten auf seiner Stirn hervor und er war fahler als das Mondlicht selbst. Aber da war noch etwas hinter ihm, über ihm ... vielleicht sogar in ihm. Die Luft flimmerte wie an einem Sommertag, und dennoch streifte mich ein eiskalter Hauch. Minutenlang hielt mich das Grauen gepackt, bis es nicht mehr zu ertragen war. Der Mord, die Wut in den Augen des Sohnes, der Hunger, die gefesselten, armen Seelen im Keller und dieses ... Ding, das sich an Georg zu laben schien. Woher ich den Mut nahm, ich weiß es nicht. Alles, was ich wollte, war, meinem alten Freund aus Kindertagen weiteres Leid ersparen. Also ergriff ich seinen Arm. Aus blutunterlaufenen Augen starrte er mich an und schlug mich brutal nieder. Ich würde ihm sein Geld nicht stehlen, schrie er, und mit einem kalten Lächeln stand er auf. Aber nicht seine vom Wahnsinn verzerrten Augen ließen mich in blinder Panik fliehen, sondern die anderen ...

(Nachfrage, was er mit »die anderen« meint)

Die anderen Augen, verdammt! Die hinter ihm im Schatten auf mich herabblickten und sich an meiner Feigheit ergötzten. Diese Augen meine ich! Gott allein weiß, zu was sie gehören, aber sie ließen Georg in immer größere Raserei verfallen. Also rannte ich! Ich rannte die Treppen hinunter, aus dem Haus und in den Wald hinein. Ich rannte, bis meine Füße bluteten und ich am Waldesrand ohnmächtig zusammenbrach. Die Ohnmacht war das letzte Mal, dass meine Seele Ruhe fand. Seitdem sehe ich selbst im Traum die Erlebnisse dieser Nacht und höre den unmenschlichen Schrei meines lieben Freundes, als ich aus dem Haus rannte. Schändlich im Stich gelassen habe ich ihn und schon alleine dafür verdiene ich den Strang! Dafür und für all die schlimmen Dinge, derer ich mich schuldig gemacht habe. Das größte Verbrechen begingen Georg und ich aber gemeinsam. Und damit meine ich nicht den Tod des Bauern. Es geschah in diesem Haus:

Etwas schlief dort und wir haben es erweckt!

Niclaus Kuhn wurde im Jahre 1651 zum Tode durch den Strang verurteilt wegen Nötigung, Raub, Brandstiftung und Raubmord an Bauer Hofstätter, ein Mord aus

Habgier an Mittäter Georg Ziegler konnte nicht nachgewiesen werden; eine Untersuchung des angeblichen Dorfes fand nicht statt.

Unveröffentlichter Bericht des Bruder Conrad vom Kloster Dukatius, verfasst am 24. Januar 1658

Im Oktober des vergangenen Jahres kam der Erlass, dass der naheliegende Forst zu durchsuchen sei. Zu viele Menschen waren in der jüngeren Vergangenheit verschwunden, als dass man es mit dem üblichen Abreisen in die großen Städte und dem Verschwinden im jugendlichen Übermut erklären könnte. Diesbezügliche Untersuchungen fanden bereits das gesamte Jahr hindurch statt, die Durchsuchung des großen Waldgebiets geschah auf mein Anraten hin. Beim Studium der Geschichte des Orts stieß ich auf das Geständnis eines Strauchdiebs namens Niclaus Kuhn, dessen zahlreiche Vergehen ihn an des Henkers Strang gebracht hatten. In seiner abenteuerlichen Geschichte beschreibt er ein vergessenes Dorf, das tief im Wald läge. Eine ausführliche Konsultation der Stadtchronik sollte seine Existenz posthum bestätigen, denn bis vor drei Jahrhunderten wird sporadisch, aber doch regelmäßig der Handel mit einer Nachbargemeinde erwähnt. Ab dem Eintreffen der Pest ca. 1350 endet die Erwähnung jedoch abrupt und endgültig. Dies ist nicht weiter verwunderlich, denn auch wenn es unfassbar scheint, was derzeit in Braunschweig passierte, so hat der schwarze Tod vor dreihundert Jahren nicht nur ganze Landstriche, sondern halb Europa entvölkert. Viele Gemeinden hörten innerhalb weniger Monate auf zu existieren! Es war meines Erachtens nach also eine plausible These, dass ein vergessenes Dorf, geschützt durch tiefes Gehölz, einer Bande von Wegelagerern oder einer geistig verwirrten und mörderischen Seele als Unterschlupf diente.

Als Teil einer sechsköpfigen Truppe brach ich mit den besten Wünschen des Landvogtes in den von seinen Bürgern als »verflucht« deklarierten Wald auf. Mir zur Seite standen vier Mitglieder der Stadtwache um Hauptmann Seidel und ein erfahrener Förster; aufgrund meiner Kenntnisse in Medizin und Forensik hatte man mich ausgewählt. Aus den alten Berichten konnten wir glücklicherweise schnell die ungefähre Lage unseres Ziels bestimmen und damit die Suche höchstwahrscheinlich um Tage verkürzen. Es verlangte tatsächlich nur einige Stunden und wenige Kurskorrekturen, bis Förster Wallraff uns die ersten Dachspitzen in der Ferne meldete.

Selbst nach Jahrhunderten völligen Leerstehens erkannte ich, dass das Dorf einst von fast malerischer Schönheit gewesen sein musste. In gewisser Weise war es das immer noch, wenn man denn einen Sinn für das Rustikale hatte. Viele Dachstühle waren eingestürzt, die Pflanzenwelt hatte sich einen Großteil des einst von den Menschen beanspruchten Gebietes zurückgeholt und über allem lag ein leichter Geruch von Moder. Zu diesem Zeitpunkt vermutete ich die Witterung von drei Jahrhunderten als Grund ...

Die Wachmänner Schulze, Liefhaus und der junge Bursche Ludwig gingen unter Seidels Leitung vor und untersuchten jedes der kleinen Häuser auf Spuren einer möglichen Verbrecherbande. Wallraff untersuchte derweil den nahen Waldrand, kam letztlich aber auch zu keinem Ergebnis. Ehrlich gesagt, hätte ich damit gerechnet, denn die letzte Vermisste, ein Mitglied einer Gruppe fahrender Händler, war nun schon seit drei Monaten nicht mehr aufgetaucht. Ich vermutete, dass der oder die Täter diesen Unterschlupf längst aufgegeben hatten und weitergezogen waren.

Dennoch drängte ich auf eine gründliche Untersuchung des großen Anwesens, das ich bewusst zum Schluss hatte angehen wollen. Es wäre der geeignete Unterschlupf einer Bande gewesen. Der von Niclaus Kuhn beschriebene Keller und die Dokumente reizten mich, darüber hinaus erwartete ich Hinweise auf das Schicksal seines Komplizen Georg Ziegler. Aus den Unterlagen der damaligen Verhandlung konnte ich schließen, dass der Fund seiner Gebeine keinerlei Priorität genoss. Meiner Ansicht nach hatte Kuhn seinen Kumpan, im Wahn vor Hunger und vielleicht auch Fieber, erschlagen und ihn dann entweder notdürftig im Wald verscharrt oder einfach liegen gelassen. Aber zumindest an diesem Verbrechen trug Niclaus Kuhn tatsächlich keine Schuld!

Das Haus bot ein erbärmliches Bild! Was einstmals jedem gut betuchten Kaufmann und gar manchem Adeligen gefallen hätte, hatte in der Zwischenzeit zweifelsohne weniger ehrenwerte Subjekte beherbergen müssen. Das Mobiliar war zerschlagen, die Gemälde waren zerkratzt und der Modergeruch fand unverkennbar hier seinen Ursprung. Dazu kam der Gestank der Notdurft, die hier mehrfach in allen Ecken verrichtet worden war. Der Hauptmann befahl, die Fenster zu öffnen, aber für Wallraff und Schulze kam diese Maßnahme bereits zu spät. Ich schickte die beiden an die frische Luft und trug ihnen auf, ihre Mägen mit Zwieback aus dem Proviant zu beruhigen. Wahrscheinlich rettete ich ihnen damit das Leben.

Höflich, aber bestimmt, drängte ich die verbliebenen drei Männer, mir in den Keller zu folgen. Auf dem Weg fanden wir die endgültige Bestätigung für die Anwesenheit von mindestens einer Person in den vergangenen Monaten. Notdürftig zerlegte Tierkadaver säumten die Küche und selbst vor Ratten schien man nicht zurückgeschreckt zu sein. Einigen der armen Kreaturen hatte man mit bloßen Zähnen das rohe Fleisch aus dem Körper gerissen, aber diese Beobachtung behielt ich für mich. Seidel war schließlich der Erste, der die Schleifspuren auf dem Boden entdeckte. Nicht blutig, aber doch deutlich sichtbar im Staub neben offenbar barfüßigen Abdrücken eines recht großen Mannes. Meiner Schätzung nach waren sie aber bereits mehrere Wochen oder gar Monate alt, was sich wiederum mit dem letzten Vermisstenfall deckte. Unsere Spur führte uns zur Kellertür, und in dem Moment bemerkte ich, wie nervös der junge Mann rechts von mir war. Ludwig umklammerte seinen Speer wie ein Ertrinkender den rettenden Ast und hatte sichtlich Mühe, seine Atmung flach zu halten. Meine beruhigenden Worte gingen in der lauten Forderung Seidels nach mehr Disziplin unter. Dennoch schenkte er mir ein schwaches Lächeln, während wir die kurze Treppe hinabstiegen. Dies erstarb rasch, als wir das sahen, was das Mondlicht Niclaus Kuhn seinerzeit nur zu einem kleinen Teil enthüllt hatte. Betten, zehn an der Zahl, mit notdürftigen Stricken zur Fesselung versehen, säumten den langen Raum. Während Kuhn aber nur alte Gerippe gesehen hatte, stellt das Licht der Dämmerung unsere Nerven vor eine ungleich schwerere Prüfung. Wir hatten die Vermissten gefunden!

Ludwigs zitternden Händen entglitt der Speer und ein erstickter Schrei hallte durch die Totenkammer. Auch Liefhaus rang sichtlich um Fassung und selbst hinter der stoischen Miene des Hauptmanns konnte man sehen, wie nah ihm der Anblick ging. Irgendwie, wahrscheinlich durch Gottes Gnade, gelang es mir, die Fassung zu bewahren. Mein Studium der Forensik half mir sicherlich, obwohl ich niemals Leichen wie diese gesehen hatte. Ein kurzer Blick zu Seidel ließ ihn verstehen, er ordnete seine Männer zurück an die Treppe, wo sie möglichst wenig von den Toten mitbekamen. Es reichte vollkommen aus, wenn nur ich ihren Anblick bis an mein Lebensende in meinem Herzen tragen muss. Äußerlich waren sie kaum verletzt, lediglich Beulen und Schürfwunden konnte ich erkennen. Die Kopfverletzungen sind vermutlich beim Entführen der Opfer entstanden und die Schürfwunden rührten von den Stricken her, die sie an die Betten fesselten. Warum sie sich so gewehrt hatten, vermochte ich nicht zu sagen. Der am wenigsten verweste Leichnam, vermutlich der der Händlerin, wies keinerlei Anzeichen einer Schändung auf, aber ihr Gesicht sprach eine andere Sprache. Weit aufgerissene Augen und Mund entstellten ihr Antlitz auf geradezu perverse Art. Gemessen am Zeitpunkt ihres Verschwindens und dem Verfall ihres Körpers hatte diese arme Seele ein gut zweimonatiges Martyrium erlitten, und ich war mir sicher, den anderen Toten war es kaum besser ergangen. Teilweise lagen sie achtlos neben den Betten auf dem Boden, weil ein weiteres Opfer ihren Platz hatte einnehmen müssen. Aber unabhängig davon, wie weit der Zerfall schon fortgeschritten war, ich kam immer zum selben Ergebnis: Diese Menschen sind aus purer Angst gestorben.

Mein Blick fiel auf den von Kuhn erwähnten Arbeitsplatz und ich durchsuchte die Dokumente. Die Jahre und die feuchte Luft eines Kellers, insbesondere eines voll mit Toten, waren nicht gnädig mit dem Papier gewesen, und vieles war, trotz der mittlerweile entzündeten Fackeln, nicht mehr zu entziffern. Es schien sich um medizinische Unterlagen zu handeln, dies verrieten mir die veralteten Skizzen der menschlichen Anatomie. Trotzdem verstaute ich alles für eine spätere Untersuchung achtsam in mitgeführten Schriftrollen. Als letztes entdeckte ich eine Art Tagebuch des Mediziners, der hier anscheinend eine notdürftige Klinik betrieben hatte. Aber der Mann schien wahnsinnig gewesen zu sein, sprach er doch von einem direkten Kontakt mit Gott, der ihm auftrug, die Pest aus Frankreich hierher zu holen. Hatte er sich tatsächlich in seinem Wahn freiwillig mit dieser Krankheit angesteckt, das Dorf infiziert und schließlich an den Opfern geforscht? Vertieft in diese dunklen Gedanken ließ mich ein markerschütternder Schrei aufschrecken.

Ludwig hatte sich von den Anderen gelöst und war durch das Gewölbe gewandert. Als sein Blick auf das verzerrte Frauengesicht gefallen war, war es mit seiner ohnehin sehr fragilen Contenance dahin. Er hatte sein fassungsloses Entsetzen herausgeschrien, der Hall zog sich durch das gesamte Anwesen. Und er schreckte etwas auf! Liefhaus bemerkte es als erster, dann auch wir. Schritte, sehr schnelle Schritte polterten durch das Haus auf uns zu. Während ich auf Wallraff und Schulze hoffte, wusste ich doch irgendwie, dass da etwas anderes auf uns zustürmte. Die Männer hielten Speer und Schwert bereit und starrten gebannt auf die Tür am Ende der Treppe. Die Schritte hatten mittlerweile die Stufen aus dem Obergeschoss hinter sich gelassen und hallten von dort wider, wo ich die Küche vermutete. Dann waren sie über unseren Köpfen, und schließlich wurde die Tür fast aus den Angeln gerissen.

Meine Nervosität ließ mich unkontrolliert loslachen. Was wir dort oben sahen, war nichts, wovor sich vier erwachsene Männer, drei davon bewaffnet, fürchten mussten. Ein ungepflegter Mann mit langem, fettig-grauem Haar kam leicht gebeugt auf uns zu. Meine Heiterkeit erstarb aber in dem Moment, als das Fackellicht sein Gesicht erhellte. Augen, in denen der Wahnsinn tobte, stierten uns aus einem ausgemergelten Gesicht an, das trotz allem keinem Greis gehörte. Nein, dieser Mann zählte höchstens dreißig Sommer, von denen er mutmaßlich die letzten sechs an diesem Ort verbracht hatte. Ja, ich vermute, wir standen in jener Nacht dem totgeglaubten Georg Ziegler gegenüber.

Speichel floss ihm aus dem Mund, als er uns musterte. »Ihr wollt mein Geld!«, schrie er, blinde, ohnmächtige Wut in den blutunterlaufenen Augen. Seidel, Gott habe ihn selig, sah den Verantwortlichen der Verbrechen vor sich und versuchte pflichtbewusst, ihn in Gewahrsam zu nehmen. Er benötigte seine gesamte Kraft und die tatkräftige Unterstützung von Liefhaus, um den tobenden Ziegler zu bändigen. Kurioserweise erlahmte sein Widerstand augenblicklich, als die Männer ihm die Hände binden konnten. Er erlahmte nicht nur, der Mann brach vollends zusammen. Seine Beine knickten ein, seufzend entspannten sich seine Züge, und hätte ich ihn nicht instinktiv gestützt, er wäre ungebremst auf den kalten Steinboden gestürzt. Leiser als ein Atemhauch vernahm ich ein Wort des Dankes aus dem geschundenen Körper in meinen Armen, der daraufhin auch die restliche Körperspannung verlor. Schnell erkannte ich: Zieglers Blick ging durch mich hindurch, ich hielt einen Toten in den Armen. Der schroffe Ton des Hauptmanns ließ mich aus meinem benommenen Zustand aufschrecken. »Verdammt nochmal. Ludwig, wo steckst du?«, polterte er plötzlich los. Die Antwort war ein Schluchzen aus dem hinteren Teil des Raumes, den unsere Fackeln nur spärlich zu erhellen vermochten.

Während ich den Toten zu Boden gleiten ließ, war Seidel bereits mit einem wütenden Blick losgestapft und Liefhaus seinem Vorgesetzten pflichtbewusst gefolgt. Auch bei ihm lagen die Nerven blank, aber seine Anspannung schlug nicht in Furcht um, sondern brach in einem gewaltigen Wutanfall aus ihm heraus. Er stürzte sich auf das Häufchen Elend vor ihm, riss Ludwig auf die Beine, schlug ihm mehrmals ins Gesicht und klagte darüber, mit so einem Hasenfuß in der Truppe gestraft worden zu sein. Liefhaus und ich standen unentschlossen vor dem ungleichen Paar, wussten nicht, ob diese disziplinarische Maßnahme unangemessen oder doch eine wertvolle Lektion für den jungen Burschen war. Dieser Moment ist es, der mir von allen Schrecken dieser Nacht immer am deutlichsten vor Augen stehen wird. Ludwigs bebende Lippen, seine vor Tränen glitzernden Wangen, die pochende Ader am Hals des Hauptmanns, seine vom harten Griff weiß gewordenen Fingerknöchel ... und die Gestalt, die plötzlich zwischen ihnen war.

Wie lange hatte sie dort gestanden? Lauerte sie schon die ganze Zeit hier im Keller und wir hatten sie selbst bei den vorher herrschenden besseren Lichtverhältnissen schlichtweg und aus einem absurden Grund übersehen? Und warum reagierten weder Ludwig noch Seidel auf die Hände, die auf ihren Schultern lagen? Meine Gedanken rasten, bis ein Ruck durch den schemenhaften Umriss zwischen den Männern ging. Wie sich der unklare Blick am Morgen erst einige Sekunden nach dem Erwachen klärt, so trat nun etwas in mein Blickfeld und fixierte mich mit Augen, die sechs Jahre zuvor sicher auch Niclaus Kuhn in einen Bann zu schlagen versucht hatten. Nur offenbarte sich mir mehr. Und ich werde versuchen, das Unbeschreibliche in Worte zu fassen.

Was dort vor mir stand und die miteinander beschäftigten Männer weiter an den Schultern packte, war von humanoider Gestalt, aber keinesfalls ein Mensch. Die Extremitäten, die Konturen und Gesichtszüge, all das wirkte zu lang und anormal. Auf morbide Gemüter würde es vielleicht auf seine Weise schön wirken, ich konnte jedoch nur in diese Augen starren. Waren sie blau? Rot? Weiß? Ich erinnere mich nicht mehr. Woran ich mich erinnere, ist, dass meine Furcht plötzlich verblasste, ich vorwärtstaumelte und meine Umgebung nur noch wie gefiltert wahrnahm. Sündhafte Gedanken des Hochmuts trieben aus meinem Unterbewusstsein nach oben: »Bin ich nicht der mit Abstand Klügste dieser Gruppe? Nein, meines ganzen Ordens? Ja, das bin ich wohl, und es ist meine Pflicht, mein Wissen noch mehr zu erweitern. Diese tumben Männer des Schwertes sollten dankbar sein, dass sie meinem großen Intellekt als Studienobjekte werden dienen dürfen.« Doch tief in meinem Inneren regte sich Widerstand und die Worte meines Lehrmeisters klärten meinen benebelten Verstand: »Wissen ist eine Verpflichtung, kein Privileg!« Mein Kopf war schlagartig wieder klar.

Etwas wie ein Mund in dem länglichen Gesicht vor mir verzerrte sich und eine Hand mit Fingern wie Spinnenbeine wich von Ludwigs Schulter und berührte Seidels Schläfe. Ein Wutschrei übertönte das erleichterte Stöhnen des Jungen und die Ereignisse überschlugen sich. Ehe ich reagieren konnte, hatte der stämmige Mann sein Schwert gezogen und hieb wie von Sinnen auf Ludwig ein. Innerhalb von Sekunden erlitt er tiefe Schnitte auf der Brust und starb schlussendlich, als ihm der Stahl das Gesicht beinahe zerteilte. Seidels Gesicht ähnelte stark dem von Ziegler, und die Kreatur schien auf seinem Rücken zu hocken, während er auf mich zustürmte. Ich sah dem Tod ins Angesicht, war unfähig, mich zu rühren. Doch sein Schwert wurde von einem anderen Schwert pariert, denn Liefhaus war ebenfalls nicht dem Bann der Kreatur erlegen. Während er die ungestümen Angriffe aufhielt, drängte er mich in Sicherheit.

Beide Männer fügten sich blutige Wunden zu, aber der rasende Seidel schien nicht müde zu werden und drang immer weiter auf den tapferen Liefhaus ein. Ich musste handeln, wollte ich meinem Lebensretter dieselbe Gunst erweisen. Gott vergebe mir, aber ich griff ebenfalls zur Waffe. Ludwigs Speer lag achtlos am Fuße der Treppe und ebendiesen nahm ich auf. Ich weiß nicht, wie, aber ich durchbohrte damit Seidels Bein, was ihn endlich in die Knie zwang. Die totenbleiche Kreatur selbst ließ von dem Mann ab und bewegte sich mit widerlich-zuckenden Bewegungen auf uns zu. Konnten wir sie mit irdischen Waffen überhaupt verletzen?

Glücklicherweise wollte auch Liefhaus das nicht herausfinden und trat mit mir die Flucht an. Seidels Stimme ließ uns an der oberen Kellertür herumfahren. »FLIEHT!«, schrie er. Er hatte sich todesmutig an eines der unnatürlich gebogenen Beine geklammert und verlangsamte unseren Verfolger damit, so gut es ging. Anscheinend hatte es die spirituelle Ebene vollständig verlassen, denn es war sichtbar geworden und offenbar auch zu berühren. Auf halbem Weg durch die Küche hörten wir einen grauenhaften Schrei und ein ekelhaftes, reißendes Geräusch. Das Unbeschreibliche war frei und klackernde Schritte näherten sich rasch, während wir auf die Tür in den Vorgarten zustürmten. Nur war ich allein!

Der aus mehreren tiefen Wunden blutende Liefhaus war immer mehr zurückgefallen und war zu einer todesmutigen Verzweiflungstat übergegangen. Das bemerkte ich, als mir die seltsame Helligkeit auffiel, denn er hatte mit seiner Fackel die Teppiche, Gemälde und Holzdielen entzündet. Mein letzter Blick auf ihn zeigte mir einen tapferen Mann, der sich auf ein aschgraues, verzerrtes Wesen stürzte und es mit in ein Flammenmeer riss ...

Nachtrag: Wallraff und Schulze hatten von den Geschehnissen nichts mitbekommen, da sie sich gemeinsam auf die Jagd gemacht hatten, nachdem sie ihre Mägen beruhigt hatten. Ich ließ sie in dem Glauben, der wahnsinnige Ziegler habe hier gehaust und uns aus dem Hinterhalt dezimiert. Der Zweifel stand in ihren Augen, aber einem Mann der Kirche wollten sie nicht offen widersprechen. Das Anwesen ließ ich niederbrennen und sprach so ziemlich jede mir bekannte Segnung über diesen verfluchten Ort. Ob die Kreatur vernichtet ist, vermag ich nicht zu sagen. Ich kann nur beten, dass sie sich nie wieder an den negativen Gefühlen der Menschen laben kann. Denn so hat sie ihre Kraft gemehrt, dessen bin ich mir sicher. Ist dieser Parasit wieder in einer spirituellen Ebene oder wurde es durch seine unzähligen Opfer nun doch vollständig materiell? Gott möge verfügen, dass es an jenem Ort gefesselt bleibt. Soll es dort sein Dasein fristen, als Herrscher nicht über die Menschen, sondern nur über einen Haufen Asche.

Conrad Vikatus, 24. Januar 1658